Harper
Collins

Zum Buch:

»Mitten auf der Ponte Vecchio steht ein Liebespaar, in eine innige Umarmung versunken, und beobachtet den Fluss. Auf meinem Papier erwecke ich es zu neuem Leben, einer Momentaufnahme ihrer Liebe, die für immer festgehalten wird. Nach und nach füge ich weitere Farben hinzu: Braun- und Gelbtöne, ein erdiges Orange und schließlich ein helles, klares Blau für den Himmel, das jede Möglichkeit eines Schauers ausschließt. Es ist früher Nachmittag, als ich den letzten Pinselstrich ausführe. Ich trete einen Schritt zurück, um das Bild, das ich geschaffen habe, zu begutachten. Meine Hände wandern zu meinem Mund, als ich über mein Werk staune. Es ist alles andere als dunkel und düster. Es ist eine direkte Abbildung der Liebe und der Schönheit, die mir heute begegnet sind. Eine enorme Erleichterung keimt in meinem Herzen auf und lässt Monate von Zweifeln verblassen.«

Zur Autorin:

Vanessa Carnevale lebt mit ihrem Mann und zwei Kindern in Melbourne in Australien und arbeitet dort als freie Autorin. Mit »Alles, was ich dir wünsche« war sie für den AusRom Today Readers Choice Award 2017 in der Kategorie Bester Debütautor nominiert. Italien ist ihre zweite Heimat. Mehrere Jahre lebte Vanessa in Florenz. Dort lernte sie ihren Mann kennen und entdeckte ihre Liebe zum Reisen und zu *la dolce vita*.

Vanessa Carnevale

Alles, was ich dir wünsche

Roman

Aus dem australischen Englisch von
Carolin Zaniewicz

HarperCollins

HarperCollins®

FSC
MIX
Papier
FSC® C014496

1. Auflage: Juli 2020
Deutsche Erstausgabe

Originaltitel: »The Florentine Bridge«
Erschienen bei: Harlequin MIRA, an imprint of Harlequin Enterprises
(Australia) Pty Ltd., Australia

Umschlaggestaltung: FAVORITBUERO, München
Umschlagabbildung: Presnyakova Galina, portumen / Shutterstock
Lektorat: Susann Harring
Satz: GGP Media GmbH, Pößneck
Printed in Germany
Dieses Buch wurde auf FSC®-zertifiziertem Papier gedruckt.
ISBN 978-3-95967-431-7

www.harpercollins.de

Per gli amori della mia vita, Fabio,
Christian und Alessia

1. KAPITEL

Während um mich herum Koffer über wachsbeschichtete Böden gerollt und gezerrt werden, sitze ich, den Schoß voller Bleistiftspäne, da und ertrinke in einem Meer aus zusammengeknüllten Papierbällen voller misslungener Bleistiftlinien. Ich frage mich, ob ich jemals wieder zu gelungenen Linien in der Lage sein werde.

Um Inspiration zu finden, versuche ich an all die Dinge zu denken, an die man denken sollte, wenn man kurz davor ist, ein Flugzeug nach Italien zu besteigen: überfüllte Piazze und Straßenkünstler, der Geschmack von reifen Tomaten, Kunstmuseen, verblasste Fresken, abbröckelnde Mauern, die förmlich danach betteln, restauriert zu werden, sowie der beruhigende Duft von frisch gebrühtem Espresso. Ich denke an all die Möglichkeiten, diese Dinge zu Papier zu bringen, aber es geht einfach nicht. Nicht so, wie ich es möchte.

Mein Magen zieht sich zusammen. Die Bleistiftmine bricht ab. Und dann höre ich meinen Namen.

»Mia Moretti, Ihr letzter Aufruf für Flugnummer sieben-eins-sieben. Begeben Sie sich bitte zu Gate sechsundzwanzig.«

All die Zweifel, die angesichts dieser Reise in mir hochgekocht sind, lösen sich augenblicklich in Luft auf, als ich mir den Bleistift zwischen die Zähne klemme, den Rucksack über die Schulter schwinge und mein Skizzenbuch in die Hand nehme. Vor einer Abflugtafel bleibe ich kurz stehen, blicke hoch zu den blinkenden Buchstaben und Zahlen und sage mir, dass das Leben in Italien bekanntlich süßer sein soll.

Völlig außer Atem komme ich am Gate an. »Ich bin nicht zu spät, oder?« Eilig halte ich der Flugbegleiterin meine Bordkarte hin.

Sie verzieht ihre scharlachrot geschminkten Lippen zu einem süß-sauren Lächeln, während sie mein Ticket in die Freiheit vom Scanner einlesen lässt. »Sie sind gerade noch rechtzeitig. Ich wünsche Ihnen einen angenehmen Flug, Ms. Moretti.«

Eingezwängt zwischen einem japanischen Geschäftsmann und einer Frau mit einem unruhigen Kleinkind, lese ich siebzig Seiten von meinem Toskana-Reiseführer, zu viele Seiten von meinem Italienisch-Englisch-Wörterbuch und die ersten Kapitel eines Ratgebers darüber, wie man durch Dankbarkeit Glück erreicht, den ich nach einer Weile aber in der Sitztasche vor mir verstaue, bevor ich langsam eindöse.

Als ich aufwache, sitzt das kleine Mädchen neben mir. Sie greift nach meinem Skizzenbuch, sieht zu mir hoch und lächelt. Ich nehme meinen Bleistift und halte ihn ihr hin.

»Tut mir leid«, entschuldigt sich die Mutter und nimmt ihrer Tochter eilig das Skizzenbuch aus der Hand.

»Oh, das macht mir wirklich nichts aus«, antworte ich. Ich klappe den Tabletttisch vor dem Mädchen herunter und sehe zu, wie sie zeichnet, völlig ungehemmt, frei von Wertung und ohne Angst davor, was am Ende auf der Seite zu sehen sein wird.

Früher konnte ich ein leeres Blatt Papier mühelos zum Leben erwecken. Ich habe ein Auge geschlossen, mein Inneres geöffnet und einen kleinen Moment in der Zeit eingefangen: einen Ausdruck von Freude auf dem Gesicht eines Menschen, kürbisfarbene und rubinrote Laubblätter, die wie ein Teppich unter einer fast nackten Scharlach-Eiche ausgebreitet liegen, eine ausgetrocknete, rissige Landschaft, die nach einem Regentropfen dürstet. All das konnte ich früher zeichnen.

»Jetzt du.« Das Mädchen wedelt mit dem stumpfen Bleistift vor meinem Gesicht herum. Sie ist auf der letzten leeren Seite des Skizzenbuchs angekommen. Ich nehme den Bleistift und zeichne etwas, das in einer grässlichen Zeichnung eines Mädchens resultiert, das auf einem Koffer sitzt, die Ellbogen auf die Knie und das Gesicht auf die Hände gestützt. Das Sonnenlicht, das sich mühevoll durch das dichte Blätterdach der Bäume kämpft, fällt in Sprenkeln auf sie und den überwucherten Pfad, auf dem sie sich befindet.

»Sie sieht traurig aus«, bemerkt das Mädchen und sieht mich mit einem fragenden Gesichtsausdruck an, der nach einer Erklärung verlangt.

»Sie sucht das Licht«, erwidere ich.

Das Mädchen kichert. Ich kann nicht anders, als zurückzulächeln. Zwölf Stunden später landen wir in Rom.

Nachdem mein Reisepass von einem mürrischen Zollbeamten abgestempelt worden ist, schaffe ich es, den richtigen Zug zum Bahnhof Termini und dann nach Florenz zu nehmen. Dort angekommen, ziehe ich meinen Koffer über den Bahnsteig und reihe mich in die Schlange zum Taxistand ein. Eigentlich sollte ich die Adresse inzwischen auswendig kennen, weil ich sie mir schon so oft durchgelesen habe, trotzdem ziehe ich den abgenutzten Zettel mit der Anschrift aus meiner Jeanstasche.

»Via Monteluna 14, Impruneta«, sage ich dem Fahrer. »Wissen Sie, wo das ist?«

»Natürlich.« Er wirft eine Zigarettenkippe auf den Boden und tritt sie mit dem Fuß aus.

»Sie sind zum ersten Mal in Italien?«, fragt er mit starkem italienischem Akzent, als er meinen Koffer in den Kofferraum hievt. Er trägt Shorts und Ledersandalen, und ich beschließe, dass er mit seiner olivfarbenen Haut und seinem dichten braunen Schnurrbart wie ein Mario oder ein Giovanni oder vielleicht sogar wie ein Giuseppe aussieht.

»Äh, ja, ist das so offensichtlich?«, frage ich verunsichert und schaue aus dem Fenster, um jedes noch so kleine Detail der Landschaft in mich aufzunehmen. Nicht einmal der Geruch von abgestandenem Zigarettenrauch, der im Taxi festzusitzen scheint, stört mich in diesem Moment.

Ich nehme mein Handy und schicke eine kurze SMS an meine Eltern, die wahrscheinlich schon verrückt vor Sorge sind. *Bin angekommen. Heil und gesund.* Innerhalb von dreißig Sekunden wird mein Handy mit einer Flut von Nachrichten und Fragen überschwemmt, auf die ich kurz und bündig antworte: *Es geht mir gut. Bitte macht euch keine Sorgen. Ich rufe an, sobald ich eine lokale SIM-Karte gekauft habe.* Dann schalte ich mein Handy aus.

Der Taxifahrer, der tatsächlich Salvatore heißt, wie ich auf einem Schildchen vorn in der Mittelkonsole sehen kann, macht das Radio an. Zwar erkenne ich Dean Martins *Arrivederci Roma*, aber es fällt mir schwer, dem italienischen Geplauder, das sich anschließt, zu folgen. Wir nehmen die Ausfahrt Firenze Impruneta von der Autostrada A1, und jetzt kann ich auch die Schilder sehen, die auf die Stadt hinweisen, die ich für unbestimmte Zeit mein Zuhause nennen werde – für so lange, wie es dauern wird, mich selbst wiederzufinden.

Motorroller schlängeln sich mit Gewandtheit und Präzision durch den Verkehr um uns herum. Es ist zugleich beunruhigend und faszinierend, dieses organisierte Chaos, das sich auf italienischen Straßen abspielt.

»Impruneta. Gleich da oben, *signorina*.« Salvatore zeigt mit dem Finger nach vorne.

Ich rutsche in die Mitte der Rückbank und lehne mich nach vorne, um eine bessere Sicht auf die sanften Hügel, die von idealtypischen Zypressen bedeckt sind, zu bekommen – das Sinnbild der Toskana. Wir kommen an einer Terrakotta-Werkstatt vorbei, vor dem ein in die Jahre gekommenes Schild an der Wand hängt. *Mariucci Terrecotte*. Impruneta, eine kleine Hügelstadt am Stadtrand von Florenz, ist berühmt für das beste Terrakotta im ganzen Land. Aber obwohl ich eine ausgeprägte Leidenschaft für Kunst habe, kann ich nicht behaupten, dass ich mich besonders für Keramik interessiere, selbst wenn sie bei Temperaturen unter null rissfest ist.

Als wir durch eine schmale Einbahnstraße kommen, in der die Balkone über uns von Blumentöpfen bunt geschmückt sind, verlangsamt Salvatore das Tempo. Frauen hängen in der warmen Junisonne ihre Wäsche auf, und ich kann mir ein Lächeln nicht verkneifen, als ich sehe, wie etwas Wasser auf einen nichts ahnenden Passanten hinuntertropft. Der Mann blickt nach oben und fängt an, aufgebracht zu rufen und zu gestikulieren, während die Frau auf dem Balkon sich genauso heftig verteidigt. Schließlich greift sie nach einer Gießkanne, stemmt die freie Hand in die Hüfte und lässt das Wasser auf ihn hinunterlaufen.

Als wir uns der Piazza, dem Hauptplatz, nähern, bemerke ich ein älteres Pärchen, das den steilen Hügel hinaufsteigt und behutsam einen Fuß vor den anderen setzt. Der Mann trägt einen Brotlaib, und die Frau hat ihren Arm fest um seinen geschlungen. Wenn er fällt, fällt auch sie. Ich seufze und sinke in den Ledersitz hinter mir zurück. Er trägt ein kariertes Hemd und Hosenträger, sie ein locker sitzendes Blumenkleid. Um den Kopf hat sie sich einen Schal geschlungen, und ich frage mich, warum sie sich die Mühe machen, sich so elegant anzuziehen, wenn sie nur einen kurzen Spaziergang zum örtlichen *panificio* machen, um einen Laib Brot zu kaufen.

Natürlich kenne ich die Antwort. Das ist Italien. Das Land der Mode.

Wir werden langsamer und biegen rechts auf eine nicht asphaltierte Straße ab. Salvatore lässt das Autofenster für mich runter, und ich kann meine Aufregung nicht verbergen. »Ist es wirklich hier?«, rufe ich aus und rutsche näher ans Fenster.

»Das ist es, *signorina*«, sagt Salvatore und wirft mir im Rückspiegel einen Blick zu.

Die Straße führt zu einer hellgelb gestrichenen Villa hinauf, deren Nordseite von Efeu überwuchert ist. In einem der oberen Fenster bemerke ich eine Bewegung. Zwischen den offenen, grünen Plantagen-Fensterläden steht eine Frau, die uns vom Balkon aus zuwinkt. Das muss Stella sein, meine neue Mitbewohnerin. Sie trägt ein rotes Kleid und einen zarten weißen Schal um den Hals und sieht makellos aus.

»*Benvenuta!* Willkommen in Florenz, Mia«, ruft sie, als das Auto hält.

Dann verschwindet sie vom Balkon, und ich zahle und steige aus dem Taxi. Kurz darauf stürmt sie aus der Haustür und umarmt mich fest. Sie tritt etwas zurück und küsst mich auf beide Wangen. Ich weiß nicht, ob ich mich nach rechts oder links wenden oder still stehen bleiben soll, aber ich bin mir ziemlich sicher, dass ihr meine Unbeholfenheit nicht aufgefallen ist.

»Ist das alles, was du mitgebracht hast?«, fragt sie mich.

»Ja. Das ist alles.«

Nur ich, ein Koffer, 2018 Euro und jede Menge unsichtbare Altlasten.

»Willkommen in der Villa Belladonna!« Sie bedeutet mir, durch den gewölbten Eingang ins Haus zu kommen.

Die Anspannung in meinen Schultern löst sich, als ich mein neues Zuhause betrete; Stellas herzliche Begrüßung hat mich sofort beruhigt. Während meine neue Mitbewohnerin mich durch das Erdgeschoss der Villa führt, bin ich froh, dass sie keine Verrückte zu sein scheint, immerhin haben wir uns nur über das Internet kennengelernt. Ich nehme mir ein paar Momente Zeit, die rustikalen Verzierungen im Haus zu bestaunen. Der weitläufige Wohnbereich ist lichtdurchflutet und öffnet sich nach draußen zu einer beeindruckenden Loggia. Zwei Töpfe mit Zitronenbäumchen sind links und rechts neben der Falttür positioniert, die den Blick auf eine himmlische Kulisse aus einem kleinen Olivenhain und welligen Hügeln freigibt. Stella zeigt mir einen kleinen Haushaltsraum, das Hauptbadezimmer und die Küche und geht dann weiter den Flur hinunter.

»Kommst du?« Sie dreht sich zu mir um.

»O ja, natürlich. Ich lasse nur einfach alles auf mich wirken«, antworte ich. »Ist das ein Original?« Ich ziehe scharf die Luft ein, als mir auffällt, dass die halbe Decke mit den Überresten eines originalen Freskos bedeckt ist.

Stella sieht mich seltsam an. »Ach das. Siebzehntes Jahrhundert, würde ich sagen.« Sie zuckt mit den Schultern. Stellas zarte Gesichtszüge faszinieren mich. Ihr Gesicht ist mit Sommersprossen gesprenkelt, und sie hat die auffallendsten grünen Augen, die ich je gesehen habe. Ihr kastanienbraunes Haar, das ihr in perfekten Wellen über die Schultern fließt, ist nicht gerade typisch für ein Mädchen mit italienischen Wurzeln. Sie trägt roten Lippenstift und erinnert mich an eine Schauspielerin aus den 1960er-Jahren. Obwohl sie nur drei Jahre älter ist als ich, strahlt sie ein Selbstbewusstsein aus, das ich mir erst noch erarbeiten muss. Im Gegensatz zu mir hatte Stella keine andere Wahl, als nach Florenz zu ziehen. Als sie noch jünger war, hatten ihre Eltern sie dazu gezwungen, hierherzukommen und Italienisch zu lernen. Sehr zu deren Verzweiflung hatte es Stella in Italien dann so gut gefallen, dass sie beschloss zu bleiben. Soweit ich das beurteilen kann, hat sie keinerlei Absicht, in naher Zukunft nach New York zurückzukehren.

»Das ist dein Reich, Mia.« Stella drückt eine Tür auf, hinter der mein geräumiges neues Schlafzimmer mit seinem ganzen toskanischen Charme zum Vorschein kommt: zimtfarbene Wände, Terrakotta-Fliesen und eine Holzbalkendecke. »Ich hoffe, es gefällt dir.«

»Es ist umwerfend«, sage ich atemlos und sehe mich um. In einer Ecke steht ein kleiner Schreibtisch mit einer zierlichen Lampe und einem klapprigen Holzstuhl. Jedoch sind es vor allem die Bilder an der Wand, die meinen Blick anziehen – drei Ölgemälde in vergoldeten Holzrahmen. Auf einem ist eine schöne junge Frau auf einem Feld blühender Sonnenblumen zu sehen, auf dem zweiten ein Liebespaar auf einem Vintage-Fahrrad, das mit wehenden Haaren einen steilen Hügel hinunterfährt, und auf dem dritten dasselbe Paar, das eng umschlungen auf einer rustikalen Schaukel sitzt.

»Ich lasse dich erst mal auspacken, vielleicht möchtest du dich auch frisch machen, später zeige ich dir das obere Geschoss. Ich werde bald das Mittagessen vorbereiten«, sagt Stella.

Die Tür fällt mit einem Klicken hinter ihr zu. Am liebsten würde ich mich auf mein Himmelbett fallen lassen und vor Begeisterung schreien, aber ich halte mich zurück, für den Fall, dass Stella mich hören kann. Wobei es ihr wahrscheinlich nichts ausmachen würde.

»Ich hoffe, du hast Hunger, ich mache *Pasta all'arrabbiata*!«, ruft sie mir aus dem Flur zu.

»Perfekt«, murmele ich, als ich die Fensterläden aufstoße. Das Fenster ist zum Vorgarten hin ausgerichtet, und dahinter eröffnet sich eine prächtige Aussicht auf das Zentrum von Impruneta, die mir Lust macht, die Stadt und ihre Eigenheiten zu erkunden. Es fasziniert mich, dass in Italien jede Stadt von einer eigenen charakteristischen Landschaft umgeben ist, egal, wie klein der Ort ist. Mir fällt die Vintage-Schaukel im Garten ins Auge. An den zwei dicken Seilen, die über den Ast einer Eiche geworfen wurden, ist ein verwittertes Holzbrett befestigt, dessen mintgrüne Farbe bereits abblättert. Es ist die Schaukel von dem Ölgemälde.

Ich wende mich vom Fenster ab, öffne das Schloss an meinem Koffer und lasse zu, dass sich sein Inhalt auf das ganze Bett verteilt, als der Deckel aufspringt, beschließe jedoch, das Auspacken auf später zu verschieben. Stattdessen kehre ich zum offenen Fenster zurück und lasse meine Seele von der belebenden Brise durchdringen. Ich habe das Gefühl, an dem Ort angekommen zu sein, an dem ich sein sollte.

Eigentlich bin ich mir da sogar ganz sicher.

2. KAPITEL

Widerwillig löse ich mich vom Fenster und durchwühle meinen Koffer nach meinen Toilettenartikeln, um schnell zu duschen. Ich kann Stella in der Küche singen hören, während sie das Mittagessen vorbereitet. Nach über zwanzig Stunden im Flugzeug fühlt sich die heiße Dusche toll an. Ich ziehe mir die erstbesten Klamotten an, die ich in meinem Koffer finde, und trockne mir sanft die Haare, wobei ich darauf achte, meine neuen Extensions nicht zu beschädigen, die perfekt auf meine frustrierend langsam wachsenden Post-Krebs-Locken abgestimmt sind. Ich frage mich, ob ich als Florentinerin durchgehen könnte, wenn ich den Akzent und das Modebewusstsein hätte. Ich beschließe, dass meine kastanienbraunen Haare und schokoladenbraunen Augen einigermaßen italienisch aussehen, ich aber noch etwas an meiner blassen Haut arbeiten müsste. Die vielen Monate, die ich eingesperrt in den eigenen vier Wänden verbracht habe, haben meiner Haut einen käsigbeigen Teint verliehen. Zu viele Monate, die ich damit hätte verbringen sollen zu lernen, wieder zu leben.

Ein mit Ziegeln verzierter gewölbter Türbogen führt in die rustikale Küche, wo ich mich zu Stella geselle. Die Pastasauce, die sie in einem Topf umrührt, riecht köstlich.

»Komm, ich zeige dir das obere Stockwerk«, sagt sie und lässt die Pastasauce vor sich hin blubbern. Eine geschwungene Treppe führt uns in ein luftiges, polentagelb gestrichenes Wohnzimmer mit einem reizenden Ziegelkamin und weinroten Sofas. Stella zeigt mir ihr Zimmer und das Gästezimmer und öffnet dann eine hölzerne Doppeltür, hinter der ein Raum zum Vorschein kommt, der früher eindeutig ein Kunstatelier gewesen sein muss. Reihen von Glasbehältern, aus denen immer noch Pinsel herausragen, stehen auf einem Fensterbrett. Goldene Sonnenstrahlen dringen durch die Schlitze der Fensterläden herein, und ich stolpere durch die dichten Spinnweben zum Fenster, um etwas Staub von der Scheibe zu wischen, sodass ich hindurchsehen kann.

»Wem hat dieses Haus gehört?« Hinter den Zypressen, die zum Teil mein Sichtfeld verdecken, kann ich das Stadtzentrum sehen.

»Meinem Großonkel. Es gehört ihm immer noch. Früher hat er hier mit meiner Zia Amelia gewohnt. Sie ist vor drei Jahren gestorben. Er war untröstlich und ist am Tag nach ihrer Beerdigung ausgezogen. Danach stand es leer. Ich bin, etwa einen Monat bevor wir darüber geredet haben, dass du herkommst, eingezogen. Deshalb habe ich mich nach einer Mitbewohnerin umgesehen«, erklärt Stella.

Ich werfe einen Blick auf die mit Farbe befleckten Holzstaffeleien und Leinwände, die einmal weiß gewesen sein mussten, jetzt aber cremegelb verfärbt sind. »War sie Malerin?«

»Nein, mein Großonkel ist Maler oder war es zumindest – er hat aufgehört zu malen, als sie krank wurde.«

Im Atelier ist es heiß und stickig, trotzdem stellen sich mir bei Stellas vertraut klingenden Worten die Härchen an meinen Armen auf, und ein eisiges Frösteln durchfährt meinen Körper. In diesem Moment wird mir der Zusammenhang zwischen dem Liebespaar auf den Bildern in meinem Zimmer und dem Liebespaar aus dem echten Leben, das in diesem Haus gelebt hat, klar.

»Du hast erwähnt, dass du einen Platz an der Kunstschule abgelehnt hast?«, fragt Stella.

»Ähm, ja. Na ja, aufgeschoben.« Ich hoffe inständig, dass sie das Zittern in meiner Stimme nicht bemerkt.

»Du kannst das Atelier gern jederzeit benutzen.«

»Ich komme vielleicht darauf zurück. Danke.« Ich wünschte, ich könnte ihr die Wahrheit sagen.

Wir kehren in die Küche zurück, und ich gestehe Stella, dass ich keinen Hunger habe, aber sie besteht darauf, dass ich etwas esse. *»Mangiare!«*, befiehlt sie mir mit ihrem starken italienischen Akzent und zwinkert mir zu. »Du kannst in Italien nicht *nicht* essen!«

»Okay, okay.« Lachend gebe ich mich geschlagen.

Draußen in der Loggia hat Stella den Tisch mit einem gelb karierten Tischtuch gedeckt und eine Flasche Rotwein bereitgestellt. Ich bewundere die bauchige Flasche und frage mich, ob die Strohhülle um die Flasche einen bestimmten Zweck erfüllt. Es gibt Besteck für vier Personen, also erwarten wir vermutlich Gesellschaft. Es ist mir etwas unangenehm, dass Stella sich mit dem Mittagessen solche Umstände gemacht hat. Es gibt frischen Mozzarella und Tomaten, garniert mit Basilikum und Olivenöl. Daneben stehen ein Teller mit Honigmelone und frischem Prosciutto-Schinken sowie zwei Flaschen Wasser – ein Sprudelwasser und ein stilles. Dazwischen wartet ein leerer Brotkorb darauf, gefüllt zu werden. Ich nehme eine der grünen Wasserflaschen: *Ferrarelle. Italiens Mineralwasser Nummer eins.* Mein Italienisch ist gut genug, um die faszinierenden gesundheitlichen Vorteile zu verstehen, die auf dem Etikett beschrieben werden. Amüsiert hebe ich die Augenbrauen, als ich lese, dass dieses natürliche Sprudelwasser das Potenzial hat, den Alterungsprozess zu verlangsamen. Wenn ich das Glück habe, in Würde zu altern, ohne dass mein Körper erneut vom Krebs heimgesucht wird, wäre ich schon glücklich.

»Ich gehe kurz etwas Brot kaufen und Paolo abholen«, sagt Stella, ehe sie ins Haus eilt, um ihre Schlüssel zu holen.

»Paolo?«

»*Mio ragazzo*. Mein Freund. Sein Cousin Luca wird auch bald da sein. Er kann sich selber reinlassen. Er gehört quasi zur Einrichtung.«

»Okay.« Ich nicke und versuche, meine mangelnde Begeisterung zu verbergen. Ich habe so viel Zeit allein verbracht, dass ich mir nicht sicher bin, ob ich schon bereit dazu bin, mich unter Leute zu mischen.

»Keine Sorge, er spricht Englisch«, fügt Stella hinzu, als sie mein Zögern bemerkt.

Während ich darauf warte, dass unsere Gäste ankommen, mache ich es mir auf der Holzschaukel im Vorgarten bequem. Ich umfasse das robuste Seil, strecke die Beine nach vorne und gebe mich dem Gefühl von Freiheit hin, das von meinem Körper Besitz ergreift, während ich mit jeder Streckbewegung der Beine an Schwung gewinne. Ich strecke den Rücken durch, sehe hoch zu den Wolken und versinke dabei in eine vertraute Meditation.

Innerlich mache ich eine Liste einiger der Orte, die ich während meines Aufenthalts hier besuchen möchte: Rom, Siena, Pisa, San Gimignano, Venedig. Ich spüre, wie der Schwung der Schaukel nachlässt, doch es ist eine Stimme, die mich unvermittelt aus meinen Gedanken reißt. Mein Blick wandert vom blauen Himmel in die Richtung, aus der die Stimme gekommen ist, und ich muss mehrmals blinzeln, um wieder klar sehen zu können.

Ich bin mir sicher, dass er mich schon eine Weile beobachtet hat. Er trägt eine Jeans und ein hellblaues Poloshirt mit aufgestelltem Kragen, auf der einen Seite höher als auf der anderen, sowie Slipper ohne Socken. Sein unordentliches dunkelbraunes Haar könnte einen Schnitt vertragen. Leider trägt er eine Sonnenbrille, sodass ich seine Augenfarbe nicht erkennen kann. Ich schätze ihn auf Anfang zwanzig und betrachte interessiert die Umrisse seines glatt rasierten Gesichts. Als ich an den Konturen seiner definierten Kieferpartie hängen bleibe, macht mein Herz einen Satz. Er ist *umwerfend.* Mein Blick wandert zu seinem perfekt geformten Bizeps, und ich wende schnell den Blick ab, sehe stattdessen an meiner verwaschenen Jeans und den Ballerinas hinunter und wünschte, ich hätte wenigstens mein Shirt gebügelt und mich halbwegs hübsch gemacht. Ich sehe so … *australisch* aus.

Ich stehe auf und versuche, die Falten in meinem T-Shirt zu glätten. Auch wenn ich gerade erst geduscht habe, ist mein Haar zu einem unordentlichen Pferdeschwanz zusammengebunden und mein Gesicht völlig ungeschminkt. Der Junge hebt die Sonnenbrille hoch und kneift die Augen zusammen, um sich das Mädchen, das gekommen ist, um hier zu leben, genauer anzusehen – das Mädchen aus Australien, ohne jeglichen Sinn für Mode.

»Buongiorno, signorina!«, ruft er.

Ich winke schwach zurück, und als ich ihm gegenüberstehe, scheint meine Stimme ihren Dienst aufgegeben zu haben. Ich weiß nicht, ob ich Englisch reden oder es mit meinem dürftigen Italienisch probieren soll. »Hallo! *Ciao!*«, platze ich heraus.

O mein Gott, er sieht so unglaublich gut aus.

»*Ciao, sono Luca, Luca Bonnici.*«

»Schön, dich kennenzulernen, ich bin Mia.«

Als er einen Schritt auf mich zu macht, überragt er mich leicht, und ich kann sein Aftershave riechen. Es ist dezent, aber ich erkenne es von der Zeit wieder, als ich kurz an der Kosmetik-Theke bei Myer's gejobbt habe. Den Duft von Gucci by Gucci pour Homme werde ich nie vergessen. Luca streckt seine Hand aus und beugt sich leicht zu mir herunter. Er küsst mich auf beide Wangen. Und unerklärlicherweise fühlt es sich irgendwie vertraut an.

»Willkommen in Florenz, *bella* Mia.« Er lächelt und zwinkert mir zu. Wenn ein Junge zu Hause mir auf solche Art zuzwinkern würde, würde ich sofort das Weite suchen. Obwohl wir uns erst seit ungefähr fünfundvierzig Sekunden kennen, frage ich mich, ob er wohl eine Freundin hat.

»Also, woher kommst du, Mia?«, fragt er mit einem ganz leichten amerikanischen Akzent.

»Melbourne.« Ich versuche angestrengt, nicht rot zu werden. »Australien«, füge ich sicherheitshalber hinzu.

»Ich schätze, dann sind wir uns noch nie zuvor begegnet.« Er runzelt die Stirn, als würde er überlegen, woher wir uns kennen könnten.

Ich schüttle den Kopf.

»Wie lange wirst du in Italien bleiben?«

»Ich weiß noch nicht genau. Das hängt davon ab, wie gut es mir hier gefällt.«

»Also, wie sehen deine Pläne aus?« In diesem Moment kommen Stella und Paolo an, und ich komme nicht mehr dazu zu antworten. Während sich alle herzlich begrüßen, versuche ich, die Fassung wiederzugewinnen. Ich bin mir nicht sicher, aber seinen grau melierten Haaren nach zu urteilen, scheint Paolo einige Jahre älter als Stella zu sein, vielleicht schon Mitte dreißig. Trotzdem geben sie eindeutig ein sehr süßes Paar ab.

»Luca, wie es aussieht, hast du Mia bereits kennengelernt«, sagt Stella und nickt dem dunklen, gut aussehenden Typen zu. »Paolo, das ist Mia.«

Paolo streckt die Hand aus. »*Piacere*, Mia.«

»Freut mich auch, dich kennenzulernen.« Ich schüttle seine Hand.

»Mia ist heute morgen angekommen«, verkündet Stella. »Sie hat den Flug nur in eine Richtung gebucht. Wir wissen, was das bedeutet.« Sie stupst Paolo leicht an.

Paolo grinst. »Mia, du bist in einer der schönsten Städte Italiens. Florenz wird dein Herz in nur einer Woche erobern. Frag Stella.« Er kneift seine Freundin liebevoll in die Wange.

»Er hat recht. Ein Teil deines Herzens wird für immer in der Toskana bleiben, Mia. Du wirst schon sehen«, pflichtet Stella ihm bei.

Ich werfe einen Blick zu Luca, der mit lässig gekreuzten Beinen und seiner Sonnenbrille in der Hand an die Wand der Villa gelehnt dasteht und uns … ähm … *mich* aufmerksam beobachtet. Wenn ein Fotograf für die *Vogue Italia* in diesem Moment aufkreuzen würde, hätte er die perfekte Aufnahme für die nächste Gucci-Strecke, da bin ich mir sicher.

»Essen wir! Ich bin in einer Sekunde wieder da«, ruft Stella und wendet sich in Richtung Haustür.

»Ich helfe dir.« Ich zwinge mich, wieder in die Wirklichkeit zurückzukehren.

Bitte lass mich nicht mit ihm allein.

»Schon in Ordnung. Paolo hilft mir. Luca, *vino*«, befiehlt sie ihm. Ich beschließe, dass ich Stella mag. Sie ist selbstbewusst, und in ihrer Gegenwart werde ich unwillkürlich entspannt, auch wenn sie mich mit Luca ganz allein lässt.

Einfach weiteratmen, sage ich mir, als ich mich ihm gegenübersetze. Er legt seine Sonnenbrille in die Mitte des Tischs, und jetzt verliere ich mich in seinen dunkelbrauen Augen, die von Wimpern umrandet sind, die jedes Mädchen neidisch gemacht hätten.

»Rosso o bianco?«, fragt er.

Rot- oder Weißwein? Warum klingt auf Italienisch einfach alles so viel besser?

»Ähm, *rosso, per favore*«, murmele ich. Was passiert mit mir? Ich bin nervös, weil ich Italienisch spreche, ja, aber es ist die bloße Anwesenheit dieses Jungen, die mein Gehirn komplett zu Brei werden lässt. Er schenkt mir ein Glas Rotwein ein, und unsere Blicke treffen sich, als er es mir über den Tisch hinweg reicht. Sein Blick ist eindringlich und freundlich. Es erstaunt mich, wie wohl er sich in seiner Haut zu fühlen scheint.

»Also, wie war dein Flug?« Er beugt sich leicht vor.

»Super. Er hat ungefähr einundzwanzig Stunden gedauert.«

Geht es noch langweiliger?

»Du wolltest mir von deinen Plänen hier erzählen.«

Ich bin still, während ich versuche, die richtigen Worte zu finden. Schließlich antworte ich. »Ich schätze, ich wollte einfach mal etwas Neues sehen.«

»Na ja, die Aussicht hier ist auf jeden Fall sehr schön.« Er lächelt geduldig, während er auf meine Antwort wartet.

Das kannst du laut sagen.

Schnell nehme ich meinen dritten Schluck Wein und spüre, wie sich meine Schultern entspannen.

»*Salute!*« Er hebt sein Glas. »Auf gutes Essen, guten Wein, eine tolle Aussicht und das beste toskanische Abenteuer deines Lebens.«

»Cheers.« Ich lächle und hebe mein Glas. Unsere Blicke treffen sich über den Rändern unserer Gläser hinweg, wobei seiner noch lange, nachdem ich mein Glas wieder abgestellt habe, auf mir verweilt. »Also, was machst du so?«, frage ich, erleichtert, dass ich meine Stimme nicht komplett verloren habe.

»Ich bin Mechaniker. Ich betreibe eine *Officina Moto*, zusammen mit Paolo. Wir verkaufen und warten Roller und Motorräder.« Er schmunzelt. »*Australiani!* Denken immer nur an die Arbeit. Die meisten von euch leben, um zu arbeiten, und arbeiten nicht, um zu leben«, sagt er, wobei er seine Worte mit lebhaften Gesten unterstreicht.

»Was meinst du?« Mein Interesse ist geweckt.

»In Italien leben wir *la dolce vita*. Das süße Leben. Wir gehen nicht einfach in die Arbeit und dann nach Hause, in die Arbeit und wieder nach Hause, um uns dann über die Arbeit zu beklagen und darüber, wie wenig Zeit uns bleibt. *Prendiamo la vita come viene.*«

»*Prendiamo* … was bitte?«

»Es bedeutet: *Nimm das Leben so, wie es kommt.* Genau das, was du hier vorhast.«

»Verstehe«, flüstere ich und lasse meinen Blick über die grünen Hügel schweifen. »Es ist gut, für das Unerwartete Platz zu machen«, füge ich mit einem Nicken hinzu und muss unwillkürlich seufzen. Und schon passiert es wieder: Ich drifte ab an diesen Ort zwischen der Wirklichkeit und meinen Gedanken – eine Gewohnheit, die ich immer noch nicht loswerden kann.

»*Esatto!* Was machst du morgen zum Beispiel? Ich möchte dich ausführen.«

Prompt werde ich aus meiner Blase gerissen und sehe, dass er …

O Gott, er meint es tatsächlich ernst.

»Bist du immer so direkt?« Ich rutsche unbehaglich auf meinem Stuhl herum.

»Hast du schon was anderes vor?«

»Ähm nein … aber …«

»*Allora, prendi la vita come viene*«, sagt er neckend.

Ich muss lachen.

»Nimm dich in Acht vor diesem Exemplar hier«, warnt mich Stella, als sie den Korb mit dem frisch geschnittenen Brot auf den Tisch stellt, und stupst mich leicht an der Schulter an. Ich greife wieder nach meinem Glas und bemerke, dass es schon fast leer ist.

»Mehr Wein?«, fragt Luca lächelnd. Ich bin mir sicher, dass ihn meine Ungeschicklichkeit amüsiert.

»Oh, nein, danke«, antworte ich, aber es ist bereits zu spät. Schon ist mein Glas wieder voll.

Zum Glück wendet sich das Gespräch jetzt dem Essen zu, und bald sind alle drei eifrig darum bemüht, mich auf temperamentvolle und leidenschaftliche Art über das heutige Menü und die Ursprünge jedes Gerichts aufzuklären. Die Tomaten kommen aus Stellas Gemüsegarten und das Olivenöl von der letzten Olivenernte von Paolos Onkel im Oktober.

»Warum ist es so grün?«, frage ich.

Paolo erklärt mir, dass Oliven, die früh geerntet werden, ein grüneres und leicht bitteres natives Olivenöl Extra abgeben. Dann erzählt mir Luca von der frischen *mozzarella di bufala*. Obwohl ich mich mit diesem Käse genauso gut auskenne wie die anderen auch, höre ich fasziniert zu, als er mir erklärt, dass er aus der Milch von Wasserbüffeln gemacht wird, die seit Hunderten von Jahren in den Hügeln Kampaniens, in der Nähe von Neapel, leben. Ihre Milch wird so erhitzt, dass der Käsebruch von der Molke getrennt wird, ehe man ihn in heißes Wasser gibt, bis der Käse sich dehnen und zu Mozzarella-Kugeln geformt werden kann, die später in Molke getaucht werden, um sie frisch zu halten.

Es ist Ironie des Schicksals, dass ich mich mit meinem kaum vorhandenen Appetit im Gastronomie-Himmel befinde. Stella türmt einen riesigen Haufen Pasta auf meinen Teller, und ich weiß, dass ich es niemals schaffen werde, ihn aufzuessen. Sie erläutert mir die simple Freude einer *scarpetta*. »Das ist, wenn du ein Stück Brot nimmst und damit die restliche Pastasauce von deinem Teller wischst. Außerdem ist es besser für den Geschirrspüler«, scherzt sie. Als sie bemerkt, dass mein Teller immer noch halb voll ist, wird mir klar, dass ich mich trotz meiner außerordentlichen Bemühungen gerade einer Flut an Fragen von Luca und Paolo ausgesetzt habe, die wissen wollen, ob mir das Essen nicht geschmeckt hat.

Hinweis an mich selbst: das nächste Mal auf einer kleineren Portion bestehen.

Ich bin dankbar, als Stella die beiden mit einer Frage, bestehend aus nur einem Wort, unterbricht: *»Caffè?«* Worauf beide Jungs lautstark mit einem »Ja« antworten. Natürlich.

Ich helfe Stella, den Tisch abzuräumen, aber sie lässt mich

nicht das Geschirr spülen. Stattdessen schlägt sie vor, dass ich den Kaffee koche. Sie geht in den Keller, um für den Espresso etwas *liquore* aufzuspüren, da die Jungs ihren Kaffee *corretto* trinken: ein Espresso mit einem Schuss Alkohol wie Sambuca oder Grappa, wie sie mir erklärt. Ich sehe mich nach der Kaffeemaschine um, aber ich finde nur Töpfe, Pfannen und handgefertigte Holzlöffel, die an der gefliesten Küchenwand hängen. Und dann entdecke ich die gleiche Art von Aluminium-Espressokanne, wie sie meine Nonna Lina früher in ihrer Küche hatte. Ich schraube den oberen Teil ab und fülle Wasser in das Unterteil. In einer kunstvoll handbemalten Majolika-Dose finde ich die gemahlenen Kaffeebohnen und atme den köstlichen Duft ein. Als ich ein paar Löffel Kaffee auf den Filtereinsatz lege und flach drücke, spüre ich, dass hinter mir jemand die Küche betritt. Ich muss mich nicht umdrehen, um zu sehen, wer es ist, denn ich erkenne ihn bereits am Geruch.

»Hier, ich zeige es dir, *Australiana.*« Luca nimmt mir die Espressokanne aus der Hand, wobei seine Hand kurz die meine streift. Die Berührung setzt einen ganzen Schmetterlingsschwarm in meinem Bauch frei »Wenn du ihn zu fest andrückst, kommt das Wasser nicht richtig durch und der Kaffee verbrennt.«

»Ah, richtig, daran erinnere ich mich«, sage ich und nicke. »Meine Nonna hat mir das immer eingebläut.«

»Du hast italienische Wurzeln?«

»Ja, von der Seite meines Vaters, um genau zu sein. Er wurde in Italien geboren, aber seine Familie ist nach Australien gezogen, als er noch sehr jung war. So konnte ich einen italienischen Pass beantragen.«

»Allora parli italiano?«

Ob ich Italienisch spreche? Oje.

»Ein bisschen. *Poco, poco*«, antworte ich in dem Versuch, meine rudimentären Italienisch-Kenntnisse anzuwenden.

»Also bist du hergekommen, um Italienisch zu lernen?«

»Nicht ganz … es ist etwas kompliziert. Ich habe beschlossen, mir nach der Highschool eine Auszeit zu nehmen. Ich … hatte vor, an der Uni zu studieren, aber … ich habe meinen Studienplatz abgelehnt.«

»Was wolltest du denn studieren?«

So viele Fragen. Ich weiß nicht, ob ich bereit dafür bin.

»Kunst.«

Er hebt die Augenbrauen. »Du bist Künstlerin?« Er klingt interessiert.

»Na ja, irgendwie schon, schätze ich. Ich liebe es zu malen.«

Habe es geliebt. Jetzt bin ich mir nicht mehr so sicher.

»Na ja, dann bist du dafür am besten Ort in Italien.« Er dreht sich um, um nach dem Kaffee zu sehen. »Ich weiß schon, wohin ich dich morgen ausführe.« Fasziniert betrachte ich ihn. Er ist so selbstsicher.

»Ich habe nie gesagt, dass ich morgen kann.«

»Oh, also bist du beschäftigt?« Er nimmt den Deckel von der Espressokanne.

»Nein, aber …«

»Dann *si*, sag einfach *si*.« Er lächelt und hebt die Augenbrauen, als er sich zu mir umdreht. *»E prendi la vita come viene.«*

Ich lache. »*Si*. Ja. Okay.«

3. KAPITEL

Ein Jahr zuvor

Als es an meiner Zimmertür klopfte, streckte ich den Kopf unter meiner Steppdecke hervor und zwang mich, die Augen zu öffnen.

»Du kannst deine Tage nicht ewig so verschlafen, Mia. Wir haben einen Termin – du musst aufstehen«, sagte Mum. Sie riss mir die Decke weg und zuckte zusammen, als sie mich eingerollt in der Fötus-Position darunter sah.

»Keine Ärzte mehr. Bitte, Mum.«

»Sie ist keine Ärztin. Zieh dir etwas Bequemes an.« Sie machte sich daran, das Zimmer zu verlassen.

»Warte, wohin gehen wir?«

Mit ernstem Gesichtsausdruck drehte sie sich wieder zu mir um. »Ich möchte, dass du dich mit jemandem triffst. Sie ist die Freundin einer Freundin. Ich glaube, dass sie dir helfen kann.«

»Kann sie nicht.« Ich zog mir die Decke bis zum Kinn.

»Gott, Mia, denkst du, das ist leicht für mich? Dich so zu sehen? Siehst du denn nicht, dass ich versuche, dir zu helfen? Lass mich rein, vertrau mir … nur dieses eine Mal.«

Ich stieß einen tiefen Seufzer aus. »Wer ist sie?«

»Sie heißt Sarah.«

»Therapeutin?«

»Meditationslehrerin.«

Ich verdrehte die Augen und ließ meinen Kopf zurück auf das Kissen fallen. »O mein Gott, Mum, ist das dein Ernst?«

»Außerdem ist sie eine Kämpferin. Komplette Remission. Seit zwölf Jahren.«

»Schön für sie.« Ich starrte an die Decke.

»Wir müssen positiv denken, Mia.«

Ich setzte mich auf und sah ihr direkt in die Augen. Sie schluckte schwer und versuchte, meinem Blick auszuweichen. Ich fuhr mir mit den Fingern durch das Haar und löste mühelos einige Strähnen von meiner Kopfhaut. Das schlaffe Haarbüschel in der Hand, streckte ich meine Arme in ihre Richtung aus. Mum starrte einfach nur auf die verwaisten Strähnen und blinzelte.

»Adam, kannst du bitte herkommen?«, rief sie meinem Dad zu.

Sie trat an mein Bett, und zum ersten Mal fiel mir auf, dass ihre Kleider ihr nicht mehr passten; sie hingen von ihren kaum noch vorhandenen Kurven an ihr herunter. Um ihre Augen hatten sich zusätzliche Fältchen gebildet. Sie setzte sich neben mich und versuchte, meine Hände zu nehmen, aber ich zog sie weg und fuhr wieder über meinen Kopf, wobei ich weitere Haarbüschel zu fassen bekam. Ich schüttelte den Kopf und ballte die Fäuste. Etwas in mir zog sich zusammen, und durch die Tränen hindurch fing ich an zu schreien: »Wie soll ich positiv bleiben, wenn mir so etwas passiert?«

Die Farbe wich aus ihrem Gesicht, und sie fasste sich unwillkürlich an die Schläfen.

Ich schrie weiter. »Das ist es, was passiert, wenn man an Krebs …«

»Stopp! Ich will es nicht hören, Mia!« Ihre Augen füllten sich mit Tränen.

Ich schnappte nach Luft und schlug mir die Hände vor den Mund. »Glaubst du, dass es so enden wird? Du glaubst nicht, dass ich es schaffe, oder?« Als sie nicht antwortete, setzte ich mich auf, um mit ihr auf einer Höhe zu sein. »Oder? Du schleichst dich hier nachts herein, wenn du denkst, dass ich schlafe, und beobachtest mich, um dich zu vergewissern, dass jeder Atemzug nicht mein letzter ist. Und damit du dich später, wenn das Bett einmal leer ist, daran erinnern kannst, wie dieses Zimmer ausgesehen hat. Du glaubst doch gar nicht daran, dass ich ihn besiegen …«

»Das reicht, Mia«, fiel mir Dad ins Wort. Er stand mit der Zahnbürste in der Hand in der Tür zu meinem Zimmer.

Ich wandte meinen Blick ab, und Mum richtete sich auf. Sie fuhr mit den Fingern über die Bettdecke, um die losen Haarsträhnen aufzusammeln. Dann öffnete sie meine zu Fäusten geballten Hände, um mir die Haarbüschel wegzunehmen, die ich immer noch umklammert hielt. Sie stand auf und legte meine Haare mit einer solchen Behutsamkeit in den Papierkorb, dass man fast meinen mochte, sie wären auf ganz natürliche Art ausgefallen, an der nichts Destruktives war. Dann verließ sie das Zimmer, wobei sie es vermied, Dad in die Augen zu sehen.

»Zieh dich an, Mäuschen«, sagte er. »Ich nehme mir den Tag frei. Nach deinem Termin unternehmen wir was Schönes.«

Ich schnäuzte mich und nickte, und Dad verließ das Zimmer, um meiner Mum den Flur hinunter zu folgen. Einen Augenblick später hörte ich sie laut aufstöhnen. Dann schlug die Badezimmertür hinter ihnen zu.

Ohne mich umzuziehen, ging ich in die Küche. Ich wollte gerade den Mixer einschalten, der bereits mit einer Auswahl der »effektivsten Obst- und Gemüsesorten gegen Krebs« gefüllt war, über die Mum gelesen hatte. Sie hatte darauf bestanden, dass ich sie jeden Morgen als Smoothie trinke, der aussah wie eine Pampe, die mit einem Bagger direkt aus dem Sumpf geholt worden war. Da hörte ich Dads erhobene Stimme durch das Haus schallen.

Ich verließ die Küche und blieb wie erstarrt auf der anderen Seite der Badezimmertür stehen.

»Du musst dich zusammenreißen, Julie! Du machst ihr Angst!«

»Glaubst du, das weiß ich nicht? Glaubst du, ich versuche es nicht? Jedes Mal, wenn ich in ihre Augen sehe und mir diese Traurigkeit entgegenblickt und ich weiß, dass ich nichts tun kann, um das alles für sie besser zu machen, zerbreche ich. Ich zerbreche, denn ich möchte sie einfach nur in den Armen halten und den Schmerz wegküssen. Das ist es, was Mütter tun sollten. Und ich hasse es, dass ich das nicht für sie tun kann.«

»Du *musst* einen Weg finden, für sie stark zu sein. Du musst ihr zeigen, dass es immer noch Hoffnung gibt.«

»Wie viel Hoffnung kann ich noch haben, wenn meine einzige Tochter mit jedem Tag mehr Lebensmut verliert? Wenn sie sich von allem und jedem zurückzieht – vom Malen, von ihren Freunden, von dir und mir. Es bringt mich …«

Es folgte eine lange Pause.

»Du musst weiter daran glauben, Julie. Wenn du es nicht tust, wie kann Mia es dann? Die Statistiken sind auf unserer Seite. Sie wird das durchstehen.«

»Wie soll *ich* es durchstehen, wenn sie es nicht tut?«

Im Haus wurde es ganz still. Ich wollte weggehen, denn ich wollte die Antwort nicht hören. Ich wollte nicht darüber nachdenken, wie es für meine Eltern sein würde, falls ich sterben würde, aber ich konnte mich nicht bewegen. Es war, als hätte mich die lähmende Realität durchbohrt, was hier eigentlich mit mir geschah, mit ihnen, mit uns.

»Ich weiß es nicht«, sagte Dad. Und das war es, was am meisten wehtat – dass er es nicht wusste. Er sollte es doch wissen – er war derjenige, der immer alle Antworten kannte.

Ihre nächsten Worte waren gedämpft, und ich konnte nichts mehr hören, bis Mum plötzlich die Tür öffnete und mich davor stehen sah. Ich blickte an ihrem verweinten Gesicht vorbei zu Dad, der in seiner Pyjamahose und mit dem surrenden elektrischen Rasierer in der Hand dastand.

Eine unangenehme Stille breitete sich zwischen uns aus, dann sah Dad mich an und hielt meinen Blick fest. Er lächelte. Es war die Art von Lächeln, die mit der ganzen Liebe durchdrungen ist, die Eltern für ihr Kind haben. Er schaltete den Rasierer aus, ging auf mich zu, und als er meine Hand in seine nahm, sah er mich mit einem unerträglichen Ausdruck von Verzweiflung an und sagte: »Du musst kämpfen, Mia.« Er drückte mich so fest an sich, dass ich kaum atmen konnte. Als seine Hand den Flecken kahle Haut an meinem Hinterkopf berührte, vergrub er sein Gesicht in meinem Nacken. »Nur noch ein paar Runden, Mäuschen, dann hast du es geschafft.«

An diesem Morgen erklärte ich mich dazu bereit, zu meiner ersten Meditationsstunde mit Sarah zu gehen. In dem Gebäude, das am Fuße der Dandenong Ranges lag und von Ebereschen umgeben war, die in den Himmel emporragten, roch es nach Räucherkerzen, und abgesehen von den Gesängen, die aus einem der Räume in den Flur hinausdrangen, war es still. Ich warf Dad einen Blick zu, er hob die Augenbrauen, und ich konnte mir ein belustigtes Lächeln nicht verkneifen. Sarah kam uns entgegen und klatschte in die Hände, als sie uns sah.

»Bereit, den Blick nach innen zu richten?«

Ich zuckte mit den Achseln. »Schätze schon.«

»Komm, ich möchte dir etwas zeigen.«

Sie führte mich hinaus in einen Garten, der mit wuchernden Baumfarnen gesäumt war, und bedeutete mir, mich auf eine Holzbank zu setzen. Ich wartete darauf, dass sie etwas sagte, aber sie tat es nicht. Ich zog mir meine Beanie-Mütze tiefer über die Ohren und wartete, wobei meine Frustration mit jeder Minute, die verstrich, größer wurde. Meine Gedanken verdrehten sich ineinander wie zu einem Seil, das sich schließlich zu einem schmerzhaften Knoten in meinem Magen zusammenzog, und als ich kaum noch meine Finger und Zehen spüren konnte, wollte ich etwas sagen, aber Sarah hob einen Finger an den Mund, und so ging das Schweigen weiter. Ich verlagerte mein Gewicht auf der Bank und setzte mich auf meine Hände, um sie ruhig zu halten.

Irgendwann stand Sarah auf. »Du kannst jetzt nach Hause, Liebes.«

Ich spürte, wie sich mein Gesicht zu einem Stirnrunzeln verzog. »Aber ich dachte …«

»Darum geht es, ja.« Sie schenkte mir ein kurzes Lächeln. »Bis nächste Woche?«

»Ja, klar.«

Drei Monate später freute ich mich auf meine Sitzungen mit Sarah.

»Du musst mir vertrauen, aber noch viel wichtiger ist, dass du dem vertraust, was du fühlst und was du siehst«, sagte Sarah an einem Nachmittag im Meditationszentrum. Sie zündete ein Räucherstäbchen an und steckte es in den hölzernen Halter.

Ich saß auf meinem Zafu-Kissen und ging in den Lotussitz, die Knie am Boden, der Rücken aufrecht, und atmete tief ein, so wie sie es mir gezeigt hatte.

»Atme durch die Nase ein und durch den Mund wieder aus … Spüre, wie dein Körper sich mit jedem Atemzug entspannt. Stell dir beim Ausatmen vor, dass alle Sorgen oder Spannungen, die du hast, aus dir herausfließen – lass alles mit dem Atem raus.«

Ich ließ alle meine Gedanken – große und kleine – über das Leben und den Tod und alles, was dazwischenlag, an mir vorbeiziehen, ohne ihnen weitere Beachtung zu schenken. Es gefiel mir, wie die Meditation dabei half.

»Wenn du vollkommen entspannt bist, möchte ich, dass du dir vorstellst, dass du auf einer saftig grünen Wiese sitzt. Es ist ein heller, sonniger Tag, und du kannst die Wärme der Sonnenstrahlen auf deiner Haut spüren. Wenn du bereit bist, möchte ich, dass du dich in dein Leben hineinfühlst, so wie es jetzt ist. Achte auf alle Wörter, die dir in den Sinn kommen.«

Leer.

»Und auf alle deine Gefühle.«

Traurig. Ängstlich. Verloren.

»Und alle Bilder, die du vor dir siehst. Denk daran, dass du es dir erlauben solltest, ohne Wertung zu sehen und zu fühlen. Es gibt kein Richtig oder Falsch. Es gibt nur das, was da ist.«

Ganz langsam erschien vor meinem inneren Auge das Bild von zwei männlichen Armen, deren Hände sich nacheinander streckten. Die Zeigefinger an beiden Händen zeigten aufeinander, berührten sich jedoch nicht ganz. Ich wusste, dass ich dieses Bild schon einmal irgendwo gesehen hatte, dass es Teil von etwas Größerem war, aber dieser verwirrende Gedanke verschwand, als eine der Hände plötzlich nach meiner griff. Ein Gefühl vollkommener Sicherheit und größten Friedens überkam mich. Dann löste sich die Hand in nichts auf und ließ mich mit dem Verlangen zurück, ihr wieder näher zu kommen, noch lange nachdem sie verschwunden war.

»Jetzt möchte ich, dass du dir eine Tür vorstellst. Konzentriere dich auf den Gedanken, dass sich hinter dieser Tür die Antwort auf deine Gebete befindet oder die Lösung für dein Problem oder eine Art von Anleitung, welche Schritte du in deinem Leben unternehmen musst, um zu heilen oder Frieden zu finden. Du solltest wissen, dass du vollkommen sicher und beschützt bist, wenn du durch diese Tür gehst.«

Im Geist ging ich durch die Tür und befand mich in einem Flughafen. Ich blickte auf meine Hände hinunter und sah, dass ich eine Bordkarte festhielt, auf der mein Name stand, aber kein Reiseziel. Als ich aufsah, war ich auf einmal wieder draußen, inmitten von Hügeln voller Olivenbäume und Landhäusern, die an üppige Weingärten angrenzten. Ich sah mich nach einem Hinweis um, der mir verraten würde, wo ich war. Und dann fand ich ihn: Vor mir erstreckte sich die wunderschöne Aussicht auf Florenz.

»Wenn du so weit bist, möchte ich, dass du dich umdrehst und die Tür hinter dir schließt«, wies mich Sarah an.

Ich drehte mich um, um einen letzten Blick auf die Landschaft zu werfen, die sich so weit weg und gleichzeitig so echt und tröstend anfühlte.

»Also, wie war es, Mia? Welche Anleitung hast du bekommen?«

»Es war … unglaublich«, antwortete ich und streckte meine Beine aus. »Das wird sich jetzt vielleicht verrückt anhören, aber ich glaube, ich möchte nach Italien reisen.«

»Italien?« Sie lächelte überrascht.

»Na ja, Florenz, um genau zu sein. Nachdem sie mir grünes Licht gegeben haben. Falls sie mir grünes Licht geben.«

Noch nie hatte ich mir so sehr gewünscht, Entwarnung zu bekommen, wie in diesem Moment. Nachdem ich mich bis zur vierten Chemo-Runde gekämpft hatte, hatte ich versucht, wieder zu malen. Aber egal, wie sehr ich mich bemühte, die richtigen Farben zu finden, mein Pinsel hatte etwas ganz anderes gemacht, als ich wollte. Auf den Bildern, die am Ende entstanden, waren formlose, dunkle Gestalten und Schatten zu sehen, die von einer komplett anderen Version von mir gemalt worden waren. Und ich hatte Angst, dass diese Version die Mia, wie sie vor dem Krebs war, nicht mehr erkennen würde. Eines Tages, als ich ein absolut scheußliches Bild aus Grautönen und dunklen Schleiern auf die Leinwand gebracht hatte, schleuderte ich meine Pinsel auf den Boden und stieß die Staffelei mit solcher Wucht um, dass ich stolperte, hinfiel und keine Kraft mehr fand, wieder aufzustehen. Während ich so dalag, die Dielen unter meiner Wange, erinnere ich mich, gedacht zu haben, dass es vorbei war. Wenn ich nicht mehr malen konnte, war nichts mehr von mir übrig.

Meine Mum kam ins Zimmer gerannt und kniete sich neben mich. »Bist du hingefallen? Sag mir, wo es wehtut!«

»Nirgendwo«, antwortete ich. Die Wahrheit war, dass es überall wehtat. Sie half mir, mich aufzusetzen. Meine Hände glitten durch die nasse Farbe auf dem Boden, und ich nahm meine Pinsel und drückte sie fest gegen meine Brust, als könnte ich dadurch wenigstens für einen kurzen Moment spüren, wie sich das Leben früher angefühlt hatte.

Meine Mum sah mich mit verängstigten, traurigen Augen an und sagte mir, dass sie sich um das Durcheinander kümmern würde.

Ich zog die Knie an meine Brust, vergrub den Kopf in den Händen und schrie: »Ich will nicht, dass du dich darum kümmerst, Mum! Ich will nicht, dass du das alles in Ordnung bringen musst! Ich muss die Dinge selbst in Ordnung bringen.« Nur wusste ich einfach nicht, wie ich das anstellen sollte. Mum zuckte bei meinen Worten zusammen. »Mum ... es tut mir leid.«

»Hier.« Sie reichte mir einen Pinsel.

Sie nahm ein Tuch und begann, die Farbe erst von meinem Unterarm und dann von jedem Finger einzeln zu wischen. Ich sah ihr zu, wie sie jede Spur von Farbe tilgte und dieser Aufgabe jene Art von Aufmerksamkeit widmete, wie sie es getan hatte, als ich noch ein kleines Mädchen gewesen war und mit einem aufgeschlagenen Knie oder einer leichten Verbrennung zu ihr gerannt war. Ich war zwar selbst keine Mutter, aber in diesem Moment zeigte sie mir, was es bedeutete, eine zu sein, und mir wurde klar, dass es ihr auf ausgezeichnete Weise gelang, die beste Art von Mutter zu sein. Als sich ihre Finger um mein Handgelenk schlossen und das Tuch über meine Haut streifte, fühlte ich mich besser, wenn auch nur für den Bruchteil einer Sekunde. Das hier war meine Mum, die zu einem Leben voller Unsicherheit gezwungen war, in dem sie keine andere Wahl hatte, als abwechselnd die Rolle der Mutter,

Ehefrau, Therapeutin, Krankenschwester, Chauffeurin und des ständigen emotionalen Fußabtreters zu spielen und dabei die ganze Zeit zu versuchen, den kleinen Funken Hoffnung zu bewahren, dass ich meinen nächsten Geburtstag noch erleben würde.

»Es wird besser, weil du da bist«, flüsterte ich.

Sie legte das Tuch zusammen und begann lautlos zu schluchzen, und ihre Brust hob und senkte sich, während sie versuchte, die Tränen zurückzuhalten. Sie blickte zur Decke hoch, als würde sie vom Himmel neue Kraft erbitten, und legte sich dann einen Finger an die Lippen, als würde sie darüber nachdenken, was sie mir sagen sollte.

»Du musst nichts sagen. Ich wollte nur, dass du es weißt.«

Zwei Tage später kam ein Anruf von Dr. Henderson. Eine Woche später buchte ich mein Flugticket. Neun Monate später kam ich in Florenz an.

4. KAPITEL

Draußen werkelt Stella im Garten herum, während ich gegen den Drang ankämpfe, nach dem üppigen Essen einen Mittagsschlaf zu machen, und mich stattdessen gemächlich auf meinen ersten Ausflug nach Impruneta vorbereite. Nachdem ich mir eine Handvoll Haare nach hinten gesteckt habe, damit sie mir nicht ins Gesicht fallen, schminke ich mich zum ersten Mal seit Monaten wieder und lasse zu, dass die künstliche Farbe, mit der ich meine Wangen bestäube, mich zumindest äußerlich ein wenig ins Leben zurückholt.

Ich setze meinen breitkrempigen Hut auf und schlendere die Kiesauffahrt der Villa hinunter. Auf halber Höhe des steilen Hügels setze ich mich auf eine niedrige Mauer und bewundere die Aussicht, während meine Finger auf dem warmen Stein ruhen. Hier bin ich also und erfülle meinen Teil der Abmachung, indem ich meiner Intuition gefolgt bin. Zwar ohne genau zu wissen, was ich mir von diesem Abenteuer erhoffe, aber bereit für alles, was mir das Leben hier bringen könnte. Merkwürdig vertrauensselig, wenn man bedenkt, dass ich einem willkürlichen Funken Hoffnung die Möglichkeit gegeben habe, meine Leidenschaft für das Leben neu zu entfachen. Meine Gedanken schweifen in die übliche Richtung ab, zu den Sorgen über meine Lebenserwartung.

Es sollte mir eigentlich leichtfallen, mich auf die neunzig Prozent Überlebensrate für das Hodgkin-Lymphom im zweiten Stadium zu konzentrieren, aber das tut es nicht. Die restlichen zehn Prozent verfolgen mich wie eine dunkle Wolke, die bedrohlich über mir schwebt, bereit, aufzubrechen und meinen Körper jederzeit mit saurem Regen zu überschütten.

Mal ehrlich, die Statistiken waren nicht unbedingt auf meiner Seite, wenn man bedenkt, dass ich eine von 479 Personen bin, bei denen das Lymphom überhaupt erst aufgetreten ist.

Ich fange an, mich auf meine Atmung zu konzentrieren, so wie Sarah es mir beigebracht hat. *Einatmen, Luft anhalten … und ausatmen*, und irgendwann verfliegen die Gedanken. Als ich mich in meinem Zen-ähnlichen Zustand dem Stadtzentrum nähere, höre ich von überall her das Brummen der Roller und der komischen kleinen Dreirad-Laster, genannt *Ape,* die gelegentlich vorbeirattern.

Eine warme Brise aus dem Norden streift über meine Haut und löst ein paar Haarsträhnen, die mir um das Gesicht tanzen, während ich das, was hier und jetzt vor mir liegt, in mich aufsauge. Sarahs Worte hallen mir durch den Kopf: »Mia, konzentriere dich nur auf die Gegenwart, denn das ist es, worauf es wirklich aufkommt.« Mein Herz dehnt sich aus, und ein gewaltiges Gefühl der Dankbarkeit überkommt mich. In diesem Augenblick bin ich nicht das Mädchen, das den Kampf mit dem Krebs überlebt hat. Ich bin nicht das Mädchen, das nicht mehr weiß, wer es ist. Ich bin nicht das Mädchen, das in der Nacht von Albträumen geweckt wird, mit dem schrecklichen Gefühl, dass es seinen nächsten Geburtstag vielleicht nicht mehr erleben wird. In diesem Augenblick bin ich einfach nur *ich selbst*. Ich ertappe mich dabei, wie ich laut vor mich hin singe, bis ich von einer Gruppe Jungen aufgeschreckt werde, die mir aus einem himmelblauen Fiat Cinquecento *»Ciao Bella!«* hinterherrufen.

Als ich mich der Piazza nähere, geht die glatte, asphaltierte Straße in eine mit Kopfsteinpflaster ausgelegte Einbahnstraße über. Es ist kurz vor vier Uhr, und während die Ladenbesitzer an der Piazza Buondelmonti die Metallgitter vor ihren Schaufenstern nach oben ziehen und sich für die zweite Hälfte des Tagesgeschäfts bereit machen, erwacht die Stadt langsam aus ihrem Mittagsschlaf. Ausgeruht von ihrer Siesta, wagen sich die Leute wieder auf den Hauptplatz, nachdem sie mittags die Rollläden ihrer Wohnungen für die *riposo* heruntergezogen hatten.

Neben der großen Basilika steht eine Reihe von Vintage-Motorrädern. Es ist Dienstag, und Menschen in jedem Alter strömen nach der Nachmittagsmesse aus der Kirche und sammeln sich in kleinen Grüppchen davor. Der leidenschaftliche Singsang der italienischen Sprache wird durch die Luft getragen. Zwischen Zigarre rauchenden Männern und kleinen Kindern, die in der Mitte der Piazza Fußball spielen, kann ich mich nicht entscheiden, welche Gruppe ich zuerst beobachten soll. Sie alle faszinieren mich: ihre Eigenheiten, ihr Auftreten, ihre Sprache.

Der Pfarrer folgt der letzten Gruppe der Kirchgänger und beginnt unter einem der fünf großen Rundbögen seinerseits ein angeregtes Gespräch mit einem seiner Schäfchen. Die Basilica Santa Maria stammt, meinem Fodor's Reiseführer, zufolge aus dem Jahr 1060 und wurde restauriert, nachdem ihre Barockdecke während des Zweiten Weltkriegs bei einem Bombenangriff zerstört wurde. Ich fühle mich am wohlsten, wenn ich von Kunst umgeben bin, und da ich die Stille meiner eigenen Gesellschaft gewohnt bin, verbringe ich hier mühelos eine Stunde in der Basilika und nehme ihre reiche Geschichte und Schönheit in mich auf. Ein flüchtiger Gedanke an die Zukunft steigt in mir auf, und ich frage mich, ob ein Studium an der Kunstakademie in Florenz eines Tages eine realistische

Möglichkeit für mich wäre. Zu weit in die Zukunft zu denken verursacht immer ein flaues Gefühl in meinem Magen. Daher tue ich mein Bestes, es zu ignorieren, und mache mich auf den Weg zum Ausgang. Eine starke Eingebung zwingt mich jedoch dazu, mich wieder umzudrehen.

»Wenn du dir eines Gedankens oder eines Gefühls unsicher bist, dann setz dich hin und lass ihn oder es auf dich wirken, bis die Antwort zu dir kommt«, würde Sarah sagen.

Ich nehme auf der hinteren Kirchenbank Platz und sitze einfach nur da, während das unbehagliche Gefühl mit jeder Sekunde stärker wird. Es löst sich erst auf, als ich mir eingestehe, was ich fühle. Ich denke an den Kampf, den ich gezwungen war zu kämpfen, und wie ein Rohr, das vor Druck platzt, bricht die Wut aus mir heraus. Ich will, dass sich mein Leben so anfühlt, wie es sich *früher* angefühlt hat: voller Möglichkeiten, ungetrübt von Angst. Ich spüre das intensive Bedürfnis, dorthin zurückzukehren, nur weiß ich nicht, wie. Ein Schwall von Tränen ergießt sich wie ein Wasserfall über meine Wangen. Sie kitzeln mich am Hals, fließen weiter über mein Schlüsselbein und tropfen schließlich auf mein T-Shirt. Irgendeine unbekannte Macht bringt mich dazu, mich hinzuknien. Ich vergrabe das Gesicht in meinen Händen und trauere um das verlorene Jahr, das eines der besten meines Lebens hätte werden sollen. Ich schluchze hemmungslos um das, was mir fortgerissen wurde, und während ich in der Ungestörtheit dieses heiligen Ortes zusammenbreche, sehe ich zu Jesus auf, der mit blutenden Händen und herabhängendem Kopf am Kreuz hängt, und flehe darum, mich selbst zurückzubekommen.

»Zeig mir den Weg«, flüstere ich.

Ich wische mir mit meinem klammen Arm über das Gesicht und beruhige mich langsam wieder, während der Pfarrer, der mich anscheinend beobachtet hat, in seinem creme- und goldfarbenem Messgewand vorsichtig auf mich zukommt, so als würde er sich einem wilden Tier nähern.

»Geht es Ihnen gut, *signorina*?« Er sucht meinen Blick.

Ich nicke nur, denn es fällt mir schwer, die richtigen Worte zu finden, vor allem auf Italienisch. Er reicht mir ein Taschentuch, das ich dankbar annehme. Ich trockne mein Gesicht, schnäuze mich, und als ich aufblicke, sehe ich, dass er immer noch auf eine Antwort wartet. Mein Mund öffnet und schließt sich, aber ich bringe keinen Laut hervor. Ich spüre das Gewicht seiner kleinen, knochigen Hand auf meiner Schulter.

»Ich bin Vater Damiano.«

Ich lege meine Handflächen zusammen und nicke ihm zu, was die einzige Art ist, wie ich momentan meine Dankbarkeit ausdrücken kann. Dann wende ich mich ab und eile zum Ausgang, in der Hoffnung, dass mein Gebet erhört wird.

Sarah hat immer gesagt, dass irgendwann die Zeit kommen wird, in der ich mir meine Gefühle eingestehen würde, auch wenn ich noch nicht bereit bin, mit ihr oder jemand anderem darüber zu reden. »Wenn das passiert, Liebes, wirst du wissen, dass du auf dem Weg der Heilung bist – von dem, was der Grund für all den Schmerz in deinem Herzen ist.«

Ich gehe zu dem Springbrunnen auf dem Platz, spritze mir das kalte Wasser ins Gesicht und wasche mir die restlichen Spuren der Tränen und die Überreste meines Make-ups ab. Mir ist nicht danach, schon nach Hause zu gehen, also beschließe ich, mir einen Kaffee zu gönnen. Vor der Bar sitzen hauptsächlich Männer mit flachen Mützen, die friedlich Passanten beobachten oder aber hitzig eine Partie Karten spielen. Es ist kein übliches Kartendeck, und ich erkenne eines der Spiele, die sie spielen. *Scopa.* Als ich acht Jahre alt war, hat mir mein Nonno Aldo mit seinen sizilianischen Spielkarten dieses Spiel beigebracht. Er hat mich jedes Mal gewinnen lassen, um meinen heftigen Wutanfällen zu entgehen, wenn ich verlor.

Ich hole tief Luft und bestelle in meinem eingerosteten Italienisch beim Barmann einen Cappuccino.

»Cappuccino trinkt man zum Frühstück!«, neckt er mich. »Ihr *stranieri*, ihr trinkt Milchkaffee am Nachmittag. Das ist, als würde man Cornflakes zum Abendessen essen!« Er kichert.

Hab's kapiert: Espresso macchiato von jetzt an.

Der Barmann ist wahrscheinlich Mitte vierzig und erinnert mich an Roberto Benigni aus *Das Leben ist schön*.

»Ah, *si*. Könnten Sie einen *macchiato* daraus machen, *per favore?*«, frage ich in dem Versuch, so einheimisch wie möglich zu klingen.

»Come ti chiami, bella?«

»Ich heiße Mia.«

»Silvio.« Er lächelt freundlich und zeigt auf sein Namensschild. »Schön, dich kennenzulernen, Mia. Lass mich raten, du kommst aus Amerika.« Er hebt die Augenbrauen. »Chicago!«

Ich schüttle den Kopf.

Er schürzt die Lippen und tut so, als würde er nachdenken. »Los Angeles!«

Wieder schüttle ich den Kopf und lächele ihn an.

»New York!« Seine Augen leuchten voller Humor.

Ein weiterer Barmann kommt aus der Küche, packt Silvio und lässt ihn herumwirbeln.

»Aah! *New York, New York*!« Er stimmt das berühmte Lied von Frank Sinatra an.

»Matteo, das ist Mia – sie kommt aus …« Silvio mustert mich und zwinkert mir zu. Matteo hat weißes Haar und sieht aus, als sollte er schon längst im Ruhestand sein, auch wenn er sich mit der Geschmeidigkeit eines Fünfundzwanzigjährigen bewegt.

»Melbourne«, beende ich Silvios Satz.

»Australien? Also das ist ziemlich weit weg von hier.« Silvio reibt sich das Kinn.

»*Piacere.* Genießt du deinen Urlaub?«, erkundigt sich Matteo.

»Ich bin gerade erst angekommen, aber so weit, so gut«, antworte ich.

»Wir haben Mädchen wie dich schon gesehen, *signorina* Mia. Warte nur ab, bis du dich verliebst«, sagt Silvio neckend, so als könnte er schon vor sich sehen, wie sich mein Leben abspielen würde.

Ich lächle höflich und sage ihm, dass ich momentan nicht auf der Suche nach der Liebe bin.

»Ah, aber du hast den unwiderstehlichen Luca noch nicht kennengelernt.« Silvio zwinkert Matteo zu.

Ihr kleinstädtisches Verhalten amüsiert mich, trotzdem wird meine Verlegenheit immer größer, und ich spüre, wie sich meine Wagen röten, bis sie glühend heiß sind. Sicherlich meinen sie nicht denselben Luca. Es ist vollkommen unvernünftig, dass mir bei dem Gedanken, er könnte ein berüchtigter Herzensbrecher sein, schwer ums Herz wird. Das hätte mir gerade noch gefehlt. Mich in den Falschen zu verlieben und genauso kaputt nach Hause zurückzukehren, wie ich angekommen bin. Bevor das Gespräch noch unangenehmer wird, wende ich mich ab, um mich hinzusetzen, doch dann fällt mir ein, dass Sarah mir eingebläut hat, mich nur dann an einen Tisch zu setzen, wenn ich auch etwas essen möchte. Offensichtlich hatte sie recht; alle um mich herum trinken ihren Espresso stehend an der Bar.

»Eigentlich hätte ich auch noch gerne … eine Piadina.« Ich zeige auf das Erste, was mir in der Auslage ins Auge springt. Sieht so aus, als würde mein Abendessen heute aus einem Fladenbrot-Sandwich mit Käse und Prosciutto sowie einem Rucola-Salat bestehen. Ich hasse den bitteren Geschmack von Rucola.

»Getoastet?«, fragt Silvio.

»Si, grazie.«

An meinem kleinen wackligen Tisch mit Blick auf die geschäftige Piazza und ihre honigfarbenen Gebäude warte ich auf meine Piadina. Ich betrachte die Läden und übersetze *macellaio* als Metzgerei, *erboristeria* als Reformhaus und *salumeria* als Feinkostladen. Ich hole mein rosa-graues Moleskine-Notizbuch aus meiner Tasche und schreibe die neu gelernten Wörter auf.

Auf der anderen Seite des Platzes befindet sich eine Motorradwerkstatt, die für die Nachmittagsschicht noch nicht geöffnet hat. Ein großer Roller hält davor. Es ist ein kirschroter Piaggio. Die breiten Schultern des Fahrers kommen mir bekannt vor. Er nimmt seinen Helm ab, und es gibt keinen Zweifel mehr. Luca. Der Stadt-Casanova. Er trägt eine dunkle Jeans und ein eng anliegendes schwarzes T-Shirt, das die Muskeln an seinen sonnengebräunten Armen zur Geltung bringt. Er hat mich noch nicht gesehen, aber er geht auf die Bar zu.

Als ich merke, dass er in meine Richtung kommt, starre ich schnell auf meinen Teller hinunter und sehe erst auf, als er vor mir stehen bleibt.

»*Bella Mia, buonasera*«, sagt er in einem köstlichen Tonfall und neigt den Kopf leicht zur Seite. Sein Blick wandert zu meiner halb aufgegessenen Piadina.

O Gott. Ist es etwa auch total australisch, um fünf Uhr nachmittags eine Piadina zu essen?

Er grinst mich an, und unsere Blicke treffen sich. Eine magnetische Kraft scheint sie zusammenzuhalten. Es ist, als würde sich die Welt um uns herum zusammenziehen. Mein Herzschlag beschleunigt sich, und widerwillig wende ich den Blick von ihm ab und presse die Lippen aufeinander.

Atme, Mia.

»Ärgert dich Silvio?«, fragt er.

»*Salve*, Luca«, erwidert Silvio. *Salve*. Ein anderes Wort für *ciao*. Noch ein Eintrag in mein Moleskine.

»Silvio.« Luca nickt ihm zu. »*Un caffettino per favore.*« Er zieht sich einen Stuhl an meinen Tisch.

Ich schätze, Regeln sind dazu da, gebrochen zu werden.

»Hat es dir nicht geschmeckt?« Silvio wirkt besorgt, als er sieht, dass ich den Großteil meiner Piadina übrig gelassen habe, zusammen mit dem unberührten Rucola-Berg.

»Es war sehr gut, aber ich bin schon etwas voll. Wir hatten ein großes Mittagessen.«

»Du isst wie ein Spatz.« Luca lehnt sich in seinem Stuhl nach vorne. »Silvio, das ist Mia. Stellas neue Mitbewohnerin. Ich habe dir von ihr erzählt.«

»Ich weiß. Wir haben uns bereits kennengelernt. Er konnte nicht aufhören, von dir zu reden, Mia!«, ruft er, während er mit einem voll beladenen Tablett mit Tellern und Tassen in der Bar verschwindet.

Luca grinst und hebt die Augenbrauen.

Lässt sich dieser Typ durch nichts aus der Ruhe bringen?

»Du hast über mich geredet?«, frage ich herausfordernd. Ich kann nicht anders, ich möchte sein Selbstbewusstsein ein bisschen erschüttern.

»Es ist schwer, nicht über dich zu reden.«

Ich verschlucke mich fast an meiner eigenen Spucke, und meine Gedanken schießen wild durcheinander, während ich versuche, mir etwas einfallen zu lassen, das ich darauf erwidern könnte. »Also … du arbeitest da drüben?« Ich zeige auf die andere Straßenseite.

Er blickt hinüber und nickt nur mit einem gelassenen Gesichtsausdruck.

»Ähm … wohnst du in der Nähe?«

Silvio kehrt mit Lucas Espresso an unseren Tisch zurück. »Eigentlich bieten wir keinen Tischservice an, weißt du. Aber heute mache ich eine Ausnahme für dich, weil du dich in Gegenwart einer *bella donna* befindest.« Er zwinkert mir zu, als wären wir alte Freunde.

Luca kippt seinen Espresso in einem Zug hinunter. »Nicht weit weg von hier. Ich teile mir eine Wohnung mit Paolo. Ich bin nach Florenz gezogen, als ich achtzehn war. Ich wohne schon seit fünf Jahren hier.« Er hält inne, und sein Blick wandert über mein Gesicht. Ich bin mir sicher, dass er meine geröteten, geschwollenen Augen bis ins kleinste Detail analysiert.

»Bist du okay?« Er runzelt die Stirn.

»Mir geht's gut. Das sind wahrscheinlich die Allergien.«

Er nickt langsam und sagt dann: »Ich weiß, dass du lügst.« Trotzdem weist er als Nächstes darauf hin, dass sich auf der anderen Straßenseite eine *farmacia,* eine Apotheke, befindet.

»Wo kommst du ursprünglich her?«, erkundige ich mich.

»Orvieto. Es gibt dort nicht viel Arbeit, deshalb habe ich beschlossen hierherzuziehen, als Paolo mich gefragt hat, ob ich ihm mit der *officina* helfe.«

»Vermisst du deine Familie?« Ich muss an seine Eltern denken und daran, wie weit weg sie leben.

Im Bruchteil einer Sekunde verhärtet sich sein Gesichtsausdruck, und sein Kiefer spannt sich an. »Mehr, als du dir vorstellen kannst. Meine Eltern sind letztes Jahr bei einem Autounfall gestorben. Ein betrunkener Fahrer. Meine Schwester wohnt in Orvieto mit ihrem Mann und meinen zwei kleinen Neffen. Ich habe sie schon länger nicht mehr gesehen.«

Ich bin mir nicht sicher, wie ich damit umgehen soll, dass er mir diese intimen Details aus seinem Leben anvertraut. Irgendwie fühle ich mich nicht berechtigt, sie zu kennen. Das ganze Gespräch macht mich nervös. »Das mit deinen Eltern tut mir leid. Das muss sehr schwer für dich sein.«

»So ist das Leben, schätze ich. Es kann uns jederzeit ohne Grund einfach weggerissen werden.«

Tja, wem sagst du das …

Es tut mir so leid für ihn. *»Prendi la vita come viene«*, flüstere ich.

»Jeden Tag, als wäre es dein letzter.« Er lehnt sich über den Tisch, nimmt meine Hand und küsst sie. »*Bella Mia*, ich muss jetzt die Werkstatt aufmachen.« Und damit steht er vom Tisch auf. »Und wehe, du lernst bis morgen Abend irgendwelche gut aussehenden italienischen Männer kennen«, sagt er warnend und mit einer so sanften Stimme, dass ich sie am liebsten in eine Flasche eingekorkt und für immer bewahrt hätte.

Inzwischen geht er rückwärts die Straße hinunter und ruft dabei: »Sieben Uhr! Bei dir!«

Ich kann mir das Lachen nicht verkneifen.

Ja, so fühlt es sich an, wieder zu lachen, Mia.

»È cotto!«, ruft Silvio hinter mir. Ich habe keine Ahnung, was das heißt, aber ich kritzele das Wort in mein Moleskine, damit ich es später nachschlagen kann.

Allerdings weiß ich, was *»mia«* und *»bella«* bedeuten. Zusammen heißt das *meine Schöne,* oder wenn man meinen Namen nimmt, *schöne Mia.* Lucas Betonung nach zu urteilen, hat er Letzteres gemeint, aber ich muss mir eingestehen, dass ich auch gegen die erste Variante nichts einzuwenden hätte.

Anschließend verbringe ich ungefähr eine Stunde damit, die Läden und die malerischen Straßen und Gässchen zu erkunden, bevor ich zur Villa zurückgehe. Dort bereitet Stella gerade *panzanella* vor, einen typischen toskanischen Salat mit Tomaten und eingeweichtem altem Brot. Ich helfe ihr dabei, etwas rote Zwiebeln, Gurke und Basilikum zu schneiden, und um halb neun essen wir zu Abend. Sie sagt mir, dass ich mich daran gewöhnen muss, dass im Sommer spät gegessen wird. Danach setzen wir uns ins Wohnzimmer und sehen uns eine Quizshow im Fernsehen an, mit sehr vielen Tänzerinnen in glitzernden, knappen Kleidern.

»Sehr subtil.« Ich hebe die Augenbrauen.

»Das ist Italien. Es ist keine Schande hier, eine schöne Frau in Szene zu setzen«, erwidert sie kichernd.

»Jedenfalls ist man nicht sehr zurückhaltend.«

»Mehr Wein?«, fragt Stella.

»Nein, danke, ich bin schon ziemlich müde. Ich gehe bald schlafen. Es war ein langer Tag.« Ich gähne.

»Wie hat dir die Stadt gefallen?«

»Es war … schön. Tatsächlich bin ich Luca wieder über den Weg gelaufen.« Ich muss an sein schönes Gesicht denken. »Was heißt *è cotto*?«

»Gekocht.«

»Hä?«

»Es heißt auch … Oh, Mia!« Ihre Augen werden groß. »Ich *wusste* es!«

»Du wusstest was?«

»Es bedeutet, es hat ihn erwischt. Er ist verliebt! Ich kann es nicht glauben – seit Monaten versuche ich schon, ihn mit Kolleginnen von mir zu verkuppeln. Er hat sich für keine interessiert. Nicht, seit …«

Ich warte darauf, dass sie weiterspricht, aber als sie es nicht tut, rate ich.

»Seine Eltern?«

»Was? Er hat dir von seinen Eltern erzählt?«

»Ja.« Ich nicke. »Warum?«

»Er spricht nie von ihnen. Mit niemandem. Niemals. Es hat ihn ziemlich schwer getroffen. Es hat wehgetan, ihn so zu sehen. Du weißt ja, wie italienische Familien sind – man steht sich sehr nah. Er ist jeden Monat nach Hause gefahren, um seine Eltern zu besuchen, aber seit der Beerdigung war er nicht mehr dort«, sagt sie. »Wer hat dir gesagt, er wäre *cotto*?«

»Silvio. Der Kellner. Er erinnert mich an Roberto Benigni.«

»Ha! Und wie!« Sie lacht.

»Wir gehen morgen Abend zusammen aus.«

»O mein Gott! Du wirst Italien lieben, Mia. Ich weiß es einfach!« Sie tätschelt liebevoll mein Bein. »Ich hatte ein gutes Gefühl bei dir, weißt du.«

»Das freut mich, ich bei dir auch.« Ich werde ihr nicht von der Liste mit Hotels erzählen, die ich vor meiner Abreise zusammengestellt habe, für den Fall, dass es mir in der Villa nicht gefallen würde.

Ich ziehe mich in mein Zimmer zurück, lasse mich auf mein Bett fallen und schalte mein Handy ein.

Mum hat mir eine Nachricht geschickt, in der sie mich fragt, ob ich es schon geschafft habe, mir eine SIM-Karte zu besorgen.

Ich kann es kaum erwarten, wieder deine Stimme zu hören. Wie ist es dort so?

Besser, als ich es mir vorgestellt habe. Schau dir die Einrichtung an. Ich hänge ein Foto des Wohnzimmers an. Ich versuche, nicht daran zu denken, dass Mum ihre Firma für Inneneinrichtung auf Eis legen musste, als ich krank geworden bin.

Schatz! *Diese Lampe! Die Wandkunst! Denk an all die Dinge, die du dort malen kannst! (Wenn du es nur versuchst.) Ich habe zwei Farbkästen für dich eingepackt. Ganz unten in deinem Koffer. Pack ja alles aus!*

Darauf folgt eine ganze Serie von Nachrichten, in denen sie mir sagt, wie sehr sie mich liebt, wie sehr sie mich vermisst und wie sehr sie sich wünscht, dass sie hier bei mir sein könnte. Ich schlucke den Kloß in meinem Hals herunter. Ich vermisse sie auch. Ich weiß nur nicht, wie ich es ihr sagen kann. Also schreibe ich ihr zurück: *Ich liebe dich auch, Mum*, und hoffe, dass das fürs Erste ausreicht.

Ich ziehe mich um, schlüpfe unter die Decke und lege den Kopf auf das Kissen. Meine Gedanken schweifen zu einem gewissen dunkelhaarigen und gut aussehenden Italiener ab. Das erste Mal seit Jahren schlafe ich innerhalb weniger Minuten ein, und der letzte Gedanke, der mir in den Sinn kommt, handelt von Liebe und nicht von Furcht.

5. KAPITEL

Der unverkennbare Lärm krähender Hähne reißt mich kurz vor sechs Uhr am nächsten Morgen aus dem Schlaf. Nicht gerade meine bevorzugte Art – und Zeit –, geweckt zu werden, aber heute, nachdem ich die Nacht ohne meinen üblichen Albtraum durchgeschlafen habe, fühle ich mich so frisch wie ein Satz sauberer Laken.

»Okay, also für dein Frühstück in Italien gibt es zwei Möglichkeiten: Frühstückskekse oder einen *Kinder Colazione*-Riegel.« Stella wirft mir einen Schokoriegel zu, der einem kleinen Biskuit-Kuchen ähnelt.

»Gibt es vielleicht auch etwas Herzhaftes?«

»Du könntest die hier probieren.« Sie reicht mir eine Packung Toast-ähnlicher Cracker, *fette biscottate* genannt, die so langweilig schmecken, dass ich das Nutella-Glas nehme, um sie schmackhafter zu machen.

»Dann also doch süß.« Ich zucke die Schultern.

Stella wühlt in einer Schublade herum und drückt mir eine Straßenkarte von Florenz in die Hand. »Du kannst dein Busticket beim Fahrer kaufen oder in einem der *tabacchi* auf der Piazza.« Sie erklärt mir, dass die örtlichen Tabakhändler in Italien nicht nur Zigaretten verkaufen, sondern auch Briefmarken, Postkarten, Lottoscheine und Bustickets. Als sie mir anbietet, uns während ihrer Mittagspause zu treffen, versichere ich ihr, dass sie sich keine Sorgen machen muss. Ich habe schon Pläne für den Tag.

Es ist noch zu früh, um sich auf den Weg zu machen, also verbringe ich etwas Zeit damit, durch die Fernsehkanäle zu zappen, und gehe anschließend mit einem Buch in den Garten hinaus. Dort verliere ich mich in einer bislang noch unberührten Ausgabe von Pema Chödröns *Wenn alles zusammenbricht: Hilfestellung für schwierige Zeiten,* die mir Sarah bei unserem zweiten Treffen damals gegeben hat. Sobald der Verkehr auf der Hauptstraße zunimmt, bereite ich meine tragbare Tischstaffelei vor und stecke meinen Zeichenblock mit Aquarellpapier in meine Tasche. Meine Gedanken wandern zu meinen letzten Malversuchen, nachdem ich die Chemotherapie beendet hatte. Bevor ich meine Diagnose erhalten hatte, war eines meiner Bilder, an denen ich im Rahmen meines Uni-Kunstvorbereitungskurses gearbeitet hatte, *Das Treibende Blatt*, als eines von zweiundvierzig Werken für die »Top Arts«-Schüler-Sonderausstellung des »StArt Up«-Programms der Nationalgalerie von Victoria ausgewählt worden. Mein Bild, in dem ich das Wechselspiel zwischen Natur und menschlichen Emotionen erforscht habe, war einer Kuratorin der Galerie ins Auge gefallen, die mir anbot, ihr weitere Werke von mir zu zeigen, um sie für eine kommende Ausstellung in Erwägung zu ziehen. Aber als die Zeit gekommen war, war ich nicht mehr in der Lage, wie üblich Bilder zu malen, die mich inspiriert hätten. Der Stil meiner Bilder hatte sich drastisch verändert. Aus Arbeiten, die allgemein weiche Linien und sanfte Pinselstriche beinhalteten, wurden monströse Bilder: dunkel, schwerfällig, düster. Es machte mir Angst, und nach mehreren gescheiterten Malversuchen hörte ich schließlich ganz auf.

Ich schließe die Tür hinter mir ab und überlege, ob ich meine Malsachen wieder zurückbringen soll, aber ich weiß, dass ich diesen Schritt tun muss, wenn ich mir die Chance geben möchte, die alte Mia zurückzuholen. Auf dem Weg zur

Bar sehe ich in Richtung der *officina,* um vielleicht einen Blick auf Luca zu erhaschen.

Allein der Gedanke an ihn lässt meine Wangen erröten. Ich hatte schon lange nicht mehr solche Gefühle, und ihre Intensität erinnert mich daran, dass ich am Leben bin und dass es möglich ist, wieder zu fühlen. Luca ist nicht da, aber ich kann Paolo sehen, der ein lebhaftes Telefongespräch führt, von ausladenden Gesten begleitet.

Der Duft frischer Croissants weht aus der Bar, die voller Einheimischer ist, die sich an die Theke lehnen und auf ihren ersten Schluck Kaffee am heutigen Tag warten. Silvio begrüßt mich mit einem enthusiastischen *»Buongiorno, Mia!«*, als wären wir jetzt beste Freunde und hätten uns schon seit Ewigkeiten nicht mehr gesehen. Beim Klang meines Namens dreht sich ein vertrautes Gesicht zu mir um. Er grinst mich an – und ich schmelze dahin.

Lucas Lippen verziehen sich zu einem unwiderstehlichen Lächeln. »Ciao, *bella* Mia.«

So. Unfassbar. Hinreißend.

Ich halte die Luft an. Er sieht direkt in mich hinein, und sein Blick hält den meinen so fest, dass ich ihn einfach nicht abwenden kann.

»Ciao«, antworte ich leise.

»Caffè?«, fragt er.

»Ähm, ja bitte.«

»Silvio, un cappuccino per la signorina.« Er nimmt sich die Freiheit, für mich zu bestellen.

Man nennt es nicht umsonst eine der romantischsten Sprachen der Welt.

»Grazie.«

»Gerne. Also, was hast du heute so vor?« Er wirft einen Blick auf die Staffelei, die ich über der Schulter trage.

»Na ja, die Piazza del Duomo, Santa Croce und die Piazza della Repubblica rufen schon nach mir«, antworte ich, stolz, mich noch an so viele Sehenswürdigkeiten aus meinem praktischen Florenz-Reiseführer erinnern zu können.

»Warte, und was ist mit der Ponte Vecchio?«

»Die Ponte Vecchio?« Der Name sagt mir nichts.

»Die Alte Brücke. Die berühmte Florentiner Brücke! Über den Arno.«

»Oh, richtig … Ich werde danach Ausschau halten.«

»Es ist bloß einer der romantischsten Orte in Florenz«, fügt er beiläufig hinzu. »Ich muss dich irgendwann dorthin mitnehmen.« Er hält inne und wartet auf meine Reaktion.

Meine Worte lösen sich auf, bevor ich sie aussprechen kann, und meine Aufmerksamkeit richtet sich auf das Flattern in meinem Bauch. Die Kombination aus Lucas Gegenwart und dem Wort »romantisch« lässt mich wieder einmal erröten.

»Du wirst rot, *Australiana.*« Er schmunzelt.

Ich presse die Lippen aufeinander und wende peinlich berührt den Blick ab.

»Also, hast du auch vor zu malen?« Er zeigt auf meine Staffelei.

»Ähm. Ja. Ich werde es versuchen.«

»Was malst du so?«

»Hauptsächlich Aquarelle, manchmal auch mit Ölfarben. Es ist eine Weile her, seitdem ich …« Meine Stimme verliert sich, und ich wünschte, ich könnte die Worte zurücknehmen.

Er sieht mich neugierig an und kneift die Augen zusammen,

als würde er versuchen, die Bedeutung hinter meinen Worten zu ergründen.

»Ich habe mir eine kleine Auszeit vom Malen genommen und bin deshalb etwas eingerostet«, füge ich hinzu und zucke die Schultern.

»Picasso hat einmal gesagt, Zweck der Kunst sei es, den Staub des alltäglichen Lebens von unseren Seelen zu wischen.«

»Wirklich? Das hat er gesagt?« Ich merke, dass ich ihn anlächle. Irgendwie überrascht es mich nicht, dass er so etwas weiß.

»Ja, hat er.«

»Na ja, ich hoffe, er hatte recht«, murmele ich.

Ich trinke meinen Cappuccino aus, und er sagt: »Komm, ich begleite dich zur Bushaltestelle.«

»Ach, das ist schon in Ordnung.« Seine Beharrlichkeit amüsiert mich, immerhin ist die Bushaltestelle keine hundert Meter von der Bar entfernt.

»Lass uns gehen.« Er zwinkert mir zu. Während er mich aus der vollen Bar hinausführt, legt er seine Hand auf meinen Rücken. Die Berührung lässt Wärme durch meinen ganzen Körper fließen.

Wir gehen zur Bushaltestelle, und er gibt mir die Warnung mit auf den Weg, mich vor Taschendieben in Acht zu nehmen. Er fragt mich nach meiner Telefonnummer und schickt mir, nachdem er sie in seinem Handy abgespeichert hat, eine SMS, damit ich seine Nummer habe für den Fall, dass ich mich verlaufe. Dann wartet er mit mir, bis mein Bus kommt. »Genieß den Tag«, sagt er leise und streift mit den Lippen meine Wange.

Gucci von Gucci pour Homme. Himmlisch.

»Du auch …« Ich muss immer noch daran denken, wie schön sich das gerade angefühlt hat.

»Vergiss unsere Verabredung heute Abend nicht!«, ruft er mir nach, als ich in den Bus steige.

Auf gar keinen Fall.

Ich setze mich an einen Platz am Fenster und kann mir das Lächeln nicht verkneifen. Luca ist die ganze Fahrt nach Florenz über in meinen Gedanken, während ich in Tagträumen schwelge, was alles sein könnte. Und auf eine bittersüße Weise macht es mir Angst.

Zusammen mit den meisten Passagieren steige ich in der Nähe der Piazza del Duomo aus. Auf dem Platz wimmelt es nur so von Touristen, Einheimischen auf Fahrrädern und makellos gekleideten Polizisten, die in Dreiergrüppchen umherschlendern. Als ich vor der riesigen Kathedrale Santa Maria del Fiore stehe, die von den Italienern einfach *Duomo* genannt wird, schnappe ich nach Luft. Ich kann nicht glauben, dass ich wirklich hier bin. Ich gehe zum achteckigen Baptisterium San Giovanni, das im Jahr 1059 entstanden sein soll. Sein florentinischer Romanikstil und seine drei Bronze-Türen sind faszinierend, aber besonders beeindruckend finde ich die »Paradiespforte«, wie sie von Michelangelo benannt wurde. Die Doppeltür an der Ostseite des Baptisteriums übt einen besonderen Zauber auf mich aus. Dieses Meisterwerk erzählt die Geschichte von Adam und Eva, und Ghiberti hat mehr als zwanzig Jahre gebraucht, um sie fertigzustellen. Ich verbringe etwa eine Stunde damit, jedes Detail dieses Kunstwerks genau zu betrachten, und löse mich erst dann von ihrem Anblick, als ich vom benachbarten Glockenturm, dem beeindruckenden Bauwerk von Giotto, die Vormittagsglocken läuten höre.

Als ich die Via dei Calzaiuoli entlanggehe, eine der elegantesten und berühmtesten Straßen von Florenz, komme ich an Reihen von Straßenverkäufern vorbei, die Prada-Handtaschenimitate und massenweise Abdrücke von Raffaels charakteristischen Engeln verkaufen. Die Engel sind in fast jeder Straße zu sehen: auf Kalendern, Postkarten, Notizbüchern und Postern. Es enttäuscht mich, wenn ich daran denke, dass man diese süßen männlichen *putti* dem weitaus größeren Gemälde, der *Sixtinischen Madonna*, entnommen hat, ohne das Gesamtwerk, zu dem sie gehören, zu würdigen.

Das Kopfsteinpflaster auf den Straßen ist etwas gewöhnungsbedürftig, auch wenn ich flache Sandalen trage. In den künstlich beleuchteten Schaufenstern der Geschäfte bewundere ich Furla-Handtaschen, handgefertigte Schuhe von Ferragamo und wunderschöne österreichische Swarovski-Kristalle. Als ich das Ende der *Via* erreiche, finde ich, wonach ich gesucht habe. Da ist sie, die Statue von David, und rechts daneben die Uffizien. Ich sauge die Schönheit dieser großartigen Replik der ursprünglichen Statue in mich auf und setze mich auf die kühlen Steintreppen, von wo ich sie still betrachte und abwäge, ob manche Teile ihrer Anatomie tatsächlich unverhältnismäßig zum Rest sind. Als er die Statue aus einem einzigen Marmorblock meißelte, war ein frustrierter Michelangelo aufgrund einer Unebenheit im Material nicht in der Lage, einen bestimmten Muskel auf Davids Rücken exakt herauszuarbeiten. Trotz dieses Makels gilt die Statue seit Jahrhunderten als Inbegriff formvollendeter Renaissance-Kunst. Unvollkommen und doch imstande, Goliath zu bezwingen. Es reizt mich sehr, die Uffizien zu besuchen, und nur zu gern würde ich mir Botticellis *Die Geburt der Venus* und viele andere dort ausgestellte Gemälde ansehen, die ich bewundere, aber die Schlange zur Galerie ist schon jetzt ungeheuer lang. Auf beiden Seiten der Piazza degli Uffizi tauchen Maler ihre Pinsel in Farbe und erwecken Schicht für Schicht ihre Darstellungen von Florenz und der Toskana zum Leben. Mit Sonnenblumen überflutete Felder, Landhäuser aus Stein, umgeben von Heuballen und gewundenen Feldwegen. Ein Aquarell einer antiken Brücke springt mir ins Auge.

»Es ist wunderschön.«

»Danke, *signorina*. Das ist die berühmte Ponte Vecchio, direkt um die Ecke«, erwidert der Maler. »Malen Sie auch?« Er nickt in Richtung meiner Staffelei. Er ist alt, gebrechlich, möglicherweise über achtzig, makellos gekleidet mit einem grauen Anzug, Krawatte und einer weißen, flachen Schirmmütze, unter der kontrastierende silberne Haarbüschel herausragen. Man sieht ihm immer noch an, dass er in seiner Jugend ausgelassen gelebt hatte. Doch seine dunkelblauen Augen strahlen eine faszinierende Sanftheit aus.

»Ich dachte mir, ich versuche es heute.«

»*Bene*. Wenn Sie geradeaus die Straße runtergehen, kommen Sie an den herrlichen Arno. Gehen Sie nach rechts, dann sehen Sie schon die Ponte Vecchio«, erklärt er mir mit florentinischem Akzent.

Ich folge der Wegbeschreibung des Mannes. Die Brücke ist noch traumhafter und hinreißender, als Luca sie beschrieben hat. Auf beiden Seiten der Brücke reihen sich malerische Juweliergeschäfte aneinander. Als ich über das sanft ansteigende Kopfsteinpflaster schlendere, habe ich das Gefühl, als wäre ich in eine andere Zeit versetzt worden. Nachdem ich die verschiedenen Details der Ponte Vecchio ausgiebig betrachtet habe, suche ich mir einen ruhigen Platz am Ufer des Arno und stelle meine Staffelei auf. Ich nehme mir etwas Zeit, die Merkmale der Brücke sorgfältig zu studieren: die kontrastierenden Farbnuancen von Gold und verblichenem Orange, ihre drei unteren Bögen und die Fehlpaarungen rechteckiger und quadratischer Fenster, von denen die meisten mit rostigen und dunkelgrünen hölzernen Fensterläden versehen sind. Vorsichtig löse ich ein Blatt Papier aus meinem Zeichenblock, und in diesem Moment wird mir klar, dass ich mich gar nicht so sehr von diesem Blatt unterscheide. Für einen Maler ist das Papier ein wesentlicher Bestandteil seines Werkes. Weißes Papier ist der perfekte Untergrund für helle Bilder, und seine Haltbarkeit hängt davon ab, ob es säurefrei ist. Mein kranker Körper war alles andere als weiß, hell und säurefrei. Heute jedoch bin ich ein sauberes Blatt Papier, bereit für ein neues Bild, für eine neue Geschichte, die darauf entstehen kann.

Nach der langen Malpause fühlt sich der Pinsel in meiner Hand unnatürlich an, also spiele ich ein paar Minuten lang einfach nur mit ihm herum und fahre mit dem Daumen über seine weichen Borsten. Dann schließe ich die Augen, lasse den trockenen Pinsel über das Papier gleiten und versuche, meinen Rhythmus wiederzufinden. Ich nutze meine Atmung, um mich zu zentrieren, und mir ist bewusst, dass ich mich in meiner Suche nach mir selbst nur dann wirklich an meinen Teil der Abmachung halte, wenn ich mich dieser beängstigenden Erfahrung stelle. Ich befeuchte meinen Pinsel und fange an zu malen. Während ich mit dem Pinsel über das Papier streiche, lasse ich das sanfte Geräusch der Pinselstriche mit ihrem »Schh, Schh« in meinem Kopf widerhallen, so als würde ich ein Baby in den Schlaf wiegen, obwohl ich in Wahrheit versuche, die Selbstzweifel in mir zum Schweigen zu bringen.

Ich verfalle in einen meditativen Zustand. Um mich herum kann ich die Scharen von Touristen auf Französisch, Deutsch und Englisch reden hören, aber innerlich bin ich ganz ruhig. Mitten auf der Brücke steht ein Liebespaar, in eine innige Umarmung versunken, und beobachtet den Fluss. Auf meinem Papier erwecke ich es zu neuem Leben, eine Momentaufnahme ihrer Liebe, die für immer festgehalten wird. Nach und nach füge ich weitere Farben hinzu: Braun- und Gelbtöne, verbranntes Orange und schließlich ein helles, klares Blau für den Himmel, das jede Möglichkeit eines Schauers ausschließt. Es ist früher Nachmittag, als ich den letzten Pinselstrich ausführe. Ich trete einen Schritt zurück, um das Bild, das ich geschaffen habe, zu begutachten. Meine Hände wandern zu meinem Mund, als ich über mein Werk staune. Es ist alles andere als dunkel und düster. Es ist eine direkte Abbildung der Liebe und der Schönheit, die mir heute begegnet sind. Eine enorme Erleichterung keimt in meinem Herzen auf und lässt Monate von Zweifeln verblassen.

Ich packe meine Ausrüstung zusammen, und mein Herz schwillt schier über vor Dankbarkeit für das Universum, für zweite Chancen und für den kleinen Teil von mir, den ich heute wiederentdeckt habe. Auf dem Weg zur Bushaltestelle komme ich wieder an dem Maler neben den Uffizien vorbei. Die meisten seiner Bilder, die heute Morgen noch neben seinem Stand ausgestellt waren, sind inzwischen weg, verkauft an begierige Touristen, die ein Stück Florenz, festgehalten in Wasserfarben, mit nach Hause nehmen wollen.

Er nickt mir zu, als er mich wiedererkennt. »Wie ist es Ihnen ergangen, *signorina*?« Seine Stimme ist ebenso sanft wie der Ausdruck in seinen Augen.

»Ich heiße Mia.« Ich strecke meine Hand aus.

»Giovanni Fiorelli.« Er reicht mir eine mit Altersflecken gesprenkelte Hand.

»Schön, Sie kennenzulernen, Signor Fiorelli.«

»Also, dein Bild. Ist es das geworden, was du dir erhofft hast?«

Ich nicke nachdenklich. »Ja … ich glaube, das ist es.«

»Bene.« Langsam wendet er sich wieder seinem Bild zu. Ich bleibe stehen und beobachte, wie Signor Fiorelli die von Touristen überlaufene Piazza mit sorgfältigen und selbstsicheren Pinselstrichen auf seinem Papier zum Leben erweckt. Im Zentrum des Bildes steht die David-Statue, aber dann fällt mir die Gestalt einer Frau ins Auge. Sie sitzt vor dem Café am Rand der Piazza und liest ein Buch. Obwohl sehr subtil vermittelt, liegt der eigentliche Fokus des Bildes auf ihr.

»Ihre Werke sind wirklich sehr schön.«

»Inspiriert von einem Leben voller Liebe«, erwidert er beiläufig, ohne den Blick zu heben.

Ohne mich zu verabschieden, husche ich davon, berauscht, wie mein erster Tag in Florenz verlaufen ist. Innerlich fühle ich mich bekräftigt, so als wäre etwas in mir nach einem langen tiefen Schlummer wieder zum Leben erweckt worden. Körperlich bin ich jedoch erschöpft. Auf der Busfahrt nach Hause nicke ich ein und werde vom Klingeln meines Handys geweckt.

»*Pronto!* Ich wollte nur hören, ob bei dir alles gut ist. Wie war dein Tag?« Lucas tiefe Stimme ist so geschmeidig wie Honig. Es fühlt sich an, als würden wir uns schon ewig kennen und nicht nur die vierundzwanzig Stunden, seitdem wir uns zum ersten Mal begegnet sind.

»Ich steige gleich aus dem Bus aus. Gut, dass du angerufen hast, sonst wäre ich wahrscheinlich wieder dort gelandet, wo ich abgefahren bin. Ich bin eingeschlafen.«

Er lacht. Es ist das erste Mal, dass ich ihn lache höre, und es macht mich auf so viele Arten glücklich.

»Bis später, Malermädchen«, sagt er und legt auf.

Zurück in der Villa, finde ich eine Nachricht von Stella, in der sie mir sagt, dass sie heute Abend spät nach Hause kommt, da sie im Konsulat noch einen ganzen Stapel Visa-Anträge bearbeiten muss.

Es ist ein warmer Abend, also ziehe ich mir ein Kleid und Sandalen an. Nachdem ich mehrere Hochsteckfrisuren ausprobiert habe, entscheide ich mich schließlich für einen niedrig sitzenden Chignon mit seitlich über die Stirn gekämmten Haaren und spiele so lange an meinen Haaren herum, bis ich es besser nicht hinbekomme. Ich beschließe, es mit dem Make-up nicht zu übertreiben, und durchstöbere meinen Kosmetikbeutel nach Lipgloss und Wimperntusche. Ich habe keine Zeit mehr, nach meinem Parfüm zu suchen, weil mir das Hupen eines Rollers draußen verrät, dass er da ist.

6. KAPITEL

Ich richte mich gerade auf und rede mir ein, dass ich das kann. Und ob ich das kann.

O Gott, ich kann das nicht. Was habe ich mir nur dabei gedacht, als ich mich für das Kleid entschieden habe?

Ich öffne die Haustür und sehe Luca im Torbogen angelehnt stehen, die Beine wie üblich überkreuzt und eine Hand in der Hosentasche. Ich hole Luft, lasse zu, dass der leichte Sommerwind meine Lungen ausfüllt, und lächele Luca an. Es ist, als hätte ich in diesem Moment keine Kontrolle über meine Gefühle, und ich finde keine logische Erklärung dafür, aber Luca sieht noch besser aus als heute Morgen.

»*Buonasera, bella* Mia«, sagt er. Zwei Küsse. Auf jede Wange einer.

Er riecht so gut.

Er trägt eine cremefarbene Caprihose und ein melonenfarbenes Baumwollhemd mit hochgekrempelten Ärmeln und sieht so … *italienisch* aus.

»Also, Malermädchen, bereit für *Firenze*, die Stadt der Kunst?«

»Ja, klar. Ich ziehe mich nur noch schnell um.« Ich zeige auf mein Kleid.

»Ma sei bellissima«, erwidert er.

O Gott, er findet, dass ich wunderschön aussehe.

»Ich bin gleich wieder da.« Ich drehe mich um.

Luca greift nach meiner Hand und wirbelt mich herum, sodass ich ihm ins Gesicht sehe. »Mia, du bist in Italien. Die Frauen hier tragen jeden Tag Röcke und Kleider, die viel kürzer sind als dieses hier, auch wenn sie mit dem Roller fahren.« Sein

Blick wandert zu meinen Beinen. »Außerdem hast du sehr schöne Beine«, murmelt er und sieht mir wieder in die Augen.

Ich räuspere mich. »Na schön. Wo hast du den Helm?«

»Das klingt schon besser, *Australiana*! Weißt du, ich habe noch nie ein australisches Mädchen gedated.«

»Wer sagt, dass wir daten?« Fast hätte ich meinen Helm fallen lassen.

»Ist das etwa kein Date?«, entgegnet er unschuldig.

»Ich schätze schon …« Ich versuche keine Miene zu verziehen. Aber ich kann nicht anders, als sein Lächeln zu erwidern, wenn ich in diese unwiderstehlichen, kastanienbraunen Augen sehe. Um mich abzulenken und das Gespräch zu beenden, bevor es noch heikler wird, setze ich meinen Helm auf.

»Dann, *bella* Mia, bedeutet das, dass wir ein Date haben.« Und mit diesen Worten schließt Luca den Helmriemen unter meinem Kinn. Gefühlt minutenlang hält er meinen Blick mit seinem fest. Es kostet mich alle Kraft, die ich aufbringen kann, um meinen Blick abzuwenden. »Also … ich nehme an, du bist noch nie auf einem Roller gefahren?«

Ich schüttle den Kopf. »Ich … ähm … habe etwas Angst davor …«

»Keine Sorge. Es ist viel sicherer als auf einem Motorrad. Ich fahre schon, seit ich sechzehn bin. In den sieben Jahren habe ich nicht einmal einen Strafzettel bekommen«, sagt er. »Na gut, vielleicht ein oder zwei.« Er zwinkert mir zu, als er auf den Roller steigt.

»Steig auf!« Er rückt seinen Helm gerade und schenkt mir ein strahlendes Lächeln. Er hat perfekte, gerade weiße Zähne, und ich bin mir sicher, wenn er nicht Mechaniker wäre, könnte er ohne Weiteres Model sein.

Trotz meiner Vorbehalte klettere ich folgsam auf den Roller.

Luca dreht sich zu mir um, um mich anzusehen. »Entspann dich«, flüstert er, was es mir unmöglich macht, genau das zu tun, und zwar nicht nur wegen meiner Angst, mit einem Motorroller zu fahren. Er schaltet die Zündung ein, und jetzt wäre es an der Zeit, ihn zu berühren. Na ja, vielmehr … ihn zu umarmen. Aber ich bin zu nervös, um das eine oder andere zu tun, also lege ich die Hände auf meine Beine und ziehe mein Kleid so weit wie möglich nach unten.

»Du wirst dich schon festhalten müssen«, sagt er.

Zaghaft lege ich meine Hände auf seine Schultern. Er dreht den Kopf zu mir und lächelt leicht, bevor er sich wieder nach vorne dreht und meine Hände nimmt. Meine Handflächen sind total verschwitzt, mein Herz klopft so stark, als könnte es jeden Moment aus meiner Brust springen, und meine Beine fühlen sich an wie Gummi. Luca legt meine Hände um seine Taille, sodass sie sich vorne treffen, und ich muss etwas näher an ihn heranrücken.

»Du riechst gut«, sagt er, als er den Seitenständer des Rollers mit dem Fuß einklappt. Im Rückspiegel kann ich sehen, wie sich sein Mund zu einem amüsierten Lächeln verzieht. Ich bin mir sicher, dass mein Gesicht knallrot sein muss, und ich verstecke mich hinter seinem Rücken für den Fall, dass er im Rückspiegel einen Blick auf mich erhascht.

Als wir langsam die Einfahrt hinunterfahren, rufe ich ihm zu: »Wohin fahren wir?«

»Das ist eine Überraschung!«, antwortet er über das Brummen des Rollers hinweg.

Sein Körper ist warm und kräftig, und ich zwinge mich

dazu, tief einzuatmen, um meinen Herzschlag zu verlangsamen. Wir fahren über gewundene Straßen durch weitläufige Landschaften und sattgrüne Weingärten. Als wir durch den kleinen Vorort Galluzzo fahren, dreht sich Luca ein wenig zu mir nach hinten und fragt mich, ob alles okay ist.

»Alles gut!« Überraschenderweise ist es das tatsächlich.

Wir kommen an einem alten Kloster und ein paar Restaurants vorbei und erreichen kurz darauf das Stadtzentrum von Florenz. Luca schlängelt sich durch den Verkehr, und ich schließe die Augen und verstärke meinen Griff. Als wir an einer Ampel stehen bleiben, dreht er sich wieder zu mir um. »Alles klar da hinten, Malermädchen?«

»Es geht schon.« Daraufhin nimmt er eine meiner Hände, mit der ich mich krampfhaft an seiner Taille festhalte, und hält sie einfach nur fest. Als die Ampel auf Grün springt, legt er sie wieder sanft an ihren Platz an seiner Taille.

Schließlich halten wir an und parken den Roller in der Nähe des Arno, der in der Abenddämmerung sogar noch schöner ist. In der Stadt herrscht jetzt eine entspanntere Atmosphäre als tagsüber. Touristen stecken ihre Kameras weg und kehren in ihre Hotels zurück, um sich für den Abend frisch zu machen, und die örtlichen Künstler entlang des Arno packen ihre Ausrüstung zusammen.

Wir erreichen ein mittelalterliches Stadttor, und Luca erklärt mir, dass es die Porta San Niccolò ist.

»Kannst du mir jetzt sagen, wohin wir gehen?«, frage ich.

Er lächelt. »Piazzale Michelangelo. Von dort hat man die beste Aussicht auf Florenz.«

Hinter dem Tor beginnt eine steile, gewundene Straße. Als ich an einer Stelle fast stolpere, fängt Luca mich auf. Noch lange nachdem ich mein Gleichgewicht wiedergefunden habe, lässt er seine Hand an meinem Rücken, und ich bin mir nicht sicher, ob ich sie abschütteln oder ihn gewähren lassen soll. Wir plaudern etwas über die Unterschiede zwischen dem Leben in Melbourne und Florenz, und er spult zehn Gründe herunter, warum ich mich mit Sicherheit in Florenz verlieben werde, wobei seine Hauptargumente das Essen, die Kunst und die Menschen dort sind.

»Du wirst nicht mehr dieselbe sein, wenn du nach Hause zurückkehrst«, erklärt er mir. »Das kann ich dir garantieren.«

»Das wäre schön.«

Er sieht mich neugierig an. Wir gehen noch einige weitere Steinstufen hinauf und legen dann, auf halbem Weg nach oben, eine Pause ein.

»Warum bist du wirklich nach Florenz gekommen?« Seine Augen durchbohren mich. Ich merke, dass es mehr ist als eine einfache Kennenlern-Frage.

»Was meinst du?« Seine Direktheit verblüfft mich.

»Ich sehe es in deinen Augen. Du verbirgst irgendetwas.« Er zuckt die Achseln, sieht mich intensiv an, und seine dunkelbraunen Augen dringen bis in meine Seele. »Ich glaube nicht, dass du nur hergekommen bist, weil du einen Tapetenwechsel brauchst.«

»Na ja, vielleicht irrst du dich.«

»Und vielleicht auch nicht …« Er blinzelt ein paarmal, und bevor ich den Blick abwenden kann, sagt er: »Habe ich unrecht?«

Ohne über meine Worte nachzudenken, sprudeln sie auf einmal aus mir hervor. »Ich wollte einen Neuanfang. Ich meine, es geht mir jetzt besser … ich bin in Remission … aber eine Zeit lang dachten sie … dachte ich … wir alle dachten, dass ich es nicht schaffen würde.« Mein Blick verschwimmt, während mein Bewusstsein sich aus meinem Körper zurückzieht und an diesen schon so bekannten Ort dazwischen wandert. An diesen Ort, an dem ich weder denken, fühlen noch sonst irgendetwas tun muss, weil es einfach zu sehr wehtut.

Eine gefühlte Ewigkeit lang sagt Luca nichts. Ich versuche, wieder in meinen Körper und in das Hier und Jetzt zurückzukehren. Mit jeder Sekunde wird der vertraute Kloß in meinem Hals größer, und sofort bereue ich, es ihm gesagt zu haben.

Er kneift die Augen zusammen, als würde er versuchen, meine Worte zu verstehen. »Krebs?«, fragt er schließlich.

Ich nicke, ohne seinen Blick zu erwidern. Luca wirkt überrascht, und unwillkürlich rücke ich leicht von ihm ab. Er wartet geduldig darauf, dass ich weiterspreche. »Hodgkin-Lymphom. Es fällt mir schwer, darüber zu reden. Wie gesagt, jetzt geht es mir gut, und es ging mir neun Monate lang gut. Allerdings ist Krebs so eine Sache. Er wirft dich völlig aus der Bahn, und wenn du Glück hast und überlebst, ist dein Leben für immer verändert.«

Ich kann nicht anders, als mich umzudrehen, um zu sehen, wie er reagiert. Sein Kiefer ist angespannt, und ich sehe, dass er die Luft angehalten hat. Ich wünschte, ich könnte meine Worte zurücknehmen. Das Letzte, was ich will oder brauche, ist Mitleid. Es dauert eine Weile, bis er seine Überraschung verarbeitet hat, und als sich seine Atmung wieder normalisiert hat, macht er einen Schritt auf mich zu. Er streckt eine Hand aus und hebt mein Kinn an, sodass sich unsere Blicke treffen. Ich komme mir nackt vor, und mir ist, als würde er direkt in mich hineinsehen. Er küsst mich sanft auf die Stirn und streicht mir ein paar lose Haarsträhnen aus den Augen.

»Hast du deshalb gestern geweint?«, fragt er mit leiser Stimme.

O Gott. Zu viele Fragen.

Ich seufze schwer und suche sein Gesicht ab – nach irgendeinem Grund, ihm nicht zu vertrauen, wachsam zu sein, mir zu erlauben, mich zurückzuziehen und die Tür zu meiner Seele wieder zu schließen.

Schließlich nicke ich resigniert. »Es gibt immer noch einige Dinge, die ich verarbeiten muss. Emotionale Dinge. Es ist alles ein ziemliches Chaos. Ich schätze, ich sehe das Leben nicht mehr so wie davor, und ich versuche, mich darin zurechtzufinden. Heute habe ich das erste Mal seit Langem wieder gemalt.«

»Na ja, das klingt doch nach einem Fortschritt. Und es klingt auch, als wärst du eine richtige Kämpferin.«

»Ich bin nicht so stark, wie du denkst.«

»Ich habe das Gefühl, das bist du doch.«

»Manchen Leuten macht es Angst«, flüstere ich und spiele mit dem Haargummi an meinem Handgelenk. »Die ganze Krebs-Sache, meine ich. Ich habe deswegen viele Freunde verloren. Es macht die Leute nervös ... der Gedanke, dass sie jemanden verlieren könnten.«

Er schüttelt den Kopf. »Mich macht es nicht nervös. Du hast gesagt, es geht dir jetzt besser, oder?«

»Ja, aber ...«

»Aber was?«

»Es besteht eine zehnprozentige Wahrscheinlichkeit, dass er zurückkommt.«

»Das bedeutet auch, es gibt eine ziemlich hohe Wahrscheinlichkeit, dass er es nicht tut.«

»Was, wenn ich Pech habe?«

»Was, wenn ich morgen von einem Bus angefahren werde?«

Der Gedanke lässt mich frösteln.

»Erzähl mal … was hast du heute gemalt?«

»Die Ponte Vecchio.« Ich muss lächeln, als ich daran denke, wie gut es sich angefühlt hat.

»*Benissimo*. Warte, bis du sie bei Nacht gesehen hast. *Hai fame?*«

»Ich bin am Verhungern«, antworte ich, angenehm erleichtert, dass das Gespräch zu Essen übergegangen ist. Aber nicht nur das. Ich freue mich darüber, dass ich Appetit habe.

»Ich auch. Es gibt ein Restaurant in der *Piazzale*. La Loggia. Wir sollten dorthin gehen«, sagt er. »Aber ich muss dich warnen, die Aussicht von dort ist nur mittelmäßig.«

Mein gezwungenes Lächeln entgeht ihm nicht.

»Hey, was habe ich dir neulich gesagt?«, fragt er leise und hebt mein Kinn.

Ich suche sein Gesicht nach einer Antwort ab. Ich bin mir nicht sicher, worauf er hinauswill.

»Nimm das Leben so, wie es kommt, weißt du noch?«

Oh, ja. Natürlich. Mach es wie die Italiener.

»Ich versuche es.«

»So weit machst du das großartig – ich meine, du hast zugestimmt mitzukommen, oder? Jetzt gerade bist du hier, mit mir«, sagt er grinsend. »Und morgen Abend nehme ich dich mit zur Ponte Vecchio.« Seine Augen funkeln schelmisch.

»Ach, tatsächlich?«, necke ich ihn. »Und warum glaubst du, dass ich Ja sage?«

»Deshalb.« Er lehnt sich nach vorne, umfasst mein Gesicht zärtlich mit beiden Händen und drückt mir mehrere langsame, weiche Küsse auf den Mund, so als könnte ich zerbrechen. Er hält inne und lässt zu, dass unsere Blicke sich treffen.

»Also, wie lautet deine Antwort?«, murmelt er.

»*Si*. Meine Antwort lautet Ja.«

»Ich dachte mir, dass du das sagst.« Er kitzelt mich, und ich winde mich und lache. Ich fühle mich, als wäre ich wieder fünfzehn, aber es fühlt sich gut an. So gut. Und ich weiß, dass ich mehr davon möchte.

»Hör auf!«, quieke ich und gehe zum Gegenangriff über. Auch er ist kitzlig. Er nimmt meine Hände und legt sie um seinen Nacken. Dann schließen sich seine Hände um meine Taille. Er lächelt, als sein Gesicht sich meinem nähert. Seine Lippen streifen sanft und ohne Eile über meine, und als unser Kuss zu Ende ist, muss ich mich fast daran erinnern, die Augen wieder zu öffnen.

»Lass uns essen gehen.« Er zieht mich von der Treppe hoch.

»Perfetto«, erwidere ich leicht benommen.

Alles ist perfekt. Zu perfekt. Beängstigend perfekt.

Wir gehen ins La Loggia, und Luca zieht mir an einem der Tische auf der Terrasse den Stuhl heraus. Die atmosphärische Live-Musik im Hintergrund lässt mich tief in den Moment eintauchen. Die nächste Stunde unterhalten wir uns über den großen Kontrast zwischen unseren beiden Leben. Luca erzählt mir, dass er auf einer *azienda* aufgewachsen ist, auf der seine Eltern einen Olivenhain betrieben haben, und dass er seine Wochenenden damit verbracht hat, im Familiengeschäft auszuhelfen. Nach seinem Umzug nach Florenz wurde er irgendwann Teilhaber der Werkstatt, die Paolo und er zusammen auf die Beine gestellt haben. Er hatte schon immer eine Leidenschaft für Autos und Motorräder, daher fiel ihm die Entscheidung leicht, zumal er in Paolo den großen Bruder sah, den er nie hatte.

Ich erzähle Luca von meinem Leben in Australien, wobei ich die dunklen Zeiten der letzten Jahre weglasse. Ich erzähle ihm davon, wie viel Freude es mir früher immer gemacht hat, alles Mögliche zu malen, von den mit Cafés umsäumten Straßen der Innenstadt zu unberührten Meeresküsten, sonnenverbranntem Flachland und uralten Gummibäumen, nur um dann die Chance auszuschlagen, Kunst an der Universität zu studieren, als mir endlich ein Studienplatz angeboten wurde.

Ich möchte ihm erzählen, wie beängstigend mein Leben während meiner Krankheit war und wie viel Angst ich immer noch habe, aber ich kann nicht. Noch nicht. Vielleicht niemals. Mein Blick wandert zu der flackernden Kerze zwischen uns, und ich merke, wie ich mich langsam wieder an meinen gewohnten Zufluchtsort zurückzuziehe. Doch Luca nimmt meine Hand und streichelt sie.

»Warum hast du den Platz an der Kunsthochschule abgelehnt?«

»Ähm … na ja … ich konnte nicht mehr malen.«

»Was meinst du?«

Ich nehme einen Schluck Wein und wäge meine Worte ab. »Als ich sechzehn war, habe ich mich für einen Platz am Victorian College of the Arts, einer weiterführenden Schule, beworben. Sie bieten nur fünfzehn Plätze für Schüler der bildenden Künste an, und einen davon wollte ich unbedingt haben, mehr als alles andere. Ein Jahr lang habe ich an meinem Portfolio gearbeitet – eine Serie von Bildern, die all die verborgenen Orte erforschen, an denen wir Schönheit finden können. Ein kaputter Stuhl, ein angeschlagenes Stück Obst, eine verwelkte Blume oder sogar ein Paar abgenutzter Stiefel. Und tatsächlich hatte ich das Glück, angenommen zu werden.«

»Das ist großartig. Du musst gut sein.«

»Jedenfalls bin ich unheimlich gern dort zur Schule gegangen und habe sehr viel gelernt. Vor meiner Diagnose hatte ich immer das Gefühl, als wären meine Bilder die Spiegelung von dem, was ich in meinem Leben sehen und entdecken konnte …«

»Sprich weiter …«

»Als ich krank wurde, hat sich mein Malstil vollkommen verändert. Ich konnte die Dinge nicht mehr auf die gleiche Weise sehen, und es hat mir Angst gemacht, verstehst du? Dass ich in der Lage war, Bilder zu malen, die so … dunkel und deprimierend waren.«

»Daran ist doch nichts falsch. Sieh dir den Expressionismus an. Wir alle machen dunkle Zeiten durch. Deine Gefühle haben sich auf der Leinwand manifestiert. Und sie waren düster in dieser Zeit. Wir alle müssen die Dunkelheit kennenlernen, um zu erkennen, wie schön das Licht ist.«

»Wie kommt es, dass du dich mit dem Expressionismus so gut auskennst? Ich dachte, du hast es nicht so mit Kunst, Mister Mysteriös.«

»In der Mittelschule war ich in meine Kunstlehrerin verliebt. Ich habe ihr sehr gut zugehört.«

»Ach? Du warst *cotto*?«, witzele ich.

»Eh, si.« Er lacht. »Aber nichts im Vergleich zu jetzt.«

Mein Herz setzt einen Schlag aus, und ich wende schnell den Blick ab. Wenn ich ihn jetzt ansehe, löse ich mich noch völlig auf.

»*Dolce?*«, fragt er.

»Süß?« Ich bin mir nicht sicher, ob ich richtig verstehe, was er meint.

»Nachtisch. Ich meine Nachtisch. Aber du bist so viel süßer als Nachtisch.«

»Nachtisch wäre toll«, flüstere ich und spüre, wie meine Wangen anfangen zu glühen.

Als wir mit dem Abendessen fertig sind, ist mir schwindlig vom Wein. Luca nimmt meine Hand, verschränkt seine Finger mit meinen, und gemeinsam schlendern wir über die von Laternen erleuchtete Piazza. Eine Gruppe japanischer Touristen, ausgestattet mit ihren Nikons und Canons, kehrt im Gänsemarsch zu ihren Reisebussen zurück. Danach legt sich eine angenehme Stille über den Platz. Ich lehne mich über ein Steingeländer, während Luca von hinten seine Arme um mich legt und sein Kinn an meine Schulter schmiegt.

»Es ist so schön. Ich habe noch nie etwas so Schönes gesehen.« Ich lasse mich von dem faszinierenden Panoramablick auf die Stadt verzaubern.

»Ich auch nicht«, erwidert Luca, den Blick auf mich gerichtet. Ich versuche, die Stimme in meinem Kopf zu verdrängen, die mir einredet, dass das hier falsch ist und das, was auch immer ich fühle, weder möglich noch vernünftig ist. Mein Herz kümmert es allerdings nicht, dass wir uns erst seit weniger als achtundvierzig Stunden kennen. Als er sich nach vorne lehnt und mich für einen Kuss an seinen warmen, starken Körper zieht, bin ich ganz die seine. Und es fühlt sich alles andere als irrational an.

Schweigend und ineinander verschlungen stehen wir da, während zarte Gefühle in der Stille des Augenblicks ihre Wurzeln schlagen, bis Luca schließlich flüstert: »*Bella* Mia. Ich wünschte, du wärest *mia*.«

Ich bin wie versteinert, als mir klar wird, dass ich es vielleicht schon bin.

7. KAPITEL

Stella ist noch wach, als ich mich durch die Tür ins Haus schleiche.

»Du kommst spät nach Hause, *signorina*«, neckt sie mich. Sie ist im Wohnzimmer und liest *The Florentine*, eine englische Zeitung.

»Ja.«

»Ja? Das ist alles?« Sie hebt die Augenbrauen.

»Es war sehr schön.« Ich zucke die Achseln, kann mein Lächeln jedoch nicht verbergen.

»Mia, bist du *cotta*?« Sie wedelt mit dem Zeigefinger in meine Richtung. »Komm schon, erzähl mir alles!« Stella bedeutet mir, mich zu ihr auf das Sofa zu setzen, indem sie auf den Platz neben sich klopft. Sie schiebt eins der großen Kissen zur Seite und verschränkt die Beine, während ich mich auf das Sofa fallen lasse.

»Ich will nicht darüber reden.« Ich vergrabe das Gesicht in den Händen und schüttle den Kopf.

»Oh, oh!« Meine Verlegenheit amüsiert sie ganz offensichtlich.

»Aber du erzählst nichts Paolo – versprochen?«

»Ich schwöre auf den Papst.« Stella legt sich feierlich die Hand auf die Brust.

Ich muss lachen, und mir wird bewusst, wie sehr ich es vermisst habe, eine Freundin zu haben, mit der ich lachen kann.

»Also, wohin hat er dich mitgenommen?«, fragt Stella.

»Piazzale Michelangelo. Abendessen im La Loggia.«

»Ein starkes erstes Date. Beeindruckend. Okay, und …?«

»Er ist ... einfach ... umwerfend«, sage ich verträumt und rufe mir sein Gesicht vor Augen.

»Ja, er ist heiß. Das wissen wir alle«, sagt Stella ungeduldig.

»So meine ich das gar nicht! Ich meine, ja, er ist total sexy und sieht gut aus, aber er ist ... ein richtig netter Kerl.« Ich weiß, dass meine Augen glasig werden, aber ich kann nichts dagegen tun.

»Habt ihr euch geküsst?«

»Mmm. Es war unglaublich.«

»O mein Gott, Mia. Du verliebst dich in ihn, ich kann es in deinen Augen sehen.« Stellas Augen werden so groß wie meine.

»Es ist verrückt, oder?«

»Er ist ein guter Fang. Lass den Dingen ihren Lauf. Die Mädchen stehen bei ihm Schlange. Wie ich dir gestern erzählt habe, hat er sich für keine mehr interessiert, seitdem seine Eltern gestorben sind. Da war nichts. Nada. *Niente*. Bis du gekommen ist.«

»Vielleicht ist es keine gute Idee.« Ich spüre, wie ich aus meiner rosaroten Wolke in die Realität zurückfalle, aber ich bin erleichtert zu hören, dass er doch nicht der Herzensbrecher von Impruneta ist.

»Oh, bitte – mach dir nicht zu viele Gedanken.«

»Aber ich werde wahrscheinlich nicht lange bleiben. Und es geht zu schnell.« Ich lasse den Kopf auf die Brust sinken, um ihrem Blick auszuweichen.

»Wart's nur ab, bis du dich in Florenz verliebt hast. Dann reden wir noch einmal«, erwidert Stella. »Ich habe schon oft erlebt, wie sich ein Urlaub in eine lebenslange Liebesgeschichte verwandelt hat«, fügt sie kichernd hinzu. »Ich sehe es doch jeden Tag im Konsulat, wo täglich ein Stapel Visumsanträge auf meinem Schreibtisch auf mich wartet und bearbeitet werden will.«

Ich lächle und wünschte, ich könnte ihr sagen, dass es nicht das ist, was ich meine.

»Weißt du was, ich bin fix und fertig. Zeit, ins Bett zu gehen.«

»Ja, ich auch. Ich dachte schon, du kommst gar nicht mehr zurück.« Stella wirft einen Blick auf die Uhr.

»Du hast auf mich gewartet?«

»Darauf kannst du deinen Hintern verwetten!« Sie kichert. Ich werfe ein Kissen nach ihr, und wir brechen beide in Gelächter aus.

Einige Stunden später wache ich aus einem besonders beängstigenden Albtraum auf, in dem ich Luca sehe, wie er über eine weiche Wiese geht, mit einem Strauß bunter Blumen im Arm. Ich lächle und winke ihm zu, doch plötzlich verwandelt sich der Boden in einen Schotterweg, und während er auf mich zugeht, wird das Knirschen unter seinen Füßen immer lauter, bis es fast ohrenbetäubend ist. Als er nur noch eine Armlänge von mir entfernt ist, verdunkelt sich der Himmel, und die leuchtenden Farben um mich herum verwandeln sich in Schwarz und Weiß. Die Blumen in Lucas Armen welken, und jetzt erkenne ich, dass wir uns auf einem Friedhof befinden. Er geht an mir vorbei, mit einem verstörten Ausdruck im Gesicht. Ich stelle mich vor ihn und strecke eine Hand aus, um ihn zu berühren, aber er geht direkt durch mich hindurch.

»Luca!«, schreie ich, als ich aus meinem Traum aufschrecke.

»Er ist nicht hier, Mia. Ich bin es, Stella.«

»O mein Gott, ich kann nicht atmen.« Ich fange an zu weinen und fasse mir an die Brust, während ich nach Luft schnappe.

»Es ist alles gut. Du bist okay. Es war nur ein böser Traum.« Stella greift über mich hinweg und schaltet die Nachttischlampe ein. Von dem plötzlichen Lichteinfall muss ich die Augen zukneifen.

»Es tut mir leid. Es hat sich so echt angefühlt.«

»Du hast geweint.« Sie hebt mein Kinn hoch. »Du hast den Arm ausgestreckt und Lucas Namen gerufen.«

»Ich weiß nicht, ob ich das kann.« Ich befreie mich aus der feuchten Decke und gehe in das an mein Zimmer angeschlossene Bad, um mir das Gesicht zu waschen. Stella folgt mir.

»Ob du was kannst? Mia, wovon redest du?«

»Tut mir leid, dass ich dich geweckt habe. Es war nichts.« Ich tupfe mein Gesicht trocken und gehe wieder ins Bett.

»Du hast um dich geschlagen und gerufen, dass du nicht sterben willst.«

Ein verzweifelter Seufzer entflieht meinen Lippen. »Das will ich auch nicht.« Ihr Gesichtsausdruck verrät mir, dass sie spürt, dass etwas nicht stimmt. Ich lasse mich wieder auf das Bett fallen, und Stella setzt sich neben mich.

»Du solltest dich umziehen, du bist ganz verschwitzt. Ich hole dir etwas zu trinken«, sagt sie.

»Ehrlich, danke, aber es geht mir gut.«

Sie ignoriert mich und macht Anstalten aufzustehen. Schnell greife ich nach ihrer Hand, denn ich habe das Gefühl, dass ich ihr zumindest eine Erklärung schuldig bin. »Ich habe ziemlich oft Albträume. Nur damit du Bescheid weißt.«

»Verstehe.« Sie wartet darauf, dass ich weiterrede.

»Normalerweise wache ich auf und schlafe wieder ein. Du musst nicht nach mir sehen.«

Sie steht auf und geht in Richtung Tür. Im Türrahmen dreht sie sich um und sieht mich an. »Wenn es dir nichts ausmacht, ist es mir lieber, wenn ich nach dir sehe.«

Ich ziehe mir einen frischen Pyjama an, lege mich hin und frage mich, warum meine Vergangenheit mich sogar dann noch verfolgt, wenn alles gut zu laufen scheint. Ein paar Minuten später kommt Stella mit einem Glas Wasser zurück. »Weißt du, Mia, du kannst mir vertrauen«, sagt sie und stellt das Wasser auf meinem Nachttisch ab.

Ich tue so, als würde ich schon schlafen.

»Hey, ich muss heute nach einem Job suchen, wo fange ich am besten an?«, frage ich Stella am nächsten Morgen beim Frühstück.

»Jetzt schon?«

»Ja. Und ich tue alles. Wenn ich meinen Anteil der Miete bezahlen will und nicht bald einen Job finde, wird meine Zeit hier sehr viel kürzer sein als erhofft.«

»Versuch es in Florenz. Bei vielen Geschäften hängen Schilder mit Jobangeboten im Fenster. Sieh dich nach Ausschreibungen um, auf denen *cercasi* steht.« Sie schenkt sich einen Espresso ein und fragt, ob ich auch einen möchte.

»Nein, danke. Ich dachte mir, ich hole mir heute Morgen einen Kaffee in der Bar.«

»Und dass du auf dem Weg vielleicht einem gewissen Jemand über den Weg läufst«, neckt sie mich.

»Das reicht!« Ich kichere.

»Ich komme mit. Ich nehme heute den Bus.«

Auf unserem Weg zum Platz plaudern wir unbeschwert miteinander, bis Stella plötzlich stehen bleibt. Sie durchbohrt mich mit ihren smaragdgrünen Augen, und ich weiß sofort, was sie mich fragen wird. »Mia, der Albtraum, den du gestern hattest – irgendetwas muss diese Träume doch verursachen, wenn du sie regelmäßig hast. Bist du … ich weiß nicht … angegriffen worden oder so etwas?«

Ich schlucke den Kloß herunter, der sich plötzlich in meinem Hals gebildet hat.

»Nein, es ist nichts in der Art.«

Sie wartet geduldig auf weitere Erklärungen, aber ich schaffe es nicht, die richtigen Worte zu finden.

»Entschuldige. Es geht mich ja auch nichts an. Du kannst es mir erzählen, wenn du so weit bist.« Vor der Bar küsst sie mich auf beide Wangen und deutet dann auf die *officina*. »Du solltest hingehen und Hallo sagen.« Sie zwinkert mir zu, dreht sich auf dem Absatz um und eilt zur Bushaltestelle.

Von draußen erhasche ich einen Blick auf Luca. Er unterhält sich mit einem Kunden, der ihm etwas an einem Roller zeigt. Während ich die Bewegungen seines Körpers beobachte, wird mein Schmachten von einem beschwingten Silvio unterbrochen, der nach draußen gekommen ist, um die Schirme über den Tischen zu öffnen.

»*Salve*, Mia! Lass mich raten? Einen *macchiato*?«

»*Sì! Grazie*. Und ein Croissant, bitte«, antworte ich und fühle mich dabei bereits wie eine Einheimische. Es überrascht mich, dass Croissants, süßes Gebäck und Kekse ein so wesentlicher Bestandteil des italienischen Frühstücks zu sein scheinen.

»Natürlich!«

»Ist es in Ordnung, wenn ich mich hier draußen hinsetze?«

»Nur zu, *Australiana.*« Silvio zieht einen Stuhl für mich heraus. Er öffnet einen rot-weißen Schirm und schaltet etwas Hintergrundmusik an, zu der er mitsummt, während er den Kühlschrank in der Bar mit neuen Wasserflaschen auffüllt. Ich kann verstehen, warum Silvio seine Arbeit so sehr liebt. Er ist ein geselliger Mensch, der so gut wie jeden Passanten grüßt und dabei von mindestens zwei von ihnen Päckchen mit frischen Nahrungsmitteln sowie ein verpacktes Bündel vom Metzger zugesteckt bekommt. Er bringt den Verkäufern in den Läden auf der anderen Seite des Platzes Espressi, und ich bin mir fast sicher, dass er in der Zeit, in der ich ihn beobachtet habe, mehr Zeit damit verbracht hat, mit den Einheimischen zu plaudern, als hinter der Bar zu arbeiten. Alle scheinen ihn zu lieben.

Ich lege mein Skizzenbuch auf den Tisch und spitze meinen Bleistift. Ich öffne und schließe meine Hand, um den Blutkreislauf anzuregen. Beim ersten Bleistiftstrich fehlt mir die gewohnte Geschmeidigkeit, und meine Hand fühlt sich schwer an, bis ich schließlich umgreife. Frustriert zerknülle ich meine drei Anläufe, den belebten Platz zu zeichnen. Entmutigt lege ich eine kurze Pause ein und trinke meinen Kaffee aus. Während ich den Bleistift zwischen den Fingern rolle, denke ich darüber nach, nach Hause zu gehen, aber ich möchte mir selbst beweisen, dass mein gestriges Bild nicht nur Zufall war. Ich denke an das Mädchen im Flugzeug und versuche mir einzureden, dass ich keinerlei Erwartungen an mein Bild habe und dass ich das akzeptieren werde, was am Ende auf meinem Blatt zum Vorschein kommt, egal, was es ist. Ich wische mir den Schweiß von der Stirn und hebe den Kopf, um einen besseren Blick auf ein ganz bestimmtes Motiv zu bekommen.

Das morgendliche Sonnenlicht strömt über den Platz und in die *officina*, wo es vom Metall der Motorräder und Roller reflektiert wird. Durch das offene Rolltor kann ich Luca sehen, der an einem Motorrad arbeitet, während die Sonnenstrahlen die Konturen seines durchtrainierten Körpers hervorheben. Ich fange an, eine Werteskala aus Kreuzschraffuren zu erstellen, um die passende Tontiefe aus Hell und Dunkel zu finden. Zwischendurch fragt mich Silvio, ob ich noch etwas trinken möchte, aber ich verneine geistesabwesend, unfähig, mich von meiner Zeichnung zu lösen. Während Lucas Körper auf meinem Blatt lebendig wird, bekomme ich einen tieferen Einblick davon, wie er sich bewegt, was dazu beiträgt, dass ich ihn noch attraktiver finde. Ich bin ganz auf meine Arbeit konzentriert, genauso wie er auf seine. Er unterbricht sie nur einmal, um ans Telefon zu gehen. Ich sehe ihn lächeln, sein Gesicht leuchtet regelrecht auf. Neunzig Minuten später lege ich meinen Bleistift auf den Tisch und betrachte mein Werk. Ich durchlebe noch einmal die Emotionen, die ich beim Zeichnen wahrgenommen habe, und ein starkes Gefühl der Erleichterung durchströmt mich wie eine liebevolle Umarmung. Silvio bringt mir eine Flasche Wasser und fragt, ob er meine Zeichnung sehen darf. Nervös reiche ich ihm meine Skizze, und seine Augen weiten sich erstaunt.

»Das ist wunderbar!«, ruft er.

»*Grazie*«, antworte ich.

Er hat recht. Es ist wunderbar. Er ist wunderbar. Alles ist wunderbar.

Und jetzt muss ich nur noch einen Job finden.

Im Bus nach Florenz überprüfe ich mein Handy und entdecke ein paar neue SMS von Sarah, die mich fragt, wie es mir geht. Als ich während der Chemotherapie meinen Tiefpunkt hatte, war Sarah eine der wenigen Personen, die mich wirklich verstand und keine Angst um mich hatte, im Gegensatz zu allen anderen. Für Sarah musste ich nicht stark sein, und sie erwartete auch nicht, dass ich mich ihr völlig öffnete; sie war eine der wenigen, die stark für mich waren. Ich antworte ihr, dass alles super laufe und ich wieder angefangen hätte, zu zeichnen und zu malen.

Siehst du, wie du deinem wahren Ich näherkommst, wenn du loslässt?, antwortet sie. Ich muss an das eingerahmte Zitat denken, das sie mir geschenkt hat, als ich die Nachricht von meiner Remission bekommen habe, und das jetzt in meinem Zimmer in der Villa hängt: *Genieße das Hier und Jetzt. Blicke nicht in die Vergangenheit, projiziere nicht in die Zukunft. Das Leben wird uns dorthin führen, wo wir sein müssen.*

Ich schreibe zurück. *Ich glaube, ich habe mein Licht gefunden.* Gefolgt von: *Ich wünsche mir, dass meine Zeit hier nie zu Ende geht.*

Sie schickt mir drei lächelnde Smileys zurück, ein Emoji mit einem lachenden Buddha und mehr Herzen, als ich zählen kann.

In der Nähe des Bahnhofs steige ich aus und fange an, mich in den Straßen von Florenz nach Schildern mit der Aufschrift *cercasi* umzusehen, die in den Fenstern verschiedener Geschäfte hängen. Als Erstes versuche ich es in einem Restaurant. Die Menschenmassen, die zur Mittagszeit noch da waren, haben sich zerstreut, und ich gehe auf die Kassiererin am Tresen zu, wobei ich den Kopf hochhebe, um mir selbst Mut zu machen. Ich räuspere mich diskret und gebe alles.

»Buongiorno, mi chiamo Mia. Sto cercando lavoro.«

»Ah, *sì*. Gisella!«, ruft sie. Verunsichert durch ihre Gleichgültigkeit, gehe ich langsam zur anderen Seite des Tresens. Eine Frau in den Vierzigern kommt auf mich zu.

»Gisella«, stellt sie sich vor und streckt mir die Hand hin.

»Mia. Freut mich, Sie kennenzulernen. Ich habe das Stellenangebot draußen gesehen. Ich hätte Interesse an dem Job.«

»Woher kommen Sie, Mia?«

»Australien.«

»Erfahrung?«

»Ah, na ja, nicht so viel als Kellnerin, aber …«

»Wie viele Sprachen sprechen Sie?«

»Wie viele?«

Sie nickt ungeduldig und trommelt mit ihren manikürten Fingernägeln auf dem Tresen herum. Es fällt mir schwer, mich nicht von ihrer Unhöflichkeit irritieren zu lassen.

»Ähm, nur eine. Ich kann ein bisschen Italienisch. Das wären dann zwei, schätze ich.«

»Wir brauchen jemanden, der Englisch, Deutsch, Französisch und Italienisch spricht.«

Ich kann meinen Schock nicht verbergen.

»Es kommen sehr viele Touristen«, sagt sie geradeheraus.

»Ich verstehe. Trotzdem vielen Dank.«

Auf dem nächsten *cercasi*-Schild wird nach einer *commessa* gesucht, einer Verkäuferin in einem Bekleidungsgeschäft. Mein Gespräch hier verläuft nur geringfügig angenehmer, da mich die Ladenbesitzerin immerhin ins Hinterzimmer einlädt. Sie stellt sich als Loretta vor, bietet mir einen Stuhl an, und wir tauschen die üblichen Informationen aus, darüber, woher ich komme, wie lange ich schon in Florenz bin und was mich hierhergebracht hat. Sie überfliegt meinen Lebenslauf.

»Ich sehe, Sie haben eine Weile als Verkäuferin gearbeitet. In einem Kosmetikladen. Was interessiert Sie an Mode?«

»Na ja, es macht mir Spaß, im Kundenservice zu arbeiten, und ich hatte schon immer eine Leidenschaft für italienische Mode«, antworte ich, wobei ich die Wahrheit ein wenig verbiege. Sofort muss ich an den modebewussten Luca denken.

Sie sieht mich an, als würde sie darauf warten, dass ich ausführlicher auf mein Interesse an Mode eingehe, aber mir fällt nichts weiter ein. »Wer kann sich nicht für italienische Mode begeistern?« Ich lächle schwach.

»Sprechen Sie Italienisch?«

»Ich komme damit durch.«

»Und andere Sprachen? Französisch oder Deutsch?«

»Nein, aber ich wäre bereit, einen Sprachkurs zu machen. Ich lerne schnell.«

»Wie lange werden Sie in Florenz bleiben?«

»Oh, also, ich habe nicht vor, bald nach Hause zurückzufahren.«

Die Ladenbesitzerin stellt ihre Füße nebeneinander auf den Boden und legt Stift und Klemmbrett auf den Schreibtisch neben sich. »Ich werde ehrlich mit Ihnen sein, Mia. Hier in Florenz einen Job zu finden ist nicht leicht. Es gibt Hunderte von Ausländern wie Sie, die um Arbeit konkurrieren. Ich brauche jemanden mit solider Erfahrung im Vertrieb, der längerfristig hier wohnen wird. Mit vielen Mädchen ist es ein Kommen und Gehen. Da Sie erst vor Kurzem angekommen sind, wäre es vielleicht das Beste, wenn Sie erst einmal sehen, wie es Ihnen hier gefällt. Wenn Sie in sechs Monaten noch da sind, kommen Sie gerne wieder vorbei.«

Anscheinend steht mir die Enttäuschung ins Gesicht geschrieben, denn sie schlägt vor: »Warum versuchen Sie es nicht mit Englisch-Unterricht?«

»Ich werde es versuchen, danke.« Aber mir ist klar, dass es ohne die nötige Qualifikation unmöglich für mich sein wird.

Auf dem Weg zum Bus gebe ich in verschiedenen Geschäften meinen Lebenslauf ab und kehre ernüchtert in die Villa zurück. Ohne einen Job werde ich abzüglich der Miete für einen Monat und der Lebenshaltungskosten gerade genug Geld haben, um mich sechs Wochen lang über Wasser zu halten. Ich durchforste die Kleinanzeigen einer Online-Zeitung, in der Hoffnung, dass ich wenigstens ein paar Vorstellungsgespräche an Land ziehen kann. Ich schreibe mir drei Stellen heraus, die gut passen würden. Als ich unter den angegebenen Telefonnummern anrufe, sind zwei der drei Stellen bereits vergeben, aber es gelingt mir, ein Vorstellungsgespräch für die dritte Stelle zu bekommen, als Empfangsmitarbeiterin bei einer Exportfirma.

Um mich von dem Stress der Arbeitssuche abzulenken, gehe ich ins obere Stockwerk, um die Frangipani auf dem Balkon zu gießen, als ich jemanden durch das Eingangstor schlüpfen sehe. Es ist Luca. Er hat einen Blumenstrauß dabei.

Er hebt eine Hand an den Mund und ruft: »*Signorina* Mia!«

Aus der Gießkanne in meiner Hand läuft Wasser über die ganze Wäsche, die weiter unten auf der Wäscheleine hängt, aber ich ignoriere das Problem selig, weil *er* es ist.

»Was machst du hier?«, rufe ich zu ihm hinunter und kann mir das Lächeln nicht verkneifen. Fast hätte ich die inzwischen leere Gießkanne fallen lassen. Ich hüpfe die Treppen hinunter und bleibe kurz vor der Haustür stehen, um meine

Fassung wiederzuerlangen, mir etwas Luft zuzufächeln und die losen Haarsträhnen aus den Augen zu streichen.

»Lässt du mich rein, Malermädchen?«, fragt er mich durch die Tür hindurch.

Ich lächle und öffne die schwere Haustür. Er lehnt an der Wand im Türeingang, steckt sich einen der Rosenstiele in den Mund und wackelt dabei mit den Augenbrauen. Über sich selbst grinsend, nimmt er die Rose wieder aus seinem Mund und reicht sie mir, während er eine melodramatische Interpretation eines italienischen Klassikers anstimmt: *Rose rosse per te* – Rote Rosen für dich.

Ich lache und schüttle den Kopf über seinen liebenswerten Charme.

»Für mich?« Ich spiele mit. Er nickt und reicht mir einen Strauß der schönsten Rosen, die ich je gesehen habe. Tatsächlich sind es die ersten Rosen, die ich je von einem Mann bekommen habe.

Anstatt zu antworten, beugt Luca sich vor und umfasst sanft meine Taille, was mir den Atem stocken lässt. Er hebt mein Kinn an und gibt mir einen leidenschaftlichen Kuss, von dem ich mich anschließend mehrere Sekunden erholen muss.

Er löst sich von mir und zwinkert mir zu. »Ich konnte nicht aufhören, an dich zu denken, *bella* Mia«, flüstert er.

Ein Lächeln breitet sich auf meinem Gesicht aus. »Solltest du nicht eigentlich bei der Arbeit sein?«

»Si.«

Damit dreht er sich um und geht weg und lässt eine Wolke der Sehnsucht hinter sich zurück. Ich lockere meinen Griff um den Strauß und vergrabe mein Gesicht in den Rosen. Ich weiß, dass ich den süßen Geruch für immer mit ihm verbinden werde.

8. KAPITEL

»Irgendwelche Neuigkeiten an der Job-Front?« Stella setzt sich zu mir auf das Sofa, wo ich den ganzen frühen Abend damit verbracht habe, mich von italienischen Quiz-Shows und leicht bekleideten Ballerinas, die vor jeder Werbeunterbrechung eine Tanzeinlage zum Besten geben, unterhalten zu lassen.

»Nein, aber ich habe morgen ein Vorstellungsgespräch. Und ich wollte dich fragen – wo ist Empoli?«

»Bist du dir sicher, dass du jeden Tag so weit fahren möchtest? Das ist über eine Stunde von hier entfernt.«

»Du machst Witze! Vielleicht sollte ich lieber absagen.«

»Es muss etwas geben, das näher ist.« Stella wirft einen Blick auf ihre Uhr. »Wir sollten langsam das Abendessen vorbereiten.«

»Stella, es gibt da etwas, was ich dir sagen muss. Wegen letzter Nacht. Du weißt schon, der Albtraum, den ich hatte. Ich möchte nicht, dass du dir deswegen Sorgen machst.«

»Was ist denn los?«

»Ich bin in Remission. Ich hatte Krebs – ein Lymphom.«

»Was? Aber geht es dir jetzt besser?«

»Jetzt geht es mir wieder gut.« Ich nicke, um sie zu beruhigen.

»Weiß Luca davon?«

»Ja, er weiß es.«

»Alles klar, also, wenn du darüber reden willst, ich bin da.« Sie schenkt mir ein warmes Lächeln.

»Ich weiß, aber ich glaube nicht, dass ich wieder darüber reden muss. Ich will nur, dass du Bescheid weißt.«

»Okay«, sagt sie. »Dann lass uns das Abendessen in Angriff nehmen.«

»Oh, ich habe schon etwas vorbereitet.« Ich folge ihr in die Küche, öffne den Topf mit der *ribollita* und lasse den Duft durch den Raum ziehen. »Ich dachte, ich probiere es mit einem typisch toskanischen Gericht.« Ich lächle stolz. Etwas früher am Nachmittag hatte ich ein altes, verstaubtes Kochbuch gefunden und diesen Bohnen-Gemüse-Eintopf auf Tomatenbasis gemeistert, der mit Brot serviert werden sollte. Zum Eintunken, versteht sich.

»Es riecht köstlich! Ich bin beeindruckt. Hey, wo kommen die Blumen her?« Stella zeigt auf die Vase auf dem Fensterbrett.

»Ähm, na ja …«

»Mia!«

»Ich weiß, ich weiß. Wir gehen heute wieder aus.« Meine Lippen formen sich zu einem schüchternen Lächeln. Ich habe keine Kontrolle darüber, was mein Körper macht, sobald ich an Luca denke.

»Was ist mit dem Abendessen?«

»Ich vermute, wir werden in der Stadt etwas essen.« Ich versuche, mir das Lächeln zu verkneifen.

»Es hat dich schwer erwischt, Süße!«, neckt sie mich.

Es hat keinen Zweck, es zu leugnen. In diesem Moment klopft es an der Tür.

»Geh du«, flüstere ich.

»Nein, du gehst.« Stella schubst mich aus der Küche.

»Ich bin zu nervös. Bitte, Stella.«

Sie kichert und eilt durch das Wohnzimmer, während ich in das Hauptbadezimmer laufe, um mich zurechtzumachen.

Hastig trage ich etwas Lipgloss auf und drücke leicht die Lippen zusammen, und als ich aufblicke, sehe ich im Spiegel Luca hinter mir stehen. Und grinsen.

O Gott. Ich wette, er hat alles gesehen.

»Ich wusste, es würde lustig sein, ein australisches Mädchen zu daten.« Er lächelt.

Dieses Lächeln bringt mich jedes Mal aus der Fassung.

»Du siehst perfekt aus. Bist du so weit?« Wie üblich will er mir einen Kuss auf die Wange geben. Ich gehe davon aus, dass er die linke küssen will, aber er entscheidet sich für die rechte, und unsere Lippen streifen sich in der Mitte. Als sich unsere Blicke treffen, zuckt ein nervöses Lächeln um meinen Mund. Luca hingegen lächelt mich liebevoll an, als würde er das Ganze genießen. Er drückt meine Hand, und wir gehen in Richtung Haustür.

»Tschüss, Stella!«, rufe ich. Sie leckt die Rückseite eines Holzlöffels ab und strahlt uns von der Küchentür aus wie eine stolze Glucke an.

»*Ciao, amoretti!* Kommt nicht zu spät nach Hause!«

»*Ciao*, Stella«, ruft Luca und schließt die Tür hinter uns.

»*Amoretti?*«, frage ich.

»Turteltauben.«

»Oh«, murmele ich und fühle mich plötzlich eingeschüchtert.

»Oh?« Er neigt den Kopf zur Seite.

»Es macht dir viel zu viel Spaß, mich aufzuziehen, weißt du.«

»Ich kann nicht anders. Du könntest nicht süßer sein, wenn du es versuchen würdest.«

Es ist ein kühler Sommerabend, und ich bin froh, mich für

eine Jeans entschieden zu haben. Ich steige auf den Roller, und als ich dieses Mal meine Arme um Lucas Körper lege, streichen seine Hände über meine, ehe er den Zündschlüssel dreht. Als wir das Stadtzentrum von Florenz erreichen, fahren wir durch die Porta Romana, die einmal einen Teil der Stadtmauer bildete. Wir parken in der Nähe der Piazza Santa Croce, und ich bitte Luca darum, dass wir uns die Franziskanerkirche ansehen.

»Hier drinnen befindet sich Michelangelos Grab«, sage ich. »Und in der Bardi-Kapelle gibt es diese unglaublichen Fresken von Giotto, die das Leben des heiligen Franziskus darstellen. Ich meine, ich habe sie noch nicht gesehen – nur auf Fotos –, aber …«

»Du liebst Kunst wirklich sehr, oder?«

Ich nicke und fahre mit den Fingerspitzen über die rosa, grüne und weiße Marmorfassade der Basilika. Ich erkläre ihm, dass es an ihren Wänden Wasserspuren geben soll, die von der Überflutung des Arno im Jahr 1966 stammen. »So viel kostbare Kunst ist in dieser Flut verloren gegangen …« Ich verstumme, als ich merke, dass Luca stehen geblieben ist und mich mit einem bewundernden Blick ansieht. »Du stehst nicht so auf Kunst, oder?«, frage ich, verlegen, dass ich so viel plappere.

Er schüttelt den Kopf. »Nicht wirklich. Aber ich stehe auf dich.« Er kommt näher zu mir und küsst mich mehrmals sanft auf den Mund. Sofort beginnt es in meinem Magen zu flattern. Wir küssen uns, als wären wir ganz allein auf dem belebten Platz, und ich wünsche mir, dieser Kuss würde nie enden. Als sich unsere Lippen schließlich voneinander lösen, fragt er: »Also, wie war das mit den zerstörten Kunstwerken?«

»Oh, du hast mir also doch zugehört?«

»Jedes Wort.«

Er wartet darauf, dass ich meine Geschichte zu Ende erzähle, anschließend sagt er nichts, sondern küsst mich einfach nur zärtlich auf den Kopf. Er nimmt meine Hand und verschränkt seine Finger mit meinen.

»Also, erzähl mir von deinem Tag.«

»Na ja, ich habe etwas gezeichnet … und ich schätze, das Highlight des Tages war, als mir dieser charmante Typ, den ich kürzlich kennengelernt habe, einen Strauß der schönsten Blumen geschenkt hat, die ich je gesehen habe.«

»Ach, wirklich? Weißt du, in Italien musst du dich vor charmanten, zufällig dahergelaufenen Typen in Acht nehmen. Sie machen Jagd auf atemberaubend schöne Mädchen aus Australien.« Er bleibt wieder stehen, um mich zu küssen, und als wir weitergehen, fragt mich Luca, wie es mit der Jobsuche läuft.

»Nicht so toll«, antworte ich. »Wenn ich nicht bald einen Job finde, werde ich in sechs Wochen schon nach Hause fahren müssen.«

Wieder bleibt er stehen, diesmal ist sein Gesichtsausdruck ernst. »Aber du kannst so bald nicht wieder nach Hause fahren.«

»Warum nicht?«

»Wegen … uns. Das ist erst der Anfang.«

Ich hole tief Luft, mein Magen schlägt Purzelbäume.

Kann etwas, das so schnell geht, echt sein?

Als könne er meine Gedanken lesen, sagt Luca: »Du hast etwas Besonderes an dir, Malermädchen. Und was auch immer das ist, was ich gerade fühle, es fühlt sich sehr, sehr echt an.«

Ich ziehe mich an diesen sicheren Ort zurück, den Blick auf den Horizont gerichtet, verwirrt von den widersprüchlichen Gefühlen, die in mir herumwirbeln. Ich will nicht darüber nachdenken, ob es logisch ist. Es ergibt keinen Sinn, doch es fühlt sich so richtig an.

»Wir kennen uns kaum, Luca.« Ich starte einen schwachen Versuch, meiner linken Gehirnhälfte vorzugaukeln, sie hätte etwas zu melden. Kaum habe ich die Worte ausgesprochen, bereue ich sie.

»Das ist mir egal.« Er ist nicht im Geringsten beeindruckt. »Willst du wissen, warum?«

»Warum?«

»Weil ich denke, dass Zeit überbewertet wird.«

»Seit wann?«

»Seit du aufgetaucht bist.«

Ich fange an, mit meiner Armbanduhr herumzuspielen, und beobachte abwesend eine Gruppe illegaler Straßenverkäufer, die schnell ihre Waren zusammenpacken, als die *carabinieri* über den Platz geschlendert kommen.

»Was sagt dir dein Kopf?«, fragt Luca

Ich kehre so schnell aus meiner Schutzzone in die Realität zurück, wie ich in sie abgedriftet bin, blicke in seine schön geschwungenen Augen und weiß, dass ich nicht lügen kann.

»Dass es zu schnell geht.«

»Was sagt dir dein Herz?«

»Dass …«

Er nickt mit einem schwachen Lächeln und weiß bereits, was ich sagen werde.

»… es sich richtig anfühlt.«

»Dann ist es richtig. Und es ist echt.« Er hebt die Augenbrauen und lässt sein umwerfendes Lächeln aufblitzen, bevor sein Gesichtsausdruck ernst wird und er mich intensiv anschaut.

Ich betrachte seine Gesichtszüge und bewundere seine verborgene innere Schönheit. Plötzlich zwinkert er mir zu.

»Also, was hast du heute gezeichnet?«, fragt er.

»Ähm, das ist eine Überraschung.« Ich beschließe, auf den richtigen Augenblick zu warten, um ihm mein Bild zu zeigen.

Er zieht meine Hand zu seiner Taille, wo meine Finger durch die Gürtelschlaufe an der Seite gleiten, dann legt er seinen Arm um meine Schultern, und so schlendern wir eine enge Pflasterstein-Straße hinunter. Der schwache Geruch von Leder liegt in der Luft; der charakteristische Duft der florentinischen Handwerkskunst. Bald sind wir auf der Piazza della Signoria und kommen an der Replik der Davidstatue vorbei. Etwas weiter weg, in der Nähe der Galerie der Uffizien, sehe ich, wie Signor Fiorelli gerade seine Bilder zusammenpackt.

»Buonasera, signorina«, begrüßt er mich lächelnd. »Schön, dich wiederzusehen.« Er wendet sich an Luca und streckt den Arm aus, um seine Hand zu schütteln. *»Luca, da quanto tempo. Tutto bene?«* Er freut sich, Luca zu sehen, aber trotzdem kann ich einen Hauch von Einsamkeit in Signor Fiorellis Stimme erkennen. Ich versuche, seine Worte schnell ins Englische zu übersetzen. *Es ist eine Weile her. Alles gut bei dir?*

»Signor Fiorelli.« Luca lächelt. »Es freut mich, Sie zu sehen. Das ist meine *amica* Mia.«

»Wir sind uns bereits begegnet«, erwidert Signor Fiorelli. »Ah, Mia. Mit diesem jungen Mann bist du in bester Gesellschaft.«

Wir werden von einem französischen Pärchen unterbrochen, das einige von Signor Fiorellis Bildern kaufen möchte, bevor er aufbricht. Während sie die Optionen abwägen, erkundigt sich Signor Fiorelli, was wir heute Abend noch vorhaben.

»Luca gibt mir eine Führung durch Florenz. Wir sind auf dem Weg zur Ponte Vecchio.«

»Lass dir von ihm die Vorhängeschlösser zeigen«, sagt er. »Junge Liebe. Kostbare junge Liebe.« Er zwinkert dem Pärchen zu, das uns warmherzig anlächelt.

»Bis bald, Mia. Grüß Stella von mir, Luca.«

Luca nickt, und wir verabschieden uns.

»Woher kennst du Signor Fiorelli?«, fragt Luca.

»Ich habe ihn neulich kennengelernt, als ich hergekommen bin, um zu malen. Seine Bilder sind beeindruckend.«

»Erkennst du sie?«

»Ob ich sie erkenne? Von wo?« Ich überlege, wo ich Signor Fiorellis Bilder schon einmal gesehen haben könnte. Die lockere und ausdrucksstarke Pinselführung kommt mir bekannt vor. Dann erinnere ich mich … die drei Bilder in meinem Zimmer.

»Signor Fiorelli ist Stellas Onkel?«

»Ja, das ist er. Hast du es nicht an seinen Bildern gemerkt? Amelia ist in jedem davon.«

Luca hat recht. In jedem seiner Bilder taucht die gleiche Frau auf.

»Ich dachte, er malt nicht mehr.«

»Na ja, anscheinend hat er wieder angefangen.« Luca zuckt die Schultern.

Signor Fiorelli und seine Bilder faszinieren mich: dass er es nicht erträgt, in einem Haus zu leben, das er mit seiner Frau geteilt hat, weil damit zu viel Schmerz verbunden ist. Dass er sie mit seinen Erinnerungen und Pinselstrichen zurück ins Leben holt. Ich vermute, wahre Liebe tut genau das. Sie gräbt sich tief in das Herz hinein, sodass sie niemals sterben kann. Wenn ein Mensch stirbt, folgt ihm der andere in gewisser Weise. Langsam wird mir klar, dass meine eigene Angst vor dem Tod viel komplizierter ist, als ich bisher dachte.

Verstörende Gedanken gehen mir durch den Kopf, während wir zur Ponte Vecchio schlendern, die in Erwartung des bevorstehenden Sonnenuntergangs bereits von den Straßenlaternen erleuchtet wird. Goldarmreife und Charm-Anhänger glitzern uns aus den Fenstern der Juweliergeschäfte entgegen, deren hölzerne Fensterläden mit dem dekorativen Wappen der Florentiner Lilie versehen sind.

»Hast du von den Liebesschlössern gehört?«, fragt mich Luca.

Ich schüttle den Kopf. »Nein, habe ich nicht.«

»Die Tradition sagt, dass, wenn zwei Liebende ein Schloss an der Brücke anbringen und den Schlüssel in den Arno werfen, sie durch ihre Liebe miteinander verbunden sind … für immer.«

»Wirklich? Das ist wahrscheinlich das Romantischste, was ich je gehört habe. Wie schön.«

»Genau wie du«, flüstert Luca und steckt mir ein paar lose Haarsträhnen hinter mein Ohr. Ich winde mich unbehaglich unter seiner Berührung – ich habe Angst, dass er meine Extensions bemerkt.

»Alles okay?«

Unwillkürlich senke ich kurz den Blick. »Alles ist perfekt.«

Er fährt fort, mir von der Brücke zu erzählen. »Das ist die einzige Brücke in Florenz, die während der Bombardierungen im Zweiten Weltkrieg nicht zerstört wurde.« Ich beobachte, wie Lucas Augen lebendig werden. Die Art, wie er ganz subtil lächelt, während er erzählt, liebe ich jetzt schon. »Wenn du also ein Liebesschloss an einer Brücke befestigen möchtest, in der Hoffnung, dass deine Liebe alles übersteht, dann würde ich sagen, ist diese Brücke genau die richtige.«

»Das ist total romantisch.« Ich bücke mich, um die beeindruckende Anzahl an Schlössern zu betrachten, die am Geländer befestigt sind und eine Büste von Benvenuto Cellini umgeben, der laut der Gedenktafel zu seinen Füßen ein italienischer Goldschmied und Bildhauer war. Immerwährende Liebe. So romantisch. So Romeo und Julia.

Wir schlendern zu dem Platz auf der Seite der Brücke, wo das Pärchen, das ich gestern gemalt habe, gestanden hat. Unser Timing ist perfekt, die rosa-orangefarbene Sonne ist kurz davor unterzugehen. Luca legt seine Arme von hinten um meine Taille und schmiegt sein Kinn zwischen meinen Hals und meine Schulter, während wir das Farbenspiel am Horizont betrachten, ehe es ganz verblasst. So in den Armen gehalten zu werden fühlt sich sicher an. Richtig. So wie es sein soll. Innerlich führe ich ein Streitgespräch mit mir, ob ich das alles überhaupt zulassen darf. Ich weiß nicht, ob ich ihm das antun kann. Er verdient es nicht, mit einem Mädchen zusammen zu sein, an dem ihm etwas liegt, um dann zusehen zu müssen, wie es vor seinen Augen stirbt. Genauso wenig wie ich es verdiene, dieses Mädchen zu sein.

Eine Überlebensrate von neunzig Prozent. Eine Rezidivrate von zehn Prozent. Eine Rezidivrate von zehn Prozent. Eine Rezidivrate von zehn Prozent.

Zwei kleine Tränen entwischen aus meinen Augenwinkeln.

Sie rollen über meine Wangen, an meiner Nase vorbei und kitzeln auf dem Weg nach unten meine Haut. Schließlich tropfen sie von meinem Kinn auf Lucas Hand. Er dreht mich um und wischt die übrigen Tränen weg.

»Es ist okay, Mia. Du kannst dich hier sicher fühlen.«

»Tut mir leid. Ich bin nur ein bisschen emotional.«

»Schh«, flüstert er und legt mir den Finger auf den Mund. »Du musst nichts erklären.«

»Du denkst wahrscheinlich, ich bin ein Fall für die Klapse.«

»Nein ... nur ein bisschen emotional«, neckt er mich. »Lass uns gehen. Ich weiß, wie ich dich aufmuntern kann.«

Ich will ihm unbedingt von den Dingen erzählen, die mich zu überwältigen drohen, aber Lucas Kuss wäscht jeden Gedanken fort, egal, ob rational oder irrational.

Eine Überlebensrate von neunzig Prozent. Ich muss mich auf die neunzig Prozent konzentrieren. Ich muss die nächsten fünf Jahre überleben. Für uns.

An den Tischen in der Pianobar tummeln sich lauter Einheimische, die Aperitifs schlürfen und die italienischen Schlager mitsingen, die von einer Live-Band gespielt werden. Luca reicht mir eine Speisekarte. »Ich hätte dich vorwarnen sollen, dass sie hier kein Abendessen servieren. Aber sie haben großartige Nutella-Crêpes.« Er grinst.

»Großartig!« Ich klappe meine Karte zu. »Das perfekte Gegenmittel bei unberechenbaren Gefühlsausbrüchen.«

Er lacht und sieht zu, wie die Eiswürfel in seinem Glas übereinandergleiten, während er langsam an seinem Rosso Antico nippt. »Also, ich habe dir gerade meinen liebsten Lieblingsplatz gezeigt, wo ist deiner?«

»Als ich die Neuigkeiten von meiner Remission bekommen habe, sind meine Mum und ich ins Regent Theatre in Melbourne gegangen, um uns ein Musical anzuschauen. Das machen wir immer, wenn es etwas zu feiern gibt. Danach haben wir oben im Langham Hotel zu Abend gegessen, wo es die ganze Zeit Klaviermusik gab. Die Stadt hat unter uns geglitzert, und man hatte eine unglaubliche Aussicht auf den Yarra River, in dem sich die Skyline gespiegelt hat. Vielleicht nehme ich dich eines Tages dorthin mit.«

»Ich werde darauf zurückkommen. Aber davor brauchen wir erst einmal ein Schloss.« Er hebt die Augenbrauen und lässt ein unwiderstehliches Grinsen aufblitzen.

Wir verputzen unsere Crêpes und verbringen die nächsten Stunden damit, uns zu unterhalten, in den Melodien des Klaviers verloren, und wechseln zwischen Phasen behaglichen Schweigens, bedeutungsvoller Gespräche und weniger bedeutungsvollen Geplauders. Luca bringt mir bei, wie man das gerollte *r* ausspricht, und als er mit meiner Betonung zufrieden ist, bringt er mir eine Reihe italienischer Kosewörter bei.

»*Tesoro*. Schatz.«

»*Teh-so-ro.*«

»*Dolcezza*. Liebste.«

»*Doll-cheh-zah*. Na, wie schlage ich mich?«

»Du machst das großartig. *Ti voglio baciare*.«

»*Tii …*«

»Nein, ich meine wirklich, dass ich dich gern küssen würde.«

»Du meinst, jetzt gerade?«

»*Si* – jetzt gerade.«

Er beugt sich vor, und seine Lippen berühren meine. Sein

Mund schmeckt süß, wie ein köstlicher Aufguss aus Zitrusfrüchten und Vanille. Falls ich bezüglich öffentlicher Liebesbekundungen irgendwelche Hemmungen hatte, so lösen sich diese in Luft auf, als die Wärme von Lucas Mund erneut Leben in mir entfacht. Sanft löst er sich von mir und lehnt seine Stirn gegen meine. Wir lächeln uns an. Dann küsst er mich noch einmal. Und noch einmal. Und noch einmal.

Es ist fast ein Uhr morgens, als wir zur Villa zurückkehren, und als sich unser perfektestes Date aller Zeiten dem Ende nähert, bitte ich Luca, an der Haustür auf mich zu warten, bevor er nach Hause geht. Ich nehme das Blatt Papier mit meiner Skizze, das auf meinem Schreibtisch liegt, und schlucke schwer. Wenn ich irgendeine Chance haben möchte, weiterzukommen und zu heilen, muss ich das tun. Anderen Menschen meine Bilder zu zeigen ist fast so wichtig, wie darauf zu vertrauen, dass ich wieder malen kann. Entschlossen, es mir ja nicht anders zu überlegen, befehle ich meinen Füßen, sich in Bewegung zu setzen.

»Das habe ich für dich gemacht.« Ich reiche Luca die Zeichnung. Dann blicke ich zu ihm hoch und beobachte, wie sein Blick über das Blatt wandert. Er will etwas sagen, aber findet keine Worte. Er versucht es noch einmal.

»Du hast wirklich großes Talent, Mia. So etwas kommt nicht von ungefähr.«

Als ich nicht antworte, sieht er mich an.

»Ich wusste nicht, ob ich jemals in der Lage sein würde, diesen Teil von mir zurückzuholen.«

»Manchmal müssen wir die Vergangenheit loslassen …«

»Aber was, wenn man vor der Zukunft noch mehr Angst hat als vor der Vergangenheit?«

Er sieht mich durchdringend an, versucht zu verstehen, was ich meine. Schließlich fragt er: »Wovor hast du Angst?«

»Zu sterben. Ich habe Angst vor dem Tod.«

Lucas Blick wird weicher. Er blinzelt, und ich sehe, wie sich sein Adamsapfel bewegt, als er schluckt. Wir stehen hier an meiner Haustür, und mit großer Wahrscheinlichkeit habe ich den absolut schlechtesten Zeitpunkt gewählt, diesem wunderbaren Mann, den ich nicht einmal richtig kenne, meine größte Angst anzuvertrauen.

»Du bist dem Tod nicht näher als irgendjemand sonst«, erwidert er. »Man weiß nie, was morgen passiert.« Sogar seine Stimme klingt weicher.

»Aber er könnte wiederkommen. Es gibt eine zehnprozentige Wahrscheinlichkeit, dass ich in den nächsten fünf Jahren sterbe, falls der Krebs erneut auftritt.«

»Aber Mia, das heißt auch, die Wahrscheinlichkeit, dass du die nächsten fünf Jahre *überlebst*, liegt bei neunzig Prozent. Das sind hervorragende Aussichten.«

»Nüchtern betrachtet, weiß ich das, aber ich kann nicht aufhören, daran zu denken«, flüstere ich. »Jeden Tag, hundertmal am Tag, dringen die Gedanken aus meinem Unterbewusstsein zu mir. Und dann sind da die Albträume …«

Er blickt mich intensiv an, erkennt meine ganze Gebrochenheit.

Die Worte sprudeln weiter aus mir heraus. »Ich weiß nicht, ob ich es noch einmal durchstehen könnte – die Chemotherapie, meiner Familie dabei zuzusehen, wie sie leidet, meine Freunde zu verlieren, meine Haare.« Ich berühre meine Extensions. »Ich glaube nicht, dass ich stark genug bin, um mich all dem noch einmal zu stellen.«

»Wer sagt, dass du das musst?«

Er nimmt mich in die Arme, legt seine Hand an meinen Hinterkopf und bedeutet mir mit dieser Geste, mich an ihn zu lehnen. Sobald ich mein Gesicht an den warmen Platz an seiner Schulter schmiege, löse ich mich vollständig auf. Ich gebe mich seiner festen Umarmung hin, und die Tränen fließen, als wäre ein Damm in mir gebrochen. Gegen seine Brust gepresst, lösen sich mehrere Schluchzer aus meiner Kehle, und er hält mich fester denn je. Ohne mich loszulassen, schließt er mit dem Fuß sanft die Tür hinter sich und hebt mich mit einer schnellen Bewegung hoch, als wäre ich leicht wie eine Feder. Er trägt mich in mein Zimmer und setzt mich sanft auf der weichen Matratze meines Himmelbettes ab. Dann nimmt er eine Packung Taschentücher vom Nachttisch, legt sich neben mich und fängt an, zärtlich mein Gesicht zu streicheln.

»Mir war nicht klar, dass ich solche Angst habe. Ich habe wirklich, wirklich Angst.«

»Aber jetzt kannst du loslassen und das Leben genießen. Dich auf die Dinge konzentrieren, die funktionieren, die schönen Dinge und die, die dir das Gefühl geben, lebendig zu sein. Umgib dich mit mehr davon. Weißt du, als Mensch kann man nur einen Bruchteil der Dinge kontrollieren, die man erlebt. Der Rest ist … ich weiß nicht, Schicksal … oder Sachen, die einfach passieren. Meistens wissen wir nicht, warum. Das ist auch der Grund, warum wir versuchen müssen, immer nur einen Tag nach dem anderen zu leben, Mia. Und das Beste aus jeder Minute zu machen.«

Schweigend liege ich da und versuche, wieder zu Atem zu kommen und nicht zu hinterfragen, warum mir das alles passiert ist.

»Ich bin gleich wieder da«, sagt Luca.

Kurz darauf kehrt er mit zwei Wattebällchen auf einem Teller in der einen und einer Tasse dampfend heißem Kamillentee in der anderen zurück.

»Die Welt leuchtet auf, wenn du lächelst, *bella* Mia.«

»Wofür sind die?« Ich zeige auf die Watte.

»Für deine Augen. Wilde Kamille wirkt Wunder, weißt du. Du willst doch nicht, dass sie bei deinem Vorstellungsgespräch morgen geschwollen sind, oder?« Er zwinkert mir zu.

»Wer hat dir das beigebracht?«

»Eine Ex-Freundin, die immer eine große Szene gemacht hat, wenn sie ihren Kopf nicht durchsetzen konnte.«

Beim Gedanken an Luca mit einem anderen Mädchen spüre ich einen Stich der Eifersucht. »Hattest du viele Freundinnen?«

»Sagen wir einfach, genügend, um zu wissen, dass ich noch nie so etwas hatte wie das hier.«

»Aber wir daten doch nur.«

»Ich nehme es mit Beziehungslabels nicht so genau.«

»Heute Abend war … *perfetto*«, flüstere ich.

Er küsst mich auf die Stirn. »Du hast es perfekt gemacht.« Seine Lippen wandern zu meinem Hals, während er mich auf den Rücken dreht und das Gewicht seines Körpers mich in die Matratze drückt. Sein Mund erkundet sanft den meinen, während seine Hand langsam der Kurve meiner Taille folgt. Als er mein Top hochschiebt, stockt mir der Atem. Ich merke, dass ich die Reaktionen meines Körpers nicht mehr kontrollieren kann. Alles in mir sehnt sich danach, und doch hält mich etwas zurück.

»Ich kann nicht. Noch nicht … ich bin nicht so weit …«, flüstere ich und lasse den Arm sinken, mit dem ich seinen Nacken umschlungen hielt. Ich sehe zur Decke hoch, lasse mich tiefer ins Kissen sinken und stoße einen frustrierten Seufzer aus. Meine ohnehin bereits geröteten Wangen brennen nun vor Verlegenheit.

Luca dreht sich zurück auf die Seite, stützt seinen Kopf auf den Ellbogen und drückt mich an sich. Er blinzelt mich nachdenklich an, als würde er über etwas grübeln und versuchen, aus mir schlau zu werden.

»Okay«, murmelt er, und ein sanftes Lächeln umspielt seine Lippen. »Ich warte auf dich. Egal, wie lange es dauert.«

Ohne den Blick abzuwenden, nimmt er meine Hand und drückt sie gegen seine Brust. Bevor ich etwas sagen kann, schließt er die Augen und lässt mich seinen beschleunigten Herzschlag spüren.

Wir bleiben bis zum Morgengrauen so liegen, bis wir vom Krähen der Hähne und dem goldenen Sonnenlicht, das zwischen den Fensterläden hindurchströmt, geweckt werden – uns einander näher und verbundener, als wir es gestern waren.

9. KAPITEL

»Guten Morgen, *bella* Mia. Mit dir zu schlafen war das Beste, was ich seit Langem gemacht habe.«

Ich nehme mein Kissen und werfe es Luca an den Kopf. Er holt zum Gegenschlag aus. Doch unsere Kissenschlacht ist von kurzer Dauer, da ich ihn bitte, leise zu sein.

»Stella«, flüstere ich und lege mir den Finger an den Mund, während ich versuche, mir das Lachen zu verkneifen.

»Ach, es ist Stella. Sie ist wie eine Schwester.«

»Aber sie wird denken …«

»Wird was denken?«

»Du weißt schon …«

»Was weiß ich schon?«, neckt er mich.

»So bin ich nicht.«

»Wie denn?«

»Du bist unglaublich.« Wieder werfe ich das Kissen nach ihm. Er packt mich und wirft mich auf den Rücken. Jetzt küsst und kitzelt er mich überall und macht auf diese Weise absichtlich jede Menge Lärm.

»Stop! Bitte! Hör auf!«, bettele ich und versuche, zu Atem zu kommen. Es fühlt sich so unglaublich gut an zu lachen.

Er fühlt sich so unglaublich gut an.

Er hört auf, aber nur, um mir einen Kuss auf den Mund zu drücken, der mich schwindelig werden lässt, und ich verliere mich in dem Moment, bis mir plötzlich mein Termin in den Sinn kommt. Panisch drücke ich ihn weg, und Luca fährt sich mit den Fingern durch das Haar, als müsste er versuchen, wieder in die Realität außerhalb unserer Intimität zurückzufinden.

»Was ist?« Sein Gesicht spiegelt Überraschung.

»Ich muss mich auf mein Vorstellungsgespräch vorbereiten!«

»Whoa, ganz ruhig, *Australiana*. Es ist erst halb sechs. Du hast noch jede Menge Zeit.«

»Aber ich weiß nicht, was ich anziehen soll.« Ich springe vom Bett auf. Normalerweise mache ich mir nicht allzu viele Gedanken über mein Aussehen, aber ich weiß, dass meine Zukunft davon abhängen könnte, wie dieses Gespräch läuft, und ich mir deshalb Mühe geben sollte.

»Entspann dich. Du bist in Italien. Und in Italien beginnen wir den Tag mit einem schönen, starken *caffè*«, sagt er und gestikuliert mit den Armen.

Typisch italienisch.

»Mal ehrlich, was ist, wenn Stella dich hier sieht?« Ich frage mich, wie sie darauf reagiert, dass jemand hier über Nacht bleibt. Auch wenn es jemand ist, den sie kennt.

Anstatt zu antworten, schlendert Luca aus dem Zimmer, stellt sich an den Fuß der Treppe und ruft: »Stella! *Alzati!* Steh auf, du kommst zu spät zur Arbeit!«

Ich kichere.

Ein schelmisches Grinsen breitet sich auf seinem Gesicht aus.

In der Küche kocht Luca den Kaffee, während ich mir ein *fette biscottate* gönne. Bäh.

»Ich hasse diese Dinger«, sagt er.

»Ich auch«, stöhne ich.

»Versuch es mit der dritten Schublade. Da findest du das gute Zeug.« Er grinst. »Ich habe sie schon oft genug geplündert, ich weiß Bescheid.«

Ich öffne die Schublade und stoße dort auf nicht weniger als acht Päckchen von *Kinder Colazione brioche*.

»Hab ich doch gesagt.« Er öffnet eins der Päckchen, schiebt den Frühstücksriegel etwas raus und hält ihn mir hin. »Probier den hier.«

»Den kenne ich schon«, erwidere ich. Nutella-Crêpes zum Abendessen und das hier zum Frühstück. Mum wäre entsetzt.

»Wirf die Verpackung nicht weg. Stella sammelt die Punkte. Alle sammeln die Punkte.« Er gießt Kaffee in drei Tassen. »Stella! *Caffè!*«

Ich drehe die Verpackung um und entdecke drei perforierte quadratische Coupons auf der Rückseite. Für fünfzig Coupons gibt es einen Toaster gratis und für hundert ein brandneues Set Bettwäsche.

Stella kommt mit zerzaustem Haar in die Küche geschlurft. Sie reißt Luca eine der Tassen aus der Hand und gibt ihm einen leichten Klaps auf den Hinterkopf. »Vielen Dank auch«, sagt sie.

Er grinst. *»Prego«*, antwortet er und zwinkert mir zu. Er trinkt seinen Kaffee aus, stellt seine leere Tasse in die Spüle und geht ins Badezimmer.

Stella grinst breit und sieht mich mit einem Blick an, der nach Antworten verlangt.

Ich forme die Worte stumm mit dem Mund. »Es ist nicht so, wie du denkst.«

Sie hebt die Augenbrauen und tritt näher an mich heran. »Also, war er gut?«

»Hör auf!«, warne ich. »Ich sage doch, so ist es nicht«, flüstere ich.

»Sieht aus, als hätte dir nicht nur die Toskana ein Stück von deinem Herzen gestohlen, *bella* Mia.« Und mit diesen Worten geht sie aus der Küche.

Ich bleibe allein zurück und vergrabe den Kopf in den Händen.

Luca kommt aus dem Badezimmer, frisch geduscht und umwerfender denn je. Stella hatte recht, als sie meinte, er und Paolo gehörten quasi zur Einrichtung. Er wirft einen Verpackungskarton in den Mülleimer.

»Was ist das?«, frage ich.

»Von einer neuen Zahnbürste«, sagt er grinsend. »Dachte mir, die könnte ich noch brauchen.«

»Ach wirklich?«

»Ich will sichergehen, dass dich diese Albträume nicht mehr verfolgen.«

Mein Magen schlägt eine Serie aus Purzelbäumen.

»Komm zu mir in die *officina*, sobald du aus Empoli zurückkommst.« Er drückt mir einen Kuss auf die Stirn. *»In bocca al lupa.«*

Im Mund des Wolfes? Ich muss ihn falsch verstanden haben. »Hä?«

»Darauf antwortet man *crepi.*«

»Sterben? Du willst, dass ich zu dir sage, du sollst sterben?«

»Es ist eine Redewendung. Es bedeutet *Viel Glück* oder *Hals- und Beinbruch*, und die andere Person muss darauf *crepi* oder *crepi il lupo* antworten, was wörtlich übersetzt heißt, dass du dem Wolf den Tod wünscht«, erklärt er. »Tatsächlich ergibt die Übersetzung nicht so viel Sinn, wenn ich so darüber nachdenke.«

»Nein, das tut sie nicht«, stimme ich lachend zu. »Aber ich kann jedes Glück, das ich kriegen kann, gebrauchen. Also: *crepi!*«

Widerwillig begleite ich Luca zur Haustür. Als er sich zu mir beugt, um mir einen Abschiedskuss zu geben, überkommt mich der starke Drang, mich zu entschuldigen. »Tut mir leid, dass ich gestern Abend so emotional war«, platze ich heraus. »Und tut mir leid, dass ich nicht …«

»Es gibt nichts, wofür du dich entschuldigen musst«, unterbricht Luca mich.

»Aber ich kenne dich kaum. Du musst denken, dass …«

»Wenn du so weit bist, sage ich dir, was ich denke.«

Er küsst mich so, als würde er mich nie wiedersehen, und setzt sich dann den Helm auf. Und lässt mich leicht schwindlig stehen.

Stella ist schon weg, als ich mich geduscht und angezogen habe. Es gelingt mir, mit dem Zug nach Empoli zu kommen, und das Vorstellungsgespräch verläuft reibungslos, bis ich ein Rollenspiel auf Italienisch machen muss, gefolgt von einem Sprachtest, den ich angesichts des kritischen Gesichtsausdrucks des schwerfälligen altes Mannes, der das Gespräch mit mir geführt hat, ziemlich sicher nicht bestanden habe. Er drückt mit seinen gelb verfärbten Fingerspitzen seine Zigarette aus und präsentiert mir das Ergebnis: fünfundsiebzig Prozent.

»Wir benötigen ein Testergebnis von neunzig Prozent«, erklärt er und zündet sich eine neue Zigarette an. Er nimmt einen tiefen Lungenzug und atmet eine giftige Rauchwolke in meine Richtung aus. Ich gebe mich geschlagen, bin aber auch etwas erleichtert. Angesichts des Zusammenhangs zwischen Krebs und Rauchen weiß ich nicht, ob ich den Job überhaupt angenommen hätte.

Auf der Zugfahrt nach Hause ruft mich Stella an.

»Hey, Süße, ich habe gute Neuigkeiten für dich! Eine Freundin von mir hat vor Kurzem ihren Job als Nanny gekündigt. Ich habe ein bisschen herumtelefoniert, und Clara, die Mutter der Zwillinge, zwei Jungen, auf die meine Freundin aufgepasst hat, möchte sich mit dir treffen. Es ist eine tolle Familie – sie ist eine erstklassige Kunsthändlerin und kommt ursprünglich aus London. Ihr Mann ist viel unterwegs. Wie auch immer, sie würde sich gerne heute Nachmittag mit dir treffen, um drei Uhr, wenn du Zeit hast. Schnapp dir einen Stift, ich gebe dir die Adresse durch.« Stella spult die Adresse und eine Wegbeschreibung für mich herunter.

»Okay, alles klar«, antworte ich.

O Gott. Kann ich das überhaupt? Auf zwei Kinder aufpassen? Was um alles in der Welt denke ich mir eigentlich?

Zurück in der Villa, kämme ich mir eilig die Haare und trage ein bisschen Make-up auf. Dann nehme ich meine Handtasche und mache mich auf den Weg über die Piazza zur Familienresidenz der Balduccis. Die Villa und das Grundstück sind gewaltig und erinnern mich an Bilder, die man in Zeitschriften für Innenarchitektur und Landschaftsgestaltung findet. Gerade als ich an der Tür läute, werde ich durch Gelächter aus meinen Gedanken gerissen. Als ich mich umdrehe, um zu sehen, woher es kommt, trifft mich plötzlich ein Schwall kalten Wassers und durchnässt meine Haare, mein Gesicht und mein Oberteil.

Hektisch durchsuche ich meine Tasche nach etwas, womit

ich mir das Gesicht trocknen kann, und hoffe, dass das bisschen Wimperntusche, das ich trage, sich nicht über meine Wangen verteilt hat. Während ich das Wasser aus meinem Shirt wringe, sehe ich mich um, um einen Blick auf die kleinen Übeltäter zu erhaschen. Hinter einem großen Terrakotta-Blumenbehälter entdecke ich einen kleinen Jungen mit dunkelbraunem Haar und großen braunen Augen. Stolz auf seine Bemühungen, mich an der Haustür zu ertränken, strahlt er mich an. Ich erwarte, dass sein Bruder genauso aussieht wie er, aber er ist das komplette Gegenteil. Er hat grüne, durchdringende Augen, und seine blonden Locken tanzen um seinen Kopf herum, als er hinter dem Topf hervorspringt und ruft: »Wir haben dich erwihischt!«

Ich muss lachen, und in diesem Moment öffnet eine große, schlanke Frau mit Porzellanhaut die Tür. Ihr schulterlanges, glattes blondes Haar ist so geschmeidig und seidig, als wäre sie direkt einer Shampoo-Werbung entsprungen. Außerdem ist sie makellos gekleidet, genau wie die Zwillinge.

»Oh, Mia, das tut mir wirklich leid«, sagt sie, als sie mich durch die Haustür in die Sicherheit des Hauses führt.

»Ach, das ist schon in Ordnung. Kinder.« Ich zucke die Schultern und weiß nicht, was ich sonst sagen könnte. »Ich wünschte, ich hätte kein weißes Shirt angezogen«, füge ich hinzu, um das Beste aus meiner misslichen Situation zu machen.

Sie ignoriert meinen Versuch, einen Witz zu machen, und streckt mir eine manikürte Hand hin, um meine zu schütteln, die noch feucht ist.

»Schön, dich kennenzulernen, Mia. Ich bin Clara«, sagt sie mit ihrem bezaubernden britischen Akzent.

»Sehr erfreut.« Plötzlich fühle ich mich viel zu leger und unscheinbar neben dieser Frau mit ihrem perfekten Akzent und tadellosen Auftreten.

»Jungs, bitte benehmt euch, während ich mich mit Mia unterhalte«, ruft sie, als die Kinder die Treppe hinauf ins obere Stockwerk flitzen, um zu sehen, wer als Erster da ist. »Und ich möchte, dass ihr über euer Verhalten nachdenkt.« Ihrem Tonfall fehlt die Bestimmtheit, die ich aus meiner Kindheit gewohnt bin, und ihre Rüge klingt mehr nach einer höflichen Bitte als nach einer Anweisung.

»Limonade?« Sie bedeutet mir, mich an den rechteckigen Holztisch in der Mitte ihrer riesigen Küche im rustikalen Stil zu setzen.

»Ja, bitte, sehr gern.«

»Also, Mia, du bist weit von deinem Zuhause entfernt. Was bringt dich nach Florenz?« Mit einer Zange nimmt sie Eiswürfel aus einem Eimer und füllt damit mein Glas.

»Ähm, also … ich hatte gehofft, eine neue Erfahrung zu machen«, antworte ich. Zumindest ist es die halbe Wahrheit.

»Nun ja, das wirst du bestimmt«, erwidert sie. »Florenz ist eine bezaubernde Stadt zum Erkunden. Stella hat mir ein bisschen von dir erzählt. Stimmt es, dass du Künstlerin bist?«

Ich hätte wissen sollen, dass sie mich danach fragen würde. Ich wünschte, ich hätte mich besser vorbereitet. »Ja, ich schätze schon. Ich liebe Kunst. Ich male hauptsächlich.«

»Was für Bilder malst du?« Sie stützt das Kinn auf ihre Hand.

»Hauptsächlich Aquarelle. Gelegentlich mit Ölfarben. Und ich zeichne auch gerne.«

»Wie schön. Du hast mich neugierig gemacht. Ich würde mir deine Arbeiten gern irgendwann ansehen«, sagt sie.

»Natürlich. Ich zeige sie Ihnen gern«, lüge ich. Es ist etwas ganz anderes, mein Bild einer Freundin zu zeigen, als einer erfolgreichen Londoner Kunsthändlerin, selbst unter ungezwungenen Umständen.

»Ich freue mich darauf. Studierst du hier Kunst?« Sie sieht mich über den Rand ihres Glases hinweg an, während sie einen Schluck von ihrer Limonade nimmt.

Ich schüttle den Kopf und kann die Enttäuschung nicht verbergen, die ich dabei fühle. »Vielleicht eines Tages. Ich meine, ich würde sehr gern. Zu Hause wurde mir ein Studienplatz für bildende Kunst am Victorian College of Arts angeboten, aber ich musste ihn ablehnen.«

Sie hebt die Augenbrauen. »Diese Hochschule hat einen hervorragenden Ruf. Du musst sehr gut sein. Unter Umständen könnte ich dir eine Empfehlung für die Akademie schreiben, wenn du so weit bist«, schlägt sie vor.

»Das wäre großartig, danke«, antworte ich, erleichtert darüber, dass sie mir keine heiklen Fragen gestellt hat.

»Mia, lass mich direkt auf den Punkt kommen und dir sagen, wonach ich suche. Ich brauche eine Nanny an drei Tagen die Woche, für jeweils zwei Teilschichten. Von neun bis ein Uhr und dann von vier bis sieben. Kochen, Waschen und Bügeln nur für die Jungs und bei Bedarf einfache Arbeiten im Haushalt.«

»Das … das klingt alles sehr gut.« Ich finde, es hört sich sogar perfekt an.

»Hast du irgendwelche Fragen?«

»Wie alt sind die Jungs?«

»Fünf. Und ich sollte dich warnen – sie sind etwas schwierig. Vor allem die letzten sechs Monate waren ziemlich herausfordernd. Sie brauchen etwas … sagen wir, Stabilität.«

»Ich verstehe.« Ich habe keine Ahnung, was sie meint.

»Hast du vor, eine Weile zu bleiben?«

»Das hoffe ich.«

»Gut. Nun, Stella hat in den höchsten Tönen von dir geschwärmt, und ich vertraue ihrem Urteil. Das schlage ich als wöchentliches Gehalt vor.« Sie nimmt einen Füller und notiert einige Wochentage, Uhrzeiten und darunter eine Zahl. »Was hältst du davon?« Sie dreht das Blatt Papier zu mir um.

Ich überfliege die Seite und nicke. »Das sieht gut aus.«

»Könntest du morgen früh mit einer Probeschicht anfangen?«, fragt sie, die Hände manierlich auf dem Tisch gefaltet.

»Wirklich? Ich meine, natürlich, ich wüsste nicht, was dagegenspricht.«

»Wunderbar.« Der schwache Anflug eines Lächelns breitet sich auf ihren Lippen aus. Sie streckt den Arm aus, um meine Hand zu schütteln, als hätte sie bei einem Meeting gerade eine Art Geschäftsabschluss erreicht.

»Lass mich dir Massimo und Alessandro vorstellen.« Sie ruft vom Fuß der Treppe aus nach ihnen. »*Bambini!* Kommt bitte runter. Ich möchte, dass ihr eure neue Nanny kennenlernt!« Eine Minute später purzeln die Jungs, zerzaust und mit ziemlich schuldbewussten Mienen, die Treppe herunter.

Ich stehe vom Tisch auf. »Hi, ich bin Mia. Also, wer von euch ist Alessandro?« Ich versuche, so aufgeweckt wie möglich zu klingen.

»Ich!«, ruft der dunkelhaarige Junge.

»Massimo!«, bellt Clara. »Das ist Massimo, und das ist Alessandro.« Sie zeigt auf den Jungen mit den grünen Augen, während sie die Zwillinge an den Schultern festhält, um sie wenigstens für einen Moment stillzuhalten. Ich bin versucht, über Massimos spitzbübische Art zu lachen, aber ich konzentriere mich auf jeden Muskel in meinem Gesicht, um mich zurückzuhalten.

»Schön, dich kennenzulernen, Mia«, sagt Alessandro und sieht mich mit seinen durchdringenden, smaragdgrünen Augen an. Ich lächle zurück.

Clara gibt Massimo einen kleinen Klaps, und ihr Blick ist scharf genug, um ihn für ganze zehn Sekunden in die Schranken zu weisen.

»Schön, dich kennenzulernen, Mia«, sagt dann auch er, während er auf seine Füße starrt.

»Können wir jetzt gehen?«, fragt Alessandro unschuldig. Ich habe diese sanfte Seele jetzt schon ins Herz geschlossen.

»Denkt ihr nicht, ihr schuldet Mia zuerst noch eine Entschuldigung?« Die Strenge in Claras Stimme ist jetzt deutlicher.

»Entschuldigung, Mia«, sagt Alessandro ungeduldig.

»Ja, Entschuldigung, Mia. Aber es war nur Wasser«, sagt Massimo. Sosehr ich auch über seine Antwort lachen möchte, halte ich mich zurück. Clara seufzt schwer.

Ohne eine weitere Zurechtweisung von seiner Mutter abzuwarten, stürzt Massimo die Treppen hoch, und Alessandro rennt ihm hinterher.

»Es ist die Aufmerksamkeit … oder vielmehr der Mangel davon«, sagt Clara und seufzt wieder. »Bert, mein Mann, den du vielleicht vor Weihnachten kennenlernen wirst, falls es seine Arbeit zulässt, ist in letzter Zeit nicht oft zu Hause. Ich schätze, die Jungs vermissen ihren Vater.«

Bis Weihnachten sind es noch sechs Monate. Clara senkt kurz den Blick, bevor sie mich fragt, ob sie mich nach Hause fahren kann. Ich sage ihr, dass ich lieber zu Fuß gehe.

»Nun, es hat mich sehr gefreut. Dann sehen wir uns morgen früh«, sagt sie.

»Ich freue mich darauf«, antworte ich und erwidere ihren Blick.

Sie nickt mir zu und schließt die Tür hinter mir.

Ich schreibe Luca eine SMS.

Ich habe einen Job. Ich kann bleiben.

10. KAPITEL

Als ich am nächsten Morgen bei den Balduccis ankomme, schließe ich in Erwartung des Wasserschauers die Augen, aber er kommt nicht. Stattdessen springen die Jungs mit einem lauten »Buh!« hinter dem Blumentopf hervor.

»Oh, ihr habt mich erschreckt«, rufe ich und lasse meine Umhängetasche auf den Boden fallen. Ich greife mir theatralisch an die Brust, stolpere nach hinten und spiele ihr Spiel mit. Beide brechen in hysterisches Gelächter aus. Als Clara die Tür öffnet, findet sie uns unkontrolliert kichernd vor, schließt sich uns aber nicht an. Unter ihrer Maske aus Make-up und dem hübschen Lippenstift sieht sie müde aus.

»Jungs, Jungs, Jungs!« Sie schüttelt den Kopf. »Guten Morgen, Mia. Ich habe alle Telefonnummern, die du brauchen könntest, am Kühlschrank angebracht. Wenn du um zwölf das Mittagessen für die Jungs vorbereiten könntest, wäre das perfekt. Ich werde um genau ein Uhr zurück sein. Es ist noch Kaffee in der Kanne, falls du welchen möchtest.«

Ich nicke zu jeder ihrer Anweisungen und hoffe, dass alles glattgeht. Clara löst ihr Handy vom Ladekabel und nimmt ihre elegante Aktentasche aus Leder. Draußen gibt sie jedem der Jungen einen Kuss und verstrubbelt ihnen die Haare, bevor sie geht. Ich bin erstaunt, als sie eine Minute später mit einer mandelfarbenen Vespa davonfährt, mit Absätzen und schick gekleidet, die Tasche zwischen die Knöchel geklemmt.

Ich klatsche in die Hände. »Okay, Jungs, was wollen wir als Erstes machen?«

Es kommt keine Antwort. »Jungs!«

»Wir spielen *nascondino*!«, ruft einer der beiden von irgendwo aus dem Garten.

»Ähm, was ist *nascondino*?«

»Verstecken! Du musst uns finden, Mia!«

»Alles klar! Ich zähle bis zwanzig, macht euch bereit!«

Die nächste Stunde verbringen wir damit, in dem gepflegten englischen Garten zu spielen. Dabei lache ich zusammen mit den Jungs über die albernsten Dinge, bis mir der Bauch wehtut, und mir schießt der Gedanke durch den Kopf, dass das hier vielleicht der perfekte Job für mich ist. Als ich wieder zu Atem komme, führen die Jungs mir ihre Tanzkünste vor. An der Art, wie sie um meine Aufmerksamkeit buhlen und immer wieder »Schau her!« rufen, merke ich, dass sie sich nach mehr Beachtung sehnen. Nach einer Partie Fußball setzen wir uns unter einen Baum und schlürfen Limonade.

»Also, Jungs, erzählt mir von eurem Dad. Redet ihr oft mit ihm?«

»Nicht so oft. Nur manchmal am Telefon«, sagt Massimo.

Ich sehe Alessandro an. »Er hat gerade zu viel Arbeit«, sagt er und zuckt mit den Schultern.

»Und früher?«

»Früher war er nicht die ganze Zeit in der Arbeit. Nur manchmal«, sagt Massimo. Ich dränge sie nicht weiter, denn es ist schier unmöglich, einfach mal ruhig mit ihnen dazusitzen. Alessandro rennt bereits los und fordert seinen Bruder zu einer weiteren Runde Verstecken auf.

Es ist fast elf Uhr, als ich die Jungen ins Haus rufe, um eine Pause zu machen, aber es dauert weitere fünfzehn Minuten, sie dazu zu bringen, mir überhaupt zuzuhören. »Wie wäre es, wenn wir einen Deal machen? Ich werde jeden Morgen mit euch spielen. Welches Spiel auch immer ihr wollt. Aber wenn ich euch zum Morgentee nach drinnen rufe, müsst ihr mir versprechen, auf mich zu hören und euch zu benehmen. Keine Tricks, Streiche oder so ein Durcheinander, wie ihr es hier veranstaltet habt.« Ich zeige auf die Reste ihres Frühstücks, die überall auf dem Küchenboden verstreut liegen. »Oder so etwas.« Ich hebe eins der Spielzeugautos auf, die um meine Füße herumliegen.

»Sonst was?«, fragt Massimo.

»Was meinst du?« Es überrascht mich, dass er bereits seine Grenzen bei mir austesten will. Heute Morgen hatte ich noch gedacht, das hier würde leicht werden.

»Wenn wir nicht auf dich hören, was passiert dann?«, fragt Alessandro.

»Es wird Konsequenzen geben. Und zwar ernsthafte. Und ich glaube nicht, dass ihr sie besonders mögen werdet«, warne ich vage.

»Wie was?«, fragt Massimo.

»Na ja, ich werde euch eure Spielsachen wegnehmen müssen, und es wird nicht mehr ferngesehen oder draußen gespielt.« Ich versuche, so streng wie möglich zu klingen. Hoffentlich sind meine improvisierten Regeln überzeugend genug.

»O ja. Das kennen wir schon.« Alessandro zuckt die Schultern.

»Gut«, erwidere ich. »Jetzt hört zu, während ich einen Snack für euch mache, könnt ihr etwas fernsehen.« Ich versuche herauszufinden, wie die Fernbedienung funktioniert.

»Hier, so geht das.« Alessandro nimmt die Fernbedienung an sich und zeigt mir, welchen Knopf ich drücken muss.

»Danke«, sage ich.

Er lächelt, als er es sich auf dem Sofa bequem macht. Sein Bruder dagegen fängt an, ungestüm darauf herumzuspringen.

»Massimo, das ist die erste Ermahnung. Bei drei Ermahnungen war's das. Ich warne dich«, drohe ich ihm. Damit drehe ich mich weg und ignoriere die Fragen, die er mir zuruft, um mich auf die Probe zu stellen.

Ich schneide für die beiden etwas Obst klein, räume die Küche auf und mache die Betten der Jungs. Ein Haufen schmutziger Wäsche liegt auf dem Boden. Als ich alle Hausarbeiten erledigt und eine zweite Ladung Wäsche gewaschen habe, ist es schon Zeit, das Mittagessen vorzubereiten. Inzwischen langweilen sich die Zwillinge vor dem Fernseher, und ich überlege mir, wie ich sie bei Laune halten kann.

»Wer von euch kocht gern?«, frage ich.

»Kochen spielen ist für Mädchen«, sagt Massimo und verzieht das Gesicht.

»Nein, ich meine, *richtig* kochen. Ich brauche Hilfe von zwei Köchen. *Richtigen* Köchen. Aber wenn ihr keine Lust habt …«

»Doch! Doch!«, ruft Alessandro und fängt an, auf und ab zu springen. »Hier haben wir Schürzen.« Er öffnet eine Schublade. Ich binde ihm eine von Claras Schürzen um und mache das Gleiche bei einem widerwilligen Massimo.

Und so helfen mir die beiden beim Salat, anschließend brate ich die *polpette* an, die Clara in einer Pfanne für mich vorbereitet hat. Dann decken sie, wenn auch etwas schlampig, den Tisch – ein Muss, wir sind schließlich in Italien.

»Wer möchte noch eine Frikadelle?«, frage ich, nachdem sie ihre Teller leer geputzt haben.

Beide Jungen schütteln den Kopf, also entlasse ich sie nach draußen, räume die Küche auf und geselle mich dann zu ihnen in den Garten.

Fast hätte ich den Wasserkrug in meiner Hand fallen lassen, als ich sehe, dass sie sich draußen mit Steinen bewerfen. Sie sind voller Schmutz.

»Jungs! Kommt her, sofort! Was denkt ihr euch dabei? Eure Mum wird jede Minute hier sein. Geht nach oben und zieht euch um.«

»Nö!«, ruft Massimo und rennt weg.

»Okay. Tja, dann muss ich eure Überraschung wohl ausfallen lassen.« Alessandro sieht mich interessiert an, kommt zu mir, und ich gehe in die Hocke, sodass ich mit ihm auf einer Höhe bin.

»Was für eine Überraschung?«, fragt er mit großen Augen.

»Hol Massimo, und ich verrate es, wenn ihr beide da seid.«

Er flitzt davon, und kurz darauf stehen sie beide vor mir, bereit, die Neuigkeiten zu hören.

»Wer von euch hat schon mal von Picasso gehört?«

»Ich!«, kommt es von Alessandro.

»Und was ist mit Botticelli, da Vinci und Michelangelo?«

»Ja, ja, ja!«, rufen beide im Chor.

»Okay, wer von euch malt gerne?«

»Ja, ich liebe malen!«, sagt Massimo und springt begeistert auf und ab.

»Ich auch!« Alessandro ist jetzt genauso zappelig wie sein Bruder.

»Ich brauche zwei Maler, die mir bei ein paar Bildern helfen. Ich habe ein paar besondere Pinsel und Farben mitgebracht, die ich euch gern zeigen würde. Aber ich weiß nicht, ob ihr diese Aufgabe auch wirklich ernst nehmen werdet.«

»Ja, das werden wir, versprochen«, sagt Massimo, der das Wort für seinen Bruder gleich mit ergreift.

»Wisst ihr, eine Kunstausstellung zusammenzustellen ist ein großes Projekt. Wir werden mehrere Wochen daran arbeiten müssen. Wir müssen sehr viel üben, um alles so hinzubekommen, wie es sein soll. Seid ihr dafür bereit?«

Beide nicken so eifrig, dass ich mich am liebsten bücken und sie knuddeln würde.

»Alles klar, dann lauft schnell nach oben und zieht euch um, und ich überlege mir, ob ihr mir beim nächsten Mal, wenn ich da bin, dabei helfen könnt.« Oben in ihrem Zimmer nutze ich die Gelegenheit, ihnen ein paar Geschichten über italienische Maler der Renaissance zu erzählen, denen sie fasziniert zuhören. Als wir wieder nach unten gehen, ist Clara schon nach Hause gekommen und sieht noch erschöpfter aus als am Morgen.

»Sieht aus, als wäre hier alles unter Kontrolle«, sagt sie kühl, und ihre Augen schweifen über die aufgeräumte Küche. Sie nickt anerkennend, und meine Schultern entspannen sich.

»Mamma!«, sagt Alessandro und zieht an ihrem Oberteil. Sie hebt ihn hoch, drückt ihm einen Kuss auf die Wange und setzt ihn wieder ab. Massimo macht sich nicht einmal die Mühe, sie zu begrüßen, und spielt draußen im Garten.

»Es war super. Viel zu tun, aber auf eine gute Art.«

»Ah, ja, sie können einen ganz schön auf Trab halten«, erwidert sie.

»Wie war Ihr Vormittag?« Ich spüre, dass etwas nicht stimmt.

»Ach, das Übliche.«

Ich weiß nicht, was ich von ihrer Antwort halten soll, also erzähle ich ihr stattdessen von meiner Idee, den Jungs ein paar Malstunden zu geben.

Sie scheint mit der Idee zufrieden zu sein. »Sie würden es lieben, wenn du sie irgendwann mal zu einem Ausflug in die Uffizien oder in die Kunstakademie mitnimmst.«

»Sicher, das wäre toll.«

»Es würde ihnen guttun. Es ist eine Weile her, seitdem wir als Familie so etwas zusammen unternommen haben.«

Nach einer langen Pause, die ich auf ihre Nachdenklichkeit zurückführe, entschuldige ich mich, denn mir fällt ein, dass ich Luca bei der *officina* treffen soll.

Sie sieht von dem Foto auf dem Kaminsims, das sie jetzt anstarrt, auf und antwortet geistesabwesend: »Also, dann sehen wir uns morgen wieder?«

»Er ist noch bei der Arbeit.« Silvio erschreckt mich, als ich an der Bar vorbeischlendere und nach Luca Ausschau halte.

»Oh, ich habe nur …«

»Kannst die Augen nicht von ihm lassen, was, *signorina*?« Er kichert, während er einen Tisch abwischt. »Warte kurz.« Er eilt in die Bar und kommt kurz darauf mit einem Espresso in einem Einwegbecher wieder zurück.

»Bitte sehr, ein *caffè corretto*, wie er ihn alle zwei Tage trinkt.« Er reicht mir den Kaffee, damit ich ihn zu Luca auf der anderen Straßenseite bringen kann.

»*Caffè?*«, frage ich, als ich die *officina* betrete.

Luca wischt sich mit dem Handrücken die Stirn ab und dreht sich zu mir um.

»Silvio?« Er steckt einen Schraubenschlüssel in seine hintere Hosentasche und wischt sich die Hände an einem Tuch ab.

»Ja«, sage ich lächelnd und reiche ihm den Becher. Er nimmt ihn und stellt ihn auf den Tisch neben sich. Dann macht er einen Schritt auf mich zu und umfasst meine Taille.

»Wie war dein erster Tag in der Arbeit?« Seine Stimme ist leise und sanft. Anstatt meine Antwort abzuwarten, zieht er mich enger an sich. Er legt die Hände um meine Wangen, legt seine Stirn an meine und flüstert: »Es war ein langer Vormittag.« Er lächelt, als er meinen Kopf zur Seite neigt und mich küsst.

Nachdem er mich wieder losgelassen hat, sieht er mich liebevoll an. Sein Blick sucht den meinen, fast wie in Zeitlupe, saugt mich auf und sagt all die Dinge, die man nicht aussprechen, sondern nur fühlen kann. Langsam blinzelt er und sagt schließlich: »Also ... wie war es in der Arbeit?«

»Die ... was?« Es kommt mir immer noch so vor, als würde ich schweben. Ich versuche, wieder einen klaren Kopf zu bekommen und mein Gleichgewicht wiederzufinden. »Oh ... ja ... ich habe ganz neuen Respekt vor Leuten mit Kindern. Auch wenn sie etwas anstrengend sind, ich mag die Jungs wirklich gern. Allerdings ist es nicht sehr hilfreich, dass ich nur ungefähr vier Stunden geschlafen habe.«

»Ich habe die perfekte Lösung.« Luca hat seinen Becher mit einem Schluck geleert und wirft ihn in den Mülleimer. Dann nimmt er meine Hand. »Lass uns gehen, *Australiana*.« Er führt mich aus der *officina* und zieht das Metall-Rolltor herunter.

Da es keinen Ort und keine Person gibt, an dem und mit der ich lieber Zeit verbringen würde, setze ich mich ohne weitere Fragen hinter Luca auf den Roller. Kurz darauf fahren wir über gewundene Landstraßen durch die weitläufige Chianti-Landschaft mit postkartenreifen Sonnenblumenfeldern am Horizont. Schließlich wird Luca langsamer, und wir halten am Rand einer Schotterstraße.

»Was hältst du davon?«, fragt er und hilft mir, vom Roller zu steigen.

»Ich finde es toll, dass du wusstest, dass ich diesen Platz lieben würde.« Mein Blick schweift über Hunderte von Sonnenblumen, die mit ihren leuchtenden Farben die Schönheit der Landschaft hervorheben. Sofort regen die Gelbtöne etwas in meiner Seele an, so als würden die Blumen zu mir sprechen.

Luca legt einen Arm um meine Taille. Mittlerweile bin ich mit seinem Körper so vertraut, dass sich meine Arme fast automatisch um seine Schultern legen und meine Finger mit den Locken in seinem Nacken spielen. Er beginnt mich zu küssen, von meiner Stirn bis zu meinem Schlüsselbein herunter; dann nimmt er meine Hand. »Komm mit.«

Er führt mich durch ein Feld mit Sonnenblumen, und auf der anderen Seite legen wir uns im Schatten einer hohen Zypresse ins Gras. Ich schmiege meinen Kopf an seine Brust, und er fängt an, mit meinen Haaren zu spielen, worauf ich mich unbehaglich winde.

Den Blick auf die Wolken gerichtet, sagt er: »Du musst dich davon lösen, Mia. Es stört mich nicht.«

Es kostet mich viel Anstrengung, dem Drang zu widerstehen, von ihm wegzurücken, während er mit den Fingern weiter durch meine Haare fährt. Ich will heute nicht über den

Krebs nachdenken. Mit den Fingern male ich winzige Kreise auf seinen Oberkörper und versuche, mich darauf zu konzentrieren, wie gut es sich anfühlt, genau in diesem Moment zusammen mit ihm hier zu sein. Mit der freien Hand hält Luca die meine umklammert, verflechtet seine Finger mit meinen und legt sich unsere umschlungenen Hände auf die Brust. Dann schließt er die Augen, und wir dösen zusammen ein.

Ich wache davon auf, dass Luca mein Gesicht streichelt. »Wie oft hast du Albträume?«, fragt er mich.

Seine Frage erwischt mich kalt, und sofort verkrampfen sich meine Muskeln. Ich setze mich umständlich auf, lehne mich an den Stamm der Zypresse, atme tief durch und fange an, die Kerne aus einem ausgetrockneten Blütenkopf einer Sonnenblume zu pflücken. Ich habe Luca schon so viel anvertraut, und jetzt weiß ich nicht, ob ich bereit bin, ihm noch mehr anzuvertrauen.

»Darüber zu reden, wird es schon nicht schlimmer machen«, sagt er.

»Es ist nur … ich habe noch nie jemandem von den Albträumen erzählt. Ich meine, meine Mum und mein Dad wussten, dass ich welche habe, aber ich habe mit ihnen nie darüber gesprochen – ich konnte es nicht. Es ist nicht mehr so schlimm wie früher. Bevor ich hergekommen bin, hatte ich fast jede Nacht einen Albtraum. Ich fühle mich jedes Mal, als würde ich ersticken, aber ein Traum ist besonders schlimm: Ich bin bei meiner eigenen Beerdigung und sehe zu, wie mein Sarg in die Erde hinuntergelassen wird. Der beängstigende Teil ist der, wenn ich mich umsehe und die Gesichter der Menschen sehe. Meine Freunde sehen alle so traurig aus. Dann sehe ich Mum und Dad. Sie sind völlig am Boden zerstört und weinen sich die Augen aus, so als hätten sie einen Teil von sich verloren, als würden sie niemals wieder sie selbst sein. An diesem Punkt wache ich normalerweise schreiend auf«, beende ich meine Schilderung und starre in den Himmel.

»Du hattest Angst um die Menschen, die dir nahestehen – dass du sie verletzen könntest?«

»Ich habe Angst.« Ich sehe ihm direkt in die Augen. »Ich glaube, dieses Gefühl verfolgt mich noch immer.«

»Dir hätte all das nicht widerfahren dürfen, aber das Schlimmste liegt jetzt hinter dir.«

»Das will ich ja gern glauben. Aber ich kann einfach nicht ausblenden, dass es wieder passieren könnte. Es fühlt sich an, als wäre ich immer noch in diesem verworrenen Netz meiner Vergangenheit gefangen und als könnte ich es einfach nicht – ich weiß nicht – abschütteln.«

»Was muss passieren, damit du erkennst, wie stark du bist, Mia? Sieh dir an, wo du warst und wo du jetzt bist. Ehe du dichs versiehst, werden diese Albträume der Vergangenheit angehören. Das verspreche ich dir.«

Ich beiße mir auf die Innenseite meiner Lippe. »Ich hoffe, du hast recht«, flüstere ich, strecke die Hand aus und fahre mit den Fingern über seine perfekt geformten Augen und hinunter zu seinen Lippen.

»Hey, kannst du dich hinsetzen und an den Baum lehnen? Ich will, dass du mich ansiehst, genau so, wie du es gerade getan hast.«

»Versuchst du etwa, das Thema zu wechseln?«

»Nein. Ich stelle mich nur meiner Angst«, antworte ich und ziehe Papier und Pinsel aus meiner Tasche. »Kannst du die Sonnenbrille abnehmen?«

»Vielleicht noch etwas anderes?«

Mein Pinsel zittert in meiner Hand, und ich antworte nicht, bis mein Griff wieder fest ist.

»Vielleicht ein anderes Mal.« Meine Wangen röten sich, ich spüre es genau.

»Also, da wir uns jetzt einig sind, dass wir etwas gegen diese Albträume tun müssen, willst du, dass wir heute Nacht miteinander schlafen?«

Ja. Ja, ich will.

»Ich versuche, hier zu arbeiten«, murmele ich, entschlossen, mich nicht von dem Umriss seines Oberkörpers ablenken zu lassen. Sein fesselnder Blick macht es mir schwer, mich auf irgendetwas anderes zu konzentrieren als auf die Frage, die er mir gerade gestellt hat. Ich drücke das hölzerne Ende meines Pinsels gegen den Mund und beiße darauf. »Ich sollte dir sagen, dass … ich habe noch nie …« Ich zögere. Ich weiß nicht, wie er darauf reagieren wird.

Er sieht mich neugierig an. »Du hast noch nie was?«, fragt er. Aber dann hebt er die Augenbrauen, als er versteht.

»Na ja, weißt du, ich war ziemlich beschäftigt. Krebs und so.« Ich versuche, die Unterhaltung nicht unangenehmer zu machen, als sie eh schon ist. Hitze kribbelt auf meinen Wangen.

»Oh«, ist seine einzige Antwort, und ein nachdenklicher Ausdruck huscht über sein Gesicht.

»Ist das ein Problem?«

»Nein. Nur unerwartet. Ich dachte, du willst einfach auf den richtigen Zeitpunkt warten.«

»Das will ich.« Ich kaue auf meiner Lippe und warte auf seine Antwort.

Er räuspert sich. »Also, ähm, wie werde ich wissen, wann du so weit bist?«

»Das wirst du«, sage ich leise. Ich versuche, mir das Lächeln zu verkneifen. »Aber nur zur Information: Ich glaube, es dauert nicht mehr lang.«

Sein Lächeln hüllt mich ein und lässt mein Herz schneller schlagen. So schwer es mir auch fällt, ich reiße den Blick von ihm los und konzentriere mich darauf, mit meinem Pinsel etwas Wasser aufzunehmen und die richtige Farbsättigung zu finden. Langsam tauche ich in den natürlichen Rhythmus des Malens ein, der mir noch vor Kurzem so fern erschien. Luca vertreibt sich die Zeit damit, an den losen Fäden an seinem T-Shirt herumzufummeln und mit seinem Handy zu spielen. Etwas später habe ich die letzten strahlenden Gelbtöne auf meinem Papier zum Leben erweckt. Während ich hier an diesem Ort sitze, sauge ich das Gefühl in mich auf, wieder ganz zu sein. Dieses Bild ist so viel mehr als ein träumerisches Bild des Mannes, in den ich mich gerade verliebe, vor einem der schönsten Hintergründe, die ich je gesehen habe. Nein, es ist ein Spiegel und reflektiert so viele Emotionen.

Luca setzt sich hinter mich und legt sein Kinn auf meine Schulter. »Bist du dir sicher, dass du als Nanny weiterarbeiten möchtest? Du solltest Clara deine Bilder zeigen.«

»Vielleicht.« Ich zucke die Achseln.

»Du hältst dich selbst zurück.«

»Ich will sichergehen, dass das hier nicht nur vorübergehend ist. Und vielleicht bin ich noch nicht bereit dazu, mich als Künstlerin zu bezeichnen.«

»Aber das bist du.«

»Ich dachte, dass ich das wäre. Ich dachte, ich wäre vieles. Doch jetzt bin ich mir da nicht mehr so sicher.«

»Deine Fähigkeit, so zu malen, ist auf keinen Fall vorübergehend. Das ist dir doch klar, oder?«

»Ich bin nur vorsichtig.«

»Dann hör auf, so zu sein, Mia. Nutze das Leben und lass nicht zu, dass dich die zehn Prozent zurückhalten. Das bist du dir selbst schuldig.«

»Du denkst, das ist es, was ich tue?«

»Ich weiß, dass du das tust. Du hältst dich selbst klein, weil du Angst hast, dass das, was in der Vergangenheit passiert ist, sich in deiner Zukunft wiederholen könnte. Du brauchst mehr Vertrauen.«

Ich denke über Lucas Worte nach.

Er legt seine Hand an meine Wange, sodass ich ihn ansehen muss, und zieht meine Beine über seine. »Malermädchen, ich finde, du bist unglaublich«, flüstert er und nimmt mein Gesicht zwischen seine Hände. »Genau in diesem Moment ist da so viel Licht, das von dir ausstrahlt. Da ist kein Platz mehr für dunkle Bilder. Ich glaube, du hast das inzwischen alles hinter dir gelassen.«

Ich nicke und muss daran denken, dass Luca mich womöglich besser kennt als ich mich selbst.

»Wenn du dir die Bilder ansiehst, die du gemalt hast, seit du nach Florenz gekommen bist – was siehst du?«

Ich hole tief Luft, denn das ist der Augenblick, in dem ich es vor der Welt zugebe. Und wenn ich es laut ausspreche, wird es zur Wahrheit. Und wenn es zur Wahrheit wird, bedeutet es vielleicht, dass ich einen Teil meines zerstörten Ichs geheilt habe.

»Ich glaube, es könnte meine bisher beste Arbeit sein.«

11. KAPITEL

Als ich am nächsten Nachmittag nach meiner Vormittagsschicht wieder zu den Balduccis zurückkehre, reißt Massimo die Haustür auf, noch bevor ich klopfen kann. Er wirft einen Blick auf die Taschen mit den Malsachen, die ich mitgebracht habe. »Mia! Ist heute Zeit für unsere Überraschung?« Seine Augen sind ganz groß vor Vorfreude.

»Tja, die Frage ist, seid ihr bereit dafür?« Ich nehme ihn in die Arme und kitzle ihn, bevor er mit seinem Bruder nach draußen flieht.

»Sieht aus, als hättest du es mit zwei sehr enthusiastischen Jungs zu tun«, bemerkt Clara. »Seit heute Morgen reden sie nur noch von dir und deiner Überraschung.«

»Da bin ich froh. Es ist schön, sie glücklich zu sehen.« Ich freue mich zu hören, wie lernbegierig die beiden sind.

Clara nickt und antwortet leise: »Das ist es allerdings.« Dann verabschiedet sie sich, und ich rufe die Jungen zu mir.

»Okay, ihr kleinen Künstler, habt ihr vielleicht irgendwelche Kittel, die ihr tragen könnt?«

»Ja! Wir gehen sie holen!« Sie stolpern fast übereinander, als sie um die Wette ins Haus rasen.

Währenddessen warte ich draußen am Gartentisch und spitze gerade den dritten Bleistift, als die Jungs mit großen Hüpfern zurückkommen.

»Also gut, setzt euch, wir machen jetzt Folgendes. Ich möchte, dass ihr euch etwas zum Zeichnen aussucht; etwas, das ihr von eurem Platz aus sehen könnt.«

Massimo entscheidet sich für sein Ferrari-Bobbycar und Alessandro für einen Olivenbaum. Ich setze mich zwischen die beiden, nehme Alessandros Hand und führe sie so, dass der Baum mit einigen Bleistiftstrichen auf seinem Blatt Papier Gestalt annimmt. Er sitzt ganz ruhig da, während Massimo mir gebannt über die Schulter schaut.

»Jetzt der Ferrari für Massimo.«

»Wow, Mia, du bist wie ein echter Botticelli«, ruft er, als ich fertig bin.

Ich lache und kitzle ihn unter dem Kinn. »Nicht ganz, aber danke. Jetzt kommt der Teil, der richtig Spaß macht – das Malen.« Ich stelle die Aquarellfarben und eine Schüssel Wasser auf den Tisch. Ich zeige ihnen, wie man die Farben benutzt, und die Jungs machen sich stillschweigend an die Arbeit, wobei sie in ihrer Konzentration die Zungen aus dem Mund strecken. »Die hier sind nur zum Üben. Unsere nächsten Bilder sind für die Kunstausstellung für eure Mum. Was haltet ihr davon?«

Ihre Gesichter leuchten auf, und Massimo verkündet, dass das toll klingt.

»Hat Botticelli auch so gemalt?«, fragt Alessandro.

»Na ja, nicht ganz, du malst mit Aquarellfarben, aber er hat für viele seiner Bilder Tempera benutzt. Wisst ihr, was das ist?«

Beide schütteln den Kopf. »Das ist eine Farbe, die man mit Eidotter herstellt«, erkläre ich.

»Ist das der gelbe Teil?«, fragt Massimo.

»Genau! Botticelli hat es mit farbigen Pulvern, die auch Pigmente genannt werden, vermischt. Viele Maler haben es während der Renaissance benutzt. Künstler hatten zu der Zeit sehr viel zu tun. Eure Mum weiß bestimmt noch viel mehr darüber. Ihr solltet sie mal fragen.«

Ich lasse die Zwillinge weitermalen, während ich im Haus das Bügelbrett hole und an einem Fenster mit Blick auf den Garten aufstelle, sodass ich sie im Auge behalten kann.

Eine halbe Stunde später stürmt Alessandro voller Begeisterung durch die Tür, um mir sein Bild zu zeigen. Ich schalte das Bügeleisen aus und gehe zu ihm an den Küchentisch, wo ich mir einen Stuhl herausziehe und mich setze. »Erzähl mir etwas über dein Bild. Was fühlst du dabei?«

Er zuckt mit den Schultern. »Das ist meine Familie neben dem Baum. Das ist Daddy, der Fußball spielt«, sagt er und zeigt auf einen Mann mit kurzem, dunklem Haar, der einen Fußball in die Luft kickt. Ich versuche, meine Reaktion zu verbergen, als mir auffällt, dass die Frau auf dem Bild, die zweifellos Clara sein muss, die Mundwinkel nach unten gezogen hat.

»Deine Mum sieht nicht sehr glücklich aus.«

Seine unschuldigen grünen Augen blinzeln mich an. Ich lege meinen Arm um seine winzige Taille und ziehe ihn auf meinen Schoß. »Warum denn?«

»Weil sie nicht mehr da ist.« Ich habe keine Zeit mehr, ihm weitere Fragen zu stellen, weil in diesem Moment Massimo durch die Tür stürmt und triumphierend sein Bild mit dem roten Ferrari hochhält.

»Es ist toll! Du hast das großartig gemacht, Massimo. Botticelli wäre sehr stolz auf dich!«

Das Lachen der Jungs hallt durch das Zimmer. Ich zeichne ihnen noch ein paar Motive vor und ermutige sie, noch mehr Bilder zu malen, bevor ich nach oben gehe, um ihre Kleider einzuräumen. Als ich ihren Kleiderschrank öffne, fällt aus dem obersten Fach ein Haufen Klamotten zusammen mit einer rechteckigen rosa Schachtel herunter. Als ich den losen Deckel aufhebe und ihn wieder auf die Schachtel legen will, fällt mir ein Bündel weicher, rosa Gegenstände auf, die in Seidenpapier eingewickelt sind. Babykleidung. Rosa Decken. Eine Rassel aus Samt mit einem Hasen.

»Schau, Mia! Wir sind fertig!«, ruft Alessandro, der, dicht gefolgt von seinem Bruder, plötzlich ins Zimmer stürmt und stolz sein Bild hochhält.

Massimo schnappt nach Luft. Alessandro sieht auf ihn, dann auf mich und dann auf die Schachtel. Seine Augen werden groß wie Untertassen, und auch er keucht auf.

»Was ist denn?«

Massimo zeigt auf die Schachtel.

»Es ist okay, ich stelle sie wieder zurück. Ist es ein Geheimnis, dass eure Mum ein Baby bekommt?«, frage ich lächelnd. »Das ist doch wunderbar, Jungs.«

Alessandro schüttelt den Kopf. Massimo beißt sich auf die Unterlippe. Ich betrachte die Sachen in der Schachtel genauer. Die Kleider sind getragen. Und dann verstehe ich auf einmal, wer weg ist und wen sie mit sich genommen hat.

»Das Baby ist nicht mehr da?«

Alessandro nickt, den Blick auf den Boden gesenkt.

»Es ist unsere Schuld«, sagt Massimo.

»Oh, Schatz, es ist nicht eure Schuld. Manchmal braucht Gott einfach mehr Engel bei sich.« Abseits von ihrem makellosen Erscheinungsbild, dem riesigen Haus und ihrer beneidenswerten Karriere liegt hier also der Grund für Claras Traurigkeit und Zerstreutheit, die da herrührt, dass man zwar in seinem Körper steckt und lebt, aber doch nicht ganz anwesend ist.

Ich stelle die Schachtel zurück ins oberste Regal und stelle den Jungs eine letzte Frage.

»Wie war ihr Name?«

»Isabella.«

Als Clara am Abend nach Hause kommt, rennen die Jungen die Treppe herunter, um sie zu begrüßen, ihre selbst gemalten Bilder in den Händen. Sie legt ihre Aktentasche auf den Küchentisch und setzt sich. Alessandro wedelt mit seinem Bild vor ihrem Gesicht herum.

»Zeig mal, was du da hast«, sagt sie. Sie hält es vor sich hin und betrachtet es sorgfältig. Als sie sich selbst im Bild ihres Sohnes erkennt, zuckt sie zusammen. Alessandro nimmt einen Magneten, um das Bild in der Mitte des Kühlschranks zu befestigen.

»Oh, es ist viel zu schön für den Kühlschrank, Schatz. Warum gibst du es nicht mir, und ich nehme es mit zur Arbeit?«

»Und meins?«, fragt Massimo.

»Dein Bild auch, mein Engel«, antwortet sie. Dann bemerkt Clara, dass ich am Treppenabsatz stehe, und sieht etwas verlegen aus. »Mia, wie war dein Nachmittag?«

»Es war toll. Kann ich Ihnen noch mit irgendetwas helfen?«

Sie schüttelt den Kopf. »Nein, das war alles, vielen Dank für all deine Mühe. Ich kann sehen, dass dich die Jungs jetzt schon mögen. Bis morgen.«

Als ich an der *officina* vorbeikomme, ist sie bereits geschlossen. Enttäuschung überkommt mich beim Gedanken, dass ich bis morgen warten muss, um Luca zu sehen. Aber ein paar Minuten später klingelt mein Handy.

Seine sanfte Stimme dringt an mein Ohr. »Na, hast du die Nachmittagsschicht bei den Balduccis überlebt?«

»Tatsächlich habe ich sogar sehr viel Spaß mit den Jungs. Wie war dein Nachmittag?«

»Ich musste nach Siena fahren, um ein paar Ersatzteile für die *officina* abzuholen. Aber ich mache mich bald auf den Rückweg.«

Das bedeutet, dass ich definitiv bis morgen warten muss, bis ich ihn wiedersehe. »Oh.« Ich kann meine Enttäuschung nicht verbergen.

Ist es das, was die Liebe mit meinem Kopf anstellt?

»Oh?«

»Ach nichts.«

»Ich hätte dich heute Abend gern gesehen, *bella* Mia.«

»Ich dich auch.« Ich seufze.

12. KAPITEL

»Malermädchen, ich habe heute eine Überraschung für dich«, sagt Luca. Wir stehen draußen vor der *officina*, wo ich mich die letzten zwei Wochen über jeden Tag während meiner Nachmittagspause mit Luca getroffen habe. Nur dann nicht, wenn er früher Feierabend macht und vor dem Tor zum Grundstück der Balduccis auf mich wartet. Heute haben wir beide einen freien Tag. Ich schlendere hinter ihm her, als er das Rolltor zur *officina* hochzieht und mich in die Werkstatt führt.

»Ich dachte, damit wirst du dich schneller fortbewegen können.« Er zieht eine Wolldecke weg, unter der ein Vintage-Fahrrad zum Vorschein kommt. Ein Strauß pinker Rosen quillt aus dem am Lenker befestigten Fahrradkorb heraus.

»Ach du meine Güte! Wirklich?« Ich nehme die Blumen und halte sie mir vor das Gesicht. Der süße Duft vermischt sich mit dem Geruch von Schmieröl und Benzin, während die weichen Blüten meine Nasenspitze kitzeln.

Ein Lächeln breitet sich auf Lucas Gesicht aus. »Ja. Die auch.« Er lacht. »Hey, ich dachte mir, wir könnten heute an einen besonderen Ort fahren.«

»Dir ist klar, dass du das schon gestern gesagt hast. Und am Tag davor«, necke ich ihn, während ich meine Hände über das pfirsichfarbene Metall meines unerwarteten Geschenks wandern lasse.

»Das Val d'Orcia. Lust auf eine Spritztour?«

»Und wie! Allerdings bin ich seit Jahren nicht mehr Rad gefahren.«

»Ich auch nicht. Jedenfalls nicht mit dieser Art von Rad. Schau dir nur an, was du mit mir machst.«

Silvio streckt den Kopf in die Werkstatt und stellt einen Flechtkorb an der Tür ab. »Viel Spaß, *amoretti*!«, ruft er und eilt wieder zur Bar zurück.

»Und auch noch ein Picknick?«

»Ich versuche nur, dich rumzukriegen, Malermädchen.« Luca stellt den Korb in den Kofferraum des Autos. Dann nimmt er sein Fahrrad, hält aber inne, ehe er es auf den Fahrraddachträger hievt. »Du solltest öfter so rot werden wie jetzt. Die Farbe steht dir.«

Er befestigt unsere Räder auf dem Dachträger, und als er sich den Schweiß von der Stirn wischt, ertappt er mich, wie ich ihn nachdenklich betrachte.

»Was ist?«, frage ich.

»Du siehst mich schon wieder so an.«

Ich hebe die Augenbrauen. »Wie denn?«

»Als würdest du dich genauso stark in mich verlieben, wie ich mich in dich verliebe.«

Ich fahre mir mit den Händen durch die Haare und versuche, die richtigen Worte zu finden.

»Schon gut. Du musst nichts sagen. Deine Augen sprechen Bände.« Er öffnet die Autotür für mich und bedeutet mir mit einer eleganten Geste einzusteigen. »*Signorina*, wenn du mit dem Erröten fertig bist, sag mir Bescheid, ob du das Dach lieber offen oder geschlossen hättest.« Sein Lächeln ist so strahlend, dass mein Herz wild zu klopfen anfängt.

»Offen, bitte.«

Wir fahren durch das Chianti-Gebiet, an Weinbergen und sanft geschwungenen Hügeln, die miteinander zu verschmelzen scheinen, vorbei, während die warme Sonne der Toskana einen zarten Schimmer auf unsere Gesichter zaubert, der von

Sommer und Liebe erzählt. Die Landschaft erstreckt sich südlich von Siena bis zum Monte Amiata, und als das Gelände flacher wird, stellt Luca das Auto am Straßenrand ab, und wir setzen unsere Reise durch kleine, malerische Dörfer mit unseren Fahrrädern fort. Schließlich halten wir an einem kleinen Bach an, stellen unsere Räder ab und suchen uns im Schatten eines üppigen Laubbaums einen Platz für unser Picknick. Nach dem Mittagessen und etwas zu viel Prosecco ziehe ich mir die Schuhe aus, setze mich ans flache Ufer, pflücke Wildblumen und lasse mich vom kalten Wasser an den Füßen kitzeln. Luca liegt neben mir und sieht wie immer völlig entspannt aus. Die mit ihm verbrachte Zeit scheint langsam ihre Wirkung zu tun, denn ich fühle mich genauso.

»Es ist, als würde die Zeit stillstehen, wenn ich mit dir zusammen bin. Ich liebe es, wenn ich alles um mich herum vergessen kann.« Ich verflechte meine Finger mit seinen.

»Mach dir um die Zeit keine Gedanken, Mia«, antwortet er.

Ich fange an, die Blütenblätter aus einer kleinen lila Blume zu zupfen. Er rollt sich auf die Seite, sodass er mich ansehen kann, und stützt sich auf den Ellbogen auf. Er hebt seine Sonnenbrille hoch und sieht mir in die Augen. »Ich glaube nicht, dass du so viel Angst vor dem Tod hast, wie du denkst.«

Ich zupfe weiter Blütenblätter ab, bis von der Blume nur noch der Stängel übrig ist. Dann mache ich mit der nächsten Blume weiter. Luca schafft es auf unheimliche Art immer wieder, in meinen Kopf einzudringen. Ich setze mich aufrecht hin und versuche, von ihm wegzurücken, denn ich bin nicht in der Stimmung für eine solche Konfrontation.

»Warum bist du hergekommen, Mia?«

Meine Muskeln spannen sich unwillkürlich an, und ich weiche unbehaglich seinem Blick aus. Ich will nicht darauf antworten.

»Ich weiß es nicht«, sage ich schließlich und seufze. Ich sehe zum Himmel hoch und beobachte, wie eine Wolke, die aussieht wie ein Delphin, die Form eines Kolibris annimmt.

»Warum bist du hergekommen?«, wiederholt er die Frage, sein Tonfall bestimmt.

»Wie ich schon gesagt habe, ich weiß es nicht«, antworte ich hitzig und schlucke den riesigen Kloß herunter, der sich in meiner Kehle gebildet hat.

»Schließ die Augen.« Er nimmt meine Hand und legt sie sich auf die Brust. »Ich weiß, dass das schwer für dich ist.«

»Dann lass es gut sein.«

Er beugt sich dicht nach vorne und flüstert: »Vertrau mir.« Dabei streifen seine weichen Lippen mein Ohr. Langsam verfliegt mein Ärger, und mein Körper entspannt sich wieder. »Ich möchte, dass du es selbst erkennst.«

»Dass ich was erkenne?« Ich suche in seinen Augen nach Antworten.

»Dass du nicht so gebrochen bist, wie du denkst. Es war bestimmt nicht leicht, nach dem, was du erlebt hast, allein diese Reise zu machen. Aber du hast es durchgezogen.«

Ich hole tief Luft und denke daran zurück, wie hart ich dafür kämpfen musste, um herzukommen, und wie ich Mum und Dad nach allem, was sie wegen mir durchmachen mussten, einfach zurückgelassen habe.

»Sämtliche Freude war aus meinem Leben verschwunden, und ich wusste nicht, wie ich sie wiederfinden sollte. Ich dachte, indem ich hierherkomme, könnte ich mir selbst beweisen, dass ich die Angst vor dem Tod überwinden kann. Ich wollte mich einfach wieder glücklich und erfüllt fühlen. Nach dem Krebs habe ich mich wie eine völlig andere Person gefühlt. Ich kam mir so … unglaublich leer vor.«

»Geht es dir immer noch so?«

Ich schüttle den Kopf. »Nein, nicht mehr. Seitdem ich hier bin, dich getroffen und wieder angefangen habe zu malen, fühle ich mich erfüllt. Erfüllter, als ich mich jemals gefühlt habe.«

»Da haben wir's.«

»Was?«

»Du bist nicht gebrochen, Mia. In all dem hast du eine Wahl. Du kannst dich dafür entscheiden, das Leben, das du dir gerade aufbaust, anzunehmen. Oder du kannst damit weitermachen, dich von diesen zehn Prozent Tag und Nacht quälen zu lassen. Wenn du dir dein Glück für den Tag aufsparst, an dem man dir eine hundertprozentige Überlebensrate zusichert, wirst du niemals wirklich frei und glücklich sein.«

In vieler Hinsicht hat Luca recht. Vielleicht habe ich zu sehr in der Vergangenheit gelebt. »Nur ist dieses Loslassen leichter gesagt als getan.«

»Mia, wenn du dir nicht über diese zehn Prozent den Kopf zerbrechen müsstest, was würdest du tun? Wie würdest du dein Leben leben?«

»Ich würde gern tauchen lernen. Ich würde Kunst studieren und neue Freundschaften schließen, und ich hätte keine Angst davor, mit dem Studium anzufangen, es aber nicht abschließen zu können. Ich würde anderen meine Bilder zeigen, ohne mir darüber Sorgen zu machen, ob andere Menschen die Traurigkeit darin sehen können.«

»Was noch?«

Ich beiße mir auf die Lippe. »Das ist alles. Warum denkst du, dass da noch mehr sein sollte?«

»Weil Stella mir erzählt hat, dass du immer noch Albträume hast.«

»Nicht mehr so oft wie früher.«

»Wovor hast du Angst?«

»Ich will wirklich nicht mehr darüber reden. Lassen wir das Thema einfach.«

»Wieso?«

Ich fühle mich in diesen empfindlichen Ort tief in mir drinnen ein, um die richtigen Worte zu finden. »Weil ich nicht darüber nachdenken möchte, dass ich dafür verantwortlich sein werde, wenn die Menschen um mich herum verletzt werden, Luca – Menschen, die mich lieben und denen ich wichtig bin.«

»Fällt es dir deshalb schwer, sie in dein Herz zu lassen?«

»Ich habe dich reingelassen! Und um ganz ehrlich zu sein, es macht mir furchtbare Angst.«

»Du musst dir um mich keine Gedanken machen. Ich mache mir jedenfalls keine Sorgen darüber, dass du mir wegsterben könntest.«

Ich wende mich kaum merklich von ihm ab. »Aber ich tue es«, flüstere ich und kämpfe gegen die aufsteigenden Tränen an. »Ich will nicht, dass du verletzt wirst. In sechs, zwölf oder achtzehn Monaten, wenn wir vielleicht schon zu tief drinstecken, will ich nicht, dass du mir dabei zusehen musst, wie ich sterbe.«

Er fasst mich bei den Schultern und wartet, bis ich zu ihm aufsehe und unsere Blicke sich treffen. »Wir stecken jetzt schon mehr als tief drin.« Er nimmt meine Hand und rückt näher an mich heran. »Hör zu, Mia. Niemand bekommt eine hundertprozentige Überlebenschance. Nicht ich, nicht du – niemand.«

»Niemand«, wiederhole ich.

»Komm her.« Er zieht mich in seine Arme und lehnt sich zurück gegen den Baum, sodass ich mich an ihn schmiegen kann. Während er mich so in den Armen hält und seinen Kopf an meinen lehnt, denke ich über all das nach, was er gesagt hat. Langsam dringt die Wahrheit zu mir durch. Ich habe so viel Zeit damit verbracht, mich auf diese eine Zahl zu konzentrieren, ich war wie gelähmt davon.

»Ich weiß nicht, was ich erwartet habe. Vielleicht wollte ich, dass man mir sagt, dass alles gut wird, als sie mir die Statistiken genannt haben. Dass der Krebs unter keinen Umständen wiederkommt. Ich wollte eine Garantie. Eine Garantie, damit ich mich sicher fühlen kann.«

»Es sind Ärzte, Mia. Sie haben keine Kristallkugeln. Falls es das ist, was du erwartet hast, dann wären sie nie in der Lage, dir zu sagen, was du hören willst.« Er verschränkt seine Finger mit meinen.

»Wie kommt es nur, dass du so eine schöne Seele hast?« Liebevoll berühre ich mit den Fingerspitzen sein Gesicht und schlinge die Beine um ihn. Ich nähere meine Lippen den seinen und küsse ihn mit all der Zärtlichkeit, zu der ich fähig bin, und als wir uns irgendwann voneinander lösen, bin ich völlig außer Atem.

»Sieht aus, als bräuchtest du eine Pause, Malermädchen.«

»Das scheint so eine Nebenwirkung von dir zu sein.«

»Das tut mir nicht leid.« Er lacht leise, und am liebsten würde ich ihn gleich noch einmal küssen.

»Können wir das irgendwann zusammen machen?«

»Was denn?«, fragt er.

»Tauchen gehen.«

»Ja, das sollten wir auf jeden Fall zusammen machen.« Er legt mich sanft auf den Boden, rollt sich auf mich, und ich schlinge die Arme um seinen Hals und will ihn nie wieder loslassen. Ich bin mir fast sicher, dass ich mich in meinem ganzen Leben noch nie so sicher gefühlt habe wie in diesem Augenblick.

»Luca?«

»Ja, *bella* Mia?«

»Sieht so der Anfang der Liebe aus?« Ich verliere mich in seinen Augen.

»Ich weiß nicht genau. Aber es fühlt sich auf jeden Fall so an.«

Ich tauche in meine glücklichen Gedanken ab und lasse mich in das Gefühl aufblühender Liebe fallen, wo Zahlen keine Bedeutung haben und das Leben in all seinen Facetten einfach nur wunderbar ist.

13. KAPITEL

Eine Woche später ist die Kunstausstellung für Clara endlich fertig. Die Jungs haben jeweils drei ihrer Bilder ausgesucht, und ich habe ihnen geholfen, Bilderrahmen aus Karton zu basteln und die gerahmten Bilder an der Wand im Eingangsbereich aufzuhängen.

»Eure Mum wird so stolz sein«, sage ich und mache einen Schritt zurück, um ihre Bilder zu bewundern. Ich hatte die Zwillinge aufgefordert, für ihre Ausstellungsbilder an drei ihrer schönsten Erinnerungen zu denken. Massimo hat ein Bild mit Rennwagen auf einer Rennstrecke, eine Szene am Strand und eine Weihnachtsszene gemalt und Alessandro sich selbst auf dem Fahrrad, ein Bild, wie er von seinem Dad gekitzelt wird, und ein weiteres Bild, auf dem er ein kleines Baby im Arm hält und knuddelt. Ich bin froh, dass Clara auf diesem Bild lächelt, aber auch etwas nervös und frage mich, wie sie wohl auf Alessandros Zeichnung reagieren wird.

Kurz vor sieben Uhr kommt sie nach Hause. Die Jungs haben ihre Bilder mit schwarzem Stoff zugehängt und stehen aufgeregt grinsend daneben im Flur.

»Was ist denn hier los?«, fragt Clara, als sie ihre Aktentasche abstellt. Sie legt ihre Schlüssel auf den Eingangstisch und sieht sich um.

»Das ist unsere Ausstellung! Sie heißt *Was uns glücklich macht*«, antwortet Alessandro stolz.

»Eins, zwei, drei!«, ruft Massimo. Zusammen ziehen sie an dem Stoff und enthüllen ihre Bilder.

Ein Lächeln breitet sich auf Claras Gesicht aus; sie wirkt aufrichtig entspannt und interessiert. Sie geht auf das erste

Bild zu. »Massimo, ich wette, das ist dein Bild. Du hattest schon immer eine Schwäche für Ferraris.« Er nickt eifrig und saugt das Lob seiner Mutter auf. »Und das hier muss von Alessandro sein, denn du magst es, wenn du gekitzelt wirst.« Sie kitzelt Alessandro unter dem Arm. Clara kommentiert jedes Bild, aber als sie das letzte Bild sieht, auf dem Alessandro seine Schwester im Arm hält, verstummt sie.

»Kommt her.« Sie geht in die Knie und zieht die Zwillinge an sich. Sie legt den Kopf auf Alessandros üppigen Lockenschopf und gibt beiden einen Kuss auf die Wange. Sie ist sichtlich gerührt, und ich kann nicht anders, als mich darüber zu freuen, denn ich kenne die Kraft von Kunst, Menschen zu heilen und sie mit ihren Gefühlen in Einklang zu bringen.

Schließlich steht Clara auf und fragt mich fast etwas nervös: »Mia, würdest du gern zum Abendessen bleiben?«

Meine Augen weiten sich vor Überraschung, denn normalerweise sind unsere Begegnungen kurz und distanziert. »Nur, wenn du noch nichts anderes vorhast«, fügt sie schnell hinzu.

»Nein, gar nicht. Ich würde mich sehr freuen.« Ich kann mein Lächeln nicht zurückhalten.

Clara bereitet das Abendessen vor, und ich helfe ihr dabei, den Tisch zu decken. Erst als die Jungen im Bett sind und sie mich auf eine abendliche Tasse Tee einlädt, kommt sie auf die Bilder zu sprechen.

»Mia, was du zusammen mit den Jungs gemacht hast, hat mir unglaublich geholfen. Und nicht nur auf die Art, wie du vielleicht denkst.«

»Ach?«

»Lass es mich dir erklären.« Sie nimmt die Teekanne und hält den Deckel mit einer Hand fest, während sie die dampfend heiße Flüssigkeit in zwei Tassen einschenkt. »Zucker?«

»Nein, danke.«

»Die Jungs lieben dich. Du bist erst kurze Zeit bei uns, aber ich kann bereits eine Veränderung in ihrem Verhalten entdecken. Sie wirken viel glücklicher.«

»Ich hab sie auch sehr lieb.«

»Sie vermissen ihren Vater. Die Dinge sind nicht mehr so, wie sie waren, seit der Tragödie, die unsere Familie Anfang dieses Jahres ereilt hat. Bert hat angefangen, sehr viel mehr zu arbeiten, um vor dem eigentlichen Problem zu fliehen.«

Ich nicke. »Clara, ich muss Ihnen etwas sagen …«

Clara schüttelt den Kopf. »Schon gut. Ich weiß, dass du Isabellas Kiste gefunden hast. Die Jungs haben es mir erzählt. Ich habe nur auf den richtigen Moment gewartet, um dir von ihr zu erzählen.«

Die Situation ist mir furchtbar unangenehm. »Es tut mir leid, ich wollte Ihnen sagen, dass ich sie gefunden habe. Es war ein Zufall …«

»Ich weiß, Mia, es ist alles gut.« Clara legt ihre Hand auf meine. »Wie gesagt, Bert ist mit alldem nicht gut zurechtgekommen. Die Dinge zwischen uns haben sich verändert, und es gibt einiges, an dem wir arbeiten müssen.« Sie seufzt und tupft sich mit einem Taschentuch, das sie aus der Hosentasche zieht, die Augen trocken. »Ich zeige dir etwas.«

Sie geht aus dem Zimmer und kehrt etwa eine Minute später mit einer rosa-weiß gestreiften Kiste zurück, die sie auf den Tisch stellt – Isabellas Kiste. Sie fährt mit den Händen über die Oberfläche, als würde sie unsichtbare Staubspuren davon abwischen, und es kommt mir vor, als würde der taube Schmerz in mir immer größer werden. Clara hebt den Deckel hoch und nimmt die Babykleidung aus der Kiste. »Isabella war fast zwei Jahre bei uns und ist jetzt seit sechs Monaten weg. Das hier hatte sie an, als ich sie aus dem Krankenhaus nach Hause geholt habe.« Sie lächelt, als sie den Duft der Kleidung einatmet. Sie legt den Strampler auf den Tisch vor mir, und ich möchte ihn berühren, den weichen Stoff spüren, aber ich weiß, dass ich zusammenbrechen würde, wenn ich es täte. Wie versteinert starre ich ihn an und muss daran denken, wie Clara ihre Tochter fortgerissen wurde.

»Ich kann immer noch nicht glauben, dass sie weg ist und dass ich sie nie wieder lachen hören werde. Sie hat so gern gelacht. Sie hat uns alle zum Lachen gebracht.« Clara schließt die Augen und drückt den Strampler wieder an ihre Brust, als würde sie beten oder an einer Erinnerung festhalten. Die Geste berührt mich zutiefst, und es fällt mir schwer, die Fassung zu bewahren.

»War sie krank?« Ich schlucke meinen sich anbahnenden Gefühlsausbruch herunter.

»Sie hatte einen angeborenen Herzfehler. Wir hatten gehofft, dass die Operationen ihn korrigieren würden, aber nach der dritten Operation haben wir sie verloren.«

Clara zuzuhören, wie sie von Isabella erzählt, bereitet mir solches Unbehagen, dass ich gegen das intensive Bedürfnis ankämpfen muss, einfach wegzulaufen. Sie so trauern zu sehen ist fast mehr, als ich ertragen kann.

»Es tut mir so leid, was Sie durchmachen mussten. Eine Tochter zu verlieren …« Meine Stimme versagt. »Das muss so schwer gewesen sein …«

Clara sieht mich mit blutunterlaufenen Augen an, und ihr Gesicht verzieht sich zu einer Grimasse. Sie schnäuzt sich und nimmt meine Hände fest in ihre. Sie zittert. Ich blicke auf Isabellas Kiste zwischen uns und spüre, wie abgehackt mein Atem geht und wie etwas in meiner Brust schmerzhaft anschwillt.

»Ich bin mir sicher, wenn Isabella alt genug gewesen wäre, hätte sie Ihnen gesagt, dass sie möchte, dass Sie glücklich sind. Sie hätte nicht gewollt, dass Sie wegen ihr aufhören zu leben.«

Clara hebt eine Hand an den Mund und holt tief Luft.

»Mia, diese Bilder haben mir gezeigt, wie sehr mich die Jungs brauchen, und zwar die beste Version von mir selbst. Die Mutter, die ich früher war, und nicht nur eine verschwommene Erinnerung an diese Person. Und dafür bin ich dir sehr dankbar.«

»Sie werden das bestimmt wunderbar hinbekommen«, antworte ich und atme beinahe erleichtert auf.

»Ja, das werde ich.« Diesmal sieht sie mir direkt in die Augen, und ihr Lächeln wirkt unverkrampft.

Sie schenkt mir noch eine Tasse Tee ein und legt die Kleidung zurück in Isabellas Kiste. »Weißt du was, Mia, ich glaube, ich werde mir morgen freinehmen. Es ist an der Zeit, dass wir als Familie etwas zusammen unternehmen. Hättest du Lust, mit mir und den Jungs in die Uffizien zu gehen?«

»Das wäre wirklich toll.«

Mit einem Lächeln hebt sie ihre Tasse und stößt sie gegen meine. »Auf Neuanfänge.«

Als ich nach Hause komme, rufe ich als Erstes meine Mum an.

»Mia! Alles in Ordnung bei dir?«

»Ja, alles gut. Ich wollte einfach nur … deine Stimme hören. Ich wollte nur hören, ob es dir und Dad gut geht.«

»Uns geht es gut, Schatz. Wir vermissen dich, aber es geht uns gut. Dein Dad nimmt mich heute mit zum Golfspielen. Und du wirst es nicht glauben, aber ich habe mich für einen Tortendekorationskurs angemeldet.«

»Das ist toll, Mum. Das wolltest du schon so lange machen. Aber Golf?«

»Ich gehe nur mit, um ihm einen Gefallen zu tun. Aber ich bin mir sicher, mein Hüftschwung wird ihn so beeindrucken, dass er mich garantiert nicht noch einmal fragen wird, ob ich mitkomme.« Sie lacht – entspannt, aufrichtig, von einer Last befreit. Ich vermisse ihr Lachen.

»Wie auch immer, genug von uns. Erzähl mir, was du so machst. Wie ist dein neuer Job – behandelt man dich anständig?«

»Ich liebe es dort.« Ich zögere »Ich … ähm … ich habe jemanden kennengelernt …«

Diesmal ist es Mum, die zögert. »Du meinst … einen Jungen?«

»Eher einen Mann, Mum. Er heißt Luca.« Ich bin mir sicher, dass sie mich durch das Telefon hindurch lächeln hören kann.

»Du bist glücklich.« Die Erleichterung in ihrer Stimme ist deutlich erkennbar. »Ich bin auch glücklich. Ich wünschte zwar, du wärst hier, aber ich bin auch glücklich.«

Ich zögere, bevor ich weiterrede, und werde mir plötzlich der Stille zwischen uns bewusst, während ich über die eine Sache nachdenke, die mir im Kopf herumgeistert und mir die Kehle zuschnürt.

»Mia? Bist du noch da?«

»Ich bin da … Clara, die Frau, für die ich arbeite … Sie hat ein Kind verloren. Ihre Tochter war nicht einmal zwei Jahre alt. Sie wirkt so traurig und gebrochen … und ich musste an dich denken.«

»Oh, Mia.«

»Es gibt etwas, das ich dich fragen muss.«

»In Ordnung.«

»Falls ich wieder krank werde und die Dinge nicht gut ausgehen und du und Dad, ihr wärt gezwungen … du weißt schon … ohne mich zu leben. Wärst du okay?«

»O mein Gott, Mia … sag bloß nicht … Fühlst du dich wieder schlechter?« Ihre Stimme kippt vor lauter Panik.

»Nein, überhaupt nicht. Das ist es nicht. Ich muss es nur wissen, das ist alles.« Meine Stimme ist belegt.

Mum seufzt. »Ich wäre nie okay, wenn du nicht mehr da wärst. Ich bin deine Mutter. Man kann eine zerbrochene Vase wieder zusammenkleben, aber man würde die Risse darin immer noch spüren. Die Sache ist die, Schatz: Manchmal, wenn wir zerbrechen, lernen wir, damit zu leben, weil wir keine andere Wahl haben. Zum Glück ist alles gut ausgegangen. Also müssen wir alle unser Leben weiterleben, ja? Das ist es, was dein Dad und ich tun, und jetzt bist du an der Reihe, das auch zu tun.«

»Okay«, flüstere ich und hoffe, dass ich das kann.

»Und jetzt … erzähl mir alles über diesen Luca.«

Am nächsten Morgen treffe ich mich mit Clara und den Jungs vor den Uffizien. Es ist früh, aber massenweise Touristen stehen bereits davor aufgereiht in einer langen Schlange, die sich um das komplette Gebäude zieht. Reiseleiter mit bunten Regenschirmen führen ihre Gruppen an das Ende der Schlange.

»Vielleicht kann ich da was machen«, sagt Clara. Sie verlässt die Schlange, um zu telefonieren. Ein paar Augenblicke später winkt sie uns enthusiastisch zu und bedeutet uns, zu ihr zu kommen. Wir folgen ihr zu einem Sicherheitsbeamten, der uns prompt in das Gebäude hineinlässt.

Clara hebt verschwörerisch die Augenbrauen. »Die Vorzüge, wenn man in der Branche arbeitet«, sagt sie lächelnd, während wir die Galerie betreten.

Während wir den scheinbar endlosen Gang aus grau-weißen Marmorquadraten durchqueren, tut mir bald mein Nacken weh, denn ich versuche, die dekorativen Motive und fast karikaturartigen Gestalten der Männer, Musiker und Tiere, die als Fresken an die Decke gemalt wurden, in all ihren Details aufzusaugen. Sie haben etwas so Zeitloses an sich, dass ich den nassen Gips fast riechen kann. Menschen drängeln an mir vorbei und streifen mich mit den Schultern, während sie versuchen, schnell in einen der zahlreichen Ausstellungsräume zu gelangen, ohne die Pracht direkt über ihren Köpfen zu bemerken.

»Das sind Groteske. Ein ziemlich unglücklicher Name für diese Stilrichtung, denn sie sind wirklich exquisit. Der Name hat nichts mit der Darstellungsweise zu tun, sondern bezieht sich auf die antiken römischen Grotten, in denen man sie wiederentdeckt hat. Wenn ich mich richtig erinnere, wurden diese hier von einer Gruppe von Malern unter der Aufsicht von Alessandro Allori erschaffen«, erklärt Clara.

»Woher wissen Sie das alles?« Ich zwinge mich, den Blick von der Decke loszureißen.

»Von der Kunstschule«, antwortet sie. »So viel interessanter als Betriebswirtschaftslehre«, fügt sie ironisch hinzu. »Du würdest es lieben.«

Bevor ich ihr antworten kann, unterbricht uns Massimo, der am Ärmel seiner Mutter zupft. »Wo sind die Eierbilder, Mami?«

Ich falle hinter Clara und den Zwillingen zurück, während sie sich zum Botticelli-Raum vorkämpfen. Mit jedem Schritt denke ich mich in eine Zeit zurück, in der sich Kunst-Lehrlinge in den Arbeitsstätten ihrer Meister abschuften mussten, bis aus ihnen einige der berühmtesten Künstler der Welt wurden, deren Werke ich so bewundere. Als ich den Saal betrete, der meinem Lieblingsmaler gewidmet ist, kann ich fast hören, wie die Eier aufgeschlagen werden, und ich sehe vor mir, wie das Eigelb aus den Säcken gepresst und mit Pigmenten vermischt wird, die durch das Zermahlen von Steinen wie Lapislazuli, Zinnober und Malachit gewonnen wurden. Direkt vor mir sehe ich Botticellis *Allegorie des Frühlings* und höre, wie Clara die Zwillinge mit der Figur der Venus bekannt macht. Ich nehme ihre Stimmen nur noch gedämpft wahr, als ich mich nach links drehe und dem Gemälde gegenüberstehe, das mich so oft in Staunen versetzt und einen so zentralen Platz in der Kunst der Renaissance eingenommen hat – das Herzstück dieser Zeit der Wiedergeburt und Wiederentdeckung: *Die Geburt der Venus.*

Ich hole tief Luft, während mein Blick auf den traumähnlichen Figuren im Zentrum des Gemäldes verweilt, insbesondere auf der antiken Göttin der Liebe selbst. Aus Meerschaum geboren, treibt sie, angetrieben durch den Atem der Windgötter, deren Körper eng miteinander verschlungen sind und in der Luft neben ihr schweben, auf das Ufer zu. Venus selbst wirkt fast schwerelos, wie sie einen Fuß leicht nach vorn setzt, um gleich von der Muschel, die sie ans Ufer getragen hat, hinabzusteigen. Sie steht im Kontrapost und stellt ihre sinnlichen Kurven zur Schau, während die blonden, mit goldenen Strähnen durchzogenen Locken wellenartig ihren Körper umfließen. Sie sieht aus, als wäre sie mit sich selbst vollkommen im Reinen. Am Ufer wartet bereits eine Nymphe in einem geblümten Kleid auf ihre Ankunft, um sie in ein wogendes Tuch zu hüllen, das ebenfalls mit einem Blumenmuster bestickt ist. Es kommt mir vor, als würde Botticelli höchstselbst mir ins Ohr raunen, was ihm hier gelungen ist. Die Art, wie die rosafarbenen Rosen ihre Köpfe zur Venus ausrichten, die so elegant und gleichzeitig so ausdrucksstark in der Mitte des Bildes platziert ist, dass es mir fast den Atem raubt. Ich trete näher an das Bild heran. Obwohl ich unmöglich alles verstehen kann, was es versucht mir mitzuteilen, denke ich an die wichtigsten Elemente, die Botticelli in dieses Gemälde hat einfließen lassen: das Zusammenspiel der treibenden Kräfte des Lebens – Liebe und Schönheit, auf physischer, göttlicher und emotionaler Ebene.

»Was siehst du, Mia?«, fragt Clara, die unbemerkt neben mich getreten ist.

»Alles ist so schön, dass ich am liebsten in diese Welt hineinspringen möchte.«

»Ich denke, das ist genau das Gefühl, das er vermitteln wollte«, antwortet sie. »Ist das nicht einer der Gründe, weshalb du malst?«

Ich richte meinen Blick wieder auf die Venus, und ein Lächeln umspielt meine Lippen. Vielleicht sprechen Botticelli und ich ja doch dieselbe Sprache.

Clara lässt mich den Rest der Galerie in meinem eigenen Tempo erkunden. Vor einem Restaurant in der Nähe der Uffizien treffe ich mich mit ihr und den Zwillingen zum Mittagessen, und ich fühle mich fast schwindlig, nachdem ich durch sämtliche Hallen gezogen und mir ein Bild nach dem anderen angesehen habe. Clara stellt ihre Einkaufstaschen mit neuen Klamotten, Schuhen und Badehosen für die Zwillinge neben dem Tisch ab. Sie erklärt mir, dass in knapp einem Monat der Nationalfeiertag *Ferragosto*, Mariä Himmelfahrt, bevorsteht und dieser Tag traditionell den Beginn der italienischen Ferienzeit einläutet, in der ganze Familien aus ihren Häusern schwärmen und an den Strand fahren, um der unerträglichen Hitze in den Städten zu entfliehen, wobei sich einige von ihnen den ganzen Monat freinehmen.

»Ich habe einen Familienurlaub in Spanien gebucht, um uns alle wieder zusammenzuführen. Bert kommt auch. Außerdem wird er seinen Transfer nach Florenz beantragen. Wir hoffen, dass er bis Weihnachten wieder zurück sein wird.«

»Das klingt vielversprechend.« Es ist schön, Clara so zu sehen; seit unserem Gespräch gestern Abend wirkt sie viel entspannter als sonst. Sie lädt mich ein, mit ihnen mitzufahren, aber ich sage ihr, dass ich lieber in Florenz bleiben würde. Zum Glück muss ich ihr nicht erklären, warum.

»Dann ist es also etwas Ernstes zwischen dir und Luca?«

»Ich denke schon.« Ich lächle auf meinen Teller mit Ravioli hinab.

»Mir ist aufgefallen, dass du nicht aufgehört hast zu lächeln, seitdem wir die Uffizien betreten haben«, bemerkt Clara. »Stella hat mir erzählt, dass du in letzter Zeit viel gemalt hast. Ich würde mir deine Arbeiten gern einmal ansehen.«

Ich verschlucke mich fast an meinem Wasser.

»Stimmt etwas nicht, Mia?«

»Nein, überhaupt nicht.« Ich schüttle den Kopf. »Ich bin nur etwas nervös, wenn es darum geht, jemandem meine Bilder zu zeigen, das ist alles. Sie haben mit einigen sehr bekannten Künstlern zu tun, und ich glaube nicht, dass meine Bilder da mithalten können.«

»Ich möchte deine Arbeit nicht sehen, damit ich sie mit anderen vergleichen kann. Ich möchte deine Arbeit sehen, weil ich Kunst liebe und mich für dich und das, was du tust, interessiere«, erwidert sie.

Ich lege Messer und Gabel zur Seite und begegne Claras Blick. Ich schaue zu den Zwillingen, die neben dem Tisch mit ein paar Spielzeugautos ein Rennen veranstalten. »Clara, das ist wahrscheinlich ein guter Zeitpunkt, um Ihnen etwas zu sagen. Nachdem Sie sehr ehrlich zu mir waren, habe ich das Gefühl, dass ich auch ehrlich zu Ihnen sein sollte ... das heißt, was meine Vergangenheit angeht.«

Sie nickt und lehnt sich leicht nach vorne. »Ich höre.«

»Ich habe aufgehört zu malen, nachdem man bei mir Krebs diagnostiziert hat – ein Lymphom. Jetzt bin ich in Remission, aber ich musste darum kämpfen, wieder malen zu können und mir und dem Leben zu vertrauen. Ich arbeite schon eine Weile daran zu begreifen, wie ich das alles mit meiner Kunst vereinen kann.«

»Meine Güte, Mia, ich hatte ja keine Ahnung. Aber was du sagst, ergibt völlig Sinn. Ich denke, du solltest deine Bilder erst dann zeigen, wenn du bereit bist, aber ich denke auch, dass du darauf hinarbeiten solltest, dich bereit zu fühlen.«

»Ich denke, ich bin schon sehr dicht dran.«

Clara akzeptiert meine Antwort mit einem nachdenklichen Nicken. »Ganz offensichtlich gelingt es dir wunderbar, dein Leben weiterzuleben. Für mich und alle um dich herum steht fest, dass das Malen dich zu der macht, die du bist, und in vielerlei Hinsicht hilft eine kreative Tätigkeit dabei, mit sich selbst in Einklang zu kommen, aber auch, das Leben besser zu verstehen, denkst du nicht auch?«

Ich denke über ihre Worte nach. »Ja, ich denke, das tut es.«

»Hast du dir schon Gedanken darüber gemacht, ob du dich an der Kunstakademie in Florenz einschreiben möchtest?«

»Nein, noch nicht«, antworte ich.

Sie nimmt einen Schluck Wein. »Nun, ich denke, du solltest dich einschreiben.«

»Vielleicht. Ich denke darüber nach.«

»Ich könnte dir dabei helfen.« Sie lächelt mich an.

Ich verputze meine letzten Ravioli und blicke auf meinen leeren Teller, der so viel mehr bedeutet als eine leckere Mahlzeit. Er steht dafür, wie weit ich gekommen bin und dass ich meinen Appetit wiedergefunden habe – auch auf das Leben.

14. KAPITEL

Den nächsten Monat verbringe ich damit, mich in mein süßes Leben in der Toskana einzugewöhnen. Jeder Tag bringt mir neues Wissen und neue Erfahrungen. Den Morgen beginne ich damit, draußen auf der Schaukel etwas zu meditieren, anschließend mache ich einen gemütlichen Spaziergang zur Arbeit, der mich an Silvios Bar vorbeiführt, wo ich mich mit Luca auf einen *caffè* treffe. Silvio unterhält mich mit Klatsch aus dem Ort, und beide erzählen mir Geschichten über so manche Sonderbarkeit in Italien. Zu den vielen kuriosen Dingen, die ich bislang gelernt habe, gehört zum Beispiel Folgendes: Wenn es einer schwangeren Frau nach etwas gelüstet, sollte sie diesem Verlangen unbedingt nachgehen oder stattdessen ihren Hintern berühren, andernfalls könnte das Baby, Gott bewahre, mit einem Muttermal zur Welt kommen, und zwar an einer sehr privaten Stelle. Luca hat mir auch die Bedeutung verschiedener Gesten erklärt, was ich sehr amüsant fand, allerdings nicht halb so sehr wie die preiswürdigen Einparkversuche, die ich auf der Piazza direkt unter der Nase der Verkehrspolizei, bekannt als die *Vigili Urbani*, miterlebt habe. All diese Dinge gehören eigentlich auf eine Liste, warum man Italien zumindest einmal im Leben besucht haben sollte.

Die Mittagspausen und unsere freien Tage verbringen Luca und ich damit, die toskanische Landschaft zu erkunden und es uns unter Bäumen und auf Weinbergen bequem zu machen, manchmal plaudernd und manchmal schweigend. Ich versuche, ihm das Meditieren beizubringen, aber es endet immer damit, dass er anfängt herumzualbern und mich zum Lachen bringt. Abends gehen wir manchmal mit Stella und Paolo aus oder erkunden Florenz bei Nacht. Inzwischen haben wir an fast jeder Straßenecke Lieblingsbars und besondere Plätze erobert. Das Lächeln fällt mir inzwischen leicht, und meine Albträume sind seltener geworden. Letzten Monat habe ich nur einmal geweint. Und ich habe gemalt. Und wie ich gemalt habe! Ich kann mir keinen Tag mehr vorstellen, an dem ich nicht male. Das Leben fühlt sich nicht mehr an wie ein Kampf. Tatsächlich könnte es kaum süßer sein.

Hier in Italien finde ich überall Inspiration für das Leben und meine Kunst in den einfachsten Dingen, wie einem zum Abendessen gedeckten Tisch, einer Flasche Chianti, einer Schale Weintrauben oder sogar in dem Ehepaar, das jeden Sonntag, in seine besten Kleider gekleidet, in dem örtlichen *panificio* Brot kaufen geht. Dann sind da die Jungen, die immer auf der Piazza Fußball spielen und nur dann aufhören, wenn sie von ihren Müttern von den Fenstern ihrer Wohnungen aus lautstark nach Hause beordert werden, weil das Mittagessen fertig ist und die Pasta kalt wird und das das Ende der Welt bedeuten würde.

Am heutigen Vormittag bin ich bei den Balduccis und helfe den Jungs beim Packen. Natürlich wollen die Zwillinge viel mehr mitnehmen, als in ihre Koffer passt. Ich nehme Massimos Zugset aus seinem Koffer wieder heraus. »Ich bin mir sicher, dass du das am Strand nicht brauchen wirst. Deine Mum und dein Dad werden jede Menge Ideen haben, was du und dein Bruder unternehmen könnt. Du magst doch Wasser so gern. Wie wäre es, wenn du stattdessen Schnorchel und Schwimmflossen mitnimmst?« Ich zeige ihm die Spielsachen für den Strand. Irgendwann sind wir uns einig, was mitkommen und was bleiben soll.

Clara kommt ein paar Stunden früher nach Hause als sonst und sagt mir, dass ich nicht bis zum Ende der Nachmittagsschicht bleiben muss und den Rest des Tages genießen soll. Als ich mich von den Jungs verabschiede, klammern sie sich an meine Beine und betteln mich an, mit ihnen mitzukommen. Ich küsse sie jeweils auf die Stirn und gebe beiden ein kleines Päckchen mit Spielsachen, mit denen sie sich im Flugzeug die Zeit vertreiben können.

Bevor ich gehe, wende ich mich an Clara. »Wissen Sie, ich habe darüber nachgedacht, was Sie gesagt haben. Wenn Sie wieder da sind, würde ich Ihnen gern meine Bilder zeigen.«

»Das ist großartig, Mia. Bevor ich es vergesse, ich habe etwas für dich.« Sie öffnet ihre Aktentasche und reicht mir einen weißen Umschlag. »Wir können darüber reden, wenn ich zurückkomme.«

Der Vormittag weicht einem trägen Nachmittag, den ich damit verbringe, auf dem Gras zu liegen, mich in der Sonne zu aalen und in der Studienbroschüre zu blättern, die Clara mir mitgebracht hat. Ich fange an, ernsthaft darüber nachzudenken, ob es für mich infrage käme, mich an der Akademie in Florenz einzuschreiben. Das Verzeichnis mit den Studiengebühren schreckt mich jedoch etwas ab, daher wende ich meine Aufmerksamkeit lieber Stellas Kochbuch zu. Ich beschließe, mich heute Abend an selbst gemachten Gnocchi zu versuchen.

Als die Sonne langsam untergeht und die Hitze einem angenehm kühlen Abend weicht, der von dem Summen der ersten Zikaden eingeläutet wird, gehe ich in die Küche und fange an, Kartoffeln zu schälen, zu kochen und köstliche kleine Knödel daraus zu machen, auf die meine Nonna stolz gewesen wäre.

Gerade als ich die letzten Gnocchi über eine Gabel rolle, um das typische Muster einzuprägen, ruft Luca an. Er war heute in Siena und hat auf der Farm von Silvios Eltern ausgeholfen.

»Hör zu, Silvios Eltern haben mich zum Abendessen eingeladen. Ich kann nicht Nein sagen – auf die Art wollen sie sich bei mir bedanken. Aber sie möchten, dass du auch kommst, und Silvio meinte, er könnte dich hinfahren. Er schließt die Bar heute früher«, sagt Luca.

»Sieht so aus, als müssten die Gnocchi bis morgen warten.« Ich lache und versuche, mein Handy, das ich mir zwischen Ohr und Schulter geklemmt habe, nicht fallen zu lassen.

»Ich gebe Silvio Bescheid, dass er dich bei der Villa abholen soll.«

Ich habe gelernt, dass man als Gast in Italien nie mit leeren Händen kommen soll, aber wir haben keine Weinflaschen mehr im Keller, und es ist zu spät, um einkaufen zu gehen. Also nehme ich stattdessen eins meiner Bilder. Es zeigt Silvios Bar.

»*Bella Signorina* Mia!«, flötet Silvio, als er die Tür seines schwarzen Alfa Romeo Giulietta für mich aufhält. Ohne seine übliche Uniform sieht er viel jünger aus. »Normalerweise brauche ich nur vierzig Minuten nach Siena. Aber Luca hat mir eingebläut, dass ich mit meiner kostbaren Ware nicht rasen soll, also sollten wir etwa gegen sieben Uhr wohlbehalten ankommen.« Er zwinkert mir zu. Silvio ist immer so nett, und ich frage mich, wie jemand, der so liebenswert ist, immer noch Single sein kann. Ich beschließe, dass es einfach am Timing liegen muss. Vielleicht ist es Schicksal.

Wir verbringen die Fahrt damit, aus vollem Halse die Lieder aus dem Radio mitzusingen, und dazwischen versuche ich, Silvio fortgeschrittenes Englisch beizubringen. Im Ge-

genzug korrigiert er meine italienische Aussprache und versichert mir, dass sich mein Italienisch erheblich verbessert hat.

»Dafür, dass du nicht nach der Liebe gesucht hast, schau dir nur an, was du in Italien gefunden hast«, sagt er, als wir uns Siena nähern.

»Ja, Luca ist wirklich etwas Besonderes«, erwidere ich und blicke aus dem Fenster.

»Er hört nie auf, von dir zu reden. Er würde alles für dich tun.«

»Ich weiß.« Ich lehne mich in meinem Sitz zurück und muss daran denken, wie mein Leben noch vor wenigen Monaten ausgesehen hat. Bei Silvios Worten überkommt mich eine kleine Welle der Angst. Wir stecken so tief drin. Ich schiebe diese flüchtigen Gedanken beiseite, die mich quälen würden, würde ich es zulassen.

Als wir am Haus von Silvios Eltern ankommen, winkt uns seine Mutter – eine kleine, stämmige Frau – bereits vom Eingangstor zu, in sichtlicher Vorfreude darauf, ihren Sohn zu sehen.

»*Ciao, Mamma*«, sagt Silvio, als sie ihm durch das offene Autofenster einen Kuss gibt. Italienische Söhne haben den Ruf, Muttersöhnchen zu sein, und ich finde es amüsant, dieses Klischee nun bestätigt zu sehen. Das italienische Wort dafür ist *mammone*. Und Silvio ist trotz seines Alters ein ziemlich großer *mammone*.

»Wann bringst du mir endlich ein eigenes Mädchen nach Hause, Silvio?« Silvios Mutter hebt ihre molligen Hände verzweifelt zum Himmel. Mit ihrer abgetragenen Schürze und dem Schal um den Hals sieht sie aus, als könnte sie jederzeit anfangen, auf einem Fass Weintrauben zu tanzen.

»Mia, das ist meine Mamma. Alle nennen sie Zia Flora.« Er kichert.

»Schön, Sie kennenzulernen, Zia Flora.« Ich winke ihr vom Beifahrersitz aus zu.

»*Buonasera, signorina* Mia«, erwidert sie mit ihrem breiten toskanischen Akzent. Sie hat das Gesicht einer Frau Anfang siebzig, aber unter den vielen Falten sieht man ihre samtweiche Haut und die rosigen Wangen. Nach einem Blick in den Briefkasten folgt sie dem Auto, die Post in die Vordertasche ihrer Schürze gesteckt und einen kleinen Hund an ihrer Seite. Etwas weiter vorn lehnt Luca an einem Holzzaun, mit einer Hand in der Tasche seiner Jeans. Er sieht völlig entspannt aus, und heute Abend entdecke ich etwas Frisches in seinem Lächeln. Etwas Neues regt sich in mir, so als hätte unsere Liebe einen Gang höher geschaltet. Ich bin von seinem Anblick so abgelenkt, dass ich gar nicht bemerke, dass Silvios Vater ans Auto getreten ist, um die Tür für mich zu öffnen, bis ich das Klicken höre.

Es ist, als würde ich einer älteren Version von Silvio gegenüberstehen. Er ist ebenso lebhaft wie sein Sohn und nimmt meine Hand wie ein Gentleman, um mir aus dem Wagen zu helfen.

»*Ciao, sono Beppe*«, stellt er sich vor. »Willkommen in unserem Zuhause.«

Er hilft Silvio, den Kofferraum auszuräumen, und ich gehe zu Luca, der seit unserer Ankunft kein einziges Mal die Augen von mir abgewendet hat und immer noch in derselben Position dasteht. Er zwinkert mir zu, nimmt meine Hand und zieht mich an sich.

»Ich habe dich heute vermisst«, flüstert er, und sein Atem kitzelt mich am Ohr.

»Ich dich auch«, flüstere ich zurück.

Seine Lippen berühren meine auf eine Art, die mir sagt, dass er kein Problem mit öffentlichen Liebesbekundungen hat. So gern ich mich auch in unsere eigene Welt fallen lassen würde, löse ich mich sanft von ihm.

»Rate mal!«, sage ich.

»Was?«

»Ich werde Clara meine Bilder zeigen, wenn sie wieder da ist.«

»Wirklich? Das ist großartig« Er drückt ermutigend meine Hand.

»Ich weiß. Ich fühle mich fast wie eine richtige Künstlerin.«

Beppe zeigt Silvio, was sie heute alles auf der Farm geschafft haben, und erklärt ihm, was sonst noch für die *vendemmia*, die Traubenernte im September, vorbereitet werden muss. Zu seinem Grundstück gehört ein großer Weinberg, und er meint, er hätte dieses Jahr ein gutes Gefühl bei den Trauben. Letztes Jahr sei ein schlechtes Jahr gewesen. Das habe jedoch nicht am Wetter gelegen, sondern am *malocchio* – dem bösen Blick – seines neidischen Nachbarn. Ich bin versucht zu lachen, aber er sagt es so ernsthaft, dass ich nur nicke und ihm zustimme, dass der *malocchio* wirklich eine schlimme Sache sei. Luca sieht mir an, was ich denke, und grinst, was es noch schwieriger macht, mir das Lachen zu verkneifen. Der böse Blick, erklärt Beppe, kann das nichts ahnende Opfer auf viele verschiedene Weisen treffen. Ein flüchtiger oder starrer Blick oder ein kurzer neidischer Gedanke kann üble Folgen haben. Es gibt viele typische Anzeichen für den bösen Blick, angefangen von einer langen Pechsträhne bis hin zu rasenden

Kopfschmerzen. Er erklärt uns, dass der Fluch entfernt werden kann, allerdings hat Beppe während des unglücklichen Ernte-Debakels letztes Jahr erst gemerkt, dass er betroffen war, als es schon zu spät war.

Wir gehen ins Bauernhaus, und ich übergebe Zia Flora mein Bild.

»Das ist für Sie«, sage ich. Sie kreischt vor Freude und sagt Beppe, dass er es sofort gut sichtbar aufhängen soll.

»Ich glaube, es gefällt ihnen«, sage ich lachend zu Silvio.

Nach wahrer italienischer Manier zieht sich das Abendessen, wenn unter Freunden, über Stunden hin. Nachdem wir abgeräumt haben, klagt Zia Flora über Zahnschmerzen. Sie bittet Beppe, ihr etwas Medizin zu holen, und er klopft ihr auf die Schulter, um anzudeuten, dass sie sich hinsetzen soll. Er geht in die Küche und kehrt mit einer Knoblauchzehe wieder zurück, die er schält und ihr dann ins Ohr steckt.

Überrascht schreit sie auf. »Was ist das?« Sie fasst sich ans Ohr und zieht die Zehe heraus, um einen Blick darauf zu werfen.

»Eine sehr wirksame Knoblauchzehe«, erwidert er stolz.

»Oh.« Sie zuckt mit den Achseln und steckt die Zehe wieder zurück in ihr Ohr.

Beppe erklärt die unbegrenzten Anwendungsmöglichkeiten von Knoblauch, um Infektionen zu bekämpfen, und zählt einige andere wichtige Heilmittel auf. Ein Glas mit warmem Wein hilft bei einer Erkältung, und bei einer Grippe wirkt eine Mischung aus Milch, Honig und Knoblauch wahre Wunder. »Aber es muss unverarbeiteter Honig sein, nicht der Müll, den sie im Supermarkt verkaufen«, warnt er.

Zu meinem Unglauben verkündet Zia Flora eine halbe Stunde später, ihr Zahn tue nicht mehr weh. Silvio schüttelt den Kopf, und Beppe grinst mich an und sagt leise: »Hab ich es dir doch gesagt.« Ich muss an den Placebo-Effekt denken, aber ich sage nichts.

»Wir sehen uns bei der *vendemmia* wieder«, sagt Beppe, als wir gehen.

»Kann ich dann auch Trauben stampfen?«

»Natürlich, das lässt sich einrichten.« Er lacht. »Du gehörst ja jetzt zur Familie.«

Zia Flora gibt mir einen Korb voller Leckereien von der Farm mit, den ich in den Kofferraum von Silvios Auto stelle.

»Was glaubst du, wo du hingehst?«, fragt Luca ungläubig, der mir gefolgt ist. Von hinten nimmt er meinen Arm und wirbelt mich zu sich herum. »Lust, dir Siena bei Nacht anzusehen?«

15. KAPITEL

Stella drückt Paolo eine große Tasche in die Arme. »Noch eine?«, fragt er und verdreht die Augen.

Sie kneift ihn in die Wange. »Ja, *bello*, noch eine.«

Paolos Familie hat ein Ferienhaus auf Sardinien, wo er und Stella bis Ende August bleiben werden. Sie umarmt mich liebevoll, bevor sie ins Auto steigt. »Mein Mietanteil liegt auf dem Küchentisch. Würde es dir etwas ausmachen, meinem Onkel das Geld vorbeizubringen? Der Zettel mit seiner Adresse liegt daneben.«

»Klar, kein Problem«, antworte ich, und mir fällt ein, dass ich Stella noch gar nicht von meinen zufälligen Begegnungen mit Signor Fiorelli vor ein paar Wochen erzählt habe. »Viel Spaß euch beiden! Wir sehen uns, wenn ihr wieder da seid.«

Ich lasse den Zettel mit Signor Fiorellis Adresse auf dem Tisch liegen, denn ich weiß bereits, wo ich ihn finden kann. Dann nehme ich den Bus nach Florenz, und tatsächlich sitzt er im Schatten eines kleinen Schirms, der an seinem Stand befestigt ist, auf der Piazza degli Uffizi.

»*Signorina* Mia!«, ruft er mit seiner melodischen Stimme. »Ich habe dich schon lange nicht mehr gesehen.«

»Ich war damit beschäftigt, mich einzugewöhnen. Und einen Job zu finden. Ich passe als Nanny auf Zwillinge auf, für eine Familie in Impruneta. Ihre Mutter ist Kunsthändlerin.«

»Die Balducci-Familie?«

»Genau die! Woher wussten Sie das?«

»Oh, ich kenne *Signora* Clara sehr gut.« Er macht eine Geste in Richtung seiner Bilder, als würden sie die Erklärung dafür liefern, woher sie sich kennen. »Im Laufe der Jahre hat sie bei mir so manche Bilder in Auftrag gegeben.« Fast beiläufig fügt er hinzu: »Wie geht es ihr?« Mir ist gleich klar, dass er sich auf ihren Verlust bezieht.

»Tatsächlich geht es ihr ganz gut.«

»Sag, hat sie deine Bilder schon gesehen?«

»Noch nicht, aber bald.«

»Du hast Angst, anderen deine Arbeit zu zeigen?«, fragt er mit einem wissenden Gesichtsausdruck.

»So etwas in der Art.«

»Ah, *bella* Mia. Das Heilmittel für den Künstler gegen Selbstzweifel ist nicht Erfolg oder Anerkennung von anderen. Man muss in seinem Herzen verstehen, dass der kreative Prozess an sich genügt, um dich durch die guten und weniger guten Zeiten im Leben zu tragen. Deine Bilder sind der höchste Ausdruck deines inneren Selbst. Also male und teile deine Kunst in dem Wissen, dass sie ein Geschenk ist, ganz gleich, was auf der Leinwand zu sehen ist. Und tue es, weil es ein Teil von dir ist, denn wenn du es nicht tust, lebst du nicht die wahrhaftigste Version von dir selbst.«

Ich lächle und denke über seine Worte nach.

»Mia, du wirkst etwas zerstreut. Gibt es noch etwas, das du mir sagen möchtest?«

»Ähm, ja, Signor Fiorelli. Ich habe Ihr Mietgeld.«

Er legt den Kopf zur Seite und runzelt die Stirn, wobei er die Unterlippe etwas hervorstreckt, als würde er nachdenken. »Du wohnst mit meiner Nichte zusammen?«

»Ja. Sie haben ein sehr schönes Zuhause.«

»Warum hast du das nicht früher gesagt?«

»Ich wusste nicht, ob ich das sollte. Ich habe Ihr Atelier gesehen, und Stella hat mir erzählt …«

»Ah, meine *amore* Amelia. Jedes Mal, wenn ich angefangen habe zu malen, wollte ich sie malen. Also habe ich damit aufgehört. Doch irgendwann wurde mir klar, dass es im Grunde das Beste ist, was ich tun kann, wenn ich sie und meine Erinnerungen auf meinen Bildern wieder aufleben lasse.«

»Und deshalb kommen Sie jeden Tag hierher?«

»Jeden Tag, Mia. Jeden Tag, seit ich begriffen habe, dass das Malen die Kraft hat, mich zu heilen.«

»Falls es Ihnen nichts ausmacht, könnte ich Ihnen eines Tages vielleicht Gesellschaft leisten?« Ich hoffe, dass ich nicht zu aufdringlich bin.

Sein Gesicht leuchtet auf. »Ich würde mich sehr freuen.«

Luca ruft mich am späten Nachmittag an, um mir zu sagen, dass er die *officina* für den Rest des Monats geschlossen hat und in fünfzehn Minuten vorbeikommt. Wie jedes Mal macht mein Herz einen Hüpfer bei dem Gedanken, ihn wiederzusehen. Heute verschlägt es uns nach Fiesole, eine kleine, romantische Stadt in den Hügeln von Florenz. Er zeigt mir die Villa di Maiano, dann fahren wir in die Fattoria di Maiano, eine Bio-Landwirtschaft, deren Ursprünge bis ins fünfzehnte Jahrhundert zurückreichen. Die freundlichen Kellner im Restaurant Lo Spaccio sorgen dafür, dass unser Mittagessen mehr als ein erfreuliches Erlebnis ist, das von dem lokalen Chianti-Wein abgerundet wird, der mittlerweile fester Bestandteil meiner Mahlzeiten ist.

Denn das Weintrinken ist quasi Pflicht in Italien.

Nach dem Mittagessen schlendern wir durch einen Olivenhain und folgen einem abgeschiedenen Pfad durch einen verwachsenen Wald, der uns schließlich zu einer Lichtung führt, auf der ein kleiner See zum Vorschein kommt. Es ist vollkommen still hier, abgesehen vom Vogelgezwitscher und dem Geräusch unseres eigenen gedämpften Flüsterns.

»Wo sind wir? Es ist, als hätten wir eine andere Welt betreten.«

»Es ist ein geheimer See. Ein Kunde in der *officina* hat mir vor Jahren mal davon erzählt, aber ich selbst bin noch nie hier gewesen«, antwortet Luca.

Ich bin froh, dass es nach unserem langen Spaziergang hier etwas kühler ist. Der kleine See ist auf einer Seite von einer Felsmauer umgeben, in die eine kunstvolle Madonna eingemeißelt wurde. Auf der anderen Seite befindet sich ein antiker Turm mit einem kleinen Balkon, gewölbten Fenstern und einer mit Metall verkleideten Tür. Luca und ich setzen uns an den Rand des *laghetto* und tauchen unsere Füße in das smaragdgrüne Wasser.

Er gibt mir einen Kuss auf den Handrücken. »Ich mag es, wenn du in deinem Herzen bist und nicht in deinem Kopf.«

»Was meinst du damit?«

»Wenn du nicht grübelst und dich sorgst, deinen Ballast abwirfst.«

»Meinen Ballast?«

»Deine Vergangenheit.«

»Weißt du was? Ich habe wirklich das Gefühl, das liegt jetzt hinter mir, Luca. Mein Herz gibt jetzt den Ton an.«

»Wie das?«

»Du. Ich. Das. Wir. Du bist das Beste, was mir passiert ist, seit …«

»Dem Krebs?«

»Überhaupt.«

Das unterschwellige Verlangen in seinem Blick ist so stark, dass ich es nicht ertrage, so weit weg von ihm zu sein, obwohl ich direkt neben ihm sitze. Ich rücke näher an ihn heran und küsse ihn sanft, unterbreche den Kuss aber, als ich unwillkürlich lächeln muss. Gegen diese Art von Lächeln bin ich machtlos. Wie so oft wechselt Luca innerhalb einer Sekunde von träumerisch zu ernsthaft zu verspielt; und ehe ich michs versehe, spritzt er Wasser auf mich. Er steht auf und zieht sein T-Shirt aus, worunter sein gebräunter und durchtrainierter Oberkörper zum Vorschein kommt. Als Nächstes zieht er seine Shorts aus, sodass er nur noch in Boxershorts vor mir steht. Ohne zu zögern, springt er ins Wasser.

Ein paar Sekunden später durchbricht sein Kopf die Oberfläche. »Worauf wartest du?« Er schwimmt zu mir und nimmt meine Hand. »Es ist nicht kalt, wirklich.« Sein unwiderstehliches Lächeln macht es mir unmöglich, Nein zu sagen. Alles, was ich will, ist, im nahe zu sein. Selbst noch halb unter Wasser, greift er nach dem Saum meines Kleides und zieht es mir zu den Oberschenkeln hoch, bis ich mein Kleid ausziehe und meinen cremefarbenen Lieblings-BH aus Satin und einen dazu passenden Slip enthülle, wobei ich ihm Teile meines Körpers zeige, die er noch nie zuvor gesehen hat.

Liebes Leben, danke, dass ich heute Morgen die richtige Unterwäsche ausgesucht habe.

Wir planschen herum, schwimmen, spielen und küssen uns immer wieder. Und während wir die Leichtigkeit des Seins genießen, prägen sich uns wertvolle Erinnerungen an die junge Liebe ein, die ein ganzes Leben lang in unseren Herzen überdauern werden. Als die Haut an unseren Fingern schrumpelig wird und meine Zähne anfangen zu klappern, suchen wir uns eine sonnige Stelle im Gras, wo wir uns Haut an Haut und klitschnass hinlegen und unkontrolliert lachen, einfach nur, weil wir es können. Und während wir uns von der toskanischen Sonne trocknen lassen, dreht er sich auf die Seite, um mich anzusehen, den Kopf auf den Ellbogen gestützt, und sagt mir, dass er mich liebt. Erst auf Englisch und dann: *»Ti amo.«*

Die Zeit steht still, während die Worte wie ein wohliger Regenschauer auf mich herabrieseln und sich an dem Platz in meinem Herzen einnisten, der nur für Luca bestimmt ist. Mein Herz macht so viele Hüpfer, dass ich mir mit der Hand an die Brust greife und vergeblich versuche, es zu beruhigen. Mit leichten Fingern zeichnet er den Umriss meines Satin-BHs nach und hält erst inne, als er das Rasen meines mit Liebe erfüllten Herzens spürt. Es erstaunt mich, dass Luca es geschafft hat, mein Herz zu gewinnen und es in so kurzer Zeit zu öffnen. So etwas passiert normalerweise anderen Menschen, aber nicht mir.

»So früh? Kann das, was du fühlst, echt sein?«, flüstere ich, und im nächsten Moment kneife ich schuldbewusst die Augen zusammen. Ich hasse mich dafür, dass ich den Moment möglicherweise ruiniere.

»Kein Mädchen hat mich auch nur annähernd das fühlen lassen, was ich für dich empfinde. Hör auf, die Zeit messen zu wollen, Mia. So eine Liebe wie diese beginnt, wenn du sie fühlst, und nicht, wenn du glaubst, dass du sie fühlen solltest.«

»Ich glaube, ich sollte …«

Sein Mund verzieht sich zu einem amüsierten Lächeln. »Aber das ist nicht das, was du wirklich fühlst.«

»Ich weiß, dass du das weißt. Und deshalb versuche ich dir zu sagen … ich liebe dich auch.«

Seine Lippen streifen sanft über meine, wir schließen die Augen, öffnen die Lippen und geben uns einander hin, während er meinen Körper näher an seinen zieht und sich gleichzeitig fester an mich drückt. Es kribbelt in meinem ganzen Körper. Ich bin mir nicht einmal sicher, ob ich immer noch auf dem Boden liege, weil ich mich so leicht und schwindlig fühle, als würde ich auf einem Bett aus Wolken davongetragen werden, während Lucas warme Hände über die Kurven und Kanten meines Körpers gleiten.

»Jetzt bist du wirklich *mia*«, flüstert er atemlos in mein Ohr. Langsam öffne ich die Augen und sehe sein schönes Lächeln über mir. Ich erwidere sein Lächeln.

»Also bedeutet das, du kommst mit nach Positano?«, fragt er.

»Warte, was? Wann fahren wir nach Positano?«

»Kannst du dich noch bis morgen gedulden?«

»Wirklich? Ich wollte schon immer an die Amalfiküste!«

»Ja, das habe ich gemerkt.« Er kitzelt mich unter dem Kinn.

Ich kann meine Begeisterung kaum zurückhalten, aber Luca drückt mir plötzlich einen Finger auf den Mund und bedeutet mir, leise zu sein.

»Schh! Ich glaube, es kommt jemand.« Er steht auf und zieht mich auf die Beine.

»Ich dachte, das hier wäre ein geheimer Ort!« Ich kann undeutlich das Geräusch entfernter Stimmen hören.

»Ja, aber es ist auch ein Privatgrundstück.« Er lacht.

»O mein Gott!« Ich greife nach meinem Kleid und fange an, es mir hektisch über den Kopf zu ziehen. »Komm schon!« Ich dränge ihn, sich zu beeilen. Er lacht angesichts meiner Dringlichkeit und nimmt sich wie üblich Zeit. Ich bin mir sicher, dass er in der Lage wäre, sich mit seinem Charme aus der Situation herauszureden, falls man uns erwischen würde, aber das ist mir egal, ich möchte das Risiko nicht eingehen. Wir nehmen unsere Schuhe und rennen durch die Büsche zurück zum Roller, die meiste Zeit über lachend.

Ich steige auf den Roller und umarme Luca von hinten. »Das war so ein schöner Tag.«

»*Amore mio*, er ist noch nicht vorbei.«

Zurück in der Villa, holt Luca, nachdem wir uns frisch gemacht und umgezogen haben, eine Flasche Wein aus dem Keller, während ich einen Vorspeisenteller vorbereite. Wir machen es uns auf dem Rasen in der Nähe der Schaukel bequem. Es ist ein milder Abend, die Art von Sommerabend, die sich anfühlt, als würde die Zeit nur für uns langsamer vergehen. Ich liege auf dem Bauch, stütze mich auf die Ellbogen und lese ein Buch, während Luca durch ein Automagazin blättert. Als die Sonne anfängt unterzugehen und die Temperaturen sinken, nimmt er mein Buch, klappt es zu und legt es neben mich. Er zieht mich langsam hoch, hebt mich in die Arme und trägt mich zur Schaukel. Meine Beine liegen über seinen, und mit der Sommerbrise auf der Haut und einem Himmel von der Farbe eines reifen Pfirsichs über uns beobachten wir, wie die satt orangefarbene Sonne hinter den grünen Hügeln der Toskana untergeht. Völlig verliebt sitzen wir inmitten der Stille und lassen uns von dem sanften Schwingen der Schaukel einlullen, bis die ersten Sterne am Nachthimmel erscheinen.

»Ich denke, wir sollten uns ein Vorhängeschloss besorgen, *bella mia*«, sagt Luca beiläufig und blickt hinauf in den Himmel.

»Wie hoch, denkst du, war die Wahrscheinlichkeit, dass wir uns begegnen und zu dem werden, was wir jetzt sind?«, frage ich.

»Ich würde sagen, vermutlich fast bei null. Wie hoch, denkst du, ist die Wahrscheinlichkeit, dass wir heute Nacht eine Sternschnuppe sehen?«

»Wahrscheinlich knapp über null.«

»Sieh hinauf.«

Ich sehe ihn fragend an, und er erklärt: »Heute ist die Nacht des heiligen Lorenzo – die Nacht der Sternschnuppen. Sie erscheinen, damit du dir etwas wünschen kannst, Hunderte von ihnen.«

»Aber so viele Wünsche habe ich nicht«, murmele ich, während ich zum Himmel hinaufsehe. Und tatsächlich kann ich sie sehen, silberne Streifen, die sich über den Himmel ziehen; glitzernde Funken von Hoffnung auf einem unendlichen Hintergrund. Ich sitze da, fasziniert von der Schönheit des Nachthimmels. »So etwas habe ich noch nie gesehen.«

Er zieht mich enger an sich, sodass mein Gesicht dicht an seinem ist, und streichelt meine Wange.

»Was wirst du dir wünschen?«, fragt er mit leiser Stimme.

»Das darf ich dir nicht verraten.«

»Aber wenn du es könntest?«

»Niemals von dir getrennt zu sein.«

»Lass dir nie von jemandem einreden, dass Wünsche nicht in Erfüllung gehen, Malermädchen.«

»Was ist mit dir? Was wünschst du dir?«

Er sieht zum Himmel auf und sagt: »Dass wir niemals aufhören, so füreinander zu fühlen, wie wir es jetzt gerade tun.« Dann schmiegt er seine Stirn an meine und sagt: »Nur damit du's weißt, ich habe nicht vor, irgendwo hinzugehen.«

»Du meinst, heute?«

»Heute und überhaupt.«

Ich halte die Luft an. Die heutige Nacht hätte ich mir nicht einzigartiger ausmalen können, wenn ich es versucht hätte. Langsam atme ich aus.

Ich fange an, die Knöpfe meiner Bluse zu öffnen.

»Nicht hier, noch nicht«, flüstert er. Er zieht meine Hände weg und lässt seine eigenen unter den dünnen Stoff gleiten, schickt dabei warme Schauer durch meinen Körper. »Ich will dich küssen.«

Plötzlich fühlt sich alles wie in Zeitlupe an, und ich habe nicht das geringste Bedürfnis, irgendetwas davon zu beschleunigen. Ich möchte für immer in seinen Armen liegen.

Irgendwann hört das Schwingen der Schaukel auf.

»Hast du das gespürt?«, frage ich.

Ein Lächeln breitet sich auf seinem Gesicht aus. »Deinen Herzschlag?«

»Nein – die Regentropfen.«

»Es kann jetzt nicht regnen.«

»Schau.« Ich zeige ihm die Wassertropfen auf meinem Arm. Er fängt an, die Stelle langsam zu küssen, und wandert mit den Lippen hoch zu meinem Hals. Während er dort verweilt, wird die Luft um uns herum immer feuchter. Es folgen noch mehr Regentropfen, dann ein leichter Sprühregen, schließlich schwere Tropfen.

Luca muss sie jetzt auch spüren, denn er hört auf, mich zu küssen, und sieht zum Himmel. »Mist, es regnet.« In diesem Moment zuckt ein Blitz über den Himmel, gefolgt von einem Donnergrollen.

»Gott, ich liebe den Geruch von Sommerregen.«

»Wirklich?«, fragt er atemlos. Er zieht mein Gesicht näher an seins, während es auf uns herabregnet.

»Mmm«, mache ich, während seine Lippen auf meinen liegen und er mein Gesicht mit den Händen umfasst.

Ein weiteres grollendes Krachen hallt durch die Luft und bringt eine Sturzflut von Regentropfen mit sich, die jetzt mit voller Wucht auf den Boden unter uns prasseln. Luca zuckt nicht mal zusammen und unterbricht unseren Kuss erst, als es erneut blitzt.

»Ich sollte dir wahrscheinlich sagen, dass ich kein großer Fan von Gewittern bin.«

Er lächelt träge. »Nun, dann sollten wir wohl besser reingehen.« Ich halte mich an ihm fest, als er mich hochhebt und in die Villa trägt. Mittlerweile sind wir beide von Kopf bis Fuß durchnässt.

»Ich hole dir ein Handtuch«, sage ich, als er mich in meinem Schlafzimmer absetzt.

Ich gehe ins Bad und nehme ein Handtuch für Luca aus dem Schrank, das ich ihm zuwerfe. Im Badezimmerspiegel kann ich ihn am Rand des Bettes sitzen sehen, wo er sein Shirt auszieht und seinen schlanken, muskulösen Oberkörper entblößt. Während ich dastehe und ihn beobachte, wird mir klar, wie einzigartig meine Gefühle für Luca sind. Ich bin auf so viele Arten in ihn verliebt. Die Art von Liebe, die alle Grundlagen abdeckt, alle Kriterien erfüllt. Körperliche Liebe, emotionale Liebe und diese seltene, einmalige, seelenvolle Art der Liebe, bei der es sich anfühlt, als wäre das Schicksal beider Menschen miteinander verwoben worden, lange bevor man sich getroffen hat. Und wenn man sich schließlich begegnet, wird einem klar, dass man die Person gefunden hat, ohne die man nicht mehr leben kann. Man kann nicht begreifen, wie man es geschafft hat, bisher auch nur einen Tag ohne diese Person zu überleben – diese eine Person, deren Blick, Lächeln oder Bewegung einem die Knie weich werden lässt, die einen mit so viel Gutem erfüllt, dass man vergisst, wie es war, sich leer zu fühlen.

»Warte, ich trockne nur schnell meine Haare. Es dauert nicht lange.«

Ich mache die Badezimmertür hinter mir zu und lehne mich dagegen. Ich atme tief ein und spüre diesen Ort in mir, der sich roh und empfindlich anfühlt, bis mein Zögern darüber, was ich gleich tun werde, nachlässt.

Meine Finger zittern, als ich die Flasche mit dem Aceton aus dem Badezimmerschrank nehme. Ich gieße etwas von der Flüssigkeit auf meine Finger, mit meiner anderen Hand greife ich in meine Extensions. Ich rolle die Haarsträhnen zwischen Daumen und Zeigefinger, bis sich der Kleber darunter auflöst und mich langsam von der Last befreit, mich weiter verstecken zu müssen. Mein Herz setzt einen Moment aus, als ich an Luca denke und wie er wohl reagieren wird, wenn er mich sieht – mein wahres Ich, alles von mir. Schließlich lösen sich auch die letzten Extensions, wie fallen gelassene Maschen einer Strickdecke, bis die langen Haarsträhnen, die nie mir gehört haben, einen kleinen Haufen im Waschbecken bilden.

»Mia, du bist schon eine Weile da drin. Ist alles okay?«, fragt Luca durch die Tür.

»Nur noch eine Minute. Bin fast so weit.«

Beim Klang von Lucas Stimme überspült mich eine Welle der Aufregung, während ich mich wieder im Spiegel betrachte.

Langsam trete ich durch die Badezimmertür in das Halbdunkel meines Zimmers, beleuchtet vom schwachen Schein der Duftkerzen auf meinem Nachttisch. Luca sitzt auf dem Bett und blättert in meiner Kunstmappe, während er eine leise Melodie, die im Hintergrund läuft, mitsummt.

»Ich liebe dieses hier.« Er zeigt auf ein Bild von sich, wie er am Rande der Ponte Vecchio sitzt.

Ich lächle in mich hinein, denn er hat noch nicht aufgeblickt. Es raubt mir den Atem, so entblößt vor ihm zu stehen. Schließlich legt er den Ordner zur Seite und sieht zu mir hoch. Er blinzelt seine Überraschung weg, und sein Blick wird weich. Ein tiefer Atemzug entweicht seinen Lippen. »Wow«, flüstert er, und sein Blick saugt mich förmlich auf. Der Hauch eines Lächelns breitet sich auf seinen Lippen aus, und das reicht schon aus, um mich zu beruhigen.

Meine Kleider sind immer noch nass und kleben an meinem Körper, und meine Haut ist inzwischen ganz kalt. Ich habe Gänsehaut an den Armen, aber in mir drinnen fühle ich mich wärmer und lebendiger als jemals zuvor. Ich gehe auf Luca zu, bis ich direkt vor ihm stehe, nah genug, um die Wärme seines Körpers zu spüren, aber ohne ihn zu berühren. Während er beginnt, die Knöpfe meiner Bluse zu öffnen, hält er meinen Blick mit seinem fest. Der nasse Stoff fühlt sich schwer an, bis er schließlich von meinen Schultern zu Boden gleitet. Luca sieht mich so eindringlich an, dass es mir fast den Atem verschlägt. Ich sauge seinen Duft in mich ein: die Kopfnote von Vanille, die Herznote von Sommerregen und schließlich die Basisnote seines eigenen, charakteristischen Geruchs, das zeitlose Aroma, das bleibt, wenn alles andere verfliegt.

Meine Hände finden ihren Weg zu dem Knopf an meinen Jeans. Ich öffne den Reißverschluss und fange an, mich aus dem nassen Stoff zu schälen, der viel zu fest und viel zu lange an meiner Hüfte, meinen Oberschenkeln und an meinen Knien festgeklebt hat.

Mittlerweile stehe ich so dicht bei Luca, dass ich mir fast sicher bin, dass er meinen Herzschlag hören kann. Sekunden des Schweigens vergehen. Seine Augen sprechen tausend Worte, aber ich höre nur drei. Bevor ich zu Atem kommen kann, greift er nach meiner Hand und steht auf.

Mit einer Hand auf meiner Taille drückt er meinen Körper noch enger an seinen. Seine Berührung wärmt mich und haucht mir Leben ein. Er lehnt seine Stirn an meine, und ich lege meine Hände auf seine Brust. Mein Herzschlag rast, passt sich dem seinen an.

Sein mit Liebe durchtränkter Blick ist auf mich geheftet, während er mit den Fingern sanft durch die kurzen Haare auf meinem Kopf fährt und die losen Haarsträhnen langsam hinter mein Ohr streicht. Dann streifen seine Lippen über meine Wange, und er flüstert mir ins Ohr: »Du warst für mich noch nie schöner als jetzt.«

Langsam zieht er eine Spur von Küssen über meinen Hals, während er geschickt den Verschluss meines BHs öffnet und dann mit den Händen meine Arme hinaufwandert und unter die dünnen Träger gleitet. Nacheinander schiebt er sie von meinen Schultern, sodass mein BH zu Boden fällt. Jetzt kann ich mich wirklich nicht mehr verstecken. Als er sich an mich presst, schlinge ich die Arme um ihn. Mein Körper verschmilzt mit seinem und gibt sich ihm komplett hin, während sich alles um uns herum auflöst. Luca umschließt mit der

Hand meinen Hinterkopf und führt mein Gesicht näher an seines. Ich schließe die Augen und spüre seine weichen Lippen auf meinen. Er küsst mich so zärtlich, dass es sich fast so anfühlt, als würde ich es nur träumen. Nur einmal kurz löst er sich von mir und flüstert mit weicher und tiefer Stimme: »Ein ganzes Leben voller ›Ich liebe dich‹ könnte nicht ausdrücken, was ich gerade für dich fühle.«

Ich möchte ihm antworten, dass ich genauso empfinde, aber als ich den Kuss erwidere, wird mir klar, dass ich das nicht muss. Er weiß es.

16. KAPITEL

Luca schläft noch, als ich aufwache. Ich liege neben ihm und lausche dem beruhigenden Schlag seines Herzens, genieße die Wärme seiner Haut an meiner, bis er sich zu regen beginnt. Dann schlüpfe ich aus dem Bett, dusche und koche Kaffee. Als ich fertig bin, ist Luca gerade unter der Dusche, also nehme ich das Frühstückstablett mit nach draußen und balanciere die Kaffeetassen darauf, während ich mit einem Fuß die Haustür aufstoße. Nur mit Boxershorts bekleidet, gesellt sich Luca wenig später zu mir. Ich kann nicht anders, als rot anzulaufen.

»Stimmt etwas nicht?« Er grinst.

Ich schüttle den Kopf.

»Keine Reue?«, fragt er frech.

Ich wende den Blick ab, denn ich kann ihm nicht in die Augen sehen.

»Es ist dir peinlich, mich so zu sehen!« Seine Augen funkeln. »Wie kann dir das peinlich sein?«, fragt er lachend.

Ich zucke die Achseln.

»Mit dieser Frisur siehst du so sexy aus wie eh und je.« Er hebt mich hoch, und ich schlinge die Beine um seine Taille. Er wirbelt mich herum, und ich verliere mich in seinen dunklen Augen. Diesen wunderschönen, bezaubernden Augen. Ich liebe diesen Mann so sehr.

»Wir werden etwas gegen deine Schüchternheit tun müssen.« Er tritt zurück ins Haus und trägt mich in mein Zimmer.

»Aber was ist mit dem Kaffee …« Luca unterbricht mich mit dem leidenschaftlichsten aller Küsse.

»Der kann warten.«

»Und wir wollten eigentlich nach Positano aufbrechen, bevor es voll wird auf den Straßen!«

»Ist mir egal. Außerdem hast du versprochen, das Leben so zu nehmen, wie es kommt, weißt du noch?«

Ich kichere. »Ja, ich erinnere mich.«

Später an diesem Morgen wird mir klar, dass Luca und ich jede Stunde der nächsten drei Wochen zusammen verbringen werden. Während er den Roller ein paar letzten Checks unterzieht, rufe ich Mum und Dad an, um ihnen zu sagen, dass ich den Rest des Monats nicht in Florenz sein werde. Luca ruft mir zu, dass es Zeit sei, uns auf den Weg zu machen.

Liebe Sarah, ti ami, bella mia.

Sie antwortet sofort. *Ich verstehe nicht. Übersetzung bitte!*

Es heißt, ich liebe dich, meine Schöne.

Ich liebe dich auch, Süße. Warte! Hat dein heißer Italiener das zu dir gesagt? Erzähl mir mehr!

Ja. Er ist unglaublich. Das Leben ist gerade einfach nur perfekt.

Ich hab dir doch gesagt, dass sich die Dinge für dich zum Guten wenden würden, Mia. Ich freue mich sehr für dich.

Es ist schon nach Mittag, als wir Florenz und seine bezaubernde Landschaft hinter uns lassen und über die längere, aber dafür schönere Route zur Amalfiküste aufbrechen. Ich sitze glücklich hinter Luca auf dem Roller, betrachte die sanften Hügel und üppig grünen Täler und genieße den Wind und die unerbittlichen Sonnenstrahlen auf meiner Haut. Nach zwei Stunden macht Luca an einer Seitenstraße halt und holt eine Flasche Wasser heraus. Er nimmt ein paar Schlucke und sagt: »Falls es für dich in Ordnung ist, habe ich mir überlegt … na ja, ich habe meine Schwester und meine Neffen seit der Beerdigung nicht mehr gesehen. Ich dachte mir, vielleicht könnten wir bei ihnen vorbeischauen und Hallo sagen. Sie leben nicht weit von hier.«

Ich drücke seine Schulter. »Natürlich. Machen wir das.«

Kurz darauf erreichen wir Orvieto und parken den Roller am Bahnhof. Das Stadtzentrum erhebt sich auf einem Felsplateau aus Vulkangestein, und wir haben die Wahl, den Hügel entweder zu Fuß zu erklimmen oder mit der Standseilbahn hochzufahren. Angesichts der Hitze entscheiden wir uns für die Seilbahn, obwohl wir unseren Beinen etwas Bewegung gegönnt hätten.

Luca führt mich auf dem Hauptplatz herum und zeigt mir den atemberaubenden mittelalterlichen Dom.

»Erzähl mir von deiner Schwester«, sage ich, während wir eine Pflasterstraße entlangschlendern, die von Keramikläden gesäumt wird. »Du redest nicht viel über den Unfall.«

»Rosetta ist ein paar Jahre älter als ich. Ich habe zwei Neffen, Gianluca und Michele. Sie sind sechs und vier Jahre alt.«

»Du hast sie seit der Beerdigung nicht mehr besucht. Warum?«

Er zuckt die Achseln. »Sie wollte, dass alles wieder so ist wie früher, als ich sie jede Woche besucht habe. Aber ich habe Raum zum Atmen gebraucht, um zu verstehen, was passiert war. Vor allem seit …«

Ich sehe ihn fragend an.

Er verlagert sein Gewicht von einem Fuß auf den anderen und räuspert sich. »Ich saß auch im Auto, als es passiert ist, Mia.« Ein gequälter Ausdruck erscheint auf seinem Gesicht.

»Du warst beim Unfall dabei?«

Er schluckt schwer. »Ich bin der Einzige, der überlebt hat. Ohne einen Kratzer. Das ist doch nicht fair.«

»Ich schätze, es liegt nicht an uns, diese Dinge zu entscheiden.«

Wir erreichen Rosettas Wohnung, und Luca klingelt. Er tritt einen Schritt zurück, fährt sich mit der Hand durch die Haare und streicht den Kragen an seinem Shirt gerade.

»Es wird alles gut. Sie ist deine Schwester«, rede ich ihm zu und drücke seine Hand.

»Chi è?«, fragt eine Stimme über die Gegensprechanlage.

»Rosetta, sono Luca.«

»Luca?« Am anderen Ende der Gegensprechanlage wird es still, und ein paar Sekunden später hören wir, wie jemand eiligst die Treppe herunterkommt. Die Tür wird aufgerissen, und Rosetta umarmt ihren Bruder stürmisch, küsst ihn auf beide Wangen, macht einen Schritt zurück und umarmt ihn wieder. Ihr glattes braunes Haar fällt ihr auf die Schultern. Sie hat die gleichen Augen wie er. Braun, intensiv und perfekt geformt.

Als sie sich beruhigt hat, bemerkt sie mich und lächelt.

»Wer ist deine Freundin, Luca?«

»Das ist Mia.«

Sie küsst mich auf beide Wangen. »Bitte kommt rein, die Jungs werden jede Minute zurück sein. Sie sind draußen und spielen Fußball mit ihrem Vater.«

Rosetta werkelt in der Küche herum und zaubert ein Tablett und Kekse hervor. Ich finde es amüsant, dass es in jeder italienischen Küche eine Schublade mit besonderen Leckereien zu geben scheint, die von niemandem angerührt werden dürfen, außer es sind Gäste da. Das Tablett ist selbstverständlich obligatorischer Teil der Formalitäten.

»*Caffè?*«, fragt Rosetta.

»Danke, gern.« Ich will sichergehen, dass ich sie nicht kränke.

Francesco und die Jungs kommen zurück nach Hause, als wir gerade unseren Espresso ausgetrunken haben. Als die Jungs ihren Onkel sehen, stürzen sie sich auf ihn. Luca hebt sie nacheinander hoch. Francesco schüttelt Luca die Hand, gibt ihm zwei Küsse auf die Wangen, klopft ihm auf den Rücken und sagt ihm, wie gut es ist, ihn zu sehen. Luca stellt mich noch einmal vor, und die Jungs fangen an, mich mit Fragen über das Leben in Australien zu überhäufen, ob ich einen Koala als Haustier habe und ob man Kängurus durch die Straßen der Vorstädte hüpfen sieht. Ich kann die Enttäuschung in ihren Augen sehen, als ich beide Fragen mit Nein beantworten muss. Das Gespräch zwischen Luca und Rosetta geht zu ernsteren Themen über; etwa, wie sich ihr Leben nach dem Tod ihrer Eltern verändert hat. Als mich die Jungs dazu einladen, Videospiele mit ihnen zu spielen, bin ich froh, dass ich Luca und seiner Schwester den Raum geben kann, den sie brauchen, um über bestimmte Dinge zu sprechen. Genau wie Rosetta und Francesco sprechen die Jungs kein Englisch, weshalb mein Italienisch auf eine ernste Probe gestellt wird.

»Werdet du und Luca heiraten?«, fragt Michele.

»Blödmann! Solche Sachen fragt man nicht. Das nennt man persönlich«, sagt Gianluca.

»Werdet ihr?«, fragt Michele gespannt.

»Eines Tages vielleicht.« Ich lache. »Ich bin etwas zu jung, um zu heiraten.«

»Wie alt bist du?«

»Fast zwanzig.«

»Wow, das ist alt.«

»Ich wette, ich kann euch trotzdem bei diesem Spiel schlagen«, antworte ich.

Etwas später, nachdem ich jedes Spiel gegen die Jungs verloren habe, ruft mich Rosetta in die Küche, um noch einen Kaffee zu trinken. Unter ihren glasigen Augen liegen Spuren von verlaufener Wimperntusche, und als ich Luca fragend ansehe, nickt er, um anzudeuten, dass alles okay ist.

»Zio Luca, Mia hat gesagt, ihr werdet heiraten.«

Entsetzt lasse ich fast meine Kaffeetasse fallen. Ich schüttle den Kopf und würde vor Scham am liebsten auf der Stelle im Boden versinken.

Luca fängt an zu lachen. »Ach, hat sie das? Na ja, ich weiß bereits, dass ich dieses Mädchen eines Tages heiraten werde, du Schlaumeier.« Er pikst Michele in den Bauch und zieht ihn über sein Knie, um ihn zu kitzeln.

Rosetta lächelt in ihre Kaffeetasse hinein. Francesco hebt die Augenbrauen. Ich sitze da und spüre, wie mir die Hitze in die Wangen schießt.

Luca sieht mich an und zwinkert. Verlegen halte ich mich an meiner Kaffeetasse fest und lockere den Griff erst, als Rosetta mir die Tasse aus der Hand nimmt.

»Luca hat uns erzählt, dass du Künstlerin bist.«

»Ich male jedenfalls sehr gerne.«

»Du solltest sie bei der Arbeit sehen, Rosetta. Dieses Mädchen ist unglaublich. Sie könnte alles in ein Kunstwerk verwandeln. Zum Beispiel uns, wie wir hier sitzen. Sie könnte nach Hause gehen und jedes Detail mit so viel Perfektion und Lebendigkeit malen, dass es wie echt aussieht.«

Rosetta lächelt angesichts meiner Verlegenheit. »Klingt, als wäre jemand verliebt«, flüstert sie mir zu. »Komm, lass uns plaudern.«

Ich folge ihr in die Küche, wo sie das Tablett mit den Kaffeetassen neben der Spüle abstellt. Sie lehnt sich gegen die Spüle, lässt den Kopf sinken und holt tief Luft.

»Ich habe mir Sorgen um ihn gemacht, Mia. Du scheinst das Beste zu sein, was ihm je passiert ist, weißt du.«

Ich runzle die Stirn und versuche zu verstehen, was sie meint.

»Mir war nicht klar, wie er sich damit fühlt, der Einzige zu sein, der den Unfall überlebt hat. Er hat mir gesagt, dass er nie ganz verstanden hat, warum er dieses Glück hatte. Bis er dich getroffen hat.«

»Wirklich?«

»Ja. Ich bin so froh, dass ihr beide vorbeigekommen seid.« Sie wirft einen Blick auf die Uhr an der Wand. »Weißt du was, es wird schon spät. Ihr zwei solltet zum Abendessen bleiben und morgen früh weiterfahren.«

»Das klingt großartig. Wirklich. Danke.«

Sie greift nach ihrem Handy. »Lass mich ein paar Anrufe machen. Ich muss allen Bescheid sagen, dass ihr da seid, sonst werde ich mir was anhören müssen.«

Luca kommt in die Küche und schlingt von hinten seine Arme um mich. »Du weißt schon, wen sie da anruft, oder?«

»Ähm, nein?«

»Die ganze Familie.«

»Du meinst, die Großfamilie?«

Er lacht. »In ein paar Stunden wird es hier voll sein. Komm mit. Ich möchte dir etwas zeigen.« Im Wohnzimmer nimmt er ein Fotoalbum aus dem Regal und setzt sich neben mich auf das Sofa. »Das hier ist meine Mutter.«

»Sie ist wunderschön. Du hast ihre Augen.« Ich sehe zu ihm auf. »Und das muss dein Vater sein.«

Er nickt. »Ich wünschte, du hättest sie kennenlernen können.«

»Ich auch.«

»Ich hätte Rosetta schon früher besuchen sollen. Sie hat mich genauso gebraucht wie ich sie.«

»Jetzt bist du hier«, sage ich und drücke seine Hand. Ich muss an meine eigenen Eltern denken und dass ich ihnen immer noch nicht gesagt habe, wie sehr ich sie vermisse, wie viel sie mir bedeuten und wie sehr ich mir wünsche, ich wäre mit den Ereignissen der Vergangenheit besser umgegangen. Ich nehme mir vor, sie anzurufen, sobald wir nach Florenz zurückkehren.

Luca reibt sich die Wangen und holt tief Luft. »Nach der Beerdigung war ich furchtbar wütend, dass unserer Familie so etwas passiert ist. In einer Minute waren meine Eltern noch da, und dann auf einmal … nicht mehr, und ich bin über Nacht ein anderer Mensch geworden. Ich konnte keinen einzigen Grund finden, um zu lächeln. Es war, als hätte ich an allem das Interesse verloren. Stella und Paolo haben sich so sehr bemüht, mich zu verkuppeln, und darauf bestanden, dass ich mit ihnen ausgehe, aber ich wollte einfach nur allein sein. An meinen freien Tagen bin ich auf meinen Roller gestiegen und herumgefahren, ohne zu wissen, wohin, und es war mir auch egal. Einmal habe ich eine Nacht an einem Strand in Livorno verbracht, ein andermal auf den Stufen einer Kirche in Assisi gesessen und darüber nachgedacht, was das alles zu bedeuten hat – was der Grund für all das ist. Warum wir leben, warum wir sterben, warum guten Menschen schlimme Dinge passieren. Lange Zeit habe ich verzweifelt nach Antworten gesucht, nach einer Erklärung oder zumindest nach einer Art Zusicherung, dass meine Eltern aus einem guten Grund gestorben sind.«

»Und? Was hat sich geändert?«

»Eines Tages bin ich irgendwie in der Sixtinischen Kapelle gelandet. Dort an der Decke gibt es ein Fresko von Michelangelo. Zwei Hände, Finger, die sich fast berühren …«

»*Die Erschaffung Adams*«, flüstere ich und denke an das Bild, das ich während meiner Meditation vor meinem inneren Auge gesehen habe, bevor ich nach Italien aufgebrochen bin. »Gott, der die Hand nach Adam ausstreckt.«

»Genau das. Irgendetwas an diesem Bild hat mir gezeigt, dass ich entweder immer mehr in meinem Abgrund versinken oder weitermachen und ins Leben zurückkehren kann. Ich schätze, ich war es leid, etwas, von dem ich wusste, dass ich es niemals würde ändern können, zu unterdrücken und dagegen anzukämpfen. Ich habe mich vom Leben zurückgezogen, vom Schmerz, von der Verwirrung, von allen Dingen, die ich verstehen wollte, aber nicht konnte. Und kurze Zeit nachdem ich aufgehört habe, nach Antworten zu suchen, habe ich dich getroffen. Als du mir erzählt hast, dass du Malerin bist, musste ich an dieses Fresko denken. Du hast mir das Gefühl gegeben, wieder am Leben zu sein, Mia.«

»Es tut mir so leid, dass du deine Eltern verloren hast. Und dass du so gelitten hast.«

»Mir geht es gut. Ehrlich. Du hast mein Leben besser gemacht.«

Bald geht es in der Küche hoch her. Ich schäle Kartoffeln, und Rosetta schüttet mehrere Gläser Tomatensauce in einen riesigen Topf. Francesco kommt herein und fängt an, den Küchentisch zu erweitern, während Luca ein paar zusätzliche Stühle hereinträgt.

Es klingelt an der Tür. Michele macht auf, um den Gast zu begrüßen.

»Zia Angela!«, ruft er.

»Das ist meine Tante aus der Wohnung unter uns. Die Schwester meiner Mutter. Ich kann dir garantieren, dass sie eine Kirsch-Ricotta-Tarte mitbringt«, sagt Luca.

Und tatsächlich, als Zia Angela die Küche betritt, trägt sie einen Korb in der einen Hand und eine noch nicht gebackene Tarte in der anderen. Sie drückt Francesco ihre Mitbringsel in die Arme, zieht durch das Zimmer an ihm vorbei zu Luca und wirft ihre dicken Arme um ihn. Anschließend überschüttet sie ihn mit einem Schwall liebevoller Küsse. Luca zwinkert mir aus ihrer innigen Umarmung heraus zu.

»Schön, dich zu sehen, Zia«, sagt er im Dialekt seiner Heimatstadt. Ich muss mich etwas mehr anstrengen, um ihn zu verstehen. Lucas Tante kneift ihn in die Wange, ehe sie ihn noch einmal fest an sich drückt.

»Und wer ist diese Schönheit?« Sie sieht erst mich und dann wieder Luca an.

»Ich bin Mia.« Ich strecke meinen Arm aus. Sie ignoriert ihn und verabreicht auch mir eine Dosis ihrer liebevollen Behandlung, als wäre ich bereits Teil der Familie. Ein blumiger und gleichzeitig mehliger Duft geht von ihr aus, was die Spuren auf ihrer Schürze belegen.

Sie hält ihre Tarte hoch. »Genau so, wie du sie liebst, Luca!«

Er streckt die Hand aus, um eine große Kirsche von der Oberfläche zu stibitzen, aber sie schlägt sie mit einem Klaps weg, geht schnurstracks auf den Ofen zu und befördert den Kuchen energisch hinein. Dann geht sie zur Spüle, wäscht sich die Hände und fängt an, die Mehlpäckchen und losen Eier aus dem Korb, den sie mitgebracht hat, auszupacken.

»Rosetta! Reich mir bitte den Zucker! Und die Vanille!«, befiehlt sie. »Mia, du kannst die Eier aufschlagen. Acht Stück. In der Schüssel da drüben.«

Ich werfe Luca einen Blick zu, dessen Gesicht erstrahlt, und hebe die Augenbrauen. »Alles klar.«

Francesco reicht Luca einen Oliven-Entkerner. Dann setzen sie sich an den Tisch und füllen grüne Oliven in Schalen, um sie als Vorspeise zu servieren.

»Hattet ihr letztes Jahr eine gute Ernte?«, fragt Luca.

»Durchschnittlich. Wir haben dich vermisst«, antwortet Francesco und drückt den Entkerner runter.

Luca steckt sich eine Olive in den Mund, nickt in meine Richtung und erklärt: »Es war ein hartes Jahr. Es hat gehagelt.«

Dann kommt die Sprache auf Fußball, und in der Küche entbrennt eine hitzige, langwierige Diskussion über die aktuellen Ergebnisse. Luca hatte recht. Innerhalb weniger Stunden tummeln sich Cousins, Cousinen, Tanten und Onkel, beladen mit unterschiedlichen warmen und kalten, sowohl süßen als auch herzhaften Speisen, in der engen Wohnung. Es folgt ein wahres Festmahl, und ich muss daran denken, wie viel Liebe in diese Speisen geflossen ist und wie Essen eine ganze Familie zusammenbringen kann. Mir wird aufgetragen, alles zu probieren, und gerade, als ich denke, bis zum obersten Rand gefüllt zu sein, reicht mir Luca eine Gabel voll Kirsch-Ricotta-Tarte.

»Das musst du probieren.« Mein Mund füllt sich mit dem säuerlichen Geschmack der rubinroten Juwelen, der durch die zarte und geschmeidige Konsistenz des Ricottas ausgeglichen wird.

»Es ist köstlich!« Ich sehe ihn begeistert an.

Für Kaffee und Digestifs gehen wir ins Wohnzimmer, das sich bald mit einer Kakophonie aus Musik, Gelächter und lebhaften Gesprächen füllt. Es werden Witze erzählt, die ich nicht verstehe, aber das stört mich nicht im Geringsten. Allein die Gesten, mit denen die Anwesenden ihre Worte unterstreichen, sind schon Unterhaltung genug. Lucas Onkel nimmt ein Akkordeon und gibt ein Liedchen zum Besten. Ein paar Stimmen, denen der eine Drink zu viel deutlich anzumerken ist, stimmen mit einem Text ein, den ich nicht verstehe. Und dann nimmt Lucas Nonno, der schon etwas betagt ist, meine Hand und führt mich in die Mitte des Zimmers, wo er mich herumwirbelt und anfängt zu tanzen. Dabei führt er mich so gekonnt, dass ich kaum Zeit habe, darüber nachzudenken, was ich tue. Ich weiß nur, dass es Spaß macht, und als er mich anlächelt, grinse ich zurück. Es folgt Applaus, und er verneigt sich und küsst meine Hand, bevor er mich zu meinem Stuhl zurückführt. Außer Atem setze ich mich hin und sehe mich nach Luca um. Ich erspähe ihn auf der anderen Seite des Zimmers, von wo aus er mich liebevoll anlächelt. Das hier ist seine Familie in ihrer ganzen Pracht, und an diesem Ort der Freude und Verbundenheit denke ich mir, dass wir unbedingt bald zurückkommen und das wiederholen müssen.

Am nächsten Morgen, nach einem tränenreichen Abschied in Orvieto, bei dem wir versprechen müssen, in Kürze wiederzukommen, nehmen wir die malerische Route entlang der Küste. Wir machen immer wieder Pausen in den verschiedenen Küstenstädten mit ihren weiß getünchten Häusern und Gassen und klarem Meerwasser, in dem es vor Touristen auf der Flucht vor der schweißtreibenden Hitze Roms nur so wimmelt. Gerade als die Sonne hinter den Lattari-Bergen untergeht, erreichen wir Positano. Die Küste ist von herrlichen Klippen umgeben, die vor magentafarbenen Bougainvilleen nur so strotzen, und die pastellfarbenen Häuser sehen aus wie Spielzeugbausteine, die jemand auf beide Seiten der Kalksteinfelsen gesetzt hat.

Auf einem verlassenen Strandabschnitt finden wir einen Platz, von dem aus wir zusehen, wie die Lichter der Fischerboote das Meer erhellen, bevor ihre erschöpften Besitzer sie für die Nacht zurück in den Hafen steuern. Der Geruch von Sonnenöl und klebrigen Körpern hängt in der Luft. Eine sanfte Brise streichelt meine nackte Haut und bringt Kindheitserinnerungen daran zurück, wie ich es geliebt habe, nach einem Bad im Meer das Salz von meiner Haut zu lecken. Das waren sorglose Sommer voll von unendlichen Mengen an Eis und Tagen ohne irgendwelche Pflichten, außer der Notwendigkeit, jeden Morgen von unserem Hotel an der Küste zum Strand zu pilgern.

Ich lecke mir über die Lippen und den Handrücken, um den Geschmack kindlicher Unschuld aufleben zu lassen. Luca wirft mir einen neugierigen Blick zu.

»Ich möchte da drinnen sein«, sage ich und sehe auf das Meer hinaus. Schnell streife ich mir die Sandalen von den Füßen. »Wer als Erster im Wasser ist.«

Blitzschnell entledigt sich Luca seiner Schuhe und seines T-Shirts, holt mich ein und packt mich an der Taille. Dann zieht er mich mit ins Wasser. Keuchend tauche ich wieder auf, schlinge meine Arme um seinen Hals und suche nach seinen Lippen, die Augenlider voller Wasser.

Er flüstert mir ins Ohr: »Wenn es das ist, was die Meeresluft mit dir macht, gefällt es mir sehr gut.«

»Ich liebe unsere salzigen Meeresküsse.«

»Wirklich?«

»Mhm.«

»Es fühlt sich so gut an. Ich will einfach nur unendlich viele Momente genau wie diesen mit dir erleben.«

»Morgen früh wird all das nur noch eine Erinnerung sein. Aber man kann eine Erinnerung aufbewahren, weißt du. Man schafft einen Raum dafür, steckt die Erinnerung hinein und betet, dass man sie niemals vergisst. Oder man kann sie malen, so wie ich, aber in seinem Kopf. Denn eines Tages, in einigen Tagen oder Jahren, sitzt du vielleicht irgendwo am Strand und wirst dich an exakt diesen Moment in deinem Leben erinnern wollen – nur um dich wieder so zu fühlen wie jetzt.«

»Ich will nie vergessen, wie du mich eben gerade geküsst hast«, sagt er.

»Soll ich es noch einmal tun? Den Moment wiederholen? Einen neuen erschaffen?«

»Was machst du nur mit mir?«

»Dir den Atem rauben.«

Als wir später zitternd und mit knurrenden Mägen über den Sand laufen, mustert mich Luca von oben bis unten. »Eigentlich wollte ich dich zu einem Abendessen bei Kerzenlicht einladen.«

»Ach wirklich? Und warum hast du deine Meinung geändert?«

»Hauptsächlich deshalb, weil du ein Kleid als Badeanzug trägst.«

Ich tue so, als wäre ich schockiert. »Oje, tatsächlich. Wie wäre es mit Pizza? Am Strand?«

Ich sitze im Sand und streiche das Wasser aus meinem Kleid, als Luca nach einer Weile mit einem Handtuch, zwei Pizzakartons und einer Flasche Wein zurückkommt.

Nach unserem Mahl lege ich mich satt und angenehm warm auf den Rücken und schließe die Augen.

»Unglaublich, wie hektisch das Leben zu Hause war. Hier fühlt es sich so an, als würde die Zeit viel langsamer vergehen, nur für uns, damit wir jede Sekunde miteinander genießen können.«

»Hör zu«, sagt Luca.

Ich öffne die Augen und drehe mich zur Seite, wobei ich den Kopf auf meiner Hand aufstütze. »Was denn?«

Er hebt einen Finger an den Mund. »Schh.«

Der Klang einer Liveband, die in der Entfernung spielt, dringt in mein Bewusstsein vor und vermischt sich mit dem Stimmengewirr von Männern, die sich in einem Dialekt, der mir fremd ist, etwas zurufen. Dann höre ich das leise Scheppern von Tellern und Besteck aus einem Restaurant in der Nähe, all das untermalt von dem sanften Rauschen der Wellen, die sich so mühelos am Strand brechen, dass man sie kaum hören würde, würde man ihnen nicht bewusst lauschen.

»Das ist das Leben um uns herum«, sagt Luca. »Und das«, er drückt meinen Körper näher an seinen, »sind wir, die das Beste aus dem Leben machen.«

»Ich liebe unser Leben«, flüstere ich und blicke hinauf in den mit Sternen übersäten Himmel, die nur für uns zu leuchten scheinen.

»Ich liebe uns.«

Er steht auf, klopft sich den Sand von den Hosen und streckt eine Hand aus, um mir aufzuhelfen.

»Luca?«

»Ja, *amore mio.*«

»Ich möchte nie wieder zurück nach Hause. Nie wieder.«

»Ich habe darauf gewartet, dass du das sagst, Malermädchen. Ich würde nämlich sehr ungern bis nach Melbourne ziehen müssen.«

17. KAPITEL

Das Brennen in meinen Oberschenkeln, als ich an diesem Morgen aus dem Bett rolle, ist eine Erinnerung an die Hunderte von Treppen, die wir gestern Abend erklimmen mussten, um zu unserer Ferienwohnung zu gelangen. Sie befindet sich auf einer Klippe mit Postkartenblick auf das Meer, und die einzige Möglichkeit, unser temporäres Zuhause vom Ufer aus zu erreichen, ist eine gewundene Steintreppe aus scheinbar unendlichen Stufen.

Luca ist nirgendwo zu sehen. Vielleicht schwimmt er ein paar frühmorgendliche Züge im Meer. Die Mittelmeersonne scheint bereits durch die Doppelfalttür, die aus unserem Zimmer auf einen Balkon hinausführt, auf dem es gerade genug Platz für einen kleinen Steintisch und zwei schmiedeeiserne Stühle gibt. In mehreren Terrakotta-Töpfen prangen Zitronenbäume mit Früchten so groß wie Grapefruits, und ich nehme den betörenden Duft von Meeresbrise und Algen wahr, der mich umfängt und nach einem tiefen Schlaf meine Sinne belebt.

»Ich hätte dir sagen sollen, dass wir eine traumhafte Aussicht haben werden. Aber sie hat ihren Preis. Spürst du deine Beine?«, fragt Luca irgendwo hinter mir.

»Und wie, aber sieh dir diese Aussicht an. Die Treppen sind es auf jeden Fall wert.«

»Ich habe dir eine Überraschung mitgebracht.«

Ich drehe mich um, und es ist schier unmöglich, von seinem Erscheinungsbild nicht überrascht zu sein. Er ist perfekt gekleidet, als wäre er schon draußen unterwegs gewesen. »Warum schaust du so?« Ein träges Grinsen breitet sich auf seinem Gesicht aus.

»Nur so«, antworte ich, ebenfalls lächelnd.

»Warte, bis du das probiert hast.« Er packt das Päckchen aus, das er in der Hand hält, und erklärt mir, dass es eine regionale Nachspeise ist, genannt *delizia al limone*, ein Biskuit-Zitronencreme-Kuchen, und wie der Name schon sagt, ist es einfach köstlich.

»Lecker. Warte! Hast du mich gerade mit dem Löffel gefüttert?«

Er lacht.

»Ich kann nicht glauben, dass du das gerade gemacht hast!«

»Sono italiano.« Er hebt die Augenbrauen. »Das ist das Romantik-Gen. Unmöglich, es einfach abzustellen. Vor allem bei dir.«

»Bist du dir sicher, dass das als Frühstück durchgeht?«

»Die Amalfiküste ist die Heimat der besten Zitronen der Welt. Sie werden in jedem Terrassengarten angebaut. Wir unterstützen lediglich den lokalen Handel.«

»Könnten wir heute einen Zitronenhain besuchen?«

»Du möchtest heute wirklich malen?«

»Woher wusstest du …? Ich habe doch gar nichts gesagt.«

»Aber du hast daran gedacht, oder?«

»Ja.«

»Hab deine Gedanken gelesen. Lass uns gehen.«

Nachdem ich mich fertig gemacht habe, brechen wir auf und schlendern über unzählige Treppen und durch kleine Gässchen, bis wir schließlich einen ausladenden Zitronenhain erreichen. An den robusten Ästen der Bäume hängen die schweren Früchte in der Farbe der Sonne, während dicke Wassertropfen an den sattgrünen Blättern abperlen, die Überreste eines frühmorgendlichen Regenschauers. Ich reiße ein

Blatt ab und zerdrücke es zwischen meinen Fingern. Das Zitrusaroma bringt mich dem näher, was mein nächstes Motiv werden soll. Es dauert eine Weile, bis ich den richtigen Platz gefunden habe, an dem ich sitzen und arbeiten kann, aber sobald ich es mir gemütlich gemacht habe, vergesse ich alles um mich herum, und es gibt nur noch mich und meine Farben und Pinsel. Mein Blick wandert über die Landschaft vor mir, und als ich einen Schritt von meiner Leinwand zurücktrete, um die Szenerie besser zu überschauen, überlässt mich Luca meiner Arbeit und macht sich auf den Weg, um den Laden für lokale Handwerkskunst zu durchstöbern, der sich in meiner direkten Blickachse hinter ein paar Bäumen befindet. Ich skizziere zunächst den Umriss eines Korbes mit riesigen Zitronen darin. Es folgt eine Reihe von Glasflaschen, die mit Korken verschlossen sind und auf deren Vintage-Etiketten *Limoncello di Positano* zu lesen ist. In jeder von ihnen befindet sich ein Stück Amalfiküste in Form des berühmten Zitronenlikörs.

Irgendwie schafft es Luca, exakt die richtige Menge an Zeit einzuplanen, und kommt in dem Moment zurück, als ich gerade die wichtigsten Komponenten meines Bildes fertiggestellt habe.

»Perfektes Timing«, murmele ich.

Er führt einen Papierstrohhalm an meinen Mund und fordert mich auf, einen Schluck der vollmundigen, zuckrigen, sprudelnden Limonade zu nehmen. Ich rücke etwas zur Seite, um Platz für ihn zu machen. »Setz dich hierhin.«

»Nein, mach weiter«, erwidert er. »Ich schaue dir zu.«

»Ich will nicht, dass du heute nur zusiehst«, sage ich, während ich meinen Pinsel ausspüle. »Ich möchte, dass du es versuchst.«

»Das ist dein Ding. Ich kann das nicht. Ich habe nicht mehr gemalt, seit ich ungefähr zehn Jahre alt war. Ich werde dein Bild ruinieren.«

Ich drücke ihm den Pinsel in die Hand und stelle mich hinter ihn. Dann lege ich meine Hand auf seine, führe sie zur gelben Farbe und dann auf das Papier.

Seine Hände verkrampfen sich, und er schüttelt den Kopf. »Schon gut. Du wirst es nicht ruinieren. Du musst dich nur etwas entspannen. Ungefähr so.« Ich zeige ihm, wie er die Pinselstriche fließen lassen kann. »Und hier, so erhältst du mehr Tiefe.«

Er sieht aufmerksam zu und nickt stumm, bis er langsam seinen Griff lockert. Dann lasse ich ganz los und beobachte, wie er sich auf die neue Erfahrung einlässt.

»Das ist der Grund, weshalb du malst und ich Schrauben festdrehe«, sagt er, als er den Pinsel in das verfärbte Wasser zurücklegt. »Aber mir gefällt deine Welt, Malermädchen.«

Als die Sonne schon hoch am Himmel steht, gehen wir zurück zur Wohnung. Vor uns glitzert verlockend das smaragdgrüne Meer. Schweiß läuft mir an den Schläfen herunter, und ich wische ihn mit meinem Unterarm ab.

»Diese Hitze ist echt unglaublich.« Luca hebt sein T-Shirt hoch und wischt sich damit über die Stirn.

»Können wir kurz Pause machen?«

Wir suchen uns einen Platz im Schatten eines Zitronenbaums, von wo aus wir den mit sonnenbadenden Menschen und bunten Schirmen übersäten Strand und das glitzernde grünblaue Wasser sehen können.

Luca reicht mir eine Flasche Wasser. »Du musst viel trinken. Wir hätten früher gehen sollen. Die Sonne ist heute wirklich grausam.« Er schüttet sich Wasser aus einer anderen Flasche über den Kopf.

»Aber findest du nicht, dass es das wert ist? Ich meine, sieh dir die Aussicht von hier an. Sieh dir an, wie gut das Leben jetzt gerade ist.«

Er lächelt. »Du bist so weit gekommen.«

Ich nicke nachdenklich. »Ja, ich denke, das bin ich.«

Er zögert kurz, bevor er spricht. »Wie war es? Die Chemo, meine ich.«

»Das willst du nicht wissen.«

»Doch – das will ich. Ich weiß, dass es hinter dir liegt, aber ich möchte wissen, was du durchgemacht hast.«

Ich lehne mich an den Baum, bevor ich tief und bewusst einatme. Ich möchte unseren Urlaub nicht mit Erinnerungen ruinieren, die ich so mühsam verdrängt habe. Aber er verdient es, auch diesen Teil zu erfahren, also öffne ich die Tür und lasse ihn herein und hoffe, dass wir dann nie wieder darüber reden müssen, denn ich bin so weit, diese Tür ein für alle Mal zu schließen.

Vierzehn Monate zuvor

Meine erste Chemo-Sitzung war für acht Uhr morgens angesetzt. Ich saß an der Kante des Krankenhausbettes und zupfte an dem losen Faden einer Wärmedecke herum. Mum ging im Zimmer auf und ab und sah alle fünf Minuten hinaus auf den Gang. Dad saß in einem Stuhl, starrte auf den Boden und vermied es, irgendjemanden anzusehen. Es roch ähnlich wie beim Zahnarzt, nur noch schlimmer. Mit jedem Atemzug wurde mir flauer im Magen.

Eine Krankenschwester kam in das Zimmer und begann, meine Vitalwerte zu überprüfen: Blutdruck, Puls, Körpertemperatur. Sie notierte alles auf einem Blatt an einem grünen Klemmbrett und verließ das Zimmer wieder, wobei die Gummisohlen ihrer Schuhe auf dem grauen Linoleumboden quietschten. Als sie zurückkam, rollte sie einen Wagen herein, der so sehr rasselte, dass ich dachte, er würde gleich etwas von seiner Fracht verlieren: Schläuche und Schüsseln, Schachteln, Tücher und Nadeln, alles übersichtlich auf dem ganz oben liegenden Tablett angeordnet. Die Krankenschwester zupfte an den Spitzen ihrer Latexhandschuhe, zog sie dann an und riss eine Packung Desinfektionstücher auf. Sie begann, damit über meinen Arm zu wischen, während ich dasaß und daran dachte, was aus meinen Eltern werden würde, falls ich es nicht schaffen sollte. Würde meine Mum in mein Zimmer gehen, sich in meinem Bett zusammenrollen und Gott anflehen, dass er mich ihr zurückbringen sollte? Würde mein Dad eines Tages auf dem Weg zur Arbeit blind vor Tränen die Kontrolle über das Lenkrad seines Autos verlieren?

»Okay, Mia, ich möchte, dass du tief Luft holst. Denk an etwas, das dich glücklich macht«, sagte die Krankenschwester zu mir. Ich versuchte, die alkoholischen Dämpfe auszuatmen, ehe ich mich in meinem Kissen zurücklehnte und in Gedanken nach etwas suchte, an dem ich mich festhalten konnte, bevor sie mir die Spritze gab, aber ich fand nichts. Ich rang nach Luft, und dann stach sie mir die Nadel in den Arm, drückte sie durch die dünnen Hautschichten. Anschließend befestigte sie ein kleines Röhrchen daran, das sich mit meinem Blut wie mit Wasser aus einem undichten Hahn füllte. Sie lächelte mich an. »Du hast nicht einmal mit der Wimper gezuckt. Ich bin bald wieder zurück, Liebes.« Es gab ein metallisches Geräusch, als sie die Phiole in die nierenförmige Schale legte, dann wandte sie sich an Mum und Dad. »Sie sollten sich einen Kaffee holen. Gehen Sie einfach den Gang runter und dann nach rechts.«

»Ähm, wann können wir mit Dr. Henderson sprechen?«, fragte meine Mum und warf mir einen Blick zu.

»Er kommt gleich«, antwortete die Krankenschwester.

Mum und Dad sagten kein Wort, während wir auf Dr. Henderson warteten.

Als ich das Geräusch der tickenden Uhr nicht mehr ertragen konnte, brach es aus mir heraus.

»Könntet ihr bitte damit aufhören?« Meine Stimme war lauter als beabsichtigt.

Dad blinzelte überrascht und räusperte sich. »Was ist in dich gefahren, Mia?«

»Seht euch nur an! Ich bin noch nicht tot. Wie soll ich glauben, dass alles wieder gut wird, wenn ihr nicht daran glaubt, dass alles wieder gut wird?«

»Wir machen uns nur Sorgen um dich«, erwiderte Dad.

»Was ist denn mit mir, Dad? Wie, glaubst du, fühle *ich* mich denn? Wenn diese Krankenschwester zurückkommt, wird sie mich mit Gift vollpumpen, und in ein oder zwei Wochen werden mir alle Haare ausfallen!«

Ich konnte spüren, wie Mum mir beruhigend über den Rücken streichelte, aber ich schüttelte sie ab. »Und vielleicht wird es funktionieren, vielleicht aber auch nicht.« Meine Stimme senkte sich zu einem Flüstern. »Ich weiß bloß nicht, wie ich euch helfen kann, wenn es nicht wirkt.«

Mein Dad rieb sich die Stoppeln an seinem Kinn. »Mach dir

um uns keine Sorgen, Mia. Deine Aufgabe ist es, dich um dich selbst zu sorgen.«

»Aber was, wenn es nicht funktioniert?« Hysterie schwang jetzt in meiner Stimme mit.

»Dazu wird es nicht kommen. Dr. Henderson hat gesagt …«

»Was habe ich gesagt?«, fragte Dr. Henderson, der plötzlich durch den Vorhang hindurchtrat. Er schenkte uns ein warmes Lächeln. Ich wollte es erwidern, schaffte es aber nicht.

»Ihre Chancen, Doktor«, setzte Mum an. Sie warf mir einen nervösen Blick zu. »Sie haben uns gesagt, dass …«

»Ihre Chancen stehen gut. Du musst dich jetzt darauf konzentrieren, Liebes.« Er deutete mit dem Finger auf seinen Kopf. »Also, dann wären wir jetzt so weit. Haben Sie noch irgendwelche Fragen?«

Werde ich leben oder sterben?

Ich schüttelte den Kopf im gleichen Moment, in dem Mum nickte. Sie folgte ihm aus dem Zimmer, und Dad setzte sich neben mich auf die Bettkante.

»Erinnerst du dich noch daran, als du acht warst und in der Schule vom Klettergerüst gefallen bist? Du hast die Lehrer angefleht, deine Mum und mich nicht anzurufen, weil du nicht wolltest, dass wir uns Sorgen machen. Aber sie haben es trotzdem getan, weil du vor Schmerzen fast das Bewusstsein verloren hast und ihnen trotzdem nicht sagen wolltest, wo es wehtut.«

Ich nickte. »Ich erinnere mich. Mein Arm war gebrochen.«

»Du hast dich nie darüber beklagt, dass du Schmerzen hast, also haben wir es erst drei Tage später herausgefunden. Es tut mir leid, dass ich dir nie gesagt habe, dass du unglaublich tapfer gewesen bist, Mäuschen.«

»Aber ich habe schon gewusst, dass du das denkst«, flüsterte ich.

»Na ja, ich möchte, dass du weißt, dass ich das immer noch tue.«

Er zwickte sich in den Nasenrücken, um die Tränen zurückzuhalten, als Mum wieder hereinkam. Ein paar Sekunden später rollte die Krankenschwester einen Infusionsständer mit einer Pumpe ins Zimmer.

»Tut mir leid, aber die Ärzte erlauben nur einen Elternteil im Zimmer.« Sie nahm die Plastikschläuche und befestigte oben am Ständer einen Beutel mit Kochsalzlösung. Sie machte das alles mit so schnellen Handgriffen, dass ich ihnen kaum folgen konnte.

Dad sah kurz auf den Tropf und stand dann auf. »Bleib du, Julie. Ich hole uns Kaffee.« Er sah fast erleichtert aus.

Mum sah ihn an und biss sich auf die Lippe, als sie sich stumm austauschten: ein Blick, ein Nicken, keine Worte. Sie hielt meine freie Hand fest, während die Krankenschwester meinen Arm auf ein Heizkissen legte. Die durchsichtigen Schläuche rankten sich um die Pumpe und über die Injektionsnadel schließlich zu mir. Die Schwester pumpte über den Schlauch Kochsalzlösung in mich hinein, und mir wurde klar, dass ich bereits vollgesogen war mit der Flüssigkeit, die sich in dem kleinen Druckverschlussbeutel befand.

»Wie geht es dir, Schätzchen?«, fragte mich die Krankenschwester, während sie die Schläuche überprüfte. »Alles in Ordnung?«

Mein Blick wanderte von der Maschine zum Beutel, zu den Schläuchen und zu der Nadel in meinem Arm und dann wieder zu ihr. »Ähm, ja, ich denke schon«, antwortete ich und biss mir auf die Lippen. Sie drückte meinen anderen Arm und lächelte.

Die Flüssigkeit sickerte jetzt aus dem Beutel in meinen Körper hinein, während mich die Pumpe surrend, seufzend und stotternd langsam von dem Leben trennte, das ich einmal gekannt hatte. Ich schloss die Augen und versuchte, nicht an die Monate zu denken, die vor mir lagen. Als ich es trotzdem tat, spürte ich, wie etwas in mir verschwand, als wäre ein Teil meiner Seele von der Angst, die ich hineingelassen hatte und die jetzt wie eine Welle über mir zusammenbrach, überschwemmt worden. Ich legte mir die Hand auf mein Herz. Es schlug jetzt anders, so als müsste es daran erinnert werden, weiter seinen Dienst zu leisten. Ich flehte meinen Körper an, die Medikamente so wirken so lassen, wie sie es sollten, und als ich die Augen öffnete, war die Krankenschwester weg, und Mum saß neben dem Bett und sah mich an. Sie lächelte.

»Hallo«, sagte sie.

»Ich will nicht hier sein«, platzte es aus mir heraus. »Ich will nicht, dass das passiert. Ich will einfach nur nach Hause. Ich möchte wirklich, wirklich einfach nur nach Hause.« Die Muskeln in meinem Gesicht verkrampften sich, und mein Mund verzog sich zu einer hässlichen Grimasse, während ich versuchte, den Aufruhr in mir zurückzuhalten. »Ich kann das nicht, Mum. Ich will das nicht.« Ich zog meinen Arm weg von dem Infusionsständer, und Mum sprang vom Bett auf und fing ihn gerade rechtzeitig auf. Sie umklammerte meinen Arm und legte ihn wieder auf das Kissen zurück. Sie setzte sich näher zu mir, legte die Hände um mein Gesicht und flehte mich mit Blicken an, mich zu entspannen. Mit den Fingerrücken streichelte sie über meine Wange und meine Haare, und schließlich ließ ich den Kopf wieder in die Kissen hinter mir sinken. Mum stand auf, ging auf die andere Seite des Bettes und gab mir einen kleinen Stups, damit ich etwas Platz für sie machte. Sie griff über mich hinweg nach der Fernbedienung und schaltete eine Reality-Show ein.

»Ich hasse diese Show«, sagte sie.

»Ja, ich auch. Sie ist total blöd.«

Sie wechselte den Kanal und zog meinen Kopf auf ihre Brust. Mums Körper fühlte sich weich und warm an, und ich konnte ihr Herz unter meinem Ohr schlagen hören. Ihr Mund ruhte auf meinem Haar, während sie die nackte Haut an meinem Arm streichelte. Sie nahm meine freie Hand und verschränkte ihre Finger mit meinen. Und alle paar Minuten drückte sie mir einen Kuss auf das Haar und spielte mit meinen Fingern, fast so, wie man mit den Fingern eines Babys spielt und dann darauf wartet, dass es zurückdrückt. So aneinandergekuschelt saßen wir da, bis das Surren der Maschine schließlich aufhörte. Und während dieser ganzen Zeit konnte ich nicht anders, als mich zu fragen, ob sie ihr eigenes Herz daran würde erinnern müssen weiterzuschlagen, wenn sich diese ganze Chemotherapie als totaler Fehlschlag herausstellen würde.

Ich sehe hoch zu Luca, der gegen die Tränen des Mitgefühls, die sich in seinen Augen gesammelt haben, ankämpft. Er wendet sich ab und sieht zum Horizont, um sie sich diskret wegzuwischen. Dann dreht er sich wieder zu mir und sieht mich an.

»*Amore mio*, komm her.« Er zieht mich in seine Arme. Als er mich berührt, spüre ich einen Anflug von Panik, und auf einmal kann ich nur noch daran denken, dass ich nicht will, dass er jemals dabei zusehen muss, wie ich das, was ich gerade beschrieben habe, erneut durchmache. Bei diesem Gedanken überkommt mich eine Welle der Übelkeit, und ich kann nicht sagen, ob es ein Zeichen ist, das mich dazu bewegen soll, innezuhalten und auf meine Gefühle zu hören, oder einfach eine körperliche Reaktion auf das, was inzwischen zu einer Erinnerung geworden ist.

18. KAPITEL

Die letzten Reste der After-Sun-Lotion tröpfeln widerstrebend aus der Tube und formen ein blumenförmiges Muster auf meinem Arm, das ich neugierig betrachte, bevor ich die Creme in meine ausgetrocknete Haut einreibe, die jetzt nach Kokosnuss und Papaya duftet.

»Ich habe uns für heute Abend einen Tisch in einem Strandrestaurant reserviert«, sagt Luca.

Ich nehme einen großen Schluck Limonade, die in der letzten Woche zu meinem Lieblingsgetränk wurde und die ich in großen Mengen konsumiere.

»Du weißt, dass es mir auch nichts ausmachen würde, mit Plastikgabeln von Plastiktellern zu essen, solange ich nur bei dir bin, oder?«

Immer noch lächelnd verdreht er die Augen, was herrliche Dinge mit seinem Gesicht anstellt. »Überlass die Romantik lieber mir, *Australiana*.«

Ich lache. »Das ist deine Spezialität.«

»Vielleicht sollte ich erwähnen, dass wir uns das Abendessen selbst fangen müssen. Von einem Boot aus.«

»Das ist also der Haken.«

Er kitzelt mich. »Aber der beste Fang bist du. Ein echter Hauptgewinn.« Er steckt sich ein Stück in Rotwein getränkten Pfirsich in den Mund und leckt sich die Lippen.

»Erklär mir noch mal, warum ihr das macht. Pfirsiche in Wein tränken.«

Er zuckt die Achseln. »Tradition. Hier, probier den Wein.«

Ich nehme ein paar Schlucke. »Sehr gut.«

Luca nimmt ein Pfirsichstück und führt es mir an den

Mund. »Du kannst meinen haben. Ich nehme mir noch ein Stück.«

»Nein, wir sollten uns langsam fertig machen. Nicht, dass wir das Boot verpassen.«

»Wir haben Zeit.« Er lagert seine Beine anders und beugt sich vor, um mir einen nach Frucht und Alkohol schmeckenden Kuss zu geben, und ich weiß nicht, ob es der Kuss oder der Alkohol ist, der mich schwindelig werden lässt. Luca sieht auf die Uhr. »Tatsächlich genug Zeit, um uns einmal aus- und wieder anzuziehen.«

Er schmiegt sein Gesicht an die Stelle zwischen meinem Hals und meiner Schulter, und ich flüstere: »Eigentlich wäre es gar nicht so schlimm, wenn wir das Boot verpassen.«

Unser Boot ist eines von vielen, die überall verteilt auf der Meeresoberfläche schaukeln, während ihre Insassen darum wetteifern, etwas für das Abendessen nach Hause mitzubringen. Es weht eine köstlich salzige Brise, und der Himmel glüht pink und orange und beschert uns einige letzte Minuten Sonnenlicht, bevor es Zeit ist umzukehren. Luca holt unseren zweiten Fisch ein, der mit einem Platschen im Eimer landet.

»Hey, ich habe darüber nachgedacht, was du vor ein paar Wochen gesagt hast. Was hältst du davon, wenn wir morgen mit einem Tauchkurs anfangen?«

»Wirklich?«

»Wir könnten einen Tauchschein machen und, wenn es uns gefällt, alleine tauchen gehen.«

»Das wäre großartig.«

Er lacht und zieht mich an sich. »Sieht aus, als könnten wir diesen Punkt von deiner Wunschliste streichen.«

Wir steigen aus dem Boot und werden am Strand von einem Mann begrüßt, der uns zu einem Tisch führt. Im Hintergrund spielt leise Musik, und während er unsere Fische ausnimmt und auf einem Grill für uns zubereitet, verblasst das Tageslicht komplett. Uns bleibt nur noch der sanfte Schein der Kerzen, die auf unserem Tisch und darum herum aufgestellt sind.

»Ich finde, wir sollten das jedes Jahr machen. Was sagst du dazu?«

In seinen Worten schwingt etwas Dauerhaftes mit, das mich verunsichert und das Gefühl wieder wachruft, das mich seit meiner Erzählung auf dem Rückweg vom Zitronengarten letzte Woche verfolgt hat. Das Bild von Luca, der sich die Tränen aus den Augen wischt, geht mir nicht mehr aus dem Kopf.

Er sieht mich fragend an. »Mia?«

Ich trinke so hastig von meinem Wein, dass ich mich verschlucke und husten muss. »Tut mir leid, ich war abgelenkt.«

»Das glaube ich dir nicht. Was hast du?«

In den letzten Wochen, als ich dachte, unsere Beziehung könnte nicht noch tiefer werden, haben wir Zugang zu der Seele des jeweils anderen gefunden. Mir ist klar, dass ich meine Sorgen nicht länger vor Luca geheim halten kann, trotzdem zögere ich es hinaus.

Als ich erneut nach meinem Weinglas greife, nimmt er meine Hand.

»Mia, denkst du nicht, dass wir inzwischen offen miteinander sein können? Geht es dir gut?« Ein Hauch von Zweifel liegt in seiner Stimme.

»Ja, doch. Es geht mir gut. Es ist alles in Ordnung.«

»Ist mit uns alles okay?«

»Ja. Mit uns ist alles okay.«

Oder zumindest glauben wir das.

Der Kellner bringt uns unseren gegrillten Fisch, und ich muss mich anstrengen, nicht nur mit der Gabel in ihm herumzustochern. Trotz des köstlichen Duftes würge ich jeden Bissen mühsam herunter, zusammen mit meinen Gefühlen, sodass der Abend, den er mit so viel Mühe organisiert hat, ruiniert ist.

»Ich habe etwas für dich«, sagt er zwischen dem letzten Gang und der Nachspeise. »Na ja, eigentlich ist es für uns beide.« Luca holt eine kleine Schachtel aus seiner Tasche und schiebt sie in die Mitte des Tisches. Er beobachtet mich aufmerksam, während ich an der Schleife ziehe.

»Ich glaube, ich weiß, was es ist.« Ein Lächeln breitet sich auf meinem Gesicht aus. Die Schachtel ist schwer und hat genau die richtige Größe für den Gegenstand, der sich vermutlich darin befindet. »Du hast es getan. Du hast uns eins besorgt!«, rufe ich, als ich das Vorhängeschloss herausnehme. Ich drehe es um und sehe, dass auf seiner Rückseite etwas eingraviert ist. *Luca & (bella) Mia.* Ich fahre mit den Fingern über unsere eingravierten Namen, und im Bruchteil einer Sekunde schwingt meine Begeisterung …

»Das ist meine Art, dir zu sagen, dass du für immer zu mir gehörst, Mia.«

… in Angst um.

In dieser Nacht wälze ich mich in meinem Bett hin und her, bis die ersten Sonnenstrahlen durch das Fenster unseres Zimmers strömen, uns in gesprenkeltes Licht tauchen und winzige Regenbogen an die Decke zaubern.

»Lust auf eine Runde Schwimmen?«, fragt Luca.

»Ich möchte noch ein bisschen schlafen.«

»Bist du müde?« Er fährt mit der Hand über meine Wange.

Ich nicke und schließe die Augen. »Nur noch eine halbe Stunde.«

Als ich schließlich widerstrebend aus dem Bett krabbele, ist es zu spät, um noch einen Platz auf einem der Hauptstrände zu ergattern.

»Das macht nichts, wir haben das hier.« Luca zeigt auf eine schmale Bucht direkt unter uns, wo eine Lagune in Form eines felsigen Beckens zwischen den Klippen versteckt ist. Das aquamarinblaue Wasser lockt mit seinem verführerischen Anblick.

»Hast du nicht gesagt, das wäre eine Privatlagune?«

»Hab ich. Es ist unsere Privatlagune.«

»Du steckst voller Überraschungen! Ich hole ein Handtuch.«

Während wir zur Lagune hinuntergehen, versuche ich, nicht daran zu denken, dass wir die Treppen später wieder hinaufsteigen müssen. Wir erreichen das felsige Becken, lassen unsere Handtücher und Strandtaschen in der Sonne liegen und laufen direkt ins Wasser, das so warm ist wie ein frisch eingelassenes Bad. Nachdem wir uns erfrischt haben, legen wir uns gemütlich an den Strand.

»Mia, ich muss dich etwas fragen.«

»Oh? Was denn?«

»Gestern Abend warst du so still. Hast du Heimweh? Ich weiß, dass du gesagt hast, du willst nicht weg aus Italien, aber ich kann verstehen, wenn du Heimweh hast.«

»O nein.« Ich schüttle den Kopf. »Es ist nichts in der Art.

Ich meine, ich vermisse meine Eltern, aber in letzter Zeit haben sich die Dinge zwischen uns gebessert.«

»Was ist es dann? Denn ich weiß, dass du letzte Nacht nicht geschlafen hast.«

Ich halte die Luft an und atme dann tief aus. Wenn er mich mit diesem intensiven Blick betrachtet, gibt es keine Ausweichmöglichkeit. Er wartet auf meine Antwort.

»Neulich, da hast du geweint.«

»Was meinst du?« Er runzelt die Stirn.

»Am Zitronenhain, als ich dir von …«

Seine Augen weiten sich überrascht. »Darum geht es also?«

»Das ist in Ordnung, ich meine, natürlich ist es okay, dass du geweint hast. Ich muss nur daran denken, dass, falls es wieder passiert – wenn ich wieder krank werde –, es nicht fair von mir wäre, dich zu einem Leben zu verurteilen, in dem du zusehen müsstest, wie ich wieder so etwas durchmache, Luca. Wenn es dir schon so nahegeht, wenn ich davon erzähle und du nicht einmal dabei warst, wie wäre es dann erst, wenn es sich vor deinen Augen abspielt?«

»Natürlich ist es mir nahegegangen! Was hast du erwartet, wie ich reagiere?«

»Was passiert, wenn du mich verlierst? Du musstest schon damit klarkommen, deine Eltern so plötzlich zu verlieren. Ich weiß nicht, ob ich dir das antun kann. Ich weiß nicht, ob es *richtig* ist, dir das anzutun.«

Er setzt sich auf und gestikuliert wild, während er spricht: »Du hast das jetzt wie lange mit dir herumgetragen?«

»Eine Woche? Sei nicht sauer. Bitte.«

Er fährt sich mit der Hand über die Stirn. »Mia, ich bin sauer. Nicht, weil du denkst, was du denkst, sondern weil du nicht mit mir darüber geredet hast. Du darfst solche Sachen nicht für dich behalten. Wir sind ein Paar. Du musst mir vertrauen.«

»Ich vertraue dir.«

»Dann musst du darauf vertrauen, dass ich weiß, was ich tue. Ich weiß, dass du in Remission bist. Ich weiß, was du durchgemacht hast, was in deiner Zukunft vielleicht passieren oder auch nicht passieren könnte. Wir haben bereits darüber gesprochen, und ich dachte, du hättest damit abgeschlossen.«

»Na ja, das dachte ich auch. Ich weiß nicht, was ich sagen soll. Es tut mir leid, dass ich so denke, wie ich denke.«

»Ich werde nicht so tun, als wäre ich nicht am Boden zerstört, wenn du wieder krank werden würdest, oder dass ich mir dann keine Sorgen machen würde. Aber eins kann ich dir sagen: Ich gehe nirgendwo hin. Lieber verbringe ich mein Leben mit dir und weiß, dass ich das Beste aus jedem Tag gemacht habe, als von dir getrennt zu sein und zu wissen, dass du dein Leben irgendwo anders ohne mich weiterlebst, da bin ich mir sicher.«

Ich ziehe mir die Knie an die Brust und kämpfe gegen die Tränen an.

»Ich weiß auch, dass Zahlen nichts zu bedeuten haben. *Niente.*« Er steht auf und geht in Richtung Meer. »Lass nicht zu, dass sich deine Angst zwischen uns stellt, Mia. Das, was wir haben, ist zu besonders.«

19. KAPITEL

Nachdem wir die letzten Tage damit verbracht haben, im Tauchzentrum in Sorrent die Grundlagen des Tauchens zu lernen, machen wir heute unseren ersten Tauchgang vom Boot aus. Wir folgen der Küstenlinie nach Sorrent, wo Nico, unser Lehrer, uns am Pier begrüßt. Auf der einen Seite dümpeln mehrere bunte Fischerboote im blaugrünen Wasser und schaukeln sanft im Rhythmus der Wellen. Auf der anderen Seite bindet Nico ein Seil los und winkt uns zu, ihm in das Tauchboot zu folgen.

»Ich kann nicht glauben, dass wir das wirklich tun«, sage ich, bevor ich in das Boot steige.

Als wir den Tauchplatz erreichen, stoppt Nico das Boot, und ich bereite meine Ausrüstung vor. »Alles klar, *amoretti*, seid ihr bereit?« Er lässt ein Grinsen aufblitzen. »Ich möchte, dass ihr für den Abstieg eure Lungen und eure Tarierwesten nutzt. Ich werde euch ein Zeichen geben, anzuhalten, damit ihr versteht, wie sich neutrale Tarierung anfühlt.«

»Alles klar«, antworte ich. Luca streckt den Daumen nach oben.

Nico hilft uns, unsere Ausrüstung zu überprüfen, und macht sich dann selbst bereit. »Auf geht's, *ragazzi*. Denkt daran, ich möchte, dass ihre eure Tiefenmesser kontrolliert und Bescheid gebt, wenn ihr die vereinbarte Tiefe erreicht habt. Bitte nutzt die Handzeichen, die wir gelernt haben. Ich werde die ganze Zeit neben euch sein.«

Luca drückt meine Hand. An der Wasseroberfläche atmen wir aus und beginnen mit unserem Abstieg. Ich habe keine Schwierigkeiten damit, meine Atmung zu kontrollieren, und genieße die friedliche, fast unbewegliche Unterwasserwelt, in die wir eingetaucht sind. Fische gleiten zwischen und um uns herum, und ich beobachte sie voller Ehrfurcht. Nico gibt uns ein paar Handzeichen, und wir halten kurz an. Ich kontrolliere meine Atmung, und Nico gibt uns grünes Licht, dass wir mit dem Abstieg fortfahren können. Seepferdchen schweben um uns herum, und dunkelrote Seefächer tauchen in unserem Sichtfeld auf. Ich koste jede Minute, die wir in dieser Unterwasserwelt verbringen und mit der Natur verschmelzen, aus. Tintenfische und andere Meerestiere gehen ihren täglichen Geschäften nach, ohne uns zu beachten, und ich werde zum schwerelosen Beobachter einer Welt, die ich so noch nie gesehen habe. Nach gefühlt einem Sekundenbruchteil signalisiert uns Nico, jetzt mit dem Aufstieg zu beginnen, und widerwillig folge ich seinen Anweisungen. Kurz bevor wir an die Oberfläche kommen, nimmt Luca meine Hand, und ich drücke sie.

»Gut gemacht, *ragazzi*! Kommt wieder, wenn ihr wollt, dann könnt ihr euren ersten Freiwassertauchgang allein machen.«

»Wir haben es getan«, flüstere ich Luca zu.

»Das gehört zu den schönsten Dingen, die ich je gesehen habe«, antwortet er.

Ich antworte ihm nicht.

»Mia?«

»Schh – ich versuche, mir die Erinnerung einzuprägen.«

Als wir nach Positano zurückkehren, mieten wir uns für den Rest des Tages ein Boot.

»Uns bleibt nur noch eine Woche hier, Malermädchen. Wie können wir das Beste daraus machen?«, fragt Luca, als er mit der Angel einen Fisch hochzieht. »Seebrasse.« Er bewundert seinen Fang, ehe er ihn vom Haken lässt und den glitschigen Körper zurück ins Wasser gleiten lässt.

»Ich glaube, das gelingt uns schon ganz gut«, antworte ich, während ich versuche, meine Hand still zu halten. In der prallen Sonne auf einem Boot zu malen war keine gute Idee. In meinem Kopf brummt es, und egal, wie sehr ich mir die Schläfen reibe, der Schmerz wird nicht besser. »Reiten am Strand, romantische Abendessen mit Meeresfrüchten, lange Nächte und verschlafene Morgen. Oh, und habe ich schon erwähnt, dass ich eine Liebe fürs Tauchen entwickelt und jetzt einen Tauchschein habe?«

»Ich hab dir doch gesagt, dass wir das machen, Malermädchen.« Er schiebt seine Sonnenbrille etwas runter und sieht mich über ihren Rand hinweg durchdringend an. »Nicht wahr?«

»Das stimmt.«

Er zwinkert mir zu und geht zum hinteren Teil des Bootes. Fröhlich lässt er die Beine ins Wasser baumeln, während die Sonnenstrahlen von seiner gebräunten Haut abprallen. Ich ziehe mir mein Kleid über den Kopf und springe vom hinteren Teil des Bootes klatschend ins Meer, das eine kurze Zuflucht vor der Hitze bietet.

»Komm rein.« Ich ziehe ihn ins Wasser und überhäufe ihn mit einem Dutzend Küsse, aus denen ein sehr langer, ungeschickter Kuss wird, da wir uns gleichzeitig bemühen, uns über Wasser zu halten. Lucas Kopf verschwindet unter der Wasseroberfläche, und er zieht mich runter und fängt an, mich zu kitzeln. Ich komme wieder hoch, hole keuchend Luft und breche in schallendes Gelächter aus. Er lacht ebenfalls, und als unser Lachen langsam verebbt, wird mir mit einem Gefühl der Dringlichkeit bewusst, dass auch dieser Moment bald nur noch eine Erinnerung sein wird.

»Versprich mir, dass du diesen Tag niemals vergessen wirst.«

Er grinst mich an. »Ich verspreche es.«

Etwas später kehren wir ans Ufer zurück und gönnen uns in einem nahe gelegenen Restaurant eine Kleinigkeit zu essen, bevor wir uns über die Treppen auf den Weg zurück zu unserer Wohnung machen. Der Aufstieg fällt mir schwerer als sonst, und ich bleibe ein paar Minuten stehen und lehne mich gegen die Steinmauer, um mir den Schweiß von der Stirn zu wischen. »Weißt du was? Das war ein wirklich langer Tag. Ich glaube, ich habe zu viel Sonne abgekriegt.«

Luca legt seine Hand auf meine Stirn.

»Was machst du?«

»Ich kontrolliere nur, ob du Fieber hast. Es scheint alles in Ordnung zu sein.«

»Lass uns nur kurz ausruhen. Mir ist etwas schwindelig.«

Luca kneift die Augen zusammen. »Vielleicht ein Hitzeschlag.« Er schraubt den Verschluss einer Wasserflasche ab und wartet, bis ich fertig getrunken habe. »Komm, wir gehen etwas langsamer.« Er legt seinen Arm um meine Taille, sodass ich mich auf ihn stützen kann.

Schließlich schaffen wir es in die Wohnung, wo ich mich direkt ins Bett fallen lasse. Sobald mein Kopf das Kissen berührt, bin ich weg und wache erst aus, als Luca sich zu mir setzt, um zu sehen, wie es mir geht.

»Fühlst du dich etwas besser?« Wieder legt er die Hand auf meine Stirn.

»Wie viel Uhr ist es?« Ich blinzele, bis ich wieder scharf sehe.

»Sieben. Ich habe uns einen Tisch für acht Uhr reserviert.«

»Macht es dir etwas aus, wenn wir heute Abend hierbleiben?« Ich ziehe mir die Decke ans Kinn. »Ich glaube, ich habe mir etwas eingefangen.«

»Kein Problem.«

Während ich die Stellen hinter meinen Ohren, in meinen Achselhöhlen und meinen Leisten abtaste, hoffe ich inständig, dass er recht hat.

Am nächsten Morgen gehe ich zu Luca auf den Balkon, wo er durch den Sportteil der Zeitung blättert.

»Wie geht es dir?« Er schenkt mir etwas Saft ein.

»Ich glaube, ich bekomme Halsschmerzen, aber es geht schon.« Ich hoffe, dass es mir nach einer Dusche besser geht.

Luca sieht mich durchdringend an und versucht zu entscheiden, ob ich für unseren ersten gemeinsamen Freiwassertauchgang ohne Begleitung fit genug bin.

»Wirklich, es geht mir gut.« Mein Rücken tut immer noch weh. Ich habe kaum genug Kraft, mich zu bewegen, aber ich weiß, dass heute ein wichtiger Tag ist, also setze ich ein Lächeln auf, spüle mit dem Saft ein paar Kopfschmerztabletten herunter und hoffe, dass Luca nicht bemerkt, wie ich beim Schlucken zusammenzucke.

»Vielleicht sollten wir heute zu Hause bleiben. Du siehst etwas blass aus. Wir können den Tauchgang verschieben.« Er greift nach seinem Handy.

»Auf keinen Fall! Es geht schon.«

Anscheinend sehe ich nicht allzu krank aus, denn er faltet

die Zeitung zusammen und küsst mich auf die Stirn. »Na dann los. Lass uns ein paar schöne Erinnerungen schaffen.«

Binnen einer Stunde sind wir in Sorrent, und Nico begrüßt uns enthusiastisch, schüttelt Lucas Hand und klopft ihm auf den Rücken. »Heute kommen die Stützräder runter, was? Bist du bereit, Mia?«

»Ich kann es kaum erwarten«, antworte ich. Trotz der Schmerzmittel tut mein Körper immer noch weh, und die Klimaanlage im Tauchzentrum macht es nicht gerade besser. Unauffällig fahre ich mir wieder mit den Fingern hinter die Ohren und den Kiefer entlang. Panik legt sich wie ein Schleier über mich, als ich die zwei Schwellungen berühre, aber Nico reißt mich aus meinen Gedanken und fordert uns auf, unsere Ausrüstung vorzubereiten. Er geht mit uns alle wichtigen Punkte für den Tauchgang durch, und ich nicke an den Stellen, an denen ich nicken soll, und versuche, mich auf seine Worte anstatt auf meinen Körper zu konzentrieren.

Nico bringt uns mit dem Boot zum Tauchpunkt, und während der Fahrt halte ich Lucas Hand fest umklammert. »Bist du nervös?« Er drückt meine Hand.

»Ja, ein bisschen«, antworte ich und schlucke meine Sorgen herunter, die mir die Kehle zuschnüren. *Bring es einfach hinter dich, Mia.*

»Du kennst den Ablauf. Du machst das schon.«

In einem abgegrenzten Meeresgebiet halten wir bei einem Felsen mit einer bronzenen Madonna an. Nico verankert das Boot und weist uns an, uns bereit zu machen. »Also gut, *ragazzi*, dann mal los.«

Während Luca und ich uns am Bootsrand in Position bringen, rücke ich meine Ausrüstung zurecht und konzentriere mich auf meine Atmung. Wir geben das Handsignal und lassen uns rückwärts ins Wasser abrollen. Das Wasser schließt sich um mich herum, und meine Aufmerksamkeit richtet sich darauf, langsam und gleichmäßig abzusteigen. Nach ein paar Minuten gibt mir Luca das Okay-Zeichen, das ich erwidere. Dann nimmt er meine Hand, doch plötzlich setzt seine Berührung eine Welle der Angst in mir frei. Meine Brust zieht sich zusammen, und meine Atmung wird hektisch, wobei ich wertvollen Sauerstoff verschwende. Während ich mich darum bemühe, mich wieder unter Kontrolle zu bekommen, versuche ich, mich an das Handzeichen zu erinnern, um Luca zu signalisieren, dass ich aufsteigen muss, dass ich jetzt sofort hier rausmuss. Ich ziehe meine Hand weg, löse mich aus seiner Umklammerung und fange an, panisch mit den Flossen um mich zu treten.

Luft. Ich brauche Luft.

Das Gefühl der Angst verstärkt sich. Lucas Hand schließt sich fest um meinen Unterarm, und ich versuche, mich aus seiner Umklammerung zu winden, aber sein Griff ist zu stark. Er signalisiert mir mit zwei Fingern, ihn anzusehen. Und dann macht er eine Bewegung mit der flachen Handfläche. Was bedeutet das? Was will er mir sagen? Ich kann mich nicht an das Zeichen erinnern, um ihm mitzuteilen, dass es ein Problem gibt. Dass ich hier rausmuss. Sofort. *Lass mich sofort hier raus.*

Sein Griff wird fester, und er wiederholt das Zeichen.

Langsamer. O Gott, ich soll langsamer schwimmen. Er sagt mir, dass ich mich beruhigen soll. Jetzt zeigt er auf seinen Kopf.

Denk. Denk nach, Mia.

Lucas Zeichen lenken mich genug von meiner Panikattacke ab, sodass es mir gelingt, den Aufstieg zu verlangsamen. Wir erreichen die Wasseroberfläche, wo Luca meinen Arm loslässt und sich die Tauchermaske vom Gesicht reißt.

»O mein Gott, Mia, was hast du dir dabei gedacht? Du hättest dich umbringen können!«

»*Ragazzi*, was ist passiert? Ist alles okay?«, ruft Nico. Ich schwimme zum Boot und klettere die Leiter hinauf.

»Ich weiß es nicht. Sie hat Panik bekommen«, erwidert Luca und zieht sich hoch auf das Boot.

»Geht es dir gut?« Nico sieht mich prüfend an. »Ist dir schwindelig?«

Ich schüttle den Kopf. »Es geht mir gut.«

Nico und Luca diskutieren darüber, was sich unter der Wasseroberfläche abgespielt hat. Ich schlüpfe aus meiner Ausrüstung und kauere mich mit einer Decke um die Schultern in die hintere Ecke des Bootes.

»Mia, lass dich von dem, was heute passiert ist, nicht abschrecken. Wir werden noch einmal alles durchgehen, was ich euch beigebracht habe, und dann machen wir noch einen Tauchgang zusammen, ein anderes Mal«, sagt Nico. »Es ist sehr wichtig, dass du in so einer Situation nicht in Panik gerätst, okay?«

Ich nicke. »Okay.«

Luca legt seine Ausrüstung ebenfalls ab und setzt sich neben mich.

»Was ist da unten passiert?«

»Wie du gesagt hast, ich hab Panik bekommen.«

»Aber warum? Bei den anderen Tauchgängen lief alles gut.«

»Vielleicht, weil ich mich nicht so gut fühle.«

»Du hast mir gesagt, es geht dir gut. Du hättest den Tauchgang nicht machen sollen, wenn du dich nicht fit genug fühlst. Was ist denn los?«, fragt er frustriert.

»Ich will nicht darüber reden. Bitte. Es ist mir auch so schon peinlich genug.«

Er nimmt meine Hand, aber ich ziehe sie weg und durchwühle meinen Rucksack nach einer weiteren Schmerztablette, auch wenn ich bezweifle, dass sie gegen die Art Schmerz, den ich gerade fühle, helfen wird.

Ich weiß nicht, wie ich es schaffe, mich die Steintreppen zur Wohnung hinaufzuschleppen. Luca öffnet die Haustür und hält sie weit für mich auf.

»Tut mir leid, dass ich uns den Tag verdorben habe.«

»Mach dir keine Sorgen, du musst dich nur etwas ausruhen.«

»Aber ich mache mir Sorgen, Luca«, antworte ich energischer als beabsichtigt.

»Sag mir, was los ist.« Er wirft die Schlüssel auf den Tisch und stellt unsere Taschen ab.

»Ich habe keine Energie. Schüttelfrost. Alles tut mir weh. Halsschmerzen.« Ich fummle an dem Gürtel meines Kleides herum, an dem ich merke, dass meine Taille schmaler geworden ist, seit ich ihn zuletzt getragen habe.

»Okay, dann rufen wir einen Arzt.« Er greift in seine Tasche, um sein Handy herauszuholen.

»Nein, ich brauche keinen Arzt, Luca.«

»Aber du bist krank.«

»Ich will keinen Arzt!« Meine Worte klingen schroff.

»Okay.«

»Ich lege mich hin«, sage ich und gehe ins Schlafzimmer. Ohne mich umzuziehen, schlüpfe ich unter die Bettdecke.

Luca legt sich hinter mich und schmiegt sein Kinn zwischen meinen Nacken und meine Schulter.

»Hey«, sage ich mit leiser Stimme, ohne die Augen zu öffnen. »Du hattest recht. Ich hätte den Tauchgang nicht machen sollen.«

»Schon gut. Denk nicht mehr darüber nach.«

»Ich habe Angst, Luca.«

Er stützt sich auf den Ellbogen auf und sieht mich an. »Deshalb hast du im Wasser Panik bekommen, nicht wahr?«

»Ja.« Ich drehe mich zu ihm um. »Meine Lymphknoten sind geschwollen.«

»Du machst dir Sorgen, dass du wieder krank bist, dass du – meine Güte, warum hast du mir das nicht gesagt?«

»Vielleicht sollten wir doch einen Arzt rufen.«

»Hör mir zu. Vermutlich hast du dir nur irgendeinen Virus oder eine Infektion eingefangen. Sehr wahrscheinlich ist es nichts Schlimmes, und der Arzt wird dich beruhigen können«, sagt Luca mit fester Stimme. Er legt die Hände unter meine Ohren und fährt mit den Fingern über die zwei geschwollenen Lymphknoten. »Mia, schau mich an.«

Ich weiche seinem Blick aus.

»Geschwollene Lymphknoten bedeuten nicht unbedingt …«

Ich schließe die Augen, denn ich will nicht, dass er den Satz beendet.

Er steht auf und geht durch die Doppeltür auf den Balkon hinaus. Dort setzt er sich und holt sein Handy heraus. Ich bin mir sicher, dass er einen Arzt anruft. Als er auflegt, wippt er unruhig mit dem Bein, sodass er mit dem Knie gegen den Tisch stößt, und lässt seine Kaffeetasse auf dem Tisch kreisen.

»Mir ist gerade aufgefallen, dass ich nicht einmal weiß, wann du Geburtstag hast.«

»Im Februar«, krächze ich.

Luca sieht mich an. »Welches Datum?«

»Am zweiten.«

Er dreht sich wieder um und lässt die Tasse weiter kreisen.

Ein paar Stunden später kommt Dr. Rossi und entschuldigt sich ausschweifend für die Verspätung. Luca sagt ihm, dass er ihm zweihundert Euro zahlt, wenn er innerhalb einer halben Stunde nach seinem Anruf herkommt, falls wir ihn erneut brauchen sollten. Geschockt von seinem Angebot, auf das der Arzt sich einlässt, starre ich Luca an, aber er weicht meinem Blick aus.

»Ich möchte, dass Sie sie genau untersuchen«, sagt Luca und stellt sich hinter den Arzt.

Dr. Rossi betastet meine Lymphknoten, geht meine ganze Liste an Symptomen durch und nimmt meine medizinische Vorgeschichte umfassend auf.

»Sie haben definitiv eine Infektion, aber kommen Sie bitte übermorgen ins Krankenhaus in meine Sprechstunde, damit wir eine vollständige Untersuchung machen können. Wir machen ein paar Tests. Ich werde mir in meinem Terminplan Zeit für Sie einrichten«, verspricht er. »In der Zwischenzeit haben Sie hier ein Rezept für Antibiotika und meine Durchwahl, für den Fall, dass Sie mich erreichen müssen.«

»Grazie, dottore«, sagt Luca. Er bringt Dr. Rossi zur Tür und kommt ein paar Minuten später ins Schlafzimmer zurück. Dann nimmt er seine Brieftasche und die Schlüssel aus der Kommode.

»Wie konntest du das tun?«

Er dreht sich um und sieht mich befremdet an. »Du kannst nicht einmal aufrecht sitzen, Mia! Du hast gehört, was er gesagt hat, du brauchst Antibiotika.«

»Ich meine nicht, dass du ihn hast herkommen lassen. Ich meine, ihm so ein Angebot zu machen.«

Er winkt ab. »Was du gerade gesehen hast, ist nichts im Vergleich zu dem, was in diesem Land vor sich geht.« Es hat keinen Zweck, ihm meinen Standpunkt klarzumachen, so überzeugt ist er davon, das Richtige getan zu haben. »Es gibt niemanden auf der Welt, der mir wichtiger ist als du. Und ich werde alles tun, damit es dir gut geht. Egal, ob du krank bist oder nicht.« Er faltet das Rezept zusammen und steckt es in die Tasche seiner Jeans. Die Gedanken rasen mir durch den Kopf, und ich spiele alle möglichen Szenarien durch, abhängig davon, wie die Ergebnisse der Tests ausfallen werden.

»Was, wenn der Krebs zurück ist?«, flüstere ich.

Er reibt sich die Stoppeln am Kinn. »Das ist er nicht.« Dann fährt er sich mit der Hand durch die Haare. »Ich gehe zur Apotheke und hole deine Medizin.«

»Ich will die Tests nicht machen.«

»Du musst die Tests machen, Mia. Die Ergebnisse werden bestätigen, dass alles in Ordnung ist.«

»Aber was, wenn nicht?«

Er verlässt die Wohnung, ohne mir zu antworten.

Im Krankenhaus führt uns Dr. Rossi in ein Zimmer und nimmt mir etwas Blut ab. »Ich werde sehen, welche Tests ich heute machen kann, und dann können Sie morgen für die restlichen Untersuchungen wiederkommen«, erklärt er.

»Sie geht nirgendwohin, bis Sie nicht alle nötigen Tests gemacht haben«, sagt Luca.

Der Doktor zieht die Vorhänge zu, und sie fangen an, miteinander zu diskutieren. Da uns nur ein dünner Vorhang trennt, kann ich alles mit anhören. In ihrem hitzigen Gespräch droht Luca, dass er ihn wegen Bestechung anzeigen wird, wenn er nicht alle Tests heute macht, und dass seine Karriere schneller vorbei sein wird, als er blinzeln kann.

»Er versucht nur, mir zu helfen«, murmele ich, als der Doktor das Zimmer verlassen hat.

Luca ignoriert mich, und für den Rest des Tages sprechen wir kaum miteinander. Dr. Rossi lässt auf Lucas Anweisung hin alle Tests durchführen und versucht sogar, meinen Onkologen zu Hause anzurufen, um weitere Informationen zu meiner Krankenakte zu bekommen. Wegen der Zeitverschiebung erreicht er ihn nicht, aber Dr. Rossi versichert uns, dass er es später noch einmal probieren wird. Am späten Nachmittag werde ich entlassen.

»Es wird etwas dauern, bis mir die Ergebnisse vorliegen, aber ich rufe Sie umgehend an, wenn ich Neuigkeiten habe«, sagt Dr. Rossi.

Ich bin mir nicht sicher, ob ich von ihm hören will oder nicht.

20. KAPITEL

Heute sollte eigentlich unser letzter Tag in Positano sein, aber da Luca beschlossen hat, dass es mir noch nicht gut genug geht, um nach Hause zu fahren, bleiben wir etwas länger – obwohl die Antibiotika angeschlagen haben und ich am Morgen aufstehen kann, ohne mich zu fühlen, als wäre ich von einem Lastwagen angefahren worden. Die Kaffeemaschine ist kaputt, und Luca hat die einzelnen Teile draußen auf dem Balkontisch ausgebreitet.

»Wenn ich es nur schaffen würde, dass dieses Teil hier wieder funktioniert«, murmelt er und dreht ein Plastikteilchen zwischen Daumen und Zeigefinger hin und her. Ich weiß, dass ihm das Reparieren der Maschine Spaß macht, auch wenn er so tut, als wäre es eine lästige Arbeit. Dinge auseinanderzunehmen und wieder zusammenzusetzen ist Lucas Art zu meditieren, herunterzufahren, den Reset-Button zu drücken. Eine Weile stehe ich nur da und schaue ihm zu, bis er zu mir aufsieht und lächelt. Er zwinkert mir zu, und ich muss den Blick abwenden, denn jedes Mal, wenn er mich so ansieht, reagiert mein Körper darauf. Dieses Mal spüre ich, wie neben den Schmetterlingen in meinem Bauch auch Gefühle hochkommen, die ich einfach nicht loswerden kann und von denen ich weiß, dass ich sie verarbeiten muss.

»Ich glaube, ich mache einen Spaziergang«, sage ich und nehme meinen Hut und meine Sonnenbrille.

»Bist du dir sicher, dass das nicht zu anstrengend ist?«

»Ich brauche frische Luft.«

»Okay, dann warte kurz auf mich. Das hier kann ich später fertig machen.«

»Nein, nein, mach nur weiter. Ich werde nicht lange weg sein.« Sein Blick ruht auf mir, während ich den Raum verlasse. Ich trage die Last, die mir auf den Schultern liegt, zur Tür hinaus und nehme einen der Wanderwege, die die verschiedenen Küstenorte miteinander verbinden.

Ein grauer Himmel hängt über mir, während ich einen zerklüfteten, von Büschen und Wildblumen überwachsenen Pfad hinuntergehe. Ich pflücke einen kleinen Zweig von einem Rosmarin-Busch und zupfe nach und nach alle nadelartigen Blättchen ab, bis nur noch ein hölzerner, spröder Stängel übrig ist. Dr. Rossi wird bestimmt bald anrufen. Wenn er mir sagt, was ich nicht hören will, muss ich darauf vorbereitet sein, was das bedeutet – nicht nur für mich, sondern auch für Luca. Ich schleppe mich einen Berg hoch, auf der Suche nach Antworten, Gefühlen, einer Richtung. Ich kämpfe gegen meine Schlappheit an und konzentriere mich auf den leuchtenden Streifen Türkis, der sich die zerklüftete Küste entlangzieht, bis ich den Schmerz in meinen Beinen nicht mehr spüre. Als ich den Gipfel erreiche, keuche ich, fühle mich aber nicht leichter als zuvor und einer Entscheidung, was ich tun soll, nicht näher. Alles, was ich weiß, ist, dass ich eine Entscheidung treffen muss, bevor Dr. Rossi anruft.

Der nachlässig aufgestellte Holzzaun bildet nicht wirklich eine sichere Barriere vor dem steilen Abhang zum Meer hinunter. Die Wolkendecke lockert sich auf, und ich stehe auf einmal ungeschützt im Sommerregen, während mein Herz mit meinem Kopf streitet.

»Hey, du warst ja den ganzen Tag weg, ich habe mir Sorgen um dich gemacht«, sagt Luca, als er die Wohnungstür öffnet. Er macht beinahe einen Satz rückwärts, als er mich sieht. Ich muss so derangiert aussehen, wie ich mich fühle.

Ich gebe ihm einen flüchtigen Kuss auf die Wange und gehe Richtung Küche, um mir ein Glas Wasser einzuschenken.

»Wieso warst du um mich besorgt?«

»Weil du den ganzen Tag weg warst. Du hast gesagt, dass du nicht lange unterwegs sein würdest.«

»Du brauchst dir um mich keine Sorgen zu machen.«

»Die Kaffeemaschine geht wieder. Ich hab den ganzen Tag gebraucht, um sie zu reparieren.« Er geht zur Küchentheke und schnappt sich eine Tasse. »Willst du auch einen Kaffee?«

»Nein, danke.«

»Möchtest du heute auswärts essen? Wir könnten …«

»Ähm, ich bin ein bisschen müde. Ich glaub, ich geh heute wieder früh ins Bett.« Ich gehe in Richtung Schlafzimmer. »Ich hätte nicht den ganzen Tag draußen herumlaufen sollen.«

»Wieso hast du es dann getan? Was ist los mit dir, Mia?« Er folgt mir ins Bad.

»Nichts, ich nehme nur ein Bad. Ich war heute wandern und bin verschwitzt.« Ich beuge mich vor, drücke den Stöpsel rein und drehe den Wasserhahn auf.

»Du weißt, dass ich etwas anderes meine. Du hast nicht mal dein Handy mitgenommen.«

»Tut mir leid, ich habe es vergessen.«

»Nein, hast du nicht.«

»Doch, hab ich.«

»Mia, hör auf damit.«

»Du hast recht, wir sollten uns nicht wegen eines dummen Handys streiten.« Ich greife nach dem Badesalz und streue eine Handvoll in die Wanne. Es trifft die Wasseroberfläche wie ein Kugelhagel.

Luca sieht zuerst das Tütchen mit dem Badesalz und dann mich an. »Das tun wir doch gar nicht.«

»Das Wasser läuft, Luca, und ich hab Schmerzen. Meine Beine tun weh.«

Er dreht sich um, geht hinaus und schließt die Tür hinter sich. Ich schlage die Hand an die Stirn. Ich will nicht, dass die Dinge so zwischen uns sind. Ich drehe mich zur Tür um und strecke den Kopf raus.

»Hat Dr. Rossi angerufen, während ich weg war?«

»Nein.«

»Was möchtest du heute gern machen?«, fragt Luca am nächsten Morgen. Er drückt den Knopf an der Kaffeemaschine und schnalzt zufrieden mit der Zunge. »Funktioniert besser als vorher.« Grinsend hält er mir einen kleinen *macchiato* hin.

»Nein, danke«, sage ich. Er neigt den Kopf und sieht mich forschend an.

»Was?« Ich zucke gereizt mit den Schultern.

»Ich weiß, dass du dir Sorgen machst, aber das Warten auf diesen Anruf macht dich irgendwie ein bisschen verrückt im Kopf, Malermädchen. Hast du deine Eltern schon angerufen?«

Ich ignoriere seine Frage. »Ich denke, wir sollten zum Strand runtergehen.«

»Ich hab dich etwas gefragt.«

Der Gedanke, meine Eltern anzurufen und ihnen zu sagen, dass ich auf meine Testergebnisse warte, ist unerträglich. Meine Eltern wären außer sich, wenn ich nur den geringsten Verdacht äußern würde, dass ich wieder krank sein könnte.

»Sie würden sicher wissen wollen, was mit dir los ist, Mia. Und es würde dir vielleicht sogar helfen, mit ihnen zu sprechen.«

»Nein, Luca«, antworte ich entschlossen. Ich versuche, das mulmige Gefühl in meinem Magen zu ignorieren. »Lass uns gehen.«

»Aber du hast noch nicht mal gefrühstückt.«

»Ich habe keinen Hunger.«

Ich gehe ins Schlafzimmer und fange an, meine Strandtasche zu packen, aber es passt nicht alles rein. Ich drehe die Tasche um und kippe den Inhalt zurück aufs Bett.

Luca steht an den Türrahmen gelehnt und beißt von seinem Croissant ab. Es macht mich wütend, wie er da so lässig steht, als ob alles in Ordnung wäre, als ob das ein ganz normaler Tag wäre. Dabei macht mich Luca nie wütend.

»Du hast dein Abendessen gestern kaum angerührt, und ich bin mir sicher, dass du auch das Mittagessen hast ausfallen lassen …«

»Bitte, Luca, lass das. Mir ist nicht nach Frühstück, und mir ist auch nicht danach, das Ganze zu analysieren. Lass uns gehen, sonst kriegen wir keinen Platz mehr am Strand.«

»Wir müssen nicht hetzen. Wir haben unsere eigene private Lagune. Da können wir sonst auch hin.«

»Ich will heute nicht zur Lagune. Ich will zum Strand.« Ich greife nach der Sonnencreme und zwinge mich dazu, mich zu beruhigen, durchzuatmen. Ich packe die nötigsten Sachen zurück in die Tasche: unsere Wasserflaschen, unsere Hüte, mein Buch, seine Zeitschriften. Noch gestern hatten diese Dinge für mich keine besondere Bedeutung, doch jetzt, da ich sie verstaue und sie perfekt in meine Tasche passen, bedeuten sie mir auf einmal alles.

Luca nimmt den letzten Bissen seines Croissants und sagt mit vollem Mund: »Na gut. Lass uns gehen.«

»Tut mir leid.« Ich fühle mich hilflos.

Er nimmt mir die Tasche aus der Hand und küsst mich auf die Stirn. »Los, komm, *andiamo*.« Er öffnet die Kommode, um unsere Handys herauszuholen.

Ich packe sein Handgelenk und ziehe es zurück. »Keine Handys heute. Nur wir beide.«

»Aber was, wenn …« Er hält inne. »Okay. Nur wir.«

Nur noch eine kleine Weile.

Am Strand beobachte ich Luca dabei, wie er uns an der Strandbar Sonnenliegen organisiert. Ein Mädchen, vielleicht ein paar Jahre älter als ich, überreicht ihm zwei zusammengerollte Handtücher. Sie streicht sich das Haar aus dem Gesicht, und an der Art, wie sie vor ihm steht, kann ich sehen, dass sie mit ihm flirtet. Luca lächelt höflich, steckt den Geldbeutel in die Tasche und sieht an ihr vorbei zu mir. Das Mädchen hört auf zu reden und wirft einen Blick über die Schulter. Sie mustert mich von oben bis unten und schlüpft dann zurück hinter die Bar. Als Luca mir entgegenkommt, werde ich von einem enormen Schuldgefühl erdrückt. Wenn Dr. Rossi mir am Telefon etwas sagt, das ich nicht hören will, weiß ich, dass es Luca genauso mitnehmen wird. Ein Rückfall würde bedeuten, dass ich zur Behandlung nach Melbourne zurückkehren muss. Egal, von welcher Seite ich es betrachte – mir fällt keine Möglichkeit ein, wie ich für Luca Platz in meinem Leben machen soll, ohne ihm wehzutun. Vielleicht kann ich ein paar Dinge in meinem Leben kontrollieren, aber das Einzige, worüber ich wirklich die Kontrolle habe, ist, wie sehr ich ihm wehtue.

Selbst wenn Dr. Rossi mir sagt, dass alles in Ordnung ist, könnte morgen schon ein anderer Arzt anrufen und mir das Gegenteil erzählen. Ihm jetzt Lebewohl zu sagen, wäre wohl die am wenigsten schmerzhafte Option.

Er öffnet den Sonnenschirm und rückt seine Sonnenliege so nah an meine heran, dass sie sich berühren. Er zieht sein Hemd aus und legt sich neben mich. Er lehnt sich zu mir rüber, nimmt mir die Sonnenbrille ab und lässt seine Hand sanft über meinen Bauch gleiten, lässt sie schließlich dort liegen. Er sieht mich an, saugt mich förmlich auf, wie er es immer tut, bevor er mich küsst. Das langsame Senken seiner Lider zieht mich in den Bann, bevor seine Lippen sich mit meinen verbinden, zuerst langsam, dann inniger. Dieser Kuss berührt mich wie keiner zuvor, vielleicht, weil ich nicht ganz präsent bin, oder vielleicht, weil ich so darauf konzentriert bin, ihn in meiner Erinnerung zu speichern.

»Es kommt mir vor, als hätte ich dich schon jahrelang nicht mehr geküsst«, flüstert er. Er lehnt sich zurück. Seine Hand sucht nach meiner, und ich betrachte fasziniert, wie perfekt meine Hand in seine passt.

»Weißt du, Malermädchen, ich hab mich irgendwie daran gewöhnt, jeden Morgen neben dir aufzuwachen«, sagt er.

Mein Herz setzt ein paar Sekunden lang aus, mein ganzer Körper ist plötzlich wie erstarrt. »Ja, ich auch.« Meine Stimme ist kaum lauter als ein Flüstern. Es wird ein bisschen dauern, bis ich mich wieder daran gewöhnt haben werde, allein zu schlafen. Eines der schönsten Gefühle, die ich jemals hatte, ist zu wissen, dass er die ganze Nacht neben mir liegt, Nacht für Nacht. Ich verstecke mich hinter meiner Sonnenbrille und sinke tiefer in mein Polster.

»Ich will nie wieder aufwachen und sehen, dass das Bett neben mir leer ist ... Ich glaube, wir müssen uns überlegen, wie wir das lösen, wenn wir wieder zu Hause sind«, sagt er beiläufig und schaut hinaus auf die Wellen, die sanft an den Strand rollen.

Ich drücke seine Hand, damit ich nicht antworten muss. Nur noch ein bisschen länger.

Das Erste, was ich am nächsten Morgen mache, ist, mein Handy zu überprüfen – als ob es auch nur die geringste Chance gäbe, dass Dr. Rossi mich in der Nacht angerufen hat, ohne dass ich es gehört habe.

»Guten Morgen, *bella mia*«, sagt Luca und rollt sich zu mir rüber.

Er streckt die Hand aus und öffnet das oberste Fach seines Nachtkästchens. »Ich weiß, dass du gesagt hast, dass dein Geburtstag erst im Februar ist, aber ich habe etwas für dich.« Er reicht mir eine kleine Geschenkbox. Darin befindet sich ein Charm-Anhänger für mein Armband, eine Malpalette aus Silber, besetzt mit farbigen Kristallen.

»Ich dachte, das muntert dich vielleicht auf.«

Mit zitternden Händen und rasendem Herzen brauche ich mehrere Versuche, den Verschluss zuzumachen. »Es ist perfekt, danke.« Ich gebe ihm einen Kuss auf die Wange und stehe auf in der Hoffnung, dass ich es bis ins Badezimmer schaffe, bevor ich mich in Einzelteile auflöse.

»Hey, wohin gehst du?«

Ich atme tief ein und werfe ihm einen Blick über die Schulter zu. »Duschen.« Ich vermeide es, ihm in die Augen zu sehen. Ich weiß, dass es nur ein Lächeln von ihm braucht, damit ich meine Meinung ändere. Ich setze mich auf den kühlen Fliesenboden, ziehe die Knie an die Brust und lausche dem Rauschen des Wassers, sehe zu, wie der Dampf den Raum erfüllt. Und versuche, irgendwo in mir die Stärke zu finden, die ich brauchen werde, um zu tun, was zu tun ist, was ich nicht tun will ... was ich tun muss.

Luca duscht nach mir, während ich das Frühstück zubereite.

»Hey, sollen wir heute nach Capri fahren?«, fragt er, als er zu mir auf den Balkon tritt. Er fährt sich mit den Händen durch das feuchte Haar.

»Ähm, ich weiß nicht.«

»Okay, du entscheidest. Was du willst.« Er knöpft sein Hemd zu und setzt sich zu mir.

»Lass mich darüber nachdenken.«

Seine Augen verengen sich. Ich kann spüren, wie er mich ansieht, während er einen Schluck von seinem Kaffee nimmt. Ich würge den Rest meines Frühstücks runter. Als ich fertig bin, beginne ich sofort, den Tisch abzuräumen, ohne mich darum zu kümmern, dass Luca noch den Rest seines Orangensafts austrinken muss.

»Hey, warum hast du es denn so eilig?« Er folgt mir in die Küche, wo ich anfange, den Geschirrspüler zu beladen, nur damit ich ihn nicht ansehen muss.

»Was geht in deinem schönen Köpfchen vor sich, Mia? Rede mit mir, sag mir, was los ist.« Er kommt näher und versucht, mich zu umarmen. Ich stoße ihn weg. Dann hole ich tief Luft. Für das, was ich jetzt sagen will, wird nie der passende Zeitpunkt kommen.

»Mia?«

Ein Glas entgleitet meinen Fingern und zerspringt auf den Fliesen. Ich bin ein zitterndes Wrack, umgeben von Glassplittern und verschüttetem Orangensaft. Egal, wohin ich gehe, ich werde in Scherben treten. Ich stehe mitten in der Küche, wie versteinert, und weiß nicht, wohin ich gehen soll. Ich sehe zu Luca hoch – er starrt auf den Boden, dann in meine Augen, und ich will etwas sagen, aber ich kann nicht. Ich bin stumm.

»Ich brauche etwas frische Luft«, sagt er.

Die Stille zwischen uns, die noch lange, nachdem er weg ist, im Raum hängt, nehme ich wie einen dumpfen Schmerz wahr. Luca geht und knallt die Tür hinter sich zu. Die Vibration lässt meinen ganzen Körper beben.

Luca kommt eine Stunde später mit einem Strauß Blumen zurück. Er verhält sich ganz normal, cool und gelassen.

»Tut mir leid, ich weiß einfach nicht, wie ich die Situation für dich einfacher machen kann.« Er überreicht mir die Blumen. »Ich weiß, dass es hart für dich ist, auf diesen Anruf zu warten, aber du musst einfach daran glauben, dass alles in Ordnung sein wird.«

»Luca, hör auf. Ich bin diejenige, die sich entschuldigen muss. Du hast alles richtig gemacht.« Ich räuspere mich und hole tief Luft. »Es waren ein paar schwierige Tage, und ich war nicht ich selbst.«

Er nickt.

»Aber so muss das Leben nicht für jeden sein. Was ich sagen will, ist … dass das keine gute Idee ist.«

Er holt tief Luft und sieht mich durchdringend an. »Was ist keine gute Idee?« Sein Blick sucht meinen.

»Das hier. Wir.«

Er schüttelt langsam den Kopf. »Lass dich davon nicht verrückt machen, Mia.«

»Aber ich sehe doch, wie besorgt du bist! Du behauptest immer, die Testergebnisse werden negativ ausfallen, aber jedes Mal, wenn das Telefon läutet, zuckst du zusammen. Wie du mich angesehen hast, als ich dir gesagt habe, dass meine Lymphknoten geschwollen sind … Ich weiß, dass du tief in dir drin genauso besorgt bist wie ich. Und ich kann dir das nicht antun.«

»Wovon sprichst du? Was genau denkst du denn, was du mir antust?«

»Es ist dir gegenüber nicht fair. Glaub mir, es wird viel leichter für dich sein, wenn du mir jetzt Lebewohl sagst.«

Er fährt sich mit den Händen durch das Haar und fängt an, energisch zu gestikulieren. »Ich kann nicht glauben, was ich da höre. Das ist verrückt, Mia. Was du denkst, ist verrückt. Deine Testergebnisse – was, wenn sie negativ ausfallen? Was dann?«

»Dann werden andere kommen. Und wenn dieser Test oder die anderen zeigen, dass der Krebs zurück ist … Ich bin nicht darauf vorbereitet, dich vor meinen Augen daran zerbrechen zu sehen. Es ist besser, wenn wir das jetzt beenden, bevor es ernster wird.« Ich beiße mir auf die Lippe, um zu verhindern, dass sie zittert – vergeblich.

»Wie viel ernster kann es noch werden? Das hier ist kein Spiel für mich.«

»Ich will es beenden.«

»Das willst du nicht. Und das ist auch nicht die Lösung für dein Problem.«

»Mein Problem?«

»Deine Angst. Alles, wovor du flüchtest. Du hast keine Angst davor zu sterben, Mia – du hast Angst, den Leuten wehzutun, die du am meisten liebst. Aber du musst endlich verstehen, dass ich damit umgehen kann. Du musst mir vertrauen. Mach dir keine Sorgen um mich.«

»Aber ich will das für dich tun! *Weil* ich dich liebe.«

»Das ist echt nicht zu fassen.« Er wirft die Arme in die Luft, kommt näher, nimmt mir die Blumen ab und legt sie auf die Bank im Eingangsbereich. Als er versucht, mich zu berühren, weiche ich zurück.

»Tut mir leid. Ich kann das nicht.« Meine Augen füllen sich mit heißen Tränen. Schuld überwältigt mich. Ich richte alle möglichen Schimpfwörter an mich selbst, die mir nur einfallen.

»Hör auf.« Er führt meine Hand an seine Brust. »Fühl das hier«, fordert er.

Ich versuche, meine Hand wegzuziehen, doch sein Griff ist eisern.

»*Das* empfinde ich für dich, Mia«, flüstert er. Sein Herz rast, seine Haut unter dem T-Shirt ist warm.

Ich senke den Blick. »Tut mir leid. Ich dachte, ich könnte es durchziehen, das mit uns … Aber ich kann es nicht …«, sage ich mit gebrochener Stimme.

»Das ist Blödsinn, Mia. Du willst etwas beenden, das nicht beendet werden muss.«

»Ich habe schon drüber nachgedacht. Es ist einfacher so.«

»Einfacher als was? Einfacher für wen? Verdammt, Mia! Du kannst dir so viele Ausreden einfallen lassen, wie du willst. Aber du weißt doch selbst, dass du das nicht wirklich möchtest.«

»Hör auf.«

»*Ich* soll aufhören?« Er wird lauter, und ich zucke zusammen, denn seine Stimme ist so voller Schmerz, dass ich es fast nicht mitanhören kann. »Sag mir, warum ich aufhören soll. Warum willst du das nicht hören?«

»Bitte«, flüstere ich.

»Was? Willst du, dass ich dir sage, dass du mir nicht wichtig bist? Es dir einfach mache?«

»Nein. Natürlich nicht.«

»Was dann? Für Spielchen bin ich zu alt. Ich habe an dem Tag damit aufgehört, als ich dich getroffen hab.«

Die Worte kommen nur zögerlich aus meinem Mund, weil ich weiß, wie jämmerlich sie klingen. »Ich spiele keine Spielchen.«

»Dann musst du die Stimme in deinem Kopf zum Schweigen bringen, die dir sagt, dass du das hier tun solltest. Denn ich habe dir mehr als klargemacht, dass ich dich liebe und bereit bin, an deiner Seite zu bleiben, *falls* du krank wirst. Was nicht passieren wird. Aber *falls* doch, bin ich da. *Capisci?*«

»Nein«, erwidere ich mit ausdruckloser Stimme.

»Dann haben wir ein Problem. Wenn ich morgens aufwache, sehe ich dein Gesicht vor mir. Wenn ich abends ins Bett gehe, sehe ich dein Gesicht vor mir. Das Einzige von Bedeutung für mich ist, dass du glücklich bist. Ich würde alles für dich tun. Aber ich warne dich: Ich werde dich nicht kampflos aufgeben. Erwarte nicht von mir, dass ich nicht um dich kämpfe.« Er hält inne und senkt die Stimme. »Ich bin darauf vorbereitet, dich zu verlieren, Mia, aber nicht so.«

»Und ich bin nicht darauf vorbereitet, dass du mich auf irgendeine andere Weise verlierst.«

Es kostet mich all meine Willenskraft, mich umzudrehen. Ich weiß, dass ich, wenn ich jetzt nicht gehe, wieder in seine Arme sinken und für immer dort bleiben würde. Wie durch ein Wunder schaffe ich es, mich vorwärtszubewegen. Langsam schließe ich die Haustür hinter mir. Ich höre, wie eine Faust an die Wand geschlagen wird. Dann steige ich die Treppen hinab, mit bebender Brust, zitternden Beinen und entzweibrechendem Herzen. Zwei Stunden vergehen, in denen ich am Kieselstrand sitze und in den Himmel schaue, unfähig, eine Träne zu vergießen, mit verschlossenem Herzen, genau wie früher. Als ich irgendwann zurück nach oben in die Wohnung gehe, um meine Sachen zusammenzupacken, liegt auf dem Tisch eine Notiz für mich: *Ich bin rausgegangen, um nach dir zu suchen. Bleib hier und warte auf mich, damit wir reden können. Luca xo*

Ich lasse mein Handy in der Wohnung, weil ich weiß, dass es nicht viel mehr als Lucas sanfte Stimme braucht, um meine Meinung zu ändern. Ich kritzle eine Notiz auf die Rückseite seines Zettels: *Ich fahre nach Hause, weil ich weiß, dass du mich nicht gehen lassen wirst, wenn ich bleibe.*

Ich nehme den Bus nach Sorrent und dann den Zug; nach zweimaligem Umsteigen bin ich in Florenz. Ich betrete die Villa und bin erleichtert, als ich merke, dass Stella nicht zu Hause ist. Plötzlich klingelt das Telefon. Ich lasse es dreimal läuten, bis ich es nicht mehr ignorieren kann. Es ist Luca.

»Ich wollte nur sichergehen, dass du gut nach Hause gekommen bist«, sagt er mit tonloser Stimme.

»Ja, bin ich.« Ich versuche zu verhindern, dass meine Stimme zittert.

»Alles okay?«

»Ja.«

»Brauchst du mich?«

Ja. Ich brauche dich. Ich weiß nicht, wie ich ohne dich leben soll.

»Nein. Alles gut.«

Er räuspert sich. »Dr. Rossi hat angerufen. Der Test ist negativ ausgefallen, Mia. Es war nur eine Infektion.«

Ich umklammere den Hörer fester. »Das kann nicht sein. Bist du dir da ganz sicher?«

»Er hat sogar deinen Onkologen in Melbourne kontaktiert, damit der sich das auch noch mal ansieht.«

Ich presse die Hand auf den Mund und starre das Telefon ungläubig an. Ich bin fassungslos. Schockiert. Erleichtert. Nicht erleichtert.

»Mia?«

Nichts.

»Verdammt, Mia! Ich fahre jetzt los. Alles ist gut. Wir reden, sobald ich da bin.«

Nichts.

»Ich liebe dich.«

Ich liebe dich auch.

Er legt auf, und es ist wieder still.

Ich falle auf die Knie und verharre auf dem Boden, bis ich meine Beine nicht mehr spüren kann. Alles, woran ich denken kann, ist, dass nichts uns so heilen oder verletzen kann wie die Liebe.

21. KAPITEL

Als Stella an diesem Abend um neun Uhr heimkommt und nach mir sieht, tue ich so, als würde ich schlafen. Sie geht nach oben und poltert ein paar Minuten später wieder die Treppe herunter. Sie platzt in mein Zimmer und reißt mir die Decke weg. »Steh verdammt noch mal auf«, befiehlt sie.

»Lass mich allein, Stella«, stöhne ich. Ich versuche, mir die Decke wieder über den Kopf zu ziehen, doch sie lässt es nicht zu.

»Beweg deinen Hintern in die Küche!« Sie schaltet das Licht an, bevor sie aus dem Zimmer geht.

Ich kneife angesichts der plötzlichen Helligkeit die Augen zusammen und gehorche ihr wie ein Kind. Ich muss all meine Kraft zusammennehmen, um aus dem Bett zu kommen und der wütenden Stella gegenüberzutreten.

Sie zieht einen schweren hölzernen Stuhl unter dem Tisch hervor, der ein fieses Geräusch verursacht, als er über die Terrakottafliesen schrammt. »Iss«, sagt sie und schiebt mir einen Teller mit einem Sandwich hin. Dann öffnet sie eine Flasche Wein und schenkt mir ein Glas ein. »Was auch immer du loswerden willst, raus damit. Sofort.«

Ich schiebe das Weinglas weg; sie stellt es entschieden wieder vor mich hin, wie die Mutter eines kleinen Kindes, das sein Essen nicht aufessen will. Es hat keinen Sinn, sich Stella zu widersetzen. Mit ihrer unnachgiebigen Art gewinnt sie jedes Mal. Sie ist fest entschlossen, mich aus meinem Loch herauszuholen, und plötzlich hasse ich sie dafür.

»Ich kann nicht darüber reden, Stella«, sage ich so entschieden wie möglich. »Außerdem geht es dich nichts an«, füge ich hinzu in der Hoffnung, damit das Gespräch zu beenden.

»Worüber kannst du nicht reden? Er klang ziemlich aufgewühlt, als Paolo vorhin mit ihm gesprochen hat. Was auch immer du getan hast – du hast es wirklich gut hingekriegt, etwas Tolles zu vermasseln.« Sie verschränkt die Arme und wartet auf meine Reaktion.

Erst dreht sich mir der Magen um, dann wird mir schwindlig. Ich weiß, dass ich etwas essen sollte, aber ich habe keinen Appetit.

»Das geht niemanden was an«, sage ich kalt.

»Eure Beziehung geht niemanden etwas an. Aber du – du gehst mich etwas an«, sagt sie. Ich muss unwillkürlich an ein Tigerweibchen denken, das um das Wohlergehen seiner Jungen besorgt ist.

»Ich bin nicht dein Problem«, murmele ich mit scheußlicher Bitterkeit in der Stimme.

»Freunde. Freunde, Mia. Du weißt doch, *amicizia*. Du gehörst praktisch zur Familie. Die Leute, denen du am Herzen liegst? Wir machen uns Sorgen. Und es ist okay, dass wir uns Sorgen machen. Ich hab von Paolo gehört, was passiert ist. Aber wenn du denkst, dass dir irgendjemand abkauft, dass du ihn nicht liebst und er dir nicht alles bedeutet, machst du dir selbst etwas vor. Und du kannst deinen Hintern drauf verwetten, dass du gerade den schwersten Fehler deines Lebens begehst, denn so etwas Besonderes wie das zwischen euch habe ich selten gesehen.« Sie greift nach ihrem Weinglas und nimmt einen großen Schluck. »Du hast dir die Haare schneiden lassen. Du siehst toll aus.«

Ich denke an die Nacht zurück, in der ich meine Extensions herausgenommen habe. Langsam beginnen die Tränen zu fließen. Ich weine wegen des möglichen Rückfalls und wegen der

Dinge, die ich im Moment tue. Ich kann mir einfach keinen Reim auf diese von Angst verzerrte Wirklichkeit machen. Alle guten Dinge in meinem Leben einfach wegzuwerfen bringt mich sicher nicht weiter.

»Lass es raus. Alles. Egal, wie lange es dauert.«

Als ich keine Tränen und auch keine Energie mehr übrig habe, greift Stella nach einer Schachtel Taschentücher und schenkt mir einen starken Likör in ein Schnapsglas ein. »Aber essen musst du. Wenigstens ein bisschen.«

Ich habe nicht die Kraft, mit ihr zu streiten, also beiße ich in mein Sandwich. Sie wartet, bis ich fertig bin, und reicht mir dann das Glas mit dem *liquore*.

»Und jetzt reden wir«, befiehlt sie.

»Ich habe solche Angst bekommen. Ich will ihm nicht wehtun. Du hättest ihn sehen sollen. Er hat sich solche Sorgen gemacht. Er hat versucht, es zu verbergen, aber diese Unsicherheit, ob ich jetzt krank bin oder nicht – ich habe die Angst in seinen Augen gesehen.«

»Du musst zulassen, dass er dich liebt.«

Schon wieder klingelt Stellas Handy. Die ganze Zeit war es am Summen – lauter SMS. Der Klingelton verrät mir, dass es Paolo ist.

»Warte kurz. Ich sage ihm, dass ich gerade nicht kann«, sagt sie zu mir und spricht ins Handy. »*Pronto, amore*, ich kann gerade nicht reden. Ich ruf dich morgen zurück.«

Paolos Stimme klingt ungewöhnlich laut, aber ich bin nicht nah genug dran, um zu hören, was er sagt.

»O mein Gott«, keucht Stella und schlägt sich die Hand vor den Mund. Alle Farbe weicht aus ihrem Gesicht; ihre Stimme zittert. »Was? Was meinst du? Welches Krankenhaus?«

Sie stürmt aus der Küche und nimmt ihren Mantel vom Sofa.

»Was ist passiert?« Ich folge ihr, während sie durchs Haus eilt, auf der Suche nach ihren Schlüsseln.

»Es gab einen Unfall. Ich muss gehen.«

»Was für einen Unfall? Wer ist verletzt?«

»Du kennst sie nicht.« Stella klingt verzweifelt.

»Komm, ich rufe dir ein Taxi, du kannst in diesem Zustand nicht fahren.«

»Bleib hier, bis ich dich anrufe.«

Ich schnappe mir ihr Handy und folge ihr. »Warte! Dein Handy!« Doch sie ist schon zur Tür hinaus. Als ich noch mal nach ihr rufe, rast sie bereits auf ihrem Roller an mir vorbei.

Ich wickle mich in eine Decke, setze mich draußen auf die Schaukel und denke darüber nach, was Luca mir alles gezeigt hat und wie ich es dank ihm geschafft habe, mein Leben wirklich genießen zu können. Plötzlich wird mir klar, dass das hier nicht die richtige Lösung ist. Es ist schon fast zehn Uhr, aber Luca ist immer noch nicht aufgetaucht. Vielleicht hat er seine Meinung geändert ... Ich versuche, ihn anzurufen, doch er geht nicht ran. Ich ziehe gar nicht erst meinen Pyjama an, sondern rolle mich so, wie ich bin, auf dem Sofa ein. Die Musikvideos im Fernsehen vermitteln mir ein falsches Gefühl von Gesellschaft. Zwischendurch döse ich immer wieder ein und wache schließlich um zwei Uhr in der Nacht auf. Stella ist immer noch nicht zu Hause. Luca auch nicht.

Ich nehme Stellas Handy, um eine Nachricht an Paolo zu schreiben und zu erfahren, was los ist, da fällt mir eine Reihe ungelesener SMS von Paolo ins Auge.

21:38 Stella, bitte ruf mich an. Luca hatte einen schrecklichen Unfall.

Ich öffne den SMS-Verlauf. Meine Finger zittern so sehr, dass ich das Telefon mehrere Male fallen lasse.

21:22 Amore, bitte ruf mich an. Ich muss sofort mit dir reden.

21:26 Stella, ruf mich an.

21:30 Stella, es ist dringend. Ruf mich an.

21:38 Stella, bitte ruf mich an. Luca hatte einen schrecklichen Unfall.

Ich taumele rückwärts gegen die Wand und rutsche nach unten auf den Boden.

Luca.

Mir ist eiskalt. Der einzige Grund, aus dem ich weiß, dass ich noch am Leben bin, sind meine zitternden Hände. Mein ganzer Körper zittert. Ich greife nach Stellas Telefon und wähle Lucas Nummer.

Keine Antwort. Ich versuche, mehrmals hintereinander anzurufen, und schicke dann eine SMS: *Ich bin's, Mia. Es tut mir leid. Ich liebe dich. Es tut mir so unglaublich leid.*

Ich wähle noch mal Paolos Nummer. Er geht nicht ran.

Dreißig Minuten später steht mein Taxi vor der Tür. Ich hoffe, dass ich das richtige Krankenhaus im Kopf habe.

Kurz darauf renne ich durch die sterilen Krankenhaustüren ins Gebäude, stürze zur Rezeption und rufe atemlos: »Ich will zu Luca Bonnici.«

»*Si, signorina.* Warten Sie kurz, ich sehe nach, wo er ist«, sagt die Aufnahmeschwester. Sie tätigt einen Anruf, während ich mit den Fingern ungeduldig auf den Tresen trommle. Ich weiß nicht, wie ich auch nur einen Tag länger leben könnte, wenn er tot wäre.

Leben, du kannst so grausam sein.

»Es tut mir leid, *signorina*, aber er ist zurzeit nicht stabil. Der Zutritt ist nur Familienmitgliedern gestattet, und im Moment müssen alle im Wartezimmer Platz nehmen.«

»Aber ich gehöre zu seiner Familie«, piepse ich.

Ich gehöre zu ihm. Er gehört zu mir. Bitte. Bitte, Gott, nimm ihn mir nicht weg.

»*Va bene*, hier entlang.« Sie schlurft den farblosen Gang entlang. Meine Schritte hallen laut von den Wänden wider.

Die Schwester deutet auf die Tür zur Intensivstation, weist mich aber darauf hin, dass ich nicht zu Luca darf. Sie sagt mir, dass gegen sieben ein Arzt kommen und mit uns sprechen wird. Als sie um die Ecke verschwunden ist, bemerke ich Stella. Sie sitzt vornübergebeugt auf einem Stuhl, mit ineinander verschränkten Händen und gesenktem Kopf.

»Wie kannst du nur! Wie kannst du es wagen, mir nicht zu sagen, was los ist! Warum hast du mir nichts gesagt? Wie konntest du mich einfach so zu Hause sitzen lassen?«

Sie sieht zu mir auf, benommen und unter Schock, und steht auf. Ihre Augen sind genauso verquollen wie meine, Wimperntusche ist auf ihren Wangen verschmiert. Sie blinzelt mich an, ihre Augen sind erfüllt von tiefem Schmerz. Meine Wut schlägt sofort in Schuld um.

»Es tut mir so leid, Mia. Wir wollten nicht, dass du dir Sorgen machst. Wir wollten zuerst mit dem Arzt sprechen. Wir dachten, es wäre am besten, wenn wir es dir schonend beibringen. Ich weiß, wie aufgewühlt und labil du eh schon warst. Ich hab nur versucht, dich zu beschützen.«

»Mir was schonend beizubringen?« Ich halte den Atem an, während ich auf die Antwort warte.

Sobald die Frage heraus ist, bereue ich sie auch schon. Ich weiß, dass mein Leben, sobald sie antwortet, nie mehr so sein wird, wie es war, bevor ich zwischen Luca und mir alles kaputt gemacht habe.

Paolo kommt aus der Toilette nebenan und stellt sich neben mich. Stella beginnt zu schluchzen. Ich sehe Paolo fragend an. Auch er sieht zerzaust und sichtlich besorgt aus.

Er räuspert sich und holt tief Luft. »Mia, er hatte vor ein paar Stunden einen Unfall. Wir wissen nicht genau, was passiert ist, nur, dass er in einer Kurve die Kontrolle über seinen Roller verloren hat und gegen einen Baum gefahren ist.«

»Nein.« Ich werde das nicht akzeptieren. Das hier passiert nicht wirklich. »Welche Kurve?«

»Das spielt keine Rolle«, sagt er und legt mir die Hand auf die Schulter.

Ich spüre, wie die Wut in mir hochsteigt. »Welche Kurve?«, frage ich fordernd, obwohl ich glaube, dass ich die Antwort bereits kenne.

»Die Kurve vor der Villa.«

Das darf nicht wahr sein. »Wann?«

»Wir wissen es nicht genau. So um acht, vermutlich.«

Luca ist ein erfahrener Fahrer. Unter normalen Umständen würde er niemals die Kontrolle über sein Fahrzeug verlieren.

»Es ist meine Schuld. Er wollte zu mir fahren. Was habe ich nur getan?« Meine Augen füllen sich mit Tränen. Ich fasse mir an den Brustkorb, um mein heftig klopfendes Herz zu beruhigen. Ich habe Probleme, richtig durchzuatmen, und beginne zu hyperventilieren.

»Mia, Süße, es ist nicht deine Schuld«, sagt Stella.

»Stella hat recht«, sagt Paolo. »Gib dir nicht die Schuld. Du weißt, dass er das nicht wollen würde.«

»Aber du hast gesagt, dass er aufgewühlt war.«

»Ja, aber du weißt doch, wie er ist. Er weiß, wie man einen kühlen Kopf bewahrt …«

Stellas restliche Worte gehen ins Leere.

»Wie schlimm ist es?«, frage ich endlich. Mein Körper versteift sich, während ich versuche, mich auf eine Antwort vorzubereiten, die ich nicht hören will.

»Wir wissen es nicht«, sagen sie im Chor. Keiner von beiden scheint mir in die Augen sehen zu können.

»Hört auf, mich anzulügen! Wie könnt ihr es nicht wissen? Ihr wart doch die ganze Nacht hier! Wo sind die Ärzte?«, schreie ich.

Stella zuckt zurück und dreht sich weg.

»Sie haben uns nur gesagt, dass er im Koma liegt«, sagt Paolo.

»Was?!«

»Und dass er mehrere gebrochene Rippen und innere Blutungen erlitten hat. Davon abgesehen wissen wir gar nichts«, fügt er hinzu.

»Jemand muss Rosetta Bescheid sagen.«

Stella kann mich immer noch nicht ansehen. Sie entfernt sich und setzt sich auf einen dunkelblauen Vinylstuhl.

Ich bin wie betäubt.

Ich setze mich neben Stella und warte.

Auf den Arzt.

Auf ein Wunder.

22. KAPITEL

Als sich das erste zarte Rosa am Himmel zeigt, beobachte ich durch das Fenster den Sonnenaufgang und bete, dass Luca am Leben bleibt und weiterhin solche alltäglichen Wunder wie dieses hier erleben kann – eines, das so häufig als selbstverständlich betrachtet wird. Paolo bringt mir einen Kaffee, aber als ich endlich einen Schluck nehme, ist er kalt geworden. Ich betrachte die altmodische Wanduhr, sehe zu, wie die Zeiger sich weiter und weiter und weiter bewegen, bis ich auf einmal das Gewicht einer Hand auf meiner Schulter spüre.

»Er ist da«, flüstert Stella und nickt in Richtung des Arztes. Er trägt einen blauen OP-Kittel, eine Operationshaube, deren Bänder sich hinten gelöst haben, und eine Brille, die nach unten auf seine glänzende Nase gerutscht ist. Es muss eine anstrengende Nacht gewesen sein. Er schiebt sie nach oben, als er zu sprechen beginnt.

»*Ragazzi*, Luca hat einige schwerwiegende Verletzungen erlitten. Er hatte zweimal einen Herzstillstand, einmal während der Operation und ein zweites Mal danach.«

Nein.

»Er hat eine leichte Hirnschwellung und liegt im Koma. Die Situation ist heikel. Ich wünschte, ich könnte Ihnen mehr sagen, doch im Moment kann ich Ihnen nur raten zu beten. Wenn Sie möchten, kann ich einen Priester kommen lassen oder eine Nonne.«

Ich hasse dich. Ich hasse dich so sehr. Halt die Klappe. Halt einfach die Klappe.

Paolo lehnt ab und fragt, wie Lucas Chancen stehen.

Wieso kannst du ihm nicht einfach sagen, dass er die Klappe halten soll?

»Es sieht nicht gut aus«, sagt er. »Tut mir leid. Ich wünschte, ich hätte bessere Neuigkeiten.«

»Ich will ihn sehen«, sage ich.

»Ich fürchte, das ist im Moment leider nicht möglich, *signorina*.«

»Das war keine Frage«, zische ich.

»Fünf Minuten«, sagt er nach kurzem Überlegen. »Die Schwester wird Ihnen Bescheid geben.«

Als sie mich endlich zu ihm lassen, bleibe ich zitternd im Türrahmen stehen. Zwischen dem Ventilator und all den Schläuchen, mit all den Schwellungen und Abschürfungen am Körper erkenne ich ihn kaum. Bis auf das beständige Summen der Maschinen, die ihn am Leben halten, ist es totenstill. Als in meinem Gehirn die Nachricht ankommt, dass er es ist – o Gott, er ist es wirklich –, entfährt mir ein Stöhnen, das aus meinem tiefsten Inneren kommt. Der Anblick ist so unerträglich, dass ich es nicht in Worte fassen kann. Die Schwester drückt meine Hand.

»*Forza*, du musst jetzt für ihn stark sein.«

»Darf ich ihn berühren?«, flüstere ich.

»Ja. Aber keine Umarmung. Er hat ein paar gebrochene Rippen. Die meisten seiner Verletzungen sind innerlich.«

Ich stehe am Fußende des Bettes. Meine Beine sind wie festgefroren, doch der Rest meines Körpers zittert. Die Schwester spürt mein Zögern, hängt ihr Klemmbrett ans Ende des Bettes und nimmt mich am Arm. Sie drückt mich auf den Stuhl neben dem Bett. »Du musst für ihn beten. Sag ihm, dass du ihn liebst und dass er zurückkommen soll.«

»Wie meinen Sie das?«, frage ich mit kaum hörbarer Stimme. Als sie nicht antwortet und den Raum verlässt, bin ich beinahe erleichtert. In der Stille, die nur durch das Piepsen der Monitore unterbrochen wird, beginne ich, die Schläuche zu zählen, an denen Luca hängt.

»Bitte, Luca. Bitte komm zu mir zurück«, flüstere ich durch Tränen hindurch. Ich halte seine Hand und küsse sie, bitte ihn wieder und wieder, zu mir zurückzukommen.

Die bedrückende Stille wird von Schritten durchbrochen. Aus den Augenwinkeln erkenne ich Stellas Gestalt. Sie steht neben mir und ringt nach Luft, als sie ihn erblickt. Wie versteinert steht sie da; alle Farbe weicht aus ihrem Gesicht, und sie schlägt sich die Hand vor den Mund. Nicht einmal ich kann das Bild vor meinen Augen verarbeiten. Es ist, als würde vor meinen Augen ein Film ablaufen und als wäre ich ein unbeteiligter Zuschauer.

»O mein Gott«, flüstert sie. »Das kann nicht …« Ihr Gesicht verzerrt sich zu einer schmerzvollen Grimasse.

»Ich weiß nicht, was ich tun soll, wenn er …«

»O Gott, Mia, sag es nicht, bitte sag es nicht.« So als würde es passieren, sobald wir es aussprechen, so als hätten wir irgendeine Kontrolle darüber. Sie schlingt die Arme um mich, und ich halte sie fest. Ich schluchze an ihrer Schulter und sie an meiner. Irgendwann schaffe ich es, mich aus ihrer Umarmung zu ziehen.

»Es war alles so perfekt, Stella. Wir hatten *alles*. Er hat mich angesehen und gewusst, was ich denke. Sein Lächeln hat gereicht, damit ich mich am Morgen lebendig fühlte. Mit ihm habe ich so gelacht, wie ich noch nie gelacht habe. Wann immer ich mit ihm zusammen war, habe ich vergessen, dass es da noch eine Welt gibt, die außerhalb von uns existiert. Ich will unsere Welt wiederhaben, Stella. Er muss es schaffen. Er muss es einfach schaffen. Ich brauche jemanden, der mir sagt, dass er es schaffen wird.«

Sie sieht mich ausdrucklos an, so als wäre sie kurz davor, mir zu sagen, was ich hören will. Sie blinzelt ein paarmal und beißt sich auf die Lippe. Ich spüre, wie die Wellen gegen mich anbranden, wieder und wieder über mir zusammenbrechen.

Stella nimmt meine Hand und führt mich sanft vom Bett weg. »Du musst dich ausruhen«, sagt sie.

»Nein. Ich darf ihn nicht allein lassen.«

Die Schwester kommt rein und sieht uns missbilligend an. »Ich dachte, ich hätte gesagt, nur fünf Minuten. Das war vor einer Stunde.« Ich sehe sie mit flehendem Blick an, und sie seufzt. »Schreiben Sie mir Ihre Nummer auf, ich rufe Sie an, sobald es etwas Neues gibt.« Sie reicht Stella einen Post-it-Zettel aus ihrer Tasche. Stella kritzelt meine Nummer darauf. Zögernd lasse ich meine andere Hälfte im Zimmer zurück, wo sie um ihr Leben ringt in einem Kampf, dessen Ausgang keine Statistik hätte vorhersagen können. Plötzlich bedeuten mir zehn Prozent gar nichts mehr, und ich verstehe nicht, wieso ich so auf diese Zahl fixiert war. Warum habe ich nicht auf ihn gehört? Warum habe ich ihm nicht vertraut? Warum habe ich so viel wertvolle Energie damit verschwendet, über Dinge nachzudenken, die ich nicht kontrollieren kann? Und warum scheint jetzt, da die Liebe meines Lebens in solcher Gefahr schwebt, alles so klar?

Paolo und Stella schauen den ganzen Tag über immer wieder im Krankenhaus vorbei. Irgendwann um Mittag herum fallen mir die Augen zu, und ich döse bis zum Abend. Bei

Anbruch der Dämmerung taucht Silvio auf, mit gesenktem Kopf und hängenden Schultern. Er hat Essen mitgebracht, das unberührt bleibt.

Irgendwann fährt mich jemand nach Hause und steckt mich ins Bett. Die Krankenschwester ruft nicht an. Um sechs Uhr morgens wache ich auf und nehme eine kalte Dusche in dem vergeblichen Versuch, meinen Körper wieder etwas mehr zu spüren.

Ich ziehe wahllos ein paar Klamotten aus meinem Schrank, ziehe mich an und setze mich mit meinem Notizblock draußen auf die Schaukel. Ich drehe ratlos den Stift zwischen den Fingern, bis die Wörter irgendwann nur so heraussprudeln.

Caro Luca,
ich werde nie jemanden so lieben, wie ich dich liebe.
Du musst gesund werden. Bitte, bitte, bitte werde gesund.
Immer die deine,
Mia

Als ich in der Fattoria di Maiano ankomme, erkennt mich der Kellner wieder.

»Kann ich Ihnen helfen, *signorina*?« Es ist früh, und er beginnt gerade damit, die Tische zu decken. Das Restaurant öffnet erst am Mittag.

»Ähm, kann ich mich vielleicht ein wenig umsehen?«

»Natürlich«, antwortet er verwundert.

In Gedanken durchlebe ich noch einmal einen unserer schönsten gemeinsamen Abende. Als ich beim geheimen See ankomme, lege ich die zusammengefaltete Notiz in den in die

Wand eingelassenen Altar unter der Madonna. Mit geschlossenen Augen hole ich noch einmal die Erinnerung hervor, wie wir beide im Wasser herumtollten, uns dann abtrockneten und lachend zum Roller zurückrannten. Ich öffne die Augen und sehe meine Spiegelung auf der Wasseroberfläche.

Wer bist du ohne ihn, Mia?

Als ich am Krankenhaus ankomme, ist es schon früher Nachmittag. Paolo, Silvio und Stella sitzen stumm nebeneinander.

»Wo in Gottes Namen warst du, Mia?«, fragt Stella. »Wir haben uns Sorgen um dich gemacht. Wo ist dein Handy?«

»Ich musste noch etwas erledigen.« Ich trete ein paar Schritte zurück. Falls irgendjemand versucht, auf italienisch-emotionale Art auf Körperkontakt zu gehen, bin ich mir sicher, dass es übel ausgehen wird.

»Irgendetwas Neues?«

Niemand antwortet mir.

Ich hebe die Stimme. »Ich habe gefragt, ob es etwas Neues gibt?« Drei leere Augenpaare starren mich an. »Das werte ich mal als ein Nein.«

Ich gehe in Richtung Lucas Zimmer, doch Stella versucht, mich zurückzuhalten.

»Warte, ich muss dir etwas sagen«, fleht sie.

Ich schüttle sie ab und blicke sie wütend an. Sobald ich den Raum betrete, wird mir klar, was sie sagen wollte.

Vor Lucas Bett steht ein Priester.

Ich weiß, was das bedeutet.

Meine Augen weiten sich, mir fällt die Kinnlade runter, mein Herz beginnt zu rasen. Er besprenkelt Luca mit Weihwasser.

»Entschuldigung, aber Sie müssen gehen«, bringe ich zwischen zusammengebissenen Zähnen hervor.

Der Priester fährt seelenruhig mit seinem Ritual fort und sagt über die Schulter zu mir: »*Signorina*, der Arzt sagt, dass er auf dem Sterbebett liegt.«

»Er liegt NICHT auf dem Sterbebett!«, schreie ich. »Gehen Sie! Sofort!«

Einige Weihwassertropfen landen auf meinem Gesicht, und in mir brennt eine Sicherung durch. Ich reiße ihm den Weihwasserwedel aus der Hand. Stella hat die Hände vors Gesicht geschlagen und weint, während ich alle möglichen englischen und italienischen Schimpfwörter von mir gebe und mit den Armen in der Luft rudere. Auf einmal legt jemand von hinten den Arm um meinen Oberkörper. Alles, was ich weiß, ist, dass es nicht Luca ist. Doch ich will so sehr, dass er es ist. Paolo lockert eine Sekunde lang seinen Griff. In dem Moment geben meine Beine nach, und ich breche auf dem Boden zusammen, ein erschöpftes Häuflein Elend.

Als ich wieder zu mir komme, liege ich in meinem eigenen Krankenhausbett. Eine besorgte Stella streichelt mir die Stirn.

»Du hast dich am Kopf verletzt.«

Ich drehe ihr den Rücken zu.

Das ist alles zu viel.

Eine junge Schwester kommt herein. »Hat sie etwas gegessen?«

»Nein«, antwortet Stella.

»Sie muss etwas essen.«

»Ich weiß.«

»Spricht sie mit dir?«

»Nein.«

»Sie muss mit jemandem sprechen.«

»Ich weiß.«

»Ich werde sehen, dass eine Nonne vorbeikommt.«

»Wagen Sie es ja nicht. Stella, wehe …«

»Schh, schh. Ich weiß. Ich weiß«, sagt sie und versucht verzweifelt, meinen Körper herumzudrehen. Als sie es nicht schafft, tut sie etwas, das nur Stella tun würde: Sie bittet die Schwester um etwas Privatsphäre und zieht die Vorhänge vor dem Bett zu. Ich spüre ihren Körper an meinem – sie schlingt die Arme um mich und schmiegt ihr Kinn in die Kerbe zwischen meiner Schulter und meinem Nacken. Nachdem sie mir auf diese Art für eine Weile Trost gespendet hat, steigt sie aus dem Bett, fährt das Kopfende mithilfe der Fernbedienung hoch, sodass ich mich aufsetzen muss, und nimmt einen Löffel.

»Iss.«

Wie immer weiß ich, dass ich einen Streit mit Stella nicht gewinnen kann, also gehorche ich widerwillig. Ich bin ohnehin zu benommen, als dass es mich groß kümmern würde. Als ich ihrer Meinung nach genug Krankenhauskost zu mir genommen habe, fragt sie mich, ob ich Luca noch einmal sehen will.

Natürlich will ich ihn noch mal sehen. Nur nicht so.

Stella führt mich in Lucas Zimmer. Sie hat ein Auge auf mich, bis sie sich sicher ist, dass ich nicht wieder zusammenbreche.

Eine Welle der Übelkeit überkommt mich, als ich Lucas ausdrucksloses Gesicht sehe. Ich nehme seine Hand und flehe ihn an, sie zu drücken, falls er mich hören kann.

Nichts.

Ich flehe immer weiter, bis ich mir einbilde, dass seine Hand zuckt. Ich streichle sein Gesicht, beginne bei den Augenbrauen, halte an seinem Mund kurz inne und denke an sein schönes Lächeln und streiche dann über seine Kieferpartie, bis ich unten an seinem Kinn angekommen bin – so, wie ich es Hunderte Male zuvor schon getan habe.

Nichts. Wieso reagiert er nicht?

Ich suche im Schrank nach Lucas Sachen und finde mein Handy. Ich schalte es ein, um unsere Lieblingslieder abzuspielen.

Immer noch nichts.

Der Akku ist leer, das Handy geht aus. Ich will nicht über das Sterben nachdenken.

23. KAPITEL

Um fünf Uhr berichtet Paolo Rosetta per Handy, was es Neues gibt. Sie steigt gerade in den Zug nach Florenz. Es ist fast acht Uhr, als sie den Gang entlanggerannt kommt. Die Reisetasche rutscht ihr von der Schulter.

»Mia, schön, dich zu sehen«, sagt sie nervös. »Es gab einen Bahnstreik«, erklärt sie, so als versuche sie, Smalltalk zu machen und das ernste Thema zu vermeiden: dass ihr Bruder um sein Leben kämpft.

»Bahnstreik?« Es könnte mich nicht weniger kümmern. Sie schluckt nervös und atmet tief ein. Sie muss genauso nervös und aufgelöst sein wie ich – wenn nicht mehr.

»Bist du bereit, ihn zu sehen?« Meine Stimme klingt völlig emotionslos. Augenkontakt ist zu aufreibend, also gehe ich voran zu Lucas Zimmer. Ich halte die Tür für sie auf in der Erwartung, dass sie mir gefolgt ist, doch als ich mich umsehe, steht sie immer noch am selben Fleck.

Gott, gib mir Kraft.

Rosetta bricht in Tränen aus.

»Es ist okay«, sage ich beinahe unhörbar. Ich atme tief ein und nehme ihre Tasche. Sie klammert sich an mich. Sanft entziehe ich mich ihr und sage erneut: »Es ist okay.« Dieses Mal folgt sie mir in Lucas Zimmer.

Gar nichts ist okay.

Ich lasse mich in den Sessel sinken, der sich praktisch schon meiner Körperform angepasst hat. Automatisch sinkt mein Kopf nach unten, als befänden sich an meinem Kinn und an meiner Brust gegenpolige Magneten. Mein Schmerz wird mit jedem ihrer schrillen Schluchzer größer. Als ich es nicht mehr aushalte, verlasse ich den Raum, ohne etwas zu sagen. Ich brauche ein wenig Abstand vom Krankenhaus. Also renne ich an den Schwestern vorbei durch die Eingangstür und sinke auf den Stufen des Krankenhauses unvermittelt auf die Knie, bis plötzlich ein Paar Schuhe in mein Sichtfeld kommt. Leder. Frisch poliert. Sie gehören einem Mann. Er legt die Hand auf meine Schulter und zwingt mich, zu ihm aufzusehen.

»Bitte, *signorina* Mia, steh auf. Ich bin ein alter Mann. Ich habe nicht mehr die Kraft, dich hochzuheben.«

»Signor Fiorelli, bei allem Respekt, aber ich muss jetzt allein sein.«

»Die Leute, denen du am Herzen liegst, werden dir helfen, das durchzustehen, Mia.«

»Woher wissen Sie davon?« Ich sehe zu ihm auf.

»Stella hat es mir gesagt. Aber das ist jetzt egal. Was zählt, ist, dass du die Hoffnung nicht aufgibst.«

Seine müden Hände berühren meine; in seinem Blick liegt eine unausgesprochene Bitte an mein Herz. Ich rappele mich auf, und er hakt mich unter. Würdevoll schreitet er mit mir zurück durch die Eingangstür des Krankenhauses. Dort setzen wir uns in den Eingangsbereich, ohne ein Wort miteinander zu wechseln. Ich bin dankbar für die Stille. Als das Tageslicht vor den Fenstern schwächer wird, steht er auf und sagt: »Was auch immer passiert – du solltest mit dem Malen weitermachen, selbst wenn du das Gefühl hast, dass es nicht geht.«

Irgendwie schaffe ich es, ein »Danke« rauszubringen. Als ich schließlich aufblicke, ist Signor Fiorelli verschwunden.

Später am Abend taucht Clara im Krankenhaus auf – sie hat von Silvio gehört, was passiert ist. Die Nachricht verbreitet sich und berührt alle tief. Nacheinander kommen sie zu mir, um Trost zu spenden. Sosehr sie auch versuchen, für mich stark zu sein – ich kann die Angst spüren, die sich unter ihren festen und beruhigenden Umarmungen verbirgt.

»Wie geht es ihm?«, fragt Clara.

»Unverändert. Wie war Ihr Urlaub?«, wechsle ich das Thema. Ich weiß, dass meine Gedanken, sobald ich aufhöre zu reden, zu Luca zurückkehren.

»Wundervoll. Berts Versetzung wurde genehmigt«, sagt sie lächelnd.

»Das freut mich zu hören. Die Jungs sind bestimmt ganz aus dem Häuschen.«

Da ist ein Hauch von Unbehagen in ihrem höflichen Lächeln, was ich den unerfreulichen Umständen zuschreibe, in denen wir uns befinden. Es ist schwer, in einer sterilen Umgebung wie dieser, in einer so schrecklichen Lage, an so etwas wie ein glückliches Leben zu denken.

»Ich hab Mist gebaut, Clara.«

»Oh, Mia, was meinst du damit? Sag mir, was dir auf dem Herzen liegt.«

»Ich weiß gar nicht, wo ich anfangen soll.«

»Na ja«, sagt sie und holt tief Luft, »manchmal fängt man am besten mit der Gegenwart an. Was fühlst du im Moment?«

»Reue. Traurigkeit. So als hätte ich meinen besten Freund verloren.«

»Verstehe. Und was bereust du, Mia? Was ist passiert, dass du dich jetzt so fühlst?«

»Alles war perfekt. Aber erst jetzt verstehe ich, dass Luca alles dafür getan hat, damit ich einsehe, dass man nicht in der

Vergangenheit leben oder sich über eine unsichere Zukunft Gedanken machen soll. Doch ich war so in mir gefangen, von meiner Vergangenheit und dem, was in der Zukunft sein könnte, dass ich alles verloren habe … ihn verloren habe.«

»Wieso denkst du, dass du ihn verloren hast?«

»In Positano hatte ich Angst, einen Rückfall zu erleiden. Am Ende war es nur eine Infektion, aber ich hab mit Luca Schluss gemacht. Und jetzt wird mir alles klar – jetzt, da er dort drin liegt. Dass ich versucht habe, ihn vor einem Leben zu bewahren, von dem ich dachte, dass es zu viel für ihn wäre, hat ihn nur noch mehr verletzt.«

»Ich bin mir sicher, dass er, wenn die Situation umgekehrt gewesen wäre, ähnlich empfunden und vielleicht sogar das Gleiche getan hätte.«

»Was, wenn ich keine Möglichkeit bekomme, das wieder in Ordnung zu bringen? Was, wenn er nicht aufwacht, Clara?« Ich suche in ihrem Gesicht nach Antworten.

»Manchmal, Mia, wenn das Leben unsicher scheint und einem die Kontrolle entgleitet, ist alles, was man noch tun kann, beten. Aber mach dir klar, dass das Leben weitergeht, egal, was passiert, selbst wenn der Schmerz so tief ist, dass du denkst, dass es unmöglich ist.«

Sie lächelt mich warmherzig an. »Soll ich deine Mutter anrufen? Vielleicht kann ich es arrangieren, dass sie während dieser schwierigen Zeit bei dir sein kann.«

»Das ist eine gute Idee. Danke.« Ich versuche, die Tränen zurückzuhalten.

Clara kramt in ihrer Handtasche, holt Stift und Notizbuch heraus und bittet mich, ihre Nummer aufzuschreiben. »Überlass das nur mir«, sagt sie und steckt das Notizbuch zurück in ihre Tasche. Sie drückt meine Hand, und ich schmiege mich in ihre Umarmung, weine mich an ihrer Schulter aus. Plötzlich wird mir bewusst, wie weit weg meine Mutter ist und wie sehr ich mich nach ihr sehne.

Clara fährt mich nach Hause und wärmt mir einen Teller Suppe auf, die Stella für mich bereitgestellt hat. Sie sieht auf ihre Uhr. »Glaubst du, dass deine Eltern schon wach sind?«

»Ja, schon … aber ich denke, ich sollte sie selbst anrufen.«

Sie nickt mir zustimmend zu, dann lässt sie mich allein. Sie verspricht mir, morgen wiederzukommen.

Meine Mum hebt nach dem zweiten Klingeln ab. »Mein Schatz, ist alles okay? Normalerweise rufst du nie um die Zeit an.«

»Alles ist …«

»Mia?«

»Nein, Mum. Nein, mir geht's nicht gut.« Meine Stimme zittert.

»Warte kurz, Schatz, ich setze mich hin. Dein Vater ist hier neben mir. Ich hab dich auf Lautsprecher gestellt.«

»Ihr erinnert euch doch, dass ich mit Luca nach Positano gefahren bin?«

»Ja – ist irgendwas passiert? Geht es dir gut? Du bist doch nicht …«

»Ich dachte, ich wäre wieder krank, aber nein, bin ich nicht … und … Mum, es tut mir alles so leid, dass ich euch aus meinem Leben ausgeschlossen hab … Ich wollte dir und Dad nie wehtun, besonders nach allem, was ihr für mich getan habt. Ich weiß, dass das falsch von mir war, aber … Ich dachte, dass ihr euch dann vielleicht daran gewöhnen würdet, wie es wäre, ohne mich zu leben, für den Fall, dass ich …«

»Oh, Mia.« Sie hält inne. »Wir wissen, dass das alles hart für dich war. Und dass du ein wenig Zeit brauchen würdest, um alles zu verarbeiten.« Sie schnieft. »Wir haben darauf gewartet, dass du zu uns zurückkommst«, sagt sie mit erstickter Stimme.

»Wir wussten immer, dass du zu uns zurückkommen würdest, Mäuschen«, schaltet sich mein Dad ein. Als ich seine Stimme höre, kann ich meine Tränen nicht länger zurückhalten.

Ich hole tief Luft und ziehe ein Taschentuch hervor. »Ich wusste nicht, dass das der falsche Weg ist, Stärke zu zeigen. Ich dachte, ich bräuchte euch nicht, aber das stimmt nicht. Und ... Und ich verstehe jetzt ... dass du und Mum mich auch braucht.«

»Ach, Schatz«, sagt Mum. »Wir haben dich so lieb.«

»Was ist in Positano passiert?«, fragt Dad.

Ich erzähle Mum und Dad von dem Unfall, wie ungewiss Lucas Zustand jetzt ist und wie sehr ich ihn liebe.

»Du solltest zu ihr fliegen, Julie. Wie spät ist es? Wir buchen dir gleich ein Ticket«, sagt Dad.

»Mia, hast du gehört? Ich komm zu dir. Mit dem nächsten Flugzeug.«

»Ich denke, ihr solltet warten. Bis wir mehr wissen ... oder wissen, wie lang ... oder ob er ...« Ich versuche, die Tränen zurückzuhalten. »Ich will, dass ihr kommt, aber nicht jetzt. Noch nicht.«

»Ich werde für ihn beten, Mia. Genau wie ich für dich gebetet habe. Ich bete noch immer. Ich habe keine Sekunde lang aufgehört zu beten. Ich will, dass du mich anrufst ... jeden Tag. Sag mir, wie es dir geht, egal, wie du dich fühlst.«

»Das will ich auch, Mum.«

Nachdem wir uns verabschiedet haben, sitze ich einen Moment wie betäubt da und starre auf das Display meines Handys. Trotz der physischen Distanz fühle ich mich meinen Eltern näher denn je.

Seit meinem ersten Tag in Impruneta war ich nicht mehr in der Basilika. Ich stoße leise die Tür auf und stehe unerwartet direkt Vater Damiano gegenüber.

Er mustert mich von oben bis unten.

»Ah, ich erinnere mich an Sie. Bitte, kommen und setzen Sie sich.« Ich nehme neben ihm in der hintersten Bank Platz. »Deine Freunde – Lucas Freunde –, ihr seid alle in unseren Gedanken und Gebeten. Die Sache mit Vater Marco im Krankenhaus tut mir leid. Ich sorge dafür, dass das nicht noch mal passiert. Ich habe ihm die Situation erklärt.«

»Jemanden wie Luca kann man nicht einfach aufgeben.« Die Hitze aus meinem Inneren steigt nach oben und brennt auf meinen Wangen.

»Das verstehe ich. Manchmal müssen wir alle an der Hoffnung festhalten.«

»Wenn es alles ist, was wir noch haben«, erwidere ich und schaue abwesend auf Jesus, der am Kreuz an der Wand hängt.

»Was hat Sie heute hierhergeführt?«

»Ich bin gekommen, um für ein weiteres Wunder zu beten.«

»Lassen Sie mich mit Ihnen beten, *signorina*?«

Seine glasklaren blauen Augen bitten und trösten mich zugleich. Ich knie mich auf den gepolsterten Sitz vor mir. Als ich meinen Kopf neige, tut er es mir gleich.

Ich weiß nicht, wie lange ich dort ausharre, doch irgendwann zeigen mir die Nadelstiche in meinen Beinen, dass es Zeit ist zu gehen. Vater Damiano bewegt sich erst, als ich wieder aufrecht dasitze.

»Vergessen Sie nie, dass Gott alles hört. Jedes Gebet. Jeden Wunsch.«

Meine Schritte hallen durch die Basilika. Als die Tür hinter mir ins Schloss fällt, flüstere ich: »Beweise es.«

24. KAPITEL

Es gibt mindestens vierzehn verschiedene Möglichkeiten, wie man die Schönheit eines Sonnenaufgangs beschreiben kann. Ich weiß das, weil ich seit Lucas Unfall jeden Morgen früh aufgestanden bin und den Sonnenaufgang von der Schaukel aus mitverfolgt habe – unserer Schaukel. Anschließend erzähle ich Luca jedes Mal, was das Besondere am Sonnenaufgang des jeweiligen Tages gewesen ist. Auch, wie ihn zu treffen, ihn zu lieben und ihn mich lieben zu lassen mein Leben verändert hat. Mich verändert hat. Mir geholfen hat, wieder zu mir zu finden.

Heute Morgen ist mir nicht danach, gleich ins Krankenhaus zu gehen, also mache ich einen Umweg über die Ponte Vecchio. Ich stütze mich auf das Brückengeländer und beobachte, wie das Wasser unten vorbeifließt. Wann der Fluss sich wohl mit dem Meer vereint? Ab welchem Punkt verschwindet er und wird zum Meer? Oder verlieren sie sich einfach ineinander, vermischen sich miteinander? Ich muss an das alte italienische Pärchen denken, das ich an meinem allerersten Tag in Impruneta gesehen habe, wie es Arm in Arm diesen steilen Hügel heruntergegangen ist. Ich wusste, dass er sie, wenn er ausrutschen würde, mit sich reißen würde. Ich weiß nicht, wie ich verhindern kann zu fallen, wenn Luca es nicht schafft. Irgendwie werde ich es verhindern müssen.

Ich krame in meiner Tasche nach dem Liebesschloss, das bedeutungsvollste Geschenk, das mir je jemand gemacht hat. Mit zitternder Hand fummele ich am Schlüssel herum, bis das Schloss aufspringt. Das Eisen mit den eingravierten Worten fühlt sich kühl auf meiner Haut an. Zwischen den Hunderten anderen Schlössern finde ich einen Platz für unseres und lasse es einschnappen. Unser Schloss. Unsere Brücke. Unser »für immer«. Blind vor Tränen gehe ich an die Brüstung und werfe den Schlüssel hinunter in den Arno. Ich weiß nicht, ob noch jemand anderes das Seufzen hört, das aus meinem Inneren aufsteigt – alles, was ich weiß, ist, dass es von ganz tief drinnen kommt.

Auf meinem Weg durch das Stadtzentrum zum Krankenhaus komme ich an Signor Fiorellis Stand vorbei. Er winkt mir zu, und als ich nicht anhalte, folgt er mir, kann aber mit meinen schnellen Schritten nicht mithalten.

»*Cara* Mia, alles okay?«, ruft er mir nach. Ich drehe mich ihm nur halb zu und schaue ihn an, an ihm vorbei, hinter ihn, und antworte mit einem kurzen Winken. Die Worte *Ich glaube nicht* hallen in mir und um mich herum wider.

Als ich im Krankenhaus ankomme, ist Rosetta gerade in Lucas Zimmer.

»Gibt es irgendetwas Neues?«

Wie jeden Tag schüttelt sie den Kopf. Nahe der Bettkante liegt ein Faltblatt; ein kurzer Blick zeigt mir, dass es um lebenserhaltende Maßnahmen und Möglichkeiten geht. Ich reiße es in Stücke und werfe es in den Mülleimer. Mir dreht sich fast der Magen um.

»Ich will so etwas hier nie wieder sehen. Keine Priester, Nonnen, Broschüren, nichts. Nur Hoffnung. Verstanden?«

Sie nickt stumm. Tränen laufen ihr die Wangen herunter. Sie geht aus dem Zimmer und fährt zurück zu Lucas und Paolos Wohnung, um sich ein bisschen auszuruhen.

Ich widme mich meiner täglichen Aufgabe, die verwelkten

Blumen durch frische zu ersetzen, dann setze ich mich auf den Stuhl neben Lucas Bett. Ich lese ihm aus einem Jane-Austen-Roman und seinen Lieblingsautozeitschriften vor, doch es kommt kein Lebenszeichen von ihm. Am späten Morgen lege ich sie endlich beiseite und verbringe die nächsten paar Stunden damit, ihn anzusehen, zu warten, in Erinnerungen zu schwelgen.

»Du musst kämpfen, Luca. Härter, als du jemals zuvor gekämpft hast.«

Um die Mittagszeit herum kommt Paolo ins Zimmer.

»Eigentlich soll immer nur einer bei ihm sein, aber ich denke, es macht ihm nichts aus.«

»Paolo?«, flüstere ich.

»Ja, Mia?«

»Glaubst du, dass er es schaffen wird?«

Er sieht mich an, dann richtet er den Blick in die Ferne, an mir vorbei. »Ich hoffe es.«

Niemals will ich den Geschmack seiner Lippen vergessen, den Geruch seiner Haut und wie er mich angesehen hat, als er dachte, ich würde es nicht merken. Ich will mich daran erinnern, wie es sich angefühlt hat, als sein Lächeln mir den Atem genommen hat. Wenn Luca es nicht schafft, bleiben mir nur Erinnerungen. Wie alle Erinnerungen wären sie zuerst ganz lebendig und voller Gefühl, würden aber mit der Zeit immer schemenhafter und verschwommener werden. Es gibt nur einen Weg, wie ich meine Erinnerungen festhalten kann, solange sie noch frisch und nicht in eine ferne Vergangenheit abgedriftet sind. Ich durchbreche meine übliche Routine und fahre nach meiner morgendlichen Meditation nicht ins Krankenhaus, sondern gebe dem Drang nach, nach oben ins Atelier zu gehen. Mit einigem Kraftaufwand schaffe ich es, ein Fenster aufzuschieben und etwas frische Luft reinzulassen. Ich schalte das alte Radio ein, drehe die Lautstärke höher, schnappe mir einen Eimer, einen Besen und ein paar alte Lumpen aus der Wäsche. Nach vollen zwei Stunden ist das Atelier sauber.

Unter einer der Abdeckplanen finde ich eine verrostete Keksdose, darin ein Stapel Schwarz-Weiß-Fotografien, die mit einer Schleife zusammengebunden sind. Darunter liegt ein Stapel alter Briefe, alle zerlesen und verblichen. Ich sehe mir die Poststempel an. Sie stammen aus der Zeit des Zweiten Weltkriegs. Ich drücke die Briefe an meine Brust und fühle auf einmal unglaubliche Trauer für Signor Fiorelli. Ich schaue die Fotografien durch, die die Liebe, die er für Amelia empfand, so wundervoll einfangen. Mir kommt wieder in den Sinn, dass Liebe die Macht hat, unser Leben unglaublich zu bereichern und uns zugleich so tief zu verletzen, dass sie, wenn wir es zulassen, unser Leben für immer zerstört. Ich stelle die Dose zur Seite. Nachdem ich im Keller einen Eimer Farbe gefunden habe, mache ich mich an die Arbeit und streiche die Hauptwand des Ateliers.

Dann setze ich mich und sehe ihr beim Trocknen zu, während meine Seele zu ergründen versucht, wie es sich anfühlt, ich zu sein. Ich war verloren und gebrochen. Verängstigt und einsam. Und dann auf einmal nicht mehr. Jetzt bin ich kurz davor, denselben Weg noch einmal zu gehen – wenn ich es zulasse. Nur bin ich diesmal fest entschlossen, die Stücke meines zerbrochenen Ichs wieder zusammenzusetzen – für Luca. Er würde nicht wollen, dass ich innerlich zerbrochen bin. So weh es auch tut, ich habe eine Wahl. Mich in meinem Schmerz suhlen und innerlich sterben oder nach dem Spruch leben, den er mir einst beigebracht hat: *Nimm das Leben so, wie es kommt.*

Als ich so dasitze, den beruhigenden Geruch frischer Farbe in der Nase, während dicke Regentropfen gegen das offene Atelierfenster trommeln und das Radio übertönen, zeichne ich in Gedanken unseren Weg nach, unser Leben, alle Dinge, die uns zu *uns* gemacht haben.

Die Erinnerungen tanzen in meinem Kopf umher. Auf einmal lächle ich von innen heraus und beginne, das erste Bild zu malen.

Wir. Auf der Piazzale Michelangelo.

Ich nehme eine Karte und schreibe mit Filzstift eine Notiz darauf, die unter dem Gemälde angebracht werden soll.

Unser erster Kuss. *Als ich innerlich wie betäubt war, hast du mir gezeigt, wie es ist, wieder zu fühlen.*

Eine Woche später habe ich eine Sammlung von sieben Gemälden, auf denen ich die Erinnerungen an meine Zeit mit Luca eingefangen habe.

Wir. Unsere Brücke. *Du hast meine Tränen weggewischt. Du hast mir gezeigt, dass es okay ist, ich zu sein.*

Wir. Sonnenblumen. *Du hast mir gezeigt, wie es ist, wieder zu lachen.*

Wir. Unser geheimer See. *Ti amo … Du hast mir gesagt, dass du mich liebst.*

Wir. Fahrräder. Sanfte Hügel und üppige Weingärten. *Das Leben so nehmen, wie es kommt.*

Wir. Livorno. Ein Kieselstrand und brandende Wellen. *Ich wollte, dass dieser Tag niemals endet.*

Wir. Sternschnuppen. *Wünsche können in Erfüllung gehen.*

Zwei Wochen später habe ich vierzehn unserer schönsten Erinnerungen auf Leinwand verewigt. Ich gehe in die Stadt, zur *corniceria*. Ich reiche dem Ladenbesitzer eins meiner Bilder, und er bringt mir verschiedene Rahmen, aus denen ich einen klassischen glatten Holzrahmen im antiken Stil auswähle. Dann nimmt er Maß, und ich sage ihm, dass ich vierzehn davon brauche.

»Vierzehn?«

»Ja, bitte.«

»Ich werde sie Ihnen liefern, sobald sie fertig sind, *signorina* Mia.«

Einige Tage später bin ich gerade wieder im Atelier, als Stella an die Tür klopft.

»Mia, kann ich reinkommen?« Sanft schiebt sie die Tür auf. »Rocco aus dem Rahmengeschäft ist da. Er sagt, dass er eine Lieferung für dich hat.«

»Klar, lass ihn rein«, murmele ich, den Blick auf mein neuestes Bild geheftet.

Rocco stellt die Rahmen in einer Ecke des Ateliers ab und verschwindet wieder.

»Um diese Zeit bist du doch normalerweise im Krankenhaus.« Stellas Blick fällt auf die Bilder, die auf dem Boden verstreut liegen. »Oh, wow. Mia, die sind … sind das Bilder von dir und Luca?«

Ich nicke.

»Die sind wunderschön. Sind das Orte, die ihr zusammen besucht habt?« Sie kommt langsam näher, um die Bilder zu bewundern.

Ich nicke erneut.

»Wo ist das hier?« Sie deutet auf ein Bild, auf dem wir zusammen im *laghetto* schwimmen.

»Das ist ein Geheimnis.«

»Und dieses Sonnenblumenfeld hier?«

»Volterra. In der Nähe von Pisa. Wir haben immer gesagt, dass wir uns gemeinsame Erinnerungen schaffen wollen. Wenn es stimmt, was sie im Krankenhaus sagen … will ich sichergehen, dass ich etwas habe, woran ich mich festhalten kann.«

Sie senkt den Blick. »Willst du damit sagen, dass du die Hoffnung aufgegeben hast, Mia?«

»Nein, Stella. Im Gegenteil, das ist die einzige Möglichkeit, wie ich sie mir bewahren kann.«

Ich wende mich wieder meinem Bild zu und verleihe einem Gemälde von Luca und mir in unserer Lagune in Positano den letzten Schliff. Er steht da und liest mir Jane Austen mit seinem sexy italienischen Akzent vor, während ich die Augen vor der grellen Sonne abschirme und lache – ein Lachen, das durch die ganze Lagune hallt.

»Und einen Moment später hat er das Buch fallen lassen, mich hochgehoben, herumgewirbelt und ins kalte türkisfarbene Wasser geworfen.« Ich starre das Bild an.

»O Gott, Mia, ich weiß, wie weh das tut. Wie hart das für dich sein muss, die Ungewissheit.«

»Ich versuche, den Sinn des Ganzen zu verstehen, auf die einzige Art und Weise, die mir zur Verfügung steht. Ich hoffe nur, dass – es reicht, um mich am Leben zu halten, falls er es nicht schafft.«

Sie setzt sich neben mich und überkreuzt die Beine. Eine lange Zeit bleibt sie stumm, bis sie schließlich sagt: »Liebes, ich habe keine Ahnung.«

Dafür liebe ich sie. Weil sie es versteht. Ich ziehe die Knie an die Brust und lege meinen erschöpften Kopf in meine Hände. Meine Seele sehnt sich nach diesen glücklichen Zeiten. Als Stella die Arme um mich legt und mit mir weint, fühle ich mich nicht mehr so allein.

25. KAPITEL

Am nächsten Tag sage ich Stella, dass ich Signor Fiorelli unser Mietgeld bringe. Ich möchte mich dafür bedanken, dass er neulich zum Krankenhaus gekommen ist.

»*Bella* Mia, wo warst du denn? Ich habe jeden Tag an dich gedacht, meine Liebe.«

»Danke, Signor Fiorelli. Ich war beschäftigt. Vor allem mit Malen.«

»Wie geht es Luca?«

»Unverändert.« Er hält meinen Blick fest, aber ich weiche ihm aus. Das Wort »unverändert« bedeutet rein gar nichts. Nicht besser, nicht schlechter, nicht näher, nicht weiter.

»Was sagen die Ärzte?«, fragt er leise.

Ich trete von einem Fuß auf den anderen und spreche die Worte aus, die ich unbedingt vermeiden wollte. »Sie sagen, es sieht nicht sehr vielversprechend aus.«

»Du sagst, du malst viel?«

»Ja. Es ist so ziemlich das Einzige, was mich derzeit auf den Beinen hält. Es wäre schön, wenn Sie irgendwann in die Villa kommen.«

»Mia, ich ... war schon sehr lange nicht mehr zu Hause ... in der Villa.« Er seufzt.

»Um meine Bilder zu sehen, Signor Fiorelli. Ich bin jetzt bereit, anderen meine Bilder zu zeigen.«

»Mal sehen, Mia. Hast du heute deine Malsachen mitgebracht?«

»Nein, ich bin nur gekommen, um Ihnen das Geld für die Miete zu bringen.«

»Behalte es. Du hast diesen Monat nicht viel gearbeitet.«

»Das ist schon in Ordnung. Ehrlich.«

Ich reiche Signor Fiorelli den zerknitterten Umschlag. »Oh, ich habe noch etwas für Sie.« Ich gebe ihm die Dose mit den Fotos und den Briefen.

Es dauert einen Moment, ehe er die Schachtel erkennt. Vorsichtig öffnet er den Deckel, nimmt die Fotos heraus und löst mit seinen runzligen Händen langsam das Band, das sie zusammenhält.

Er drückt die Fotos an seine Brust.

»Ich dachte mir, dass sie Ihnen bestimmt gefehlt haben. Ich weiß, dass sie etwas ganz Besonderes für Sie sein müssen.«

»Danke, meine Liebe. Ich weiß das sehr zu schätzen.«

Er drückt mir ein paar Pinsel in die Hand und stellt eine Staffelei für mich auf. »Mal ein wenig mit mir.«

»Sehr gern.«

Ich verbringe den Nachmittag mit Signor Fiorelli, und als ich mein Bild beendet habe, steht er auf und bewundert es. Es ist das Bild eines Mädchens, das am Rand der Ponte Vecchio sitzt und ein Vorhängeschloss in den Händen hält.

»Wie heißt das Bild?«, fragt er.

»Das Liebesschloss.«

Er fragt mich, ob ich bereit wäre, es zu verkaufen.

»Oh, ich weiß nicht, ob es dafür gut genug ist, Signor Fiorelli.«

»Das sollen die Leute selbst beurteilen, Mia.« Er macht eine Geste in Richtung der Touristenmenge auf dem Platz.

Ich lasse ihn mein Bild mitnehmen, während ich den Stand beaufsichtige. Eine halbe Stunde später kehrt er mit dem Bild zurück, das jetzt in einen Holzrahmen eingespannt ist. Er stellt es gut sichtbar aus und nimmt dann einen Füller und eine weiße Karte aus der Tasche seiner Jacke.

»Einzelstück. *Das Liebesschloss* von Mia …« Er sieht fragend zu mir auf.

»Moretti.«

»Zweihundertfünfzig Euro.«

»Es wird sich nie zu diesem Preis verkaufen lassen, Signor Fiorelli.«

»Komm morgen zurück, um dein Geld abzuholen, Mia.«

Drei Tage später komme ich wieder, um Signor Fiorelli zu besuchen.

»Endlich bist du wieder da. Ich habe etwas für dich«, sagt Signor Fiorelli mit einem fröhlichen Lächeln, während er in seine Jackentasche greift.

Er holt ein Bündel Geldscheine heraus und gibt es mir.

»Dein Bild war innerhalb einer Stunde verkauft.«

»Das ist unglaublich!«

»Mia, meine Liebe, sieh mich an.« Seine kristallblauen Augen fixieren meine. »Du musst an deine Fähigkeiten als Künstlerin glauben. Deine Arbeit verkauft sich, weil sie nicht einfach nur schön anzuschauen ist. Sie steckt voller Emotionen. Die Art von Emotionen, die nur ausgedrückt werden kann, wenn man das erlebt hat, was man erlebt hat. Verstehst du mich? Du malst aus dem Herzen und mit dem Herzen.«

Ich nicke. »Danke, Signor Fiorelli.«

»Und jetzt lass uns malen.« Er reicht mir einen Pinsel. Die Einsamkeit, die ich in letzter Zeit gefühlt habe, wird mit jedem Pinselstrich etwas weniger überwältigend. Es ist jetzt Oktober. Der Sommer ist vergangen und damit auch die *vendemmia*. Die reifen Trauben wurden von den Reben gesammelt, um zu Wein gegoren zu werden. Sobald die Temperaturen zu sinken beginnen, präsentieren sich die Blätter in satten, bunten Farben, ehe sie schließlich abfallen. Auch wenn ich von Herzen dankbar bin, dass Luca noch lebt, frage ich mich, wie der nächste Sommer für uns beide aussehen wird. Das heißt, falls es ein »uns beide« noch geben wird.

Es macht mir großen Spaß, in Signor Fiorellis Gesellschaft zu malen, und ich hänge ihm an den Lippen, während er mir mit großer Leidenschaft und Lebendigkeit alte Geschichten von seiner Amelia erzählt. Ehe ich michs versehe, haben er und ich in eine Routine gefunden. Jeden Tag lasse ich ein Bild bei ihm, und jeden Nachmittag wird dieses Bild verkauft. In den zwei Wochen, die ich nun mit Signor Fiorelli zusammen arbeite, habe ich mit meinen Bildern fast viertausend Euro verdient.

An diesem Tag fange ich gerade mit einem neuen Bild an, als ich durch das Klingeln meines Handys unterbrochen werde.

Es ist Stella.

»Mia, du musst schnell herkommen.«

Mein Herz setzt ein paar Schläge aus. Dann spüre ich, wie das Adrenalin durch meinen Körper rauscht. »Ich komme.«

Ich stecke mein Handy in die Tasche zurück, mein Pinsel fällt zu Boden, und Signor Fiorelli blickt überrascht zu mir auf.

»Es ist Luca! Ich muss gehen.«

»Geh, *signorina*, geh!«

Ich eile zu meinem Fahrrad und trete wie wild in die Pedale, während ich mich durch die Fußgängerzone schlängele und schließlich das Stadtzentrum verlasse.

O Gott, bitte lass ihn nicht tot sein.

O Gott, bitte lass mich rechtzeitig ankommen.

O Gott, ich hätte dort bei ihm sein müssen.

Hastig stelle ich mein Fahrrad vor dem Krankenhaus ab und stürze die Treppen zum Eingang hinauf, wobei ich mir das Knie anstoße. Als ich völlig außer Atem und mit zitternden Beinen Lucas Tür erreiche, erstarre ich. Ich halte inne, um zu Atem zu kommen. Meine Hand liegt auf der Türklinke. Was, wenn er tot ist? Ich habe zu viel Angst, um die Tür zu öffnen. Ich weiß nicht, was ich tun werde, wenn ich sein Bett ohne seinen Körper darin vorfinde.

Dann höre ich von drinnen Stimmen, die lebhaft auf Italienisch miteinander schwatzen, und zuerst denke ich, dass ich das falsche Zimmer erwischt habe, denn das klingt gar nicht nach der düsteren Stimmung, die ich erwartet hatte. Jemand muss mich durch das mattierte Fenster gesehen haben, denn die Tür wird für mich geöffnet, und ich falle fast ins Zimmer hinein. Alle Augen sind auf mich gerichtet, während mein Blick zum Bett wandert.

Er ist wach.

Er ist am Leben.

Er atmet.

Ich keuche laut auf, meine Schultern sinken hinab, und ich schlage mir die Hände vor den Mund. Falls ich jemals Zweifel hatte, dass Wunder geschehen und Wünsche wahr werden, ist das hier der lebendige Gegenbeweis. Ich stehe am Fuß seines Bettes, und unsere Blicke begegnen sich. Ich gehe auf ihn zu, nehme seine Hand und drücke ihm einen sanften Kuss auf die Wange, denn ich habe Angst, ihm wehzutun. Er sieht so zerbrechlich aus, wie er da liegt und immer noch an unzählige

Schläuche angeschlossen ist. Er sieht mich an und lächelt, aber mich verwirrt die nicht fassbare und doch sehr reale Distanz zwischen uns.

»Ich liebe dich so sehr«, flüstere ich, und Tränen der Erleichterung sammeln sich in meinen Augen. Mein Kopf sinkt an seine Brust, und er legt langsam seinen Arm um mich und drückt mich zärtlich an sich. Schließlich kehre ich wieder in die Wirklichkeit zurück und suche in seinen Augen nach einer Bestätigung, dass alles in Ordnung ist.

Luca sagt nichts. Er schließt die Augen, und ich weiß nicht, ob er es deshalb tut, weil er immer noch so schwach ist, oder wegen dem, was ich gesagt habe.

Die Stimmung im Zimmer hat sich verändert, das lebhafte Geplapper ist verstummt, während Paolo, Rosetta und Stella darauf warten, dass jemand etwas sagt.

»Geht … geht es dir gut?«, frage ich.

Luca öffnet die Augen und nickt, bevor er den Blick von mir abwendet. Er lügt. So hatte ich mir das nicht vorgestellt. Irgendetwas stimmt nicht. Es frustriert mich, dass ich nicht verstehe, was los ist.

»Was ist los? Hast du Schmerzen?« Meine Stimme zittert.

Warum sieht er mich nicht an?

»Es wird etwas Zeit brauchen«, sagt Stella und bewegt sich unbehaglich.

»Luca?«

Jemand murmelt etwas davon, uns allein zu lassen, und alle verlassen das Zimmer.

»Luca, *amore*, sieh mich an. Bist du okay?« Ich lege meine Hand zärtlich auf sein Gesicht. Es ist voller Traurigkeit, wie ich sie noch nie bei ihm gesehen habe. Er mag am Leben sein, aber er wirkt leblos. Mein Herz krampft sich zusammen, als mir klar wird, dass etwas ganz und gar nicht stimmt.

»Hast du Schmerzen?«

»Nein, Mia.« Seine Stimme ist kaum hörbar.

»Wann bist du aufgewacht?«

»Heute Morgen.«

»Du meinst, am Nachmittag.« Es beunruhigt mich, dass er verwirrt ist. Die Ärzte haben uns gewarnt, dass das Risiko einer Gehirnverletzung bestehen könnte. »Ich hätte hier sein sollen. Ich war jeden Tag da. Ich wollte heute Nachmittag kommen …«

»Nein. Ich habe den Ärzten gesagt, sie sollen dich nicht sofort anrufen. Tut mir leid.« Ich bin mir fast sicher, dass ich einen Anflug von Schuldgefühlen über sein Gesicht huschen sehe.

»Was? Warum?« Ich suche in seinem Gesicht nach Antworten.

Doch ich erhalte keine.

»Es tut mir leid, wenn du immer noch wütend auf mich bist. Ich weiß, dass ich unrecht hatte. Ich habe nicht klar gedacht. Es tut mir so leid, was in Positano passiert ist. Ich hätte dich nicht einfach so verlassen dürfen. Das war falsch von mir.«

Langsam hebt er seine Hand und legt seinen Finger auf meinen Mund, damit ich aufhöre zu reden.

»Ich bin nicht wütend auf dich, Mia. Es gibt nichts zu verzeihen«, flüstert er.

»Ich verstehe nicht. Du machst mir Angst. Sind es die Medikamente? Falls du Schmerzen hast, können wir sie bitten, die Dosis zu erhöhen. Du musst nicht leiden.«

Sein Gesicht verzieht sich zu einer verzweifelten Grimasse,

und ich fühle mich so hilflos, weil ich ihm die Schmerzen nicht nehmen kann. »Das ist das Problem, Mia.«

»Was ist das Problem, *amore*?«

»Ich kann meine Beine nicht spüren.«

»Was hast du gesagt?«, flüstere ich, und mein Herz setzt einen kurzen Moment aus. Das kann nicht wahr sein.

»Da ist nichts. Ich kann nichts spüren. Die Ärzte sagen, es ist eine Schädigung der Wirbelsäule. Sie werden erst mehr wissen, wenn die Entzündung abgeklungen ist.«

Es dauert mehrere Sekunden, bevor mich die volle Bedeutung seiner Worte erreicht.

»O Gott, das ist alles meine Schuld. Sie haben gesagt, dass du aufgewühlt warst, als du losgefahren bist.«

»Nein. Ein Auto ist auf meine Straßenseite aufgefahren. Es ist nicht deine Schuld«, flüstert er.

»Ich kann das nicht glauben. Vermutlich ist es nur eine Schwellung. Du brauchst nur Zeit, um dich zu erholen. Solche Dinge brauchen Zeit. Warte, bis die Entzündung abklingt.«

»Nein, Mia. Die Ärzte haben gesagt, dass die Wahrscheinlichkeit sehr hoch ist, dass ich nie wieder laufen kann.« Die zweite Welle trifft mich noch härter als die erste. Statistiken. Der Kampf gegen die Wahrscheinlichkeit. Stark sein zu müssen. Ich bin es so leid. Ich hole tief Luft, halte ein paar Sekunden den Atem an und lasse meine Lungen sich ausdehnen. Dann atme ich aus.

»Du meinst, dass du wieder laufen kannst?«

Er schweigt.

Ich schlucke die Angst und die allzu vertrauten Gefühle, die diese schreckliche Situation in mir wachruft, herunter. Ich nehme seine Hand und drücke sie. Er zieht sie zurück.

»Tu das nicht, Luca. Ich weiß, dass du aufgewühlt bist, aber stoß mich nicht weg. Bitte.«

»Du hattest recht. Es ist das Beste, wenn wir uns eine Weile nicht sehen«, sagt er kalt.

Ich schließe die Augen. Ich will ihm nicht zuhören; will nicht hören, was er sagt. Das Blatt hat sich gewendet. Das Karma schlägt zurück, und es tut höllisch weh.

»Ich hatte unrecht. Ich lag total falsch. Das weiß ich jetzt, Luca. Schau mich an. Bitte!«

Er ignoriert mich und spricht weiter. »Die Ärzte sagen, dass sie mich nächste Woche aus diesem Krankenhaus entlassen ...«

»So bald schon?« Ich verstehe nicht, wie das sein kann.

»... und mich ins Krankenhaus nach Orvieto verlegen.«

»Nein. Das kannst du nicht tun. Bleib hier. Ich werde für dich da sein – ich kümmere mich um dich«, flehe ich.

Ich lege meine zitternde Hand an sein Kinn und versuche, seinen Kopf zu mir zu drehen.

»Nein, Mia.«

»Nein. Das kannst du uns nicht antun«, flüstere ich.

Er schließt die Augen und lässt den Kopf in sein Kissen sinken. Ich weiß, dass er erschöpft ist und sich ausruhen muss. Ich beuge mich zu ihm, küsse ihn sanft und verharre einen Moment, um zu sehen, ob er den Kuss erwidert.

Nichts.

Ich stehe auf, reiße ein Taschentuch aus der Schachtel auf seinem Nachttisch und gehe zur Tür.

»Es wäre mir lieber, wenn du nicht mehr ins Krankenhaus kommst«, murmelt er, als ich die Tür erreiche, die Augen immer noch geschlossen. Ich weiß, dass er es nicht erträgt, mich dabei anzusehen. Seine Worte jagen mir einen eiskalten Schauer über den Rücken. Ich bin wie erstarrt, werde in tausend Teile zerspringen, wenn ich auch nur einen weiteren Schritt vorwärts mache. Doch dann stolpere ich durch die Tür und auf die Toilette. Das kalte Wasser auf meinem Gesicht kann mir jedoch auch nicht helfen. Schließlich suche ich nach Stella, um sie zu bitten, mich nach Hause zu bringen. Sie unterhält sich im Wartezimmer mit Rosetta. Sie besprechen die neue Situation und wie Lucas Zukunft aussehen wird, diskutieren darüber, ob er mit einer intensiven Reha wieder in der Lage sein wird zu laufen. Stella bittet Rosetta, hier in Florenz zu bleiben, und Rosetta stimmt auch zu. Aber wir alle wissen, dass die Entscheidung bei ihrem Bruder liegt.

Paolo führt eine hitzige Diskussion mit dem Arzt, den er auf dem Flur aufgehalten hat.

»Was meinen Sie damit, Sie denken, dass er nicht mehr laufen kann? Sind Sie sich sicher? Welche Tests haben Sie gemacht?«

Der Arzt räuspert sich. Gespräche wie diese sind sicher nicht leicht, auch für ihn nicht. Dr. Pirelli sieht aus, als hätte er viel Erfahrung damit, Familien schlechte Neuigkeiten zu überbringen. Die Muskeln in meinen Füßen verspannen sind, dann in meinen Beinen, Händen, Schultern und in meinem Kiefer. Oh, wie mir der Kiefer wehtut. Ich gehe zu den beiden Männern, und Paolo nimmt meine Hand. Er drückt sie, ohne seine Aufmerksamkeit vom Arzt abzuwenden.

»Wir werden mehr wissen, sobald die Schwellung abklingt, aber das sind die Informationen, die uns aufgrund der letzten Bilder vorliegen. Ich weiß, dass es ein Schock ist, aber ich habe schon genügend Patienten wie ihn gesehen, mit dieser Art von

Verletzung, um Ihnen sagen zu können, dass ich fast davon überzeugt bin, dass er nicht mehr laufen wird. Es tut mir leid.«

Ich reiße meine Hand von Paolo los.

»Entschuldigen Sie, Doktor. Glauben Sie an Wunder?«

Er sieht mich seltsam an.

»Tun Sie es?«, wiederhole ich.

Er räuspert sich. »Ja, ja, das tue ich. Ich habe während meiner Zeit als Arzt ein paar erlebt. Die bloße Tatsache, dass Luca überlebt hat, obwohl es nicht gut für ihn aussah, ist ein Beweis dafür, dass wir uns manchmal irren können.«

»Na ja, dann würde ich es zu schätzen wissen, wenn Sie Ihre Meinung für sich behalten.«

»*Signorina*, bei allem Respekt, um Lucas willen müssen wir realistisch mit der Situation umgehen.«

Seine Stimme verhallt, und ich höre den Rest seiner Worte nicht mehr. All das Gute in meinem Leben löst sich schneller in Luft auf, als ich begreifen kann.

»Tut mir leid«, murmele ich.

»Es ist für solche Patienten sehr schwer zu verarbeiten, und das Gleiche gilt natürlich für die Familie. Ich verstehe das«, sagt er. »Ich hoffe für Luca, dass Sie das Wunder bekommen, das Sie sich wünschen.« Dann wendet er sich ab und geht.

»O Gott, Paolo, das wird ihn zerstören«, sage ich.

Paolos Blick trifft meinen, und er fährt sich mit der Hand über die Stirn. »Ich weiß, Mia. Ich weiß.«

»Wir haben uns so darauf konzentriert, dass er aus dem Koma aufwacht, dass ich auf so etwas überhaupt nicht vorbereitet war. Ich dachte, entweder verlieren wir ihn, oder er wacht auf und alles ist wieder … normal.«

Aber das ist meilenweit weg von »normal«.

»Ich glaube, wir müssen dem Ganzen Zeit geben. Wir müssen für ihn da sein und ihn so gut wir können unterstützen.«

»Er will mich nicht.«

»Was meinst du?«

»Es ist sein Stolz. Er will nicht, dass ich in seiner Nähe bin, wenn er nicht laufen kann.«

»Ich werde mit ihm reden.«

»Er will zurück nach Orvieto. Zu Rosetta«, sage ich.

»Das lassen wir nicht zu. Wir werden alles tun, was wir können, um ihn zu überreden, hier bei uns zu bleiben.« Er legt seine schwere Hand auf meine Schulter.

Die Heimfahrt verbringen wir in unangenehmem Schweigen, dabei hört Stella normalerweise gar nicht auf zu reden. Als wir die letzte Kurve nehmen, diese schicksalhafte Kurve, die Luca fast das Leben gekostet hätte, wirft sie mir einen Blick zu, und ihre Hände verkrampfen sich um das Lenkrad. »Weißt du, du warst die erste Person, nach der er gefragt hat, als er aufgewacht ist.«

»Wirklich?«

»Ja. Und erst als die Ärzte ein paar Untersuchungen gemacht haben und ihm klar wurde, dass er die Beine nicht mehr bewegen kann, hat er sie angefleht, dich nicht anzurufen. Das hat mir Rosetta erzählt, als ich ins Krankenhaus kam.«

Ich kurbele das Fenster herunter und genieße das Gefühl der kühlen Luft auf meinem Gesicht.

Als wir zu Hause ankommen, hängt der Geruch von Desinfektionsmittel immer noch in meiner Kleidung. Ich schäle sie von meinem Körper und schlüpfe in meinen bequemsten

Pyjama. Ich esse nicht mit Stella zu Abend, sondern lasse mich auf mein Bett fallen und finde nicht einmal die Kraft, unter die warme Decke zu schlüpfen.

Stella klopft an die Tür und bringt mir eine Schüssel Penne ans Bett, garniert mit Olivenöl und bestreut mit Parmesan, aber ich sage ihr, dass ich keinen Hunger habe.

»Ich weiß, dass es schwer ist, Mia, aber er ist am Leben. Kannst du dich daran vielleicht ein bisschen festhalten?«

»Alles tut weh, Stella. Ich will ihn einfach nur zurück.«

»Süße, das weiß ich.«

»Ich will nicht, dass er so leidet. Er ist allein im Krankenhaus und versucht, damit fertigzuwerden. Ich kann mir nicht mal ansatzweise vorstellen, wie er sich gerade fühlen muss.«

»Es ist ein Schock für uns alle«, sagt sie.

»Ich hätte ihn in Positano nicht zurücklassen dürfen.«

»Ja, und er sollte dich ebenfalls nicht wegstoßen. Aber manchmal, wenn man jemanden liebt, ist es nur natürlich, dass man nicht will, dass diese Person wegen einem leidet. Aber in der Liebe geht es darum, Höhen und Tiefen gemeinsam zu überwinden. Jemandem zu erlauben, dich zu lieben, ist manchmal das größte Geschenk, das man jemandem machen kann.«

»Glaubst du, dass er seine Meinung ändert? Darüber, dass ich ihn im Krankenhaus besuchen darf? Ich meine, er ist so stur.«

»Ja, das ist er. Aber er liebt dich auch so sehr.«

»Ja, das ist das Problem.« Ich seufze.

26. KAPITEL

Am nächsten Tag versuche ich vergeblich, nicht an Luca zu denken. Mum hält mich am Morgen über eine Stunde am Telefon fest, was hilfreich ist, aber alles Wäsche Waschen, Bügeln, Lesen oder Meditieren kann mich nicht auf andere Gedanken bringen. Am späten Nachmittag male ich ein paar Stunden, aber schließlich gebe ich auf und beschließe, Silvio in der Bar zu besuchen.

Seine Augen leuchten auf, als er mich sieht. »Schön, dich zu sehen, Mia.«

Ich bestelle einen Averna. Dabei schmeckt er mir nicht mal. Silvio hebt die Augenbrauen. »Einen Averna?«

»Ja, bitte.«

»Aber nur einen.« Er schenkt mir einen doppelten ein. Dann nimmt er noch ein Glas und schenkt sich auch einen ein.

Ich zucke zusammen, als sich der Likör seinen Weg durch meine Kehle brennt. Ich bin es nicht gewohnt, starken Alkohol zu trinken. Höchstens den letzten Schluck von Lucas *caffè corretto*, den er mir manchmal überlassen hat.

Ich vermisse ihn so sehr.

»Wie geht es ihm?«, fragt Silvio.

»Na ja, er lebt. Das allein ist schon ein Wunder. Aber …«

»Aber?«

»Er will mich nicht sehen. Er sagt, es ist zu schwer für ihn, wenn ich da bin. Er denkt, dass er mir zur Last fallen wird.«

»Ah, typisch *testa dura*. So ein Sturkopf.«

»Vor dem Unfall habe ich praktisch Schluss gemacht, Silvio.« Die Eiswürfel in meinem Glas klirren, als ich es kreisen lasse.

»Warum hast du das gemacht, *bella* Mia?«, fragt er nachdenklich. »Ihr seid so glücklich miteinander.«

»Ich habe Angst bekommen.«

»Angst wovor?«

»Dass der Krebs zurückkommt.«

»Der was?« Er trinkt seinen Averna aus und schenkt sich einen weiteren ein. Zum Glück kümmert sich Matteo um die Kunden. »O mein Gott, Mia, ich hatte keine Ahnung.«

»Er hat es dir nie erzählt?«

Silvio starrt ungläubig in sein Glas. »Luca hat mir immer nur davon erzählt, wie wundervoll du bist. Er hat nie aufgehört, von dir zu reden – von deinen Bildern, deinen Witzen, deinen verrückten Abenteuern und davon, wie du ihn dazu gebracht hast, das Leben mit anderen Augen zu sehen – aber den Krebs hat er mit keinem Wort erwähnt.«

»Ich hätte nie gedacht, dass ich hier so viel finden würde, Silvio. Ich habe Luca gefunden und dich und Paolo, Stella, Signor Fiorelli, Clara, die Zwillinge … ihr alle habt mein Leben verändert.«

»Also, was hat sich zwischen dir und Luca verändert?«

»Nichts. Absolut nichts. Es war Angst.«

»Wenn Luca sich damit abfindet, was ihm zugestoßen ist, wird er dich zurück in sein Leben lassen. Dieser Mann kann einfach nicht ohne dich leben.«

Unser Gespräch geht zu der Frage über, ob wir den Geschmack von Averna wirklich mögen, als Paolo zu uns an den Tisch kommt. Er konnte sich keinen weiteren Tag freinehmen und musste die *officina* heute wieder aufmachen.

»Langer Tag?«, fragt Silvio.

»Hör mir bloß auf. Wir hinken so weit hinterher, es ist wirklich nicht lustig.«

Mein besorgter Blick sagt alles.

»Aber keine Angst, ich komme klar«, fügt er schnell hinzu und reibt sich das Kinn.

»Averna?«, schlägt Silvio vor.

Paolo nickt und nimmt langsam einen Schluck, als würde er über etwas nachdenken, und sieht mich dann an. »Stella hat mich vorhin angerufen. Sie wollte es dir erzählen, wenn sie später von der Arbeit zurückkommt. Rosetta trifft bereits die Vorkehrungen mit dem Krankenhaus, damit Luca nach Orvieto verlegt werden kann. Soweit ich weiß, würden sie ihn am Sonntag verlegen, falls der Arzt einverstanden ist. Ich habe versucht, mit Luca zu reden – ich habe ihm gesagt, dass wir eine Lösung dafür finden, wo er wohnen kann, wenn er entlassen wird, aber er wollte mir nicht zuhören.«

Ich fange an zu zittern und beiße mir so fest auf die Lippen, dass sie fast anfangen zu bluten. »Was kann ich tun?«

»Ich glaube, es gibt nichts, was wir im Moment tun können. Ich habe es versucht, Stella hat es versucht, Rosetta hat es versucht. Er will einfach nicht auf uns hören. Er ist wütend wegen dem, was ihm zugestoßen ist, Mia. Er muss es erst verarbeiten.«

Ich schiebe mein Glas in Richtung der Flasche mit der karamellfarbenen Flüssigkeit, um Silvio zu signalisieren nachzufüllen. So zu trinken sieht mir gar nicht ähnlich, aber das betäubende Gefühl, das der Likör mir in dieser Zeit der Not gibt, ist stärker als die Vernunft.

»Das reicht, *signorina.*« Silvio schraubt den Deckel wieder auf die Flasche.

»Gib ihr noch einen, nur noch einen letzten«, sagt Paolo und legt eine Hand auf meine Schulter.

Eine halbe Stunde später fühlen sich meine Beine an wie Gummi. Silvio und Paolo bringen mich nach Hause und übergeben mich Stella, die mich auf dem Wohnzimmersofa mit einer Decke zudeckt, während ich benommen vom Alkohol in einen seligen Schlaf gleite.

Am nächsten Morgen mache ich mich auf den Weg ins Krankenhaus, weil ich mich einfach nicht von Luca fernhalten kann. Wie von selbst schlagen meine Füße den bekannten Weg den Linoleumgang entlang ein, und als ich bei Lucas Zimmer angelangt bin, bleibe ich vor der Tür stehen. Ich bin mir nicht sicher, ob ich klopfen soll.

»Mia?«

Ich drehe mich um und sehe Rosetta hinter mir.

»Rosetta! Wie geht es dir? Wie geht es ihm?«

»Er hält sich ganz gut. Die Ärzte versuchen immer noch zu entscheiden, ob er stabil genug ist, um später in dieser Woche nach Orvieto verlegt zu werden. Was mich angeht, ich halte mich so gut ich kann. Ich vermisse die Jungs und Francesco, aber Luca ist am Leben, und das ist alles, was zählt.«

Ich beiße mir auf die Innenseite meiner Wange. Sie hat recht.

»Er liebt dich, Mia. Er wird niemals aufhören, dich zu lieben. Ich kann es in seinen Augen sehen.«

»Mit der Zeit wird er es vergessen. Irgendwann vergisst er, wie sich das, was wir hatten, angefühlt hat.«

»Du bist anders als all die anderen. Er fragt jeden Tag nach dir. Na los, geh zu ihm. Ich warte hier draußen.«

Ich drücke die Zeitschriften, die ich Luca mitgebracht habe, fest an meine Brust, um mir etwas Mut zu machen. Zaghaft klopfe ich an die Tür und trete ein. Er sieht auf, und ein Lächeln breitet sich auf seinem Gesicht aus. So schnell wie es aufgetaucht ist, verschwindet es jedoch auch wieder.

»Hey, wie geht's dir?«, frage ich vorsichtig.

»Du solltest nicht hier sein, Mia.«

»Ich habe dich gefragt, wie es dir geht.«

»Ich kann das nicht. Dich zu sehen ist zu schwer.«

Mir schießt die Hitze ins Gesicht, und mein Herz fängt an, so schnell zu schlagen, dass mein Mund kaum mithalten kann. »Wie bitte? Mich zu sehen ist zu schwer? Ich weiß, du hast gesagt, ich soll nicht herkommen, aber einen ganzen Monat lang wusste ich nicht, ob du leben oder sterben würdest. Das letzte Mal, dass ich deine Augen gesehen hatte, war kurz bevor ich dich so schrecklich verletzt habe. Ich wusste nicht, ob ich deine Stimme jemals wieder hören würde – geschweige denn fühlen würde, wie es ist, wenn du mich berührst, mich anlächelst oder mich ansiehst. Wie soll ich mich von dir fernhalten, wenn ich an nichts anderes denken kann als an dich?«

Lucas Gesicht ist eine Maske aus Schmerz. »Mia …«

»Nein, lass mich ausreden. Ich weiß, warum du tust, was du tust. Und ich weiß, dass es für keinen von uns leicht sein wird.«

»Du machst es schwerer, als es sein muss. Selbst wenn ich hier in Florenz bleibe, wo soll ich wohnen? Ich kann nicht bei Paolo wohnen. Ich kann nicht bei dir und Stella einziehen – die Villa hat zwei Stockwerke. Und wie soll ich meine Rechnungen bezahlen? Ich kann so nicht mehr arbeiten. Im Moment ist alles einfach zu unsicher. Wahrscheinlich werde ich meinen Anteil der Firma verkaufen müssen. Mit deinem Lohn kannst du kaum deine eigenen Lebenshaltungskosten decken.«

»Wir finden einen Weg.«

»Das wird niemals funktionieren, Mia. Unser Leben hat sich komplett verändert, als ich den Unfall hatte.«

»Ich habe dich nicht sagen hören, dass du mich nicht liebst«, flüstere ich mit zitternder Stimme.

»Ich werde nie aufhören, so für dich zu fühlen, wie ich es tue.« Er dreht den Kopf weg und sieht aus dem Fenster.

»Dann lass mich einen Weg finden, damit es funktioniert.«

Sein Blick ist weiter auf das Fenster geheftet. »Ich will nicht, dass es funktioniert«, sagt er leise.

»Wie kannst du so etwas nur sagen?«

Jetzt sieht er mich an, und die Traurigkeit in seinen Augen versetzt mir einen Stich. »Ich kann dich so einem Leben nicht aussetzen. Ich werde dich nie wieder auf meinen Armen tragen können. Ich werde nie wieder mit dir im Meer schwimmen oder die Hälfte der Dinge tun können, die wir gern zusammen gemacht haben.«

Ich schüttle den Kopf. »Das ist mir egal. Ich will einfach nur mit dir zusammen sein, egal, was kommt.«

»Komm her«, sagt er.

Ich lege die Zeitschriften auf das Fußende des Bettes und setze mich neben ihn. Ein Gewirr aus Schläuchen und Drähten ist immer noch an ihm befestigt. Er hebt eine Hand und wischt mir sanft die Tränen aus dem Gesicht, setzt mit dieser Geste allerdings einen neuen Tränenfluss frei.

»Ich will dich nicht verletzen. Dir wehzutun ist das Letzte, was ich will, aber jetzt etwas zu leiden, wird dir auf lange Sicht eine Menge Schmerz ersparen. In drei, fünf, zehn Jahren wirst du mir dafür danken.«

Meine Unterlippe zittert. »So sollte das nicht sein.«

Er zeigt auf seine Beine. »Das hier sollte nicht sein.« Er beißt die Zähne zusammen und fährt sich mit der Hand durch die Haare. Schließlich sieht er mich wieder an. Dann umfasst er meinen Hinterkopf und zieht mich an sich. Er küsst mich auf die Stirn und hält mich ein paar Sekunden lang fest. »Du solltest gehen«, flüstert er.

»Luca, ich kann nicht. Ich will dich nicht allein lassen.«

»Bitte, Mia.« Er lehnt sich zurück, schließt die Augen und zieht die Hand weg. Ich weiß, dass das Gespräch vorbei ist, aber ich kann nicht akzeptieren, dass es auch mit uns vorbei sein soll.

Als ich nach Hause komme, sitzen Paolo und Stella am Küchentisch und reden über Lucas Prognose und seinen Transfer.

»Mia, bist du das?«, ruft Stella in den Flur.

»Ja«, erwidere ich, ziehe meinen Mantel aus und werfe ihn auf das Sofa.

»Rosetta hat angerufen. Er soll bald verlegt werden«, sagt sie. »Schon in den nächsten Tagen.«

»Ich weiß.«

»Ich muss mit dir über unsere Reise reden. Ich glaube, das ist kein guter Zeitpunkt, um dich hier alleine zu lassen. Paolo und ich haben darüber geredet, und auch wenn er die *officina* für den Rest des Monats schließen kann, denke ich, dass wir es verschieben sollten, bis sich die Dinge zwischen dir und Luca etwas entspannt haben.«

Ich bin entsetzt bei dem Gedanken. »Stella, es kommt überhaupt nicht infrage, dass du diese Reise wegen mir absagst. Paolo war noch nie in New York, und du hast deine Familie seit über einem Jahr nicht mehr gesehen. Eure Tickets würden verfallen, und das Geld seht ihr nie wieder.«

»Ich kann dich hier nicht allein lassen.«

»Ich habe Clara und Silvio.«

»Du würdest es mir doch sagen, wenn du mich brauchst, oder?«

Ich nehme Stellas Hand. »Geh und genieß deinen Urlaub.«

Stella nickt und zeigt mit dem Finger auf mich. »In Ordnung, aber ich werde ein paar Helfer rekrutieren, die nach dir sehen werden.«

»Das ist nicht nötig. Aber wenn es dir dann besser geht …«

»Ja, ich würde mich besser fühlen. Mia, ich möchte dir etwas Wichtiges sagen.«

»Was denn?«

»Dasselbe habe ich Luca an dem Nachmittag vor seinem Unfall gesagt.«

»Was?«

»Versprich mir, dass du nicht aufhörst, um ihn zu kämpfen.«

Ich richte mich gerade auf und sehe ihr direkt in die Augen. »Ich werde nicht aufgeben.«

Ihre grünen Augen funkeln. »Genau das Gleiche hat er auch gesagt.«

27. KAPITEL

Nach so langer Zeit wieder an die Haustür der Balduccis zu klopfen gibt mir ein beruhigendes Gefühl. Die Erinnerung daran, wie die Dinge früher waren, tröstet mich.

Clara begrüßt mich mit einem warmen Lächeln. »Schön, es scheint dir besser zu gehen, Mia.«

Ich verlagere unbehaglich das Gewicht von einem Fuß auf den anderen. Aber wie üblich bringen mich die Zwillinge schnell auf andere Gedanken.

»Ich weiß, das ist eine schwierige Zeit für dich. Wenn du möchtest, kannst du gern bei uns im Gästezimmer wohnen, solange Stella weg ist. Oder ich könnte unser Cottage für dich herrichten, wenn du lieber mehr Privatsphäre hättest.«

»Danke, Clara, aber das ist nicht nötig.«

»Na ja, wenn es dir nichts ausmacht, werde ich manchmal bei dir vorbeikommen, um nach dir zu sehen. Das habe ich Stella versprochen, und ich bin mir sicher, deine Mum würde es auch zu schätzen wissen.«

»Wir telefonieren jeden Tag. In letzter Zeit vermisse ich meine Eltern mehr als sonst«, gebe ich zu.

Clara drückt meine Hand. »Hab noch ein bisschen Geduld. Die Dinge renken sich bestimmt wieder ein.«

»Wir haben neue Spiele, die wir dir zeigen wollen«, sagt Alessandro und schlingt die Arme um mein Bein.

»Das ist toll! Ich kann es kaum erwarten, mit euch zu spielen. Ich habe euch wirklich vermisst, Jungs!«

Die Zwillinge schleifen mich in ihr Zimmer, wo sie mir ihre neuen Spielsachen und Fotos von ihrem Urlaub in Spanien zeigen. Ich bin fast neidisch zu sehen, wie glücklich und sorglos das Leben dieser fünfjährigen Jungen ist. Sie geben mir genau die Art von Ablenkung, die ich brauche, denn es hat mich meine ganze Kraft gekostet, mich vom Krankenhaus fernzuhalten und Luca den Raum zu geben, den er braucht. Auch wenn ich mich im Alltag abzulenken versuche, muss ich bei allen Wörtern, Gefühlen und Farben um mich herum an Luca denken. Er ist überall. Bei mir, und gleichzeitig auch nicht.

»Mia! Erde an Mia!«, ruft Alessandro.

»Wir warten schon seit Stunden darauf, dass du uns findest! Weißt du nicht, wie man Verstecken spielt?«, kommt es von Massimo.

»Stunden?«

»Hunderte von Stunden!«, bekräftigt Alessandro.

»Okay, ihr zwei Monster, probieren wir es noch einmal. Ich zähle bis zwanzig. Los!«

Gegen Mittag, kurz bevor Clara nach Hause zurückkommt, erhalte ich eine SMS von Luca. Er schreibt mir, dass er um vier Uhr nach Orvieto verlegt wird, aber nicht möchte, dass ich zum Krankenhaus komme. Ich versuche, ihn anzurufen. Er geht nicht ran.

Sobald Clara einen Fuß durch die Tür setzt, stürme ich auf sie zu. »Es ist Luca. Er wird nach Orvieto verlegt. Ich muss ihn davor noch sehen. Ich bin zurück, bevor Sie wieder in die Arbeit müssen.« Hektisch ziehe ich meine Jacke an.

»Ich kann dich fahren«, sagt Clara.

»Ich nehme den Bus. Alles in Ordnung. Alles kommt wieder in Ordnung.«

Als ich beim Krankenhaus ankomme, steht die Tür zu Lucas Zimmer offen, und ich höre, wie zwei Krankenschwestern drinnen miteinander plaudern. Ich klopfe, bevor ich eintrete, und beide sehen überrascht zu mir auf.

»Können wir dir helfen, Liebes? Suchst du jemanden?«

Mein Blick wandert durch das Zimmer. Lucas Bett ist leer.

»O mein Gott! Was ist passiert? Wo ist er?«

Die Krankenschwestern wirken schockiert. »Oh, es tut mir leid, er …«, beginnt eine von ihnen zu stottern.

Mein Herz beginnt zu rasen. »Was? Was denn? O Gott, er war wach. Es ging ihm gut. Was ist passiert?«

»Du hast ihn verpasst. Er wurde heute früh verlegt.«

Ich ziehe scharf die Luft ein. »Was? Er hat mir gegen Mittag geschrieben.« Ungläubig schüttle ich den Kopf.

Wie konnte er mir das antun?

»Sind das seine?« Die Krankenschwester reicht mir den Stapel Zeitschriften, die er zurückgelassen hat. Er hat sie nicht angerührt.

»Ja.« Ich nehme ihr die Zeitschriften ab.

Ich versuche, Luca anzurufen. Wie schon davor höre ich nur das Klingelzeichen.

Ich schreibe ihm.

Warum?

Ein paar Sekunden später kommt seine Antwort.

Weil ich dich liebe. Ich mache dir das Geschenk, dich gehen zu lassen.

Als ich am Abend in die leere Villa zurückkehre, zwinge ich mich, den Tisch für das Abendessen zu decken, auch wenn ich keine Gesellschaft erwarte. Die Villa ist zu still heute. Keine Stella, die fröhlich die Treppen hinaufspringt, mit ihrem kastanienbraunen Haar, das um ihre Schultern fällt, und ihren grünen Augen, die aufleuchten, wenn sie eine lustige Geschichte aus ihrem abenteuerlichen Leben in Italien erzählt. Kein Paolo, der sie immer wieder anruft und damit neckt, wie grausam sie ist, wenn sie ihr Handy auf lautlos stellt. Keine Überraschungsbesuche von Luca. Kein Knirschen der Räder seines Rollers auf der Kiesauffahrt, das seine Ankunft ankündigt. Plötzlich fühle ich mich einsamer als je zuvor. Es gibt niemanden, dem ich schreiben, niemanden, den ich anrufen kann. Clara ist zu Hause und passt auf die Jungs auf, Silvio kümmert sich um die Bar, macht Witze und bereitet Espresso zu, und meine Eltern schlafen auf der anderen Seite der Welt tief und fest.

Ich will gerade eine Packung Pasta aufreißen, als es an der Tür klopft. Es ist Silvio, mit einer Schale Lasagne in der einen und einer Flasche Wein in der anderen Hand.

»*Ciao, bella* Mia. Ich weiß, es ist schon spät, aber ich dachte, ich bringe dir das hier vorbei. Meine Mutter lässt dich herzlich grüßen.« Lächelnd streckt er mir die Auflaufform hin. »Sie hat darauf bestanden, dass ich vier Schalen für dich mitnehme. Der Rest ist in meinem Gefrierfach zu Hause.«

»Richte ihr meinen Dank aus. Aber das ist wirklich nicht nötig, ehrlich.«

»Du gehörst zur Familie, Mia.«

»Möchtest du reinkommen?«

»Klar.«

»Hast du schon gegessen?«

»Nein.«

»Lust auf Lasagne?«

»Klingt gut.«

Wir essen gemeinsam, und Silvio sagt mir, dass er am Wochenende Luca besuchen wird. Ich höre auf zu essen und kriege keinen weiteren Bissen mehr runter. Mein Appetit ist wie weggeblasen. »Möchtest du mitkommen?«, fragt er.

»Ich würde ja gern, aber ich kann nicht. Ich versuche, ihm etwas Raum zu geben.«

»Hat er sich überhaupt bei dir gemeldet?«

»Nein.«

»Verdammt, dieser *testa dura*. Unglaublich, wie stur er ist. Ich werde mit ihm reden. Vielleicht kann ich ihm etwas Vernunft eintrichtern.«

Silvio lädt mich ein, morgen in der Mittagspause in der Bar vorbeizuschauen. »Du musst das nicht tun, weißt du. Du musst dich nicht um mich kümmern«, sage ich.

»Ich versuche nur, mein Versprechen als Freund zu halten.«

»Stella?«

»Nein, Mia. Luca schreibt mir jeden Tag, um zu fragen, ob du okay bist. Und ich musste ihm versprechen, dich heute Abend zu besuchen. Ich schätze, er wusste, dass du aufgewühlt sein würdest. Er hatte recht, was?«

Als ich das höre, würde ich am liebsten aufspringen und sofort nach Orvieto fahren, aber ich rede mir ein, dass ein weiterer Monat, in dem wir getrennt sind – falls es dazu kommt –, nichts ist im Vergleich zu einem ganzen Leben gemeinsam.

»Wie geht es ihm?«

»Körperlich geht es ihm gut. Wenn man bedenkt, was für ein Trauma er erlebt hat, sogar erstaunlich gut. Zum Glück ist die Schwellung in seinem Gehirn, die den Ärzten Sorgen gemacht hat, zurückgegangen. Die Hauptsorge gilt seinem Rückenmark und seinen inneren Verletzungen, die Zeit brauchen werden, um zu heilen. Er schläft viel.«

Silvio, der meinen Schmerz zu spüren scheint, fügt hinzu: »Ich sage ihm, dass du an ihn denkst.«

»Das musst du nicht«, sage ich niedergeschlagen. »Er weiß es schon.«

Anschließend hilft Silvio mir beim Abwasch, bevor er sich verabschiedet, und ich mache mich direkt auf den Weg ins Atelier. Ich sitze gegen die Wand gelehnt da, die Beine übereinandergeschlagen und das Fenster geöffnet, in einer stillen Meditation, und bete, bete, bete. Für uns. Für eine Lösung. Für irgendeinen Weg, dass wir das irgendwie bewältigen. Schließlich schlafe ich auf dem Boden des Ateliers ein. Irgendwann in der Nacht wache ich auf. Ich bin mir nicht sicher, ob ich schon ganz wach bin oder noch halb schlafe, aber ich höre eine Stimme, leise und beruhigend. Ich kann nicht erkennen, ob es die Stimme einer Frau oder eines Mannes ist. Vielleicht ist es nicht einmal eine Stimme – sondern nur ein Gefühl. Was es auch ist, es ist stark und klar und sagt mir, dass ich mit dem Malen weitermachen muss und niemals aufgeben darf. Ich sehe mich im Raum um. Es ist niemand da. Ich gehe nach unten, kuschle mich in mein Bett und flüstere: »Wer du auch bist, ich hoffe, du hast recht.«

Am nächsten Morgen erspähe ich von meinem bequemen Platz auf der Schaukel Signor Fiorelli, der zögerlich den Weg zur Villa heraufkommt. In seinem Alter ist der Aufstieg alles andere als mühelos. Er wirkt so unsicher auf den Beinen, dass ich ihm entgegeneile und ihn unterhake.

»Signor Fiorelli, was machen Sie hier?«, frage ich überrascht. »Ich meine, ich freue mich, Sie zu sehen. Es ist nur, sie meinten, es könnte schwer für Sie sein hierherzukommen.«

»Ich möchte ein paar wichtige Angelegenheiten mit dir besprechen, Mia. Und ich dachte, ich nutze die Gelegenheit, um mir die Bilder anzusehen, die du mir zeigen wolltest. Es ist sowieso an der Zeit, dass ich meinem alten Zuhause einen Besuch abstatte.« Er sieht zur Villa hinauf.

»Na ja, ich bin noch nicht dazu gekommen, sie einzurahmen, aber ich zeige sie Ihnen gerne«, antworte ich.

Ich helfe Signor Fiorelli, die Treppen zu bewältigen, und als wir im oberen Stock angekommen sind, bleibt er stehen, um sich umzusehen.

»So viele Erinnerungen«, murmelt er.

Ich führe ihn ins Atelier.

»Ich habe diese Bilder gemalt, als Luca im Koma lag. Wie Sie sehen, sind sie etwas anders als das, was ich sonst male.«

Die vierzehn Bilder, die nebeneinander auf dem Boden des Ateliers liegen, sind komplexer und lebendiger als alles, was ich je gemalt habe. Es ist mir gelungen, Details festzuhalten, die mich selbst überrascht haben, und Techniken anzuwenden, von denen ich nicht gedacht hätte, dass ich sie meistern würde.

»Meine Güte, Mia, das ist ein *capolavoro*«, sagt er.

»Tut mir leid, ich verstehe nicht, was Sie meinen.«

»Ein Meisterwerk. Das ist deine bislang beste Arbeit, meine Liebe.«

Signor Fiorelli begutachtet ausgiebig jedes Bild und liest, was auf den Karten steht, die ich ihnen zugeordnet habe. Er holt ein Taschentuch aus seiner Tasche.

»Durch Kunst hat man die Kraft, das Leben anderer Menschen zu verändern.« Er zeigt auf die Bilder. »Solange er am Leben ist, kannst du nicht ohne ihn leben. Das ist es, was mir deine Bilder sagen.«

»Ich weiß nicht, wie ich ihn überreden soll, nach Hause zu kommen, Signor Fiorelli.«

»Manchmal liegt die Lösung für unsere Probleme direkt vor unseren Augen.«

»Sie haben erwähnt, dass Sie etwas mit mir besprechen wollten«, sage ich, um das Thema zu wechseln.

»Ja, Mia. Die Dame, die das Liebesschloss gekauft hat, möchte wissen, ob sie bei dir eine Reihe von Gemälden in Auftrag geben könnte.«

Meine Augen werden groß. »In Auftrag geben? Wer ist sie?«

»Das spielt keine Rolle. Aber das ist es, was sie sich wünscht.« Signor Fiorelli zieht einen Brief aus der Tasche und reicht ihn mir.

Sehr geehrte Ms. Moretti,
vielen Dank für das wunderschöne Bild, das zu kaufen ich neulich das Glück hatte. Das Liebesschloss wird ein geschätzter Teil meiner persönlichen Kunstsammlung werden. Ihr Stil hat mich sehr beeindruckt, und ich würde gern ein Triptychon bei Ihnen in Auftrag geben mit dem Titel »Die Florentinische Brücke«, in dem drei Bilder (Öl auf Leinwand) die Geschichte hinter der Liebesschloss-Tradition der Ponte Vecchio erzählen sollen. Für diese Serie könnte ich Ihnen fünfzehntausend Euro anbieten. Falls dieser Vorschlag für Sie von Interesse ist, melde ich mich mit genaueren Vorgaben und einer Anzahlung von fünfundzwanzig Prozent bei Ihnen, damit Sie mit der Arbeit beginnen können.
Hochachtungsvoll,
C. Jones

Mir fällt die Kinnlade runter, und der Brief gleitet mir aus den Fingern. Signor Fiorelli sieht mich mit seinen blauen Augen freudig an.

»Signor Fiorelli, haben Sie das gelesen?«

»Das war nicht nötig. Die Dame hat mir von ihren Absichten erzählt. Seitdem sie dein erstes Bild gesehen hat, ist sie regelmäßig zu mir gekommen, um deine Arbeit zu bewundern. Sie hat sich sofort darin verliebt.«

»Dann ist sie also seriös?«

»O ja. Und ich kann dir versichern, sie freut sich auf eine langfristige Geschäftsbeziehung mit dir.«

»Wann kann ich sie treffen?«

»Na ja, sie ist ziemlich konservativ. Sie bleibt lieber für sich und trifft sich erst dann mit einem Maler, wenn die Bilder fertig sind. Sie zieht es vor, wenn der Künstler beziehungsweise die Künstlerin seine oder ihre eigene Inspiration nutzt, ohne dass diese von zu vielen Erwartungen getrübt wird. Also, was sagst du, Mia? Kann ich ihr zusagen?«

»Natürlich! Ja! Bitte sagen Sie ihr, dass ich mich sehr freuen würde, den Auftrag anzunehmen.«

»Benissimo.«

»Das bedeutet mir alles, Signor Fiorelli. Jetzt kann ich mich wirklich eine Künstlerin nennen. Das habe ich mir immer gewünscht.«

»In meinen Augen warst du schon immer eine Künstlerin. Die Anerkennung deiner Bilder durch andere ist lediglich eine Begleiterscheinung deiner Leidenschaft.«

»Signor Fiorelli, glauben Sie an zweite Chancen im Leben?«

»Selbstverständlich. Warum fragst du?«

»Weil mir eine gegeben wurde. Und jetzt weiß ich, was ich damit tun will. Durch meine Bilder ergibt das Leben einen Sinn. Selbst die kleinsten Details darin haben eine Bedeutung. Ich weiß jetzt, dass ich einen Pinsel in die Hand nehmen und damit etwas aus dem Nichts schaffen kann – auch wenn das Leben trostlos erscheint, wenn nichts so zusammenpasst, wie ich es mir erhoffe, oder mir das Herz wehtut. Das Malen wird mir immer dabei helfen, die Dinge zu verstehen. Und aus diesem Grund weiß ich, dass ich zurechtkommen werde, auch wenn Luca nicht wieder nach Hause kommen sollte.«

»Gesprochen wie eine wahre Künstlerin«, erwidert Signor Fiorelli lächelnd. »Und jetzt hast du einiges an Arbeit vor dir, junge Dame. Deine Käuferin möchte die Bilder nämlich bis Ende des Monats.«

»So bald? Ach du meine Güte! Ich kann nicht glauben, dass das wirklich passiert.«

»Ich schon.« Ein warmes Lächeln breitet sich auf seinem freundlichen Gesicht aus. »Du bist ein Naturtalent.«

28. KAPITEL

Es ist ein merkwürdiges Gefühl, mich über meine Arbeit freuen zu können, wenn Luca und ich so weit voneinander entfernt sind, wenn die andere Hälfte meines Herzens außerhalb von mir schlägt. Es sind erst ein paar Tage vergangen, seit ich ihn zum letzten Mal gesehen habe, aber es kommt mir schon viel länger vor. Ich würde ihn so gern anrufen, um ihm die Nachricht von den Auftragsbildern zu erzählen. Dass ich unter diesen schwierigen Umständen ein so grandioses berufliches Erfolgserlebnis habe, bringt mich dazu, meine Einstellung zur Arbeit und zum Leben zu überdenken. Mit jedem Schritt, den ich über die gepflasterten Straßen von Florenz gehe, weiß ich genau, wohin ich gehe. Ein Gefühl von Frieden erfüllt mich. Es kommt mir vor, als würde die Stadt der Kunst mich umhüllen. Von meiner Malerei leben zu können, gibt meinem Leben einen Sinn. Doch nur mit Luca zusammen zu sein würde es vervollständigen, mich wieder ganz machen. Während ich dieses neue Kapitel in meinem Leben beginne, weiß ich, dass egal, was die Zukunft auch bringen mag, ich immer Lucas Malermädchen sein werde. Ich stelle meine Staffelei in der Nähe unserer Florentiner Brücke auf, mit der Gewissheit, dass sie wie ein kleiner Teil von mir ist, zu dem ich immer zurückkommen und der mir Trost spenden kann, wenn ich mich ängstlich, einsam, glücklich oder traurig fühle, egal, was passiert.

Ich hole das Vorgabenblatt meiner anonymen Auftraggeberin heraus und fange an, mein erstes Bild zu skizzieren. Bald habe ich keine Kontrolle mehr darüber, was auf der Leinwand vor mir entsteht; in Gedanken versunken durchlebe ich noch einmal die Empfindungen, die ich damals hatte.

Tag für Tag kehre ich an meinen Platz am Ufer des Arno zurück, bis meine drei Bilder fertig sind.

Ich bin gerade im Atelier und überprüfe zum letzten Mal, ob mein drittes Auftragsbild bereits trocken ist, als Clara anruft.

»Wir fahren morgen für ein paar Tage nach Venedig. Dort treffen wir Bert. Die Jungs freuen sich schon wie verrückt darauf, die Gondeln zu sehen.« Sie lacht. »Wenn ich dich schon am Telefon habe, erzähl mal – woran hast du an deinen freien Tagen gearbeitet? Die Zwillinge haben gesagt, du arbeitest an einem großen Projekt.«

»Ich wollte nichts verraten, bis ich fertig bin. Tatsächlich wollte ich Sie einladen, sich meine Bilder anzusehen.« Ich betrachte meine neuesten Werke von Luca und mir.

»Ich kann es kaum erwarten, deine Bilder zu sehen.« Die Begeisterung in Claras Stimme ist deutlich zu hören.

Ich erzähle ihr von all den Bildern, die ich gemalt habe, und von dem in Auftrag gegebenen Triptychon.

»Hat Signor Fiorelli erwähnt, wer der Käufer ist?«

»Eine Frau mit dem Namen C. Jones. Sie möchte anonym bleiben, bis ich mit den Bildern fertig bin.«

»Das ist nichts Ungewöhnliches. Manchmal macht es den Künstler nervös, den Käufer im Voraus zu treffen. Ich bin mir sicher, dass sie volles Vertrauen in deine Fähigkeiten hat, die Bilder zu malen, die sie sucht. Weißt du, ich hatte gehofft, wir könnten uns heute zum Abendessen treffen. Dann können wir uns in Ruhe unterhalten.«

»Sehr gerne. Warum kommen Sie nicht hierher?«

»Wunderbar. Ich bringe den Wein mit.«

Clara kommt etwas früher als erwartet, gerade als ich das letzte Bild von Luca und mir an die Wand im Atelier hänge.

»Kommen Sie rein«, rufe ich. »Die Tür ist offen! Fühlen Sie sich ganz wie zu Hause.«

Ich schiebe mein Malzeug in die Ecke des Ateliers. Dann mache ich einen Schritt zurück und betrachte die Wand in ihrer Gesamtheit. Für manche Bilder habe ich zarte Pastelltöne verwendet, für andere Bilder kräftigere Farben. Jedes der dreißig Bilder hat eine bestimmte Bedeutung für Luca und mich.

»Mia, brauchst du Hilfe da oben?«, fragt Clara.

»Tut mir leid, ich habe mich etwas mitreißen lassen«, rufe ich zurück.

Ich strecke den Kopf aus der Zimmertür. »Ich wasche mir nur schnell die Farbe von den Händen und bin dann sofort bei Ihnen.« Ich gehe ins Badezimmer. »Wissen Sie, ich habe mir überlegt, dass ich mich gern an der Kunstschule einschreiben würde«, rufe ich durch die Badezimmertür hindurch.

»Das solltest du unbedingt, Mia. Deine Bilder ... ach du meine Güte, sie sind wirklich atemberaubend.«

Ich verlasse das Badezimmer und wische mir die noch nassen Hände an meinen Jeans ab. Clara steht in der Tür zum Atelier; mit leicht offenem Mund und großen Augen betrachtet sie die Gemälde an den Wänden.

»Dieses hier habe ich erst heute Nachmittag fertig gemalt.« Ich zeige auf das Bild eines antiken Karussells aus dem 20. Jahrhundert, das von der fünften Generation der Picci-Familie betrieben wird und am Abend die Piazza della Repubblica in Florenz erleuchtet. Luca und ich standen Arm in Arm daneben, hielten ein Eis in den Händen und waren fasziniert von den Lichtern, die um uns herumtanzten, während die bemalten

Pferde sanft auf und ab schaukelten und Kindern ein glückliches Lächeln auf das Gesicht zauberten. Während die Musik spielte und das Lachen der Kinder uns einhüllte, genossen wir für ein paar kurze Minuten den Geschmack von Unschuld und der einfachen Freuden, die das Leben zu bieten hat.

»Herrlich.« Als sie schließlich die Augen vom Bild löst, sieht sich Clara im Zimmer um. »Sieh dir nur an, was du aus diesem Raum gemacht hast. So habe ich das Atelier noch nie gesehen.«

»Sie waren schon einmal hier?«

»Ja, Signor Fiorelli hat über die Jahre viele Bilder für mich gemalt«, murmelt sie, während sie ihre Aufmerksamkeit auf ein Bild richtet, auf dem Luca und ich den Strand entlanggehen.

»Das hier heißt *Eine einmalige toskanische Liebe.* Es ist unsere Geschichte …«, setze ich an, aber meine Stimme verstummt gleicht wieder. Clara scheint so von den Bildern bezaubert, dass ich bezweifle, dass sie ein Wort von dem, was ich gesagt habe, gehört hat.

»Sprich weiter«, murmelt sie, ohne den Blick abzuwenden.

»Als Luca im Krankenhaus war, hat es mit vierzehn Bildern angefangen, aber dann habe ich in diesem Monat nicht viel anderes gemacht, als zu malen und auf die Jungs aufzupassen«, gebe ich zu. »Und so wurden am Ende dreißig daraus.«

Eine gefühlte Ewigkeit lang schweigt Clara, während sie die Wand aus einiger Entfernung betrachtet. Dann tritt sie an jedes Bild heran und betrachtet eins nach dem anderen aus der Nähe, so als würde sie sich Gemälde in einer Galerie ansehen. Sie fährt mit den Fingern über die eingerahmten Beschriftungen. »Meine Güte …«

Ich hebe die Augenbrauen, verunsichert, wie ich ihre Reaktion deuten soll.

»Gefallen Sie Ihnen?«, frage ich schüchtern.

»Ich gebe dir sechzigtausend Euro für alle.«

»Wie bitte?« Ich bin mir sicher, dass ich mich verhört habe.

»Mach neunzig draus.«

»Verzeihung?« Ich blinzle mehrmals und versuche vergeblich zu verarbeiten, was ich meine, gerade gehört zu haben.

»Das ist die unglaublichste in zeitgenössischer Kunst dargestellte Geschichte, die ich in meiner ganzen Karriere gesehen habe.«

Ich bin vollkommen sprachlos.

»Diese Bilder sind überwältigend. Die Gefühle, die du eingefangen hast, diese Tiefe. Es ist außergewöhnlich. Vor allem in Anbetracht deines Alters und deiner Erfahrung. Basieren alle diese Bilder auf wahren Ereignissen? Auf Dingen, die ihr zusammen erlebt habt?«

»Ja«, flüstere ich.

Sie geht auf das Bild zu, auf dem ich am Tisch vor der Bar sitze und Luca zeichne, der in der *officina* arbeitet.

»Ich kenne mindestens vier Käufer, die an diesen Arbeiten Interesse hätten«, sagt sie, den Blick auf das Bild geheftet.

»Aber niemand kennt meine Bilder. Wie wollen Sie irgendjemanden davon überzeugen, dass sie es wert sind, gekauft zu werden?«

»Lass das nur meine Sorge sein.« Ihre Augen funkeln. »Ich bin schon lange genug in diesem Geschäft, um ein Juwel zu erkennen, wenn ich eins sehe. Und ob du mir glaubst oder nicht, ich bin mit deiner Arbeit sehr vertraut.«

Ich sehe sie fragend an.

Ein Lächeln breitet sich auf ihrem Gesicht aus. »Ich hatte gehofft, anonym zu bleiben, bis du das Triptychon abgeliefert hast. Doch jetzt scheint mir ein guter Zeitpunkt zu sein, dir zu verraten, dass ich es in Auftrag gegeben habe.«

Ich kann nicht glauben, was ich da höre. Alles fühlt sich so surreal an. »Sie sind C. Jones?«

»Ja, Mia. Jones ist mein Mädchenname.«

»Ach du meine Güte! Ich hatte keine Ahnung.«

»So sollte es auch sein. Ich wollte, dass du mir deine Bilder zeigst, wenn du so weit bist. Als ich Signor Fiorelli einen Besuch abgestattet habe, habe ich dein Bild gesehen. Mein Büro liegt direkt um die Ecke von den Uffizien. Signor Fiorelli hat mir erzählt, wie talentiert du bist. Ich wusste nicht, dass das Bild von dir ist, bis ich deinen Namen auf der Karte entdeckt habe. Da hatte ich Signor Fiorelli bereits angeboten, es zu kaufen. Jeden Nachmittag bin ich vorbeigekommen, um mehr von deinen Bildern zu sehen. Ich habe sie meinem Partner, Joseph, gezeigt, und na ja, hier sind wir nun.«

»Ich bin Ihnen sehr dankbar, Clara.«

»Du bist eine wahre Künstlerin. Zu wissen, dass ich dir mit deiner Karriere helfe, ist eine Ehre. Das ist erst der Anfang. Na ja, falls du möchtest, dass ich dir helfe.«

»Natürlich«, erwidere ich.

»Also, würdest du in Erwägung ziehen, mir diese Bilder zu verkaufen?«

Ich denke daran, wie schwer es mir gefallen ist, die Pinsel in die Hand zu nehmen, als es mir schlecht ging, und dass diese Bilder so viel mehr sind als nur eine Liebesgeschichte. Sie wurden von einem Mädchen gemalt, das Schmerz und Angst in Liebe und Hoffnung verwandelt hat. Einem Mädchen, dem eine zweite Chance gegeben wurde, das aber zu viel Angst hatte, sie zu ergreifen. Aber als es es doch getan hat, hat es sich selbst gefunden.

»Sie gehören Ihnen.«

Clara klatscht in die Hände, und ein glückliches Lächeln, das ansteckend ist, breitet sich auf ihrem Gesicht aus.

»Ich zeige Ihnen Ihre Bilder.« Ich deute in die Ecke des Ateliers, wo die Auftragsbilder unter einer Abdeckplane an der Wand lehnen. Ich hebe die Plane und lasse die drei Gemälde zum Vorschein kommen. Ich habe ein Bild der Ponte Vecchio bei Sonnenuntergang gemalt, ein Pärchen, das den Schlüssel seines Vorhängeschlosses von der Brücke in den Fluss wirft, und ein weiteres von einem älteren Paar, das auf einer Parkbank sitzt und eine Panoramaaussicht auf Florenz betrachtet. »Ich hoffe, sie entsprechen Ihren Vorstellungen.«

»Nein, das tun sie nicht.«

Ich bin mir nicht sicher, was ich darauf antworten soll.

Als sie sich zu mir umdreht, strahlt sie und sagt voller Bewunderung in der Stimme: »Sie sind so viel mehr, als ich mir erhofft habe. Sie sind brillant.«

Nachdem wir in die Küche hinuntergegangen sind, öffnet Clara den Wein, den sie mitgebracht hat, und erzählt mir von ihren Plänen für die Bilder. Sie möchte, dass das Triptychon *Die Florentiner Brücke* drei Monate lang bei einer bevorstehenden Kunstausstellung zeitgenössischer florentinischer Maler in London gezeigt wird. Thema der Ausstellung: Darstellungen von Florenz. Bezüglich der anderen Bilder, die sie heute gesehen hat, muss sie erst einige Anrufe tätigen, aber sie sagt, dass es sehr wahrscheinlich ist, dass sie bei einer

Kunstauktion als Bildreihe verkauft werden. Ich bin immer noch wie benommen von den Wendungen, die der heutige Tag mit sich gebracht hat, als Clara mich aus meinen Gedanken reißt.

»Sollen wir das Abendessen vorbereiten?«

»Nein, ich glaube, heute sollten wir auswärts essen, Clara. Die Rechnung geht auf mich.«

Am nächsten Morgen schlendere ich durch das Stadtzentrum von Impruneta und versuche, die widersprüchlichen Gefühle, die in mir tosen, zu ordnen. Die überwältigende Freude über die gestrigen Ereignisse, gedämpft von der unaufhörlichen Sehnsucht, diese Neuigkeiten mit Luca zu teilen. Mein Blick bleibt an der *officina* hängen. Ich kann fast hören, wie das Metall-Rolltor heruntergezogen wird, was den Schmerz in mir nur noch verstärkt. Ich beobachte ein junges Pärchen, das an mir vorbeigeht und bei einem geparkten Roller stehen bleibt. Er glättet ihre Haare und streicht ihr vorsichtig eine lose Wimper unter dem Auge weg. Die Wimper auf der Fingerkuppe, hält er ihr den Finger hin, und sie bläst die Wimper weg.

»Was würdest du dir wünschen, Mia?«

»Niemals von dir getrennt zu sein.«

Mein Handy klingelt und holt mich in die Gegenwart zurück. Es ist Clara.

»Ich stehe vor der Villa. Ich dachte mir, ich komme vorbei, um mich von dir zu verabschieden, bevor wir nach Venedig fahren. Bist du noch länger weg?«

»Ich bin gleich da«, antworte ich und reiße mich vom Anblick der leeren *officina* los.

Als ich wieder bei der Villa bin, steigt Clara aus ihrem Auto, und wir gehen zusammen zur Haustür. Als ich den Schlüssel im Schloss umdrehe, höre ich, wie hinter mir Autotüren geöffnet und zugeschlagen werden. Ich drehe mich überrascht um und kneife ungläubig die Augen zusammen. Aus Claras Wagen sind soeben meine Eltern ausgestiegen.

»Hallo, Mäuschen«, sagt Dad lächelnd. »Wir dachten uns, wir überraschen dich.« Mum stürzt auf mich zu. Sie fährt mit den Händen durch meine Haare und legt die Hände an meine Wangen. »Du siehst wunderschön aus«, flüstert sie mit feuchten Augen.

Ich werfe die Arme um sie und atme den vertrauten blumigen Duft ihres Parfüms ein. Dann drehe ich mich zu Dad, der mich in eine feste Umarmung schließt. Eine Umarmung, von der mir nicht bewusst war, wie sehr ich sie vermisst habe.

»Wann seid ihr angekommen? Und wie habt ihr ...?«

Clara lächelt. »Ich hab dir doch gesagt, du kannst das mir überlassen. Du bist so tapfer gewesen, aber ich dachte, ein Wiedersehen könnte dir die Dinge ein bisschen erleichtern.«

Ich lächle dankbar.

»Ich habe deinen Eltern vorgeschlagen, in meinem Cottage zu wohnen, aber ich nehme an, es wäre dir lieber, wenn sie hier bei dir bleiben – zumindest bis Stella aus New York zurückkommt.« Fast beiläufig fügt sie hinzu: »Tatsächlich dachte ich mir, dass das Cottage ideal für dich und Luca wäre. Wir könnten alle erforderlichen Änderungen veranlassen. Denk darüber nach. Jetzt muss ich mich beeilen, aber wir unternehmen etwas gemeinsam, wenn ich aus Venedig zurück bin. Ich habe deinen Eltern eine persönliche Tour durch Florenz versprochen.«

Mum und Dad packen ihre Koffer aus und machen es sich gemütlich, während ich das freie Zimmer im oberen Stockwerk für sie vorbereite.

»Ich bin so stolz auf dich«, sagt Mum, während sie mir zusieht, wie ich die Decke glatt streiche. »Dein Leben hier … ist ganz anders, als es zu Hause war. Es ist, als wärst du über Nacht gewachsen.«

»Ich liebe es hier. Tatsächlich wollte ich euch sagen, dass ich darüber nachgedacht habe, in Italien zu bleiben. Also, um hier zu studieren. Ich würde mich gern an der Akademie einschreiben …«

Mum nickt verständnisvoll. »Clara hat uns von deinen Bildern erzählt. Ich denke, wenn es das ist, was du tun möchtest, solltest du es tun.«

»Aber wenn ich nicht angenommen werde … will ich trotzdem hierbleiben. Mit Luca …«

Mum setzt sich auf die Bettkante und klopft auf die Matratze, damit ich mich neben sie setze. Sie dreht sich zu mir und nimmt meine Hand. »Warum bist du nicht bei ihm, Schatz?«

Ich zucke die Achseln. »Er will etwas Freiraum.«

»Wirklich?« Sie sieht mich fragend an.

»Jedenfalls glaubt er, dass er das will. Er denkt, dass er nicht gut genug für mich ist, weil er nicht mehr laufen kann. Die Sache ist, er ist mehr als genug. Er bedeutet mir alles.«

»Oh, Mia. Du bist so jung und musst schon mit so etwas fertigwerden. Ich weiß, dass du ihn liebst, aber bist du dir ganz sicher, dass es das ist, was du möchtest?«

»Komm, ich zeige dir etwas.« Ich führe Mum ins Atelier.

Ich zeige ihr die Bilder von Luca und mir und erzähle ihr

die Geschichte hinter jedem Bild. Sie hört mir zu, geht von Bild zu Bild und nimmt alles in sich auf.

Schließlich spricht sie. »Hat Luca diese Bilder gesehen? Hast du sie ihm gezeigt?«

»Nein. Noch nicht.«

»Liebling, ich denke wirklich, das solltest du.«

Auf einmal weiß mein Herz ganz genau, was ich tun muss, um Luca nach Hause zu holen. Vielleicht hatte Signor Fiorelli recht. Manchmal liegen die Antworten direkt vor unserer Nase.

Mum und Dad fügen sich nahtlos in das Leben in Italien ein. Wir haben viel Zeit damit verbracht, zusammen die Stadt zu besichtigen, und seit Clara aus Venedig zurückgekommen ist, hat sie Mum mit Besuchen in jahrhundertealten Villen verwöhnt, deren Architektur und Gestaltung sie bewundern konnte. Dad hat es sich jeden Abend in Silvios Bar bequem gemacht, wo er mit den Einheimischen Karten spielt. Auch heute Abend ist er dort, während Mum und ich uns bei Clara einen ruhigen Abend machen. Ich habe mich in meinen eigenen Gedanken verloren und denke darüber nach, wann die beste Zeit wäre, Luca zu besuchen, der immer noch nicht auf meine Anrufe reagiert.

»Du wirkst heute ein bisschen abwesend«, bemerkt Clara. Die Zwillinge schlafen schon, und wir stehen zu dritt in der Küche und trocknen das Geschirr ab.

»Ich habe über die Bilder nachgedacht und darüber, sie Luca zu zeigen.« Ich reibe mein Geschirrtuch über einen längst trockenen Teller.

»Du solltest zu ihm fahren«, sagt Mum.

»Du und Dad seid erst eine gute Woche hier. Ich kann euch nicht einfach allein lassen.«

Sie zwinkert mir zu. »Es ist nicht so, dass wir uns ohne dich langweilen würden. Immerhin sind wir hier in Italien! Außerdem werden wir immer noch hier sein, wenn du zurückkommst. Wir bleiben so lange, wie du uns brauchst.«

»Ich werde dafür sorgen, dass deine Eltern genügend Möglichkeiten haben, sich die Zeit zu vertreiben«, sagt Clara.

»Was, wenn er sich weigert, nach Hause zu kommen?« Ich wringe das Geschirrtuch in meinen Händen.

Mum nimmt mir sanft das Tuch aus der Hand und legt es zusammen. »Na ja, Schatz … wenigstens weißt du dann, dass du es versucht hast.«

Clara stimmt ihr zu. »Sie hat recht.«

Ich atme tief ein. »Clara, bezüglich Ihres Angebots mit dem Cottage … Ich habe mich gefragt, ob es immer noch steht?«

Nachdem Mum und Dad später an diesem Abend zu Bett gegangen sind, kehre ich in mein Atelier zurück. Umgeben von der Stille des Raums, der es immer schafft, mir Trost zu spenden, tanzen Erinnerungen an Luca und mich in meinem Kopf herum. Ich denke an den Tag, an dem wir die Boboli-Gärten besucht haben, wo alles um uns herum grün, üppig und in voller Blüte war, und an den Tag, als wir am Strand so viel Eis gegessen hatten, dass uns noch Stunden später schlecht davon war, und daran, wie wir uns in der Nacht des Sternschnuppen-Regens unsere Wünsche erzählt haben.

Ich spanne ein Blatt Papier auf meine Staffelei und fange an zu malen. Luca. Er steht vor der Villa in der Nähe des

Gartentischs, die Sonnenbrille in der Hand, und blinzelt in die Sonne, um das Mädchen auf der Schaukel besser sehen zu können. Als ich fertig bin, nehme ich ein Kärtchen und schreibe mit Füller: *Wo alles begann.*

Dann hole ich einen Bogen Briefpapier und fange an zu schreiben.

Lieber Luca,
ich werde niemals unseren ersten Kuss vergessen. In diesem Moment wusste ich, dass mein Leben sich für immer verändern würde. Du hast mir gezeigt, dass Liebe keine Zeit kennt und dass eins der größten Geschenke, die wir uns selbst machen können, ist, uns zu erlauben, loszulassen und auf unser Herz zu hören. Als ich mich ängstlich und gebrochen gefühlt habe, hast du mir gezeigt, dass es okay und sicher ist, auf das Leben zu vertrauen. Du hast mir gezeigt, dass das, was wir fühlen, genauso wichtig ist wie das, was wir denken. Ich weiß jetzt, dass es gut, sicher und richtig ist, dir zu erlauben, mich zu lieben und mit dir zusammen zu sein, was die Zukunft auch bringen mag. Wo es Liebe gibt, da ist auch Akzeptanz; und wahre Liebe schafft Einheit im Angesicht von Unsicherheit. Ich weiß jetzt, dass alles gut wird, wenn wir das Leben so nehmen, wie es kommt.

Ich bin kein Mädchen der vielen Worte; meine Bilder sind meine Worte, und diese Bilder sind für dich. Das sind wir. Das ist unsere Liebe. Eine einmalige Wie-stehen-die-Chancen-dass-wir-uns-je-begegnen-Art von Liebe. Das ist es, was wir hatten und was wir verlieren könnten, wenn wir voneinander getrennt sind. Es gibt

195 Länder auf der Welt, mit über sieben Milliarden Menschen darin. Aber es gibt nur eine Person, mit der ich zusammen sein will. Ich gehöre zu dir, genauso wie du zu mir.
Bitte komm zu mir nach Hause.
Dein Malermädchen
Mia

29. KAPITEL

Während ich auf dem Bahnsteig auf den Eurostar nach Rom warte, muss ich an eine Maltechnik denken, mit der man Wasserfarben auf einem nassen Blatt Papier verschwimmen und ineinander übergehen lassen kann. Dann passiert etwas Erstaunliches: Die Farben erblühen. Als ich gelernt habe zu malen, wurde mir beigebracht, dieses Erblühen unbedingt anzuwenden, weil es ein Bild dynamischer und aufregender macht. Vorausgesetzt, man weiß, wie man es kontrolliert, denn sonst wirkt das Bild schnell unordentlich, und die Übergänge werden überall da auftauchen, wo man sie nicht haben möchte, was es zu vermeiden galt. Wenn ich in letzter Zeit aber einen Pinsel in die Hand nehme und mich zum Spaß an dieser Technik versuche, weiß ich, dass ich damit bewusst ein Kunstwerk erschaffe. Denn ich kann mir zwar die Farben aussuchen, aber im Endeffekt machen sie, was sie wollen. Wenn ich fertig bin, betrachte ich mein Bild und denke mir, wie schön es in seiner lockeren und chaotischen Unvollkommenheit ist. Sogar an den Stellen, wo die Farben trüb sind, ist es immer noch perfekter, als ich es mir hätte vorstellen können.

Ich steige in den Zug und suche mir einen freien Platz. Nach sechs misslungenen Anläufen, eine Seite meines Buches zu lesen, verbringe ich die restliche Fahrt damit, aus dem Fenster zu sehen und nach der richtigen Station Ausschau zu halten. Bei dem Gedanken, Luca wiederzusehen, verkrampft sich mein Körper, denn ich habe keine Ahnung, wie er reagieren wird, wenn er mich sieht. In Rom steige ich in einen Nahverkehrszug um.

Nur eine Handvoll Leute steigen am Bahnhof von Orvieto aus, überwiegend Touristen. Ich laufe etwa fünfzehn Minuten durch die Stadt, dann frage ich einen einheimisch aussehenden Fußgänger nach dem Weg zu Rosettas Wohnung.

»Entschuldigen Sie, können Sie mir sagen, wo die Via Del Fonte ist?«

»Es ist nicht weit von hier, *signorina*. Nehmen Sie die erste Straße nach links und dann die zweite nach rechts.«

Ich folge seiner Wegbeschreibung und stehe schließlich vor der Haustür. Ich merke, dass ich viel nervöser bin, als ich dachte. Mein Herz fängt an zu rasen, als ich die Türklingel drücke und mir klar wird, dass ich gleich Luca wiedersehen werde.

»Ja?«

»Ähm, Rosetta, ich bin's, Mia.«

Für eine gefühlte Ewigkeit bleibt es am anderen Ende der Gegensprechanlage still. Vielleicht hat Luca mitgekriegt, dass ich es bin, und Rosetta gesagt, sie soll mich nicht reinlassen. Ich drehe mich um, mache einen Schritt, dann noch einen und noch einen. Das war's. Als ich mich schon ein paar Meter entfernt habe, höre ich das Klicken der Metalltür und Rosettas Stimme hinter mir.

»Mia, warte!«

Ich drehe mich um und sehe Rosetta, die vor der Haustür steht und mich anlächelt. Sie geht auf mich zu und schließt mich in die Arme.

»Ich bin so froh, dich zu sehen«, sagt sie.

Sie macht etwas Smalltalk und erzählt mir, dass die Jungs mit ihrem Mann Francesco unterwegs sind und dass das Wetter für diese Jahreszeit ungewöhnlich kalt ist. Sie fragt mich auch, wie ich hierhergekommen und ob ich alleine da bin. Schließlich kommen wir auf Luca zu sprechen.

»Mia, ich möchte, dass du weißt, dass ich alles Mögliche versucht habe. Ich habe ihn angefleht, dass er dich anrufen, dich in sein Leben lassen, es sich noch einmal überlegen soll, doch er hat sich geweigert. Aber ich weiß, dass es nicht das ist, was er wirklich will, und ich wollte dich so gern anrufen und dir sagen, wie es ihm geht, aber ich musste ihm versprechen, es nicht zu tun. Bitte verzeih mir.«

»Schon gut. Ich meine, es ist nicht gut, aber ich verstehe. Wie geht es ihm?«

Sie wägt ihre Worte ab. »Unverändert eigentlich. Die Reha-Einrichtungen hier sind eher durchschnittlich, und man kann kaum eine Verbesserung feststellen.«

»Wo ist er jetzt?«

»Oben. Komm, ich bringe dich zu ihm.«

Im Aufzug zur Wohnung frage ich Rosetta, wie es Luca gelingt, sich fortzubewegen und aus dem Haus zu kommen.

»Er geht nicht viel raus. Nur für die Reha. Er wurde erst vor zwei Wochen aus dem Krankenhaus entlassen, und das auch nur, weil er darauf bestanden hat. Aber am meisten macht mir Sorgen, dass er sich geweigert hat, das Spiel Fiorentina gegen Juventus letzte Woche anzuschauen. Ich durfte nicht mal den Fernseher anmachen.«

»Aber er liebt Fußball! Fiorentina ist seine Lieblingsmannschaft. Er verpasst nie ein Spiel.«

»Ich weiß.« Sie seufzt.

Rosetta führt mich ins Wohnzimmer und lächelt mir aufmunternd zu. Dann geht sie. Luca hat mich noch nicht bemerkt. Er sieht aus dem Fenster auf eine schmale Straße hinaus.

Abgesehen von ein paar Fußgängern, die ihrem alltäglichen Geschäft nachgehen, und einigen Bettlaken, die von Wäscheleinen hängen, gibt es draußen nicht viel zu sehen. Es fühlt sich so falsch, so unfair an, ihn dort völlig gedankenverloren in einem Rollstuhl sitzen zu sehen. Ich denke daran, wie bittersüß es ist, unter diesen Umständen eine solche unermessliche Dankbarkeit für das Leben zu empfinden, und wie wütend es einen machen kann, nichts für jemanden tun zu können, den man liebt – wenn man diese Wut zulässt.

»Luca?«

Seine Hände fahren zu den Rädern an seinem Rollstuhl, und er dreht sich langsam zu mir um. Auf so viele Arten ist er derselbe Luca: dieselbe olivfarbene Haut, dieselben definierten Wangenknochen, derselbe makellose Kleidungsstil. Nur dass er in einem Rollstuhl sitzt. Er hat etwas Verwundetes an sich, das mir fast das Herz zerreißt.

Unsere Herzen prallen irgendwo in der Mitte des Raumes aufeinander, als sich unsere Blicke treffen. Und schweben voller Unsicherheit über uns, bis er schließlich den Blick abwendet. Ich weiß nicht, ob ich auf ihn zugehen oder stehen bleiben soll.

Ich räuspere mich. »Wie geht es dir?«

»Gut«, sagt er ausdruckslos. Ich warte darauf, dass er weiterspricht. Er tut es nicht. Rosetta steckt ihren Kopf durch die Tür und sagt, dass sie in die Stadt geht, um ein paar Dinge zu erledigen. Als sie unser Unbehagen spürt, sagt sie: »Hättet ihr vielleicht Lust, draußen einen Spaziergang zu machen?«

Lucas Kopf schnellt hoch. »Klar, das wäre toll, Rosetta. Es gibt da nur ein kleines Problem«, sagt er durch zusammengebissene Zähne. Es ist so untypisch für ihn, jemanden anzufahren. Seine Grobheit lässt mich zusammenzucken.

Ich beschließe, dass ich keine weitere Sekunde in dieser unerträglichen Stille mehr verbringen möchte. »Ich denke, das ist eine gute Idee. Lass uns rausgehen.«

»Meinetwegen«, erwidert er.

Ich halte die Aufzugtür offen, bis es ihm gelingt, sich hineinzurollen. Schweigend fahren wir nach unten und sprechen erst miteinander, als wir auf der Pflastersteinstraße sind. Es ist kalt, und ich wünschte, ich hätte eine Jacke mitgenommen. Ich halte die Arme verschränkt, während wir die ansteigende Straße hinaufgehen, gegen die Luca mit großer Anstrengung seiner Armmuskeln ankämpft.

»Du hättest nicht herkommen sollen«, sagt er außer Atem.

»Ich wollte dich sehen.«

»Ich dachte, ich hätte mich klar ausgedrückt.«

»Bitte behandle mich nicht, als wäre ich eine Fremde.« Meine Stimme zittert.

Er antwortet nicht und schiebt sich weiter den Hügel hinauf, während sich winzige Schweißperlen auf seiner Stirn bilden. Im ersten Café auf der Piazza suchen wir uns draußen einen Tisch, und ich setze mich ihm gegenüber.

»Ähm, ich sollte uns etwas zu trinken bestellen. *Corretto?* Ein doppelter Espresso?«

Er nickt, und ein kurzes Unbehagen huscht über sein Gesicht.

»Tut es weh? Hast du Schmerzen?«, frage ich.

»Nein.«

Ich bestelle unseren Kaffee und kehre zum Tisch zurück. Luca nimmt seine Tasse in die Hand, ohne davon zu trinken.

»Ich wollte dich anrufen und dir sagen, wie leid es mir tut. Ich habe es dir im Krankenhaus gesagt, aber ich dachte, du bist vielleicht immer noch wütend auf mich, dass ich in Positano …«

»Ich bin nicht wütend auf dich, Mia. Du hast nichts falsch gemacht. Es liegt an mir. An dem hier. An allem«, erwidert er.

»Es ist nicht deine Schuld. Du kannst nichts dafür, was dir passiert ist.«

Er schüttelt den Kopf.

»Warum kannst du mich nicht mal ansehen?« Er starrt weiter in seine Tasse, und ich kann nicht verhindern, dass meine Stimme laut wird. »Bitte, Luca, sieh mich einfach an!« Die Touristen am Tisch neben uns werfen uns einen Blick zu und tun so, als hätten sie mich nicht gehört.

»Weil es wehtut«, flüstert er.

Ich hole tief Luft. »Ich hasse das so sehr. Ich hasse es, von dir getrennt zu sein. Ich hasse es, dass sich die Dinge zwischen uns verändert haben. Ich hasse es, dass dir – uns – das zugestoßen ist.«

»Hör auf, Mia.«

»Nein! Ich bin hergekommen, weil ich will, dass du nach Hause kommst. Ich vermisse dich. Ich kann nicht aufhören, an dich zu denken.«

»Bitte tu das nicht.«

»Warum willst du das nicht hören? Warum lässt du mich nicht in dein Leben?«

»Warum? Ich kann nicht laufen, Mia! Es gibt keine Garantie, dass ich es jemals wieder kann.«

»Ich weiß, dass du wütend bist, dass dir das passiert ist. Und dass du es noch nicht akzeptiert hast. Aber du wärst fast gestorben. Du warst dem Tod so nah, Luca.«

»Das ist nicht das, was du willst. Vertrau mir. Ich bin nicht mehr gut genug für dich.«

»Wie kannst du so etwas nur denken?«

»Ich kann dir das nicht zumuten. Du verdienst etwas Besseres, etwas viel, viel Besseres. Aber bestimmt nicht das hier.«

»Du bist ein Heuchler der übelsten Sorte.« Ich spüre, wie mir das Blut in die Wangen schießt. »*Du* hast das nicht verdient, Luca. Wie verbringst du deine Tage im Moment? Du gehst zur Reha, und dann starrst du stundenlang einfach nur aus dem Fenster, während das Leben um dich herum weitergeht? Während der Mensch, der dich mehr liebt als alles andere auf der Welt, hundert Meilen von dir entfernt ist und jede Sekunde jedes Tages an dich denkt und genauso leidet wie du? Mein Herz weiß, was es will.«

»Das tue ich auch.«

»Du lügst.« Meine Stimme überschlägt sich, als meine Augen sich mit Tränen füllen.

Schmerz blitzt in seinen schokoladenbraunen Augen auf.

»Ich weiß, dass du denkst, du tust mir einen Gefallen, aber das tust du nicht. Ich akzeptiere dich so, wie du bist, egal, was die Zukunft bringt. Und das ist es, was die Zukunft gebracht hat, und ja, es ist total beschissen und furchtbar ungerecht. Ich wünschte, ich könnte sie für dich ändern. Aber Liebe – Liebe kennt keine Grenzen. Man hört nicht einfach auf zu lieben, nur weil jemand nicht mehr laufen kann«, sage ich.

»Eines Tages, wenn du verheiratet bist und Kinder hast, wirst du froh sein, dass du dein Leben ohne irgendwelche Einschränkungen leben kannst, und du wirst mir dankbar sein.«

»Nein«, sage ich heftig. »Komm mir gefälligst nicht damit! Ich werde dir niemals dankbar sein, dass du mich so wegstößt.

Niemals. Auf keinen Fall! Du hast mir gesagt, dass ich für immer die deine bin. Und ich will, dass du für immer mein bist. Ich will das nicht.«

»Ja, Mia«, sagt er leise.

»Okay, also wenn du eines Tages wieder laufen kannst, was dann? Meldest du dich dann bei mir? Oder vielleicht kann das nächste Mädchen, das vorbeikommt und dich so akzeptiert, wie du bist, mit dir zusammen sein, aber ich nicht?«

»Das ist nicht fair. Du weißt, dass ich alles für dich tun würde, *bella* Mia. Nur nicht das. Ich tue das nicht, weil ich dich nicht liebe. Ich tue das, weil du der wichtigste Mensch in meinem Leben bist.«

Sein Tonfall versetzt mir einen Stich, denn ich merke, dass sein Verhalten für ihn noch viel schwerer ist als für mich. Er legt die Hände auf die Räder seines Rollstuhls.

»Nein, geh nicht. Bitte geh nicht.«

»Das Gespräch ist beendet. Ich sage Rosetta, dass sie dich zum Bahnhof bringen soll«, sagt er.

»Wir waren glücklich, Luca.«

Ich sehe, wie sich sein Adamsapfel auf und ab bewegt.

»Sieh mich an«, flüstere ich.

»Ich kann nicht.« Sein Gesicht verzieht sich zu einer Grimasse, und er beißt sich auf die Lippe.

»Sieh mich an, Luca!« Ich strecke die Arme aus, um sein Gesicht zu umfassen, und wir sehen uns mehrere Sekunden lang in die Augen. Sekunden, die sich wie Stunden anfühlen, denn ich habe das so sehr vermisst. Ich beuge mich vor und lege meine Lippen so zärtlich auf seine, dass es sich fast anfühlt, als würden wir uns kaum berühren. Sofort ist der Schmerz verschwunden. Luca zieht mich tiefer in den Kuss hinein, an diesen Ort, an dem wir uns vollkommen verlieren, an diesen Ort, an dem wir wieder ganz sind. Das sind wir. Der Moment ist viel zu schnell vorbei.

Sanft löst er sich von mir.

»Nein«, flüstere ich. »Dieses Gefühl, Luca. Es hängt nicht davon ab, ob du laufen kannst oder nicht.« Er holt tief Luft und fährt sich mit den Händen durch die Haare. Ich berühre seine Brust und spüre seinen beschleunigten Herzschlag.

»Du spürst es auch«, murmele ich.

Seine Hände wandern über sein unrasiertes Gesicht.

»Hör zu, ich weiß, dass du leidest, aber das, was dir passiert ist, hindert dich nicht daran, dich um mich zu kümmern. Dass du nicht laufen kannst, ändert nichts an der Tatsache, dass du perfekt für mich bist.« Ich öffne meine Tasche und hole ein Buch mit Aufnahmen der Bilder, die ich von uns gemalt habe, heraus. »Das sind Momentaufnahmen von dem, was wir hatten«, sage ich und lege es auf den Tisch. »Von uns. Unsere Geschichte. Alles, was wir erlebt haben und was wir verlieren werden, wenn wir voneinander getrennt bleiben. Wir haben diese Erinnerungen geschaffen. Ich habe sie wachgerufen, als ich nicht wusste, ob ich dich verlieren würde. Du hast mich verändert, Luca. Du bist alles, von dem mir nie klar war, dass ich es suche, und so viel mehr.« Ich wische mir die Tränen aus den Augen.

Er sieht zu mir hoch, seine Augen sind ebenfalls mit Tränen gefüllt. »Mia, es tut mir so leid.«

»Ich suche mir ein Hotel«, sage ich und sehe mich auf dem Platz um. »Das da. Dort werde ich sein. Bis du so weit bist. Ich werde einen Tag, einen Monat, sechs Monate oder ein ganzes Jahr dort sein. Ich gehe nirgendwohin. Bis du nach Hause kommst. Sonst wird das hier mein Zuhause.«

Das Essen, das ich beim Zimmerservice bestellt habe, wird unter dem Metall der Servierglocke langsam kalt, während ich darüber nachdenke, wie wertvoll das Leben ist und wie viel Vertrauen es uns abverlangt, das Leben voll auszukosten. Insbesondere in unsicheren Zeiten, wenn wir das überwältigende Bedürfnis verspüren, die Dinge, die uns oder den Menschen, die uns nahestehen, wehtun könnten, zu kontrollieren oder von ihnen Abstand zu gewinnen. Ich beschließe, dass ich, falls ich Luca verliere, dieses Geschenk der Erkenntnis und des tiefen Verständnisses für den Rest meines Lebens in meinem Herzen tragen werde, egal, wie lang oder kurz es sein wird. Luca hat mir mit seiner bedingungslosen Liebe so viel mehr gegeben. Er hat mir eine neue Sicht auf das Leben geschenkt.

Vom Balkon aus blicke ich auf die von den Straßenlaternen erhellte Piazza, wo sich die Tische der Restaurants mit Gästen füllen und Außenheizungen die kalte Luft vertreiben. Ich löse mich vom Geländer und will mir im Badezimmer gerade ein Bad einlassen, als das Hoteltelefon klingelt.

»Ms. Moretti, ein junger Mann namens Luca Bonnici ist hier und möchte Sie gerne sehen.«

»Bitte lassen Sie ihn nach oben«, antworte ich.

Ungefähr eine Minute später klopft es an der Tür. Er ist rasiert und trägt seine Lieblingsjeans und ein Baumwoll-Shirt. Auf seinem Schoß hält er einen Strauß Rosen.

»Komm rein«, sage ich. Ich setze mich auf die Bettkante, damit wir auf einer Höhe sind, und er rückt so dicht wie möglich zu mir, bis sich unsere Knie berühren.

»Ich kann dir nicht mehr wehtun, Mia.«

»Ich weiß nicht, was du damit meinst.«

»Es tut mir leid, dass du im Krankenhaus ein leeres Bett

vorfinden musstest. Ich wusste, dass ich, wenn ich dein Gesicht gesehen, deine Stimme gehört, deine Berührung gespürt hätte, niemals in der Lage gewesen wäre zu gehen. Ich habe mich jeden Tag nach dir erkundigt. Jeden einzelnen.« Er holt tief Luft. »Dein Brief und diese Bilder – wie finden wir je dazu zurück?«

»Alles hat sich verändert, aber die wichtigen Dinge sind so geblieben, wie sie sind.«

Er beißt sich auf die Lippe.

»Ich wollte dir erzählen, dass ich in letzter Zeit sehr viel gemalt habe.«

»Das habe ich gesehen. Die Bilder sind wunderschön.«

»Du hast nicht einmal die Hälfte gesehen, Luca. Meine Bilder verkaufen sich. Ich habe sogar Aufträge bekommen.«

»Wirklich? Das ist fantastisch. Wie ist das passiert?«

»Ich habe zusammen mit Signor Fiorelli gemalt. Es hat mir gutgetan – uns beiden, glaube ich. Jedenfalls hat er ein paar Bilder für mich verkauft, und dann hat Clara eins gekauft, und dann hat sie drei Bilder bei mir in Auftrag gegeben. Ich wusste zu der Zeit nicht, dass sie es war, weil sie anonym geblieben ist, aber sie hat mir viel Geld angeboten.« Ich zeige Luca den Scheck.

Seine Augen werden groß, und ein Lächeln breitet sich auf seinem Gesicht aus. »Das ist großartig. Wirklich, wirklich großartig.«

Ich nicke glücklich.

»Das ist genug, um die Studiengebühren für die Akademie zu bezahlen«, sagt er.

»Es ist auch genug, um unseren Lebensunterhalt zu bezahlen, bis wir eine Lösung für die *officina* gefunden haben.«

Lucas Lächeln verblasst. »Ich wünsche mir das mehr als alles andere, Mia – mit dir zusammen zu sein, ein neues Leben mit dir anzufangen – aber erst muss ich diese Dinge für mich regeln.«

»Du musst gar nichts tun. Du musst nur vertrauen.«

»Ich sollte derjenige sein, der sich um dich kümmert.«

»Komm einfach nach Hause, und um den Rest kümmern wir uns später – zusammen.«

Er holt tief Luft.

»Ich habe etwas gefunden, wo wir wohnen können. Du wirst es dort bequem haben, und falls du den Drang verspürst, teilnahmslos aus dem Fenster zu starren, die Aussicht ist auch ziemlich genial.«

Er schüttelt den Kopf. »Du bist unglaublich.«

»Ich habe es dir doch gesagt – ich gehe nicht ohne dich nach Hause.«

Es folgt eine lange Pause, und er atmet tief aus.

»Bitte sag Ja, sag einfach Ja«, flüstere ich. »Ich verspreche dir, dass es funktionieren wird.«

Prendi la vita come viene.

Ich halte die Luft an, während ich Luca beobachte und versuche, seine Gedanken zu erraten.

»Ich will keinen weiteren Tag mehr ohne dich leben.«

»Ist das ein Ja?«

»Si.«

»Bleibst du heute Nacht hier?«

»Ich gehe nie mehr weg. Nie mehr.«

30. KAPITEL

Paolo lädt die Kisten aus seinem Auto und stellt sie im Cottage ab. »Das ist die letzte, Mia.«

»Ich glaube, das soll dahin.« Mum weist in eine Ecke des Wohnzimmers, wo Dad eine Stehlampe aufstellt. Dann steigt sie von der Klappleiter herunter und bewundert das Bild, das sie gerade an die Wand gehängt hat. »Das war's, Liebling. Jetzt sieht es aus wie ein Zuhause.« Während Paolo und Dad alle nötigen Anpassungen im Cottage vorgenommen haben, um es für Luca wohnbarer zu machen, hat Mum es mit allem ausgestattet, was ein neues Zuhause so braucht, und es ist offensichtlich, dass sie jede Minute genossen hat. Sie hat sogar eines der Gästezimmer in ein Atelier für mich umgewandelt.

Dad schüttelt Lucas Hand und klopft ihm auf den Rücken. »Morgen Abend. Silvios Bar. Wir schauen uns den Grand Prix an«, sagt er. Er wendet sich an Mum. »Du und Mia, ihr solltet auch kommen, Julie.« Mum hebt die Augenbrauen, und ein verspieltes Lächeln erhellt ihr Gesicht, was mir bewusst macht, wie sehr ich sie vermissen werde, wenn sie und Dad wieder nach Melbourne abgereist sind.

Mit viel Überzeugungsarbeit von Paolo konnten wir Luca dazu überreden, im neuen Jahr wieder in die Arbeit zurückzukehren. Er wird zwar nicht alles tun können, was er davor gemacht hat, aber Paolo hat ihm versichert, dass es immer noch genug sein würde und dass er seinen Firmenanteil nicht verkaufen muss. Die Reha beginnt am Montag. Und im kommenden Frühling werde ich mein Studium an der Kunstakademie beginnen.

Luca grinst. »Danke für alles«, sagt er. Mum beugt sich zu ihm und küsst ihn auf beide Wangen.

»Bis morgen Abend«, sagt Paolo, während er Mum und Dad die Tür aufhält. Luca und ich winken ihnen zum Abschied zu.

»Alles erledigt, *amore mio.*«

Luca sieht mich mit dieser Art von spektakulärem Lächeln an, die genug Kraft hat, meine Stimmung einen ganzen Tag lang zu beflügeln. »Da sind heute ein paar Briefe für dich gekommen.« Er zeigt auf einen kleinen Stapel auf dem Fensterbrett.

Ich nehme die Briefe und reiße sie langsam auf.

Absender: Jones & Frazzetto Kunsthandel London

Sehr geehrte Ms. Moretti,
mit großem Vergnügen legen wir diesem Schreiben den Restbetrag für die von uns in Auftrag gegebene Arbeit »Die Florentiner Brücke« bei. Zudem ist es uns eine Freude, Ihnen mitzuteilen, dass Ihre Bildsammlung vor Kurzem auf einer Kunstauktion in London versteigert wurde. Mehrere potenzielle Käufer haben Interesse an weiteren Auftragsbildern bekundet. Wir schlagen eine Serie von Bildern vor, die auf Fotografien von Signor Giovanni Fiorelli basieren sollen. Wir haben die Einzelheiten zu diesem Auftrag für Sie beigefügt und freuen uns, von Ihnen zu hören, falls Sie diesen annehmen möchten.
Hochachtungsvoll
Clara Jones & Joseph Frazzetto

Ich falte den Brief zusammen, stecke ihn zurück in den Umschlag und grinse breit, während ich den Blick über Florenz in der Ferne schweifen lasse, ein idyllisches Meer aus terrakottafarbenen Dächern, die von den Fenstern meines Ateliers aus zu sehen sind.

»Das Leben wird uns dorthin führen, wo wir sein müssen«, murmele ich.

»Was hast du gesagt, *bella mia*?«

»Manchmal müssen wir einfach daran glauben, dass sich alles so ergibt, wie es soll.«

Ich spüre die Wärme von Lucas Hand an meinem Rücken und werde von der beruhigenden Gewissheit erfüllt, festgehalten zu werden – nicht nur in diesem Moment, sondern immer; nicht nur von ihm, sondern von innen heraus. Darunter liegt ein Gefühl von Ruhe und Entspanntheit.

»Weißt du, als du im Krankenhaus warst und wir nicht wussten, ob du es schaffen würdest oder nicht, habe ich so sehr dafür gebetet, dass du überlebst und wieder sehen kannst, wie die Sonne auf- und untergeht. Ich habe mir jeden Morgen den Sonnenaufgang angesehen und dann im Krankenhaus an deinem Bett gesessen und dir beschrieben, wie schön und außergewöhnlich er war.«

Luca schluckt, als hätte sich etwas in seiner Kehle festgesetzt.

»Ich habe unser Vorhängeschloss zur Ponte Vecchio gebracht, bevor du aufgewacht bist. Ich dachte, du würdest das wollen.«

Er hustet leise und sagt: »Ich bin froh, dass du das gemacht hast.«

»Kannst du dich an den Unfall erinnern oder an irgendetwas, während du im Koma lagst?«

»Ich erinnere mich nur noch daran, wie die Autoscheinwerfer auf mich zugekommen sind. Aber kurz bevor ich die Kontrolle verloren habe und vom Roller gestürzt bin, habe ich an dich gedacht. Und was das Koma angeht – das Einzige, woran ich mich erinnere, ist deine Stimme. Du hast mich angefleht, zu dir zurückzukommen. Ich war dem Tod so nah, Mia. Was mich daran denken lässt, wie tapfer du wirklich bist. Ich war bewusstlos; ich musste nicht so kämpfen wie du.«

»Es war eine andere Art von Kampf. Dein Kampf, stark zu bleiben und zu akzeptieren, was dir passiert ist, beginnt jetzt erst so richtig.«

Er nickt und blinzelt langsam. »Weißt du was, *amore mio*? Ich denke, wir sollten unsere Brücke besuchen.« Er zeigt aus dem Fenster in Richtung Stadtzentrum. »Wenn wir jetzt aufbrechen, schaffen wir es noch vor Sonnenuntergang.«

Als wir in Florenz sind, gehe ich neben Luca her, während wir uns auf den Weg zur Ponte Vecchio machen. Von der anderen Seiten der Piazza degli Uffizi tippt sich Signor Fiorelli an den Hut, als er uns entdeckt, und ich winke zurück. Die gepflasterten Straßen sind uneben, und Luca bemüht sich, die alles andere als leichte Strecke zu bewältigen.

»Kann ich dich schieben?«

»Ich komme klar.«

»Ich weiß, dass du klarkommst, aber …«

Er bleibt stehen und sieht zu mir hoch.

»Tut mir leid«, sage ich.

Er lächelt mich beruhigend an. »Auf dem Rückweg«, erwidert er und zwinkert mir zu.

In der Mitte der Ponte Vecchio bleiben wir unter dem mittleren Brückenbogen stehen und schauen zu, wie sich die

Brücke auf der glatten Oberfläche des Arno widerspiegelt. Wir beobachten das Kommen und Gehen der Touristen und wie sie Fotos machen, die sie in einigen Wochen, Monaten oder Jahren an ihre Zeit in Florenz zurückdenken lassen werden. Verliebte Pärchen gehen vor der Statue von Cellini in die Hocke und schließen ihre Vorhängeschlösser um das Gitter davor, trotz der Schilder, die darauf hinweisen, dies zu unterlassen. Ich hoffe, sie werden sich daran erinnern, wie es sich angefühlt hat, hier zu sein, auf dieser Brücke, die erfüllt ist mit der Energie Hunderter Liebender, die vor ihnen da waren.

Eine kühle Brise streift über mich hinweg, und ich ziehe meinen Mantel fester um mich. Meine Gedanken wandern zu all den Dingen, die passiert sind, seit Luca und ich das erste Mal hier waren, bis zu diesem Moment. Ich verflechte die Erinnerungen miteinander: das Lachen, das Weinen, die glücklichen Momente des Schweigens, die mitreißenden Höhen und die niederschmetternden Tiefen. Die Sanftheit einer Berührung und der euphorische Rausch eines Kusses. Als Luca meine Hand nimmt und mich so ansieht wie sonst niemand, bin ich mir fast sicher, dass er genau dasselbe denkt.

»Ich möchte, dass du weißt, dass, egal was passiert, ich immer da sein werde, Luca. Egal, was mir oder dir zustößt.«

Er zieht mich auf seinen Schoß, ich schmiege meinen Kopf an seine Schulter, und zusammen sehen wir zu, wie im Antlitz des Sonnenuntergangs die Farben um uns herum langsam verblassen. Als sich unsere Lippen treffen, fühlt es sich an, als würde sich alles wieder zusammenfügen. In dieser Welt der Unsicherheit weiß ich eins mit Sicherheit: Morgen früh wird dieselbe Sonne aufgehen, den Anfang eines neuen Tages einläuten und uns mit Licht und Wärme erfüllen.

»Wir werden es schaffen, oder?«

Luca streichelt meine Wange und lächelt. »Diese Brücke ist so wie wir, Mia: Sie kann allem widerstehen, egal, welche Schwierigkeiten das Leben auch bringt.«

»Prendiamo la vita come viene.«

– ENDE –

DANKSAGUNG

Ein riesiges Danke an meine brillante Agentin, Cassie Hanjian: danke für deine Unterstützung, Ermutigung und deinen Glauben an *Alles, was ich dir wünsche*. Du hast mir auf dem Weg so viel Hilfestellung und wertvolle Ratschläge gegeben, die dazu beigetragen haben, dass das hier ein besseres Buch geworden ist, dafür bin ich dir sehr dankbar. Besonderer Dank geht auch an Rachel Clements von Abner Stein, Marshall Yarbrough und den Rest des Teams von Waxman Leavell.

An die wunderbare Rachael Donovan, Laurie Ormond und alle bei Harlequin Australien: danke für euren Enthusiasmus und dafür, dass ihr den gesamten Entstehungsprozess eines Buches so wundervoll gestaltet. An meine Lektorin, Alex Nahlous: Es war mir eine Ehre, mit dir zusammenzuarbeiten. Danke für all deine großartigen Vorschläge. Danke auch an Kate James für deine unglaubliche Liebe zum Detail. Mein Dank geht auch an die äußerst talentierte Nada Backovic für ihre fantastische Gestaltung des Covers. Ich muss jedes Mal lächeln, wenn ich es ansehe. Es ist all das, was ich mir erhofft habe, und mehr.

Meine aufrichtige Wertschätzung an Laura Brown, Natasha Lester und Mary Lovelien, die mir zu einem frühen Entwurf ihr Feedback gegeben haben und mich in meinem Bestreben, ein Zuhause für dieses Buch zu finden, fortlaufend unterstützt haben.

Danke an Andrea Tyrell, die stets an mich und meine Geschichte geglaubt und mir geholfen hat, die Hoffnung nicht aufzugeben und mein Herz offenzuhalten.

An die hilfsbereitesten Freundinnen, die man sich wünschen kann: Amanda Ingrosso, Jane O'Keefe, Katrina Agius, Lucinda Westerman, Natasha Gropel und Stac Catalano – alles Liebe an euch und ein noch größeres Dankeschön für eure Unterstützung. Auch habe ich das Glück, einige wunderbare Freundinnen zu haben, die dafür gesorgt haben, dass meine Kinder in ihrer Obhut jede Menge Spaß hatten, wenn ich zusätzliche Zeit zum Schreiben oder Bearbeiten gebraucht habe. Amelia Rambaldi und Giuliana La Valle – *grazie mille!*

Danke an Anjanette Fennell, dass du etwas in meiner Arbeit gesehen hast, bevor ich es getan habe. Du hast mir beigebracht, dass es im Leben stets heißen sollte »wenn« und nicht »falls«, und irgendwie hast du es geschafft, mich davon zu überzeugen.

An meinen Schriftsteller-Freundeskreis und die Mitglieder meiner Schreibgruppe – ich fühle mich gesegnet, euch alle in meinem Leben zu haben. Und natürlich ein besonderes Danke an Kimberley Foster. Unsere wöchentlichen (und manchmal sehr langen) Gespräche über alles, was mit Schreiben zu tun hat, sind der schönste Teil meiner Woche.

An Heather Waring, meine ehemalige Grundschulbibliothekarin, die mich durch ihre unermessliche Liebe für Bücher dazu inspiriert hat, an meinem Traum, eines Tages Autorin zu werden und Bücher zu veröffentlichen, festzuhalten.

Danke an meine Mum, die mir als Kind immer Bücher gekauft und ein Auge zugedrückt hat, wenn ich lange über meine Schlafenszeit hinaus aufgeblieben bin und sie gelesen habe. Und danke an meinen Bruder, der im Bus auf dem Weg zur Arbeit einen Entwurf dieses Buches gelesen und dabei so getan hat, als müsste er nicht weinen, und mich anschließend mit unerschütterlichem Glauben dazu ermutigt hat, einen meiner größten Träume im Leben zu verwirklichen.

Und schließlich an Fabio, Christian und Alessia: Ihr seid meine Welt, mein Ein und Alles. *Vi voglio un mondo di bene.*

Romy Sommer
Das kleine Weingut in der Toskana
€ 11,00, Taschenbuch
ISBN 978-3-95967-422-5

Neuanfang auf Italienisch

Als Workaholic Sarah den kleinen Weinberg ihres entfremdeten Vaters in der Nähe von Montalcino in der Toskana erbt, ist sie entsetzt. Sie liebt ihr Leben in London – und hat eigentlich keine Zeit, eine toskanische Villa und ein Weingut auf Vordermann zu bringen, um beides gewinnbringend zu veräußern. In Italien angekommen, genießt sie dann doch das Dolce Vita, die malerische Landschaft und den köstlichen Wein. Bis sie erfährt, dass die Hälfte ihres Erbes ihrer Jugendliebe, dem eigenbrötlerischen Winzer Tommaso, gehört. Und der will auf keinen Fall verkaufen. Außerdem lässt er keine Gelegenheit aus, Sarah klarzumachen, dass er sie für eine hochnäsige Großstädterin hält. Trotzdem fühlt sie sich unwiderstehlich zu ihm hingezogen ...

Vino, Villa – und Amore?

www.harpercollins.de